迷宮の将軍●目次

1830年 ボリーバル最後の旅 地図

Obra de García Márquez
1989

Drawing by Silvia Bächli
01.3: without title, 2001, "LIDSCHLAG How It Looks", Lars Müller Publishers, 2004 through WATARI-UM
Design by Shinchosha Book Design Division

迷宮の将軍

El general en su laberinto, 1989

この本を書くアイデアを与えてくれたアルバロ・ムティスに

どうやら私の人生はいろいろな面で悪魔に支配されているようだ
（サンタンデールに宛てた手紙、一八二三年八月四日）

古くから仕えている召使のホセ・パラシオスは、薬湯を張った浴槽に将軍が素っ裸のまま目を大きく見開いてぷかぷか浮かんでいるのを見て、てっきり溺れ死んだにちがいないと思い込んだ。それが将軍の瞑想法のひとつだということは分かっていても、恍惚とした表情を浮かべて浴槽に浮かんでいる姿を見ると、とてもこの世の人間とは思えなかった。そばに近付くのは恐ろしかったが、夜明けに出発するから、五時前には必ず起こすようにと言われていたので、そっと呼びかけてみた。将軍はわれに返ると、薄暗い中でいつものように堂々と落ち着きはらっている執事の青く透明な目を見つめた。リスの毛を思わせる茶色の縮れ毛の執事は、ヒナゲシにアラビア・ゴムの葉を混ぜたハーブティーの入ったカップを手に持っていた。将軍は浴槽に取り付けられた輪を力なくつかむと、薬湯の中からイルカのように勢いよく飛び出した。弱り切った体のどこにそれだけの力が残されていたのか不思議に思われた。

「この町では誰からも愛されていないんだから、さっさと出て行こう」

厩《うまや》にはすでに家畜が揃っていたし、お付武官たちも集まり始めていた。けれども、これまで似たような状況のもとで何度も同じ言葉を聞かされてきたホセ・パラシオスは、まだその言葉を信じることができなかった。執事は将軍の濡れた体をタオルで拭いた。手が震え、カップがかちかち音を立てているのを見て、高地の人間が使う毛布を裸の体にかけてやった。将軍は、数カ月前*リマで連夜のようにどんちゃん騒ぎをした頃にはいていたスウェードのズボンに脚を通した。そのときはじめて、体重が減るにつれて身長も縮んでしまったことに気が付いた。肌には艶がなく、長年風雨に打たれて暮らしてきたせいで顔と手がどす黒くなっており、裸になると以前とは別人のような感じがした。昨年の七月に四十六歳になっていたが、カリブ人特有の固くて縮れた髪の毛はすでに胡麻塩になっていたし、体じゅうの関節にもがたがきていた。憔悴した体を見ていると、とても今年の七月まで持ちそうになかった。けれども、身のこなしがきびきびしていたし、たえず部屋の中をうろうろ歩きまわっているところを見ると、それほど弱っているようには思えなかった。体からしたたり落ちた水滴でござが濡れていたので、そこを踏まないように気を付けて、舌が火傷しそうなほど熱いハーブティーを五口で飲み干した。まるで不老不死の薬を飲んでいるようだった。けれども、将軍は近くの大聖堂の塔の鐘が五時を告げるまで一言も口をきかなかった。

「三〇年五月八日、土曜日、すべての恩寵をもたらす聖母マリア様の日です」執事はそう告げた。「明け方の三時から雨が降っております」

「十七世紀の明け方の三時から降っているんだろう」将軍はまだ眠気の残っている声でそう言った。不眠症のせいでその息は酸っぱいような匂いがした。そして、真剣な口調でこう付け加えた。「鶏がときを告げる声が聞こえなかったな」

「このあたりには、鶏はおりません」とホセ・パラシオスが答えた。

「何もないんだな」と将軍が言った。「気の許せない人間が住む土地だよ、ここは」

彼らは海から遠く離れた、海抜二千六百メートルのところにあるサンタ・フェ・デ・ボゴタ*にいた。四方をいかにもとげとげしい感じのする壁に囲まれた大きな寝室は、窓のたてつけが悪いせいで凍てつくような風がひゅうひゅう吹き込み、お世辞にも健康にいいとは言えなかった。ホセ・パラシオスは、化粧台の大理石の上に髭剃り用の泡立て皿と金メッキした髭剃り道具の入った赤いビロードのケースを置いた。さらに、将軍の顔に光があたるように鏡のそばの棚に手燭を置き、足が冷えないよう火鉢を近付けた。いつでも将軍が使えるようにチョッキのポケットに入れて持ち歩いている、ほっそりした銀のフレームがついた、角張った眼鏡を渡した。将軍はそれをかけると、生まれつき左右両方が利き腕だったので、右手と左手を器用に使って剃刀《かみそり》で髭をあたった。その鮮やかな手つきを見ているとほんの二、三分前までカップを持つのも覚束なかった人とはとても思えなかった。鏡に映る自分の目を見たくなかったので、部屋の中をうろうろ歩きまわりながら手探りで髭を剃り終えた。そのあと鼻毛と耳の毛を引き抜くと、銀の柄《え》がついた豚毛の歯ブラシに炭の粉をつけ、虫歯一つない歯を磨き、手と足の爪を切って、やすりをかけた。最後に毛布を取り、大きな瓶に入ったオーデコロンを体にふりかけて、息が切れるまで両手で体をごしごしこすった。その日の朝は、日課になっている入浴と洗顔をいつになく激しく力をこめてした。まるで空しい戦いに明け暮れ、権力がもたらす幻滅を味わってきたこの二十年間の垢を洗い流し、身も心も清めようとしているように思われた。

昨夜、最後に将軍を訪れてきたのはマヌエラ・サエンスだった。女ながらに戦場を駆け巡ってきたキト*出身の彼女は、将軍を愛していたが、その死を看取ることはできなかった。以前から彼女しか信じていなかった将軍は、彼女から不在中の出来事を細大漏らさず聞きとった。彼女にはまた、自分が高く評価している何冊かの本や私文書を納めた二つの箱といった、将軍の持ち物であるというだけの価値しかない遺品を預けてあった。前日、型通りの別れの挨拶を手短に行なったときに、将軍は彼女に「愛してるよ。今はこれまで以上に聞き分けのある態度をとってもらわなくてはならないが、そうすればいっそうお前を愛するようになるだろう」とささやいた。それを聞いて彼女は、燃えるように激しく愛しあってきたこの八年間に何度となくかけられた優しい言葉を聞いたときと同じ気持を味わった。将軍には大勢の友人、知人がいたが、将軍の言葉を信じたのは彼女だけだった。いよいよ町を出て行く決意を固めたのだと彼女は考えた。同時に、将軍にもう一度戻ってきてほしいと心から願っていたのも彼女だけだった。

二人とも、町を発《た》つ前にもう一度会えるとは夢にも思っていなかった。あの屋敷の女主人が、二人に最後のお別れをさせてやろうと粋《いき》な計らいをしたのだ。女主人は、男女のことになるとささいなことでもめくじらを立てる町の住民の偏見を頭からばかにしていたので、乗馬服を着たマヌエラを厩舎の入口からこっそり招じ入れたのだ。といっても、二人は人目を忍ぶ仲ではなかった。公然の仲で、とかく人の噂に上ったので、その点は心配なかったのだが、女主人は家名に傷が付くことをひどく恐れていた。将軍のほうはそれ以上に気を遣い、召使たちがいつでも通れるように隣の部屋に通じるドアを開け放しておくようホセ・パラシオスに言い付けた。隣の部屋では、警護にあたっている副官たちが彼女が帰ったあとも遅くまでカードをしていた。

マヌエラは二時間のあいだ将軍に本を読んで聞かせた。しばらく前まで若々しい体をしていた彼女も、近ごろでは齢《とし》のせいか衰えが見られるようになっていた。彼女はマドロス・パイプをくわえ、軍人が用いるバ*ーベナ水を体にふりかけ、男物の服を着て兵隊たちといっしょに戦ってきたが、薄闇の中で愛しあうときはそのかすれた声が耳に快く響いた。最後の*副王の紋章がまだはずされずに残っている肘掛け椅子に腰を下ろし、手燭のかすかな光を頼りに本を読んでいた。将軍のほうはふだん着の平服を着てベッドにあおむけになり、*ビクーニャの毛布をかぶって彼女の声に耳を傾けていた。将軍が眠っているかどうかは、その息遣いで判断するしかなかった。彼女が手に持っていたのは、ペルーのノエ・カルサディーリャスの書いた『一八二六年、リマで流布していたさまざまな情報と噂に関する教訓』だった。彼女はその本を、作者の文体にぴったりの芝居がかった調子で読んでいた。

屋敷の人たちが一人残らず眠っていたので、そのあと一時間は彼女の声だけが聞こえていた。けれども、最後の巡回が終ると、突然大勢の男たちの笑い声が響きわたり、近所の犬が怯えてわんわん吠えたてた。不安そうな様子は見えなかったが、将軍はいぶかしげに目を開けた。それを見て彼女は膝の上の本を閉じると、親指でページに印をつけた。

「あなたのお友達よ」と彼女は言った。

「私には友人などいない」と将軍は言った。「何人か残っているにしても、いずれ私を見捨てるだろう」

「あの人たちは屋敷の外で、あなたが殺されないよう見張っているのよ」と彼女が言った。

これまで何度か将軍の暗殺が企てられた。町じゅうの人間が見張りのことを知っていたが、将軍自身ははじめて気が付いた。最後まで将軍に付き従っていた腹心の部下たちが屋敷で待機しているのも、じつを言うと将軍の身を守るためだった。玄関と中庭を囲んでいる回廊では軽騎兵と選抜兵が目を光らせていた。彼らは全員ベネズエラ人で、*カルタヘーナ・デ・インディアスの港まで将軍に付き従って行き、将軍のほうはそこから帆船に乗ってヨーロッパに向かうことになっていた。二人の兵士が寝室のメインドアをふさぐような形で寝ござを敷いて寝そべり、副官たちはマヌエラが本を読み終えたあとも隣室でカードをしていた。けれども、兵隊たちの中には、どこの誰とも知れない怪しげな連中も混じっていたので、片時も気を許せなかった。将軍は、暗殺が企てられていると聞かされても顔色ひとつ変えず、マヌエラに本を読み続けるよう手で合図した。

将軍は、軍人である以上死は避けがたいものだと考えていた。これまで危険きわまりない最前線で戦い続けてきたのに、かすり傷ひとつ負わなかったし、敵弾の飛び交う中を信じられないほど落ち着き払って行動していた。それを見て部下の将校たちは、将軍は自分を不死身だと考えているのだろうという安直な結論にたどりついた。何度か暗殺が試みられたが無事生き延びることができたし、自分のベッドで寝ていなかったおかげで命拾いしたことも何度かあった。護衛も連れずにあちこち歩きまわり、行く先々で出されたものを平気で飲み食いしていた。そんなふうに何事にも無頓着だったのは、もともと無神経だったからでもなければ、運命論を信じていたからでもない。いずれ自分は、誰からも感謝されず、文無しで裸のままベッドの上で息を引き取ることになるだろう、という暗い確信を抱いていたからなのだ。そのことに気付いていたのはマヌエラだけだった。

不眠症に悩まされていた将軍は、寝る前にいつもいろいろな睡眠の儀式を行なっていた。けれども、明日町を発つという日の夜は、珍しく寝る前に熱い風呂に入らなかった。ホセ・パラシオスは早くから、体力を回復し、呼吸が楽になるような薬湯を浴槽に張り、いつでも好きなときに入れるようずっと湯加減を見ていた。けれども、将軍は入ろうとしなかった。慢性の便秘だったので下剤を二錠のみ、リマのゴシップを聞きながらうとうとしかけた。そのときこれといった原因もないのに、突然建物の根太《ねだ》を揺るがすほど激しい咳の発作に襲われた。隣の部屋でカードをしていた将校たちは思わず手を止めた。その中の一人、アイルランド人のベルフォード・ヒントン・ウィルソンが何か出来ることはないだろうかと思って寝室をのぞきこむと、将軍がベッドにうつぶせになり、今にも内臓を吐き出すのではないかと思えるほど激しく咳き込んでいた。マヌエラは洗面器に覆いかぶさっている将軍の頭を支えていた。ノックしないで寝室に入ることを許されているたった一人の人間であるホセ・パラシオスは、ベッドのそばで発作がおさまるのを心配そうに見守っていた。将軍はようやく目に涙を浮かべて深呼吸すると、化粧台のほうを指差した。

「あそこに霊廟に飾る花が活けてあるが、あれが悪いんだ」

なにかひどい目にあったり、不幸な事件に見舞われると、将軍は決まって予測もしないようなもののせいだと言い出すのだ。そのときもやはりそうだった。将軍のことを誰よりもよく知っているマヌエラは、朝方活けたがもうしおれている*甘松《かんしよう》の入った花瓶を片付けるよう、ホセ・パラシオスに合図した。将軍がふたたびベッドの上にあおむけになって目を閉じたので、彼女はそれまでと同じ口調でもう一度本を読み始めた。どうやら眠り込んだようなので、彼女は本をナイトテーブルの上に置くと、熱っぽい額に口づけし、ホセ・パラシオスに、最後のお別れをしたいので、*オンダに通じる国道のはじまるクアトロ・エスキーナスで朝の六時から待っていますと耳打ちした。そして兵隊の着けるマントを羽織ると、爪先立って寝室から出ていった。将軍は目を開けると、小さな声でホセ・パラシオスにこうささやいた。

「ウィルソンに家まで送って行くよう言ってくれ」

槍騎兵に送ってもらうより一人で帰るほうがずっと気が楽でよかった。だがマヌエラの意志にかかわりなく、命令が実行に移された。カンテラを手に持ったホセ・パラシオスが、石造りの泉水がある中庭のまわりに建てられた厩舎まで彼女を案内した。泉水のそばには一番咲きの甘松がちらほら咲きはじめていた。雨はおさまり、木の枝を鳴らしていた風も止んでいたが、凍てついた空には星ひとつ見えなかった。ベルフォード・ウィルソン大佐は、廊下にござを敷いて横になっている歩哨を驚かさないよう、軍隊で使う夜の合言葉をたえずくり返していた。主賓室の窓の下を通ったときに、ホセ・パラシオスは、屋敷の主人が集まった友人や軍人、市民たちにコーヒーを給仕しているのを目にした。彼らは将軍が町を発つのを見送るために夜明けまで起きているつもりだったのだ。

寝室に戻ると、将軍は譫妄《せんもう》状態に陥っていた。とぎれとぎれの言葉をつなぎあわせてみると、どうやら「誰一人何も分かっていなかったんだ」と言っているらしかった。熱のせいで体がほてり、時々胆石患者特有の音が大きく、ひどい臭いのするガスを漏らしていた。次の日に、あれは寝言だったんですか、それとも目覚めたままうわ言を言っておられたんですかと尋ねても答えられなかっただろうし、おそらく覚えてもいなかったにちがいない。それは将軍が〈精神錯乱の発作〉と呼んでいたもので、四年以上も前からその発作に苦しめられていた。だから、別に驚いたりするものはいなかったし、医師たちも恐れ多いと言って医学的な説明をしようとしなかった。それに次の日になると、頭がおかしくなってもおらず、けろりとしていつもどおり灰の中からよみがえってきた。ホセ・パラシオスは将軍の体を毛布でくるむと、化粧台の大理石のうえに灯のついたカンテラを置き、隣の部屋から様子を見守ることができるようにドアを開け放したまま部屋を出ていった。明け方になれば将軍はまた元気を取り戻し、恐ろしい悪夢に悩まされたせいで衰えた体力を回復させようと、薬湯を張った浴槽に入ることだろう。

その日は何かと事の多い一日だった。軽騎兵と選抜兵からなる七百八十九人の守備隊が、三カ月間未払いになっている給料の支払いを求めて反乱を起こしたのだ。しかし、彼らの真意は別のところにあった。つまり、ほとんどのものがベネズエラ出身で、これまで四つの国を解放するために戦ってきた彼らが、ここ数週間は道を歩いているだけで罵りの言葉を浴びせられたり、喧嘩を吹っかけられたりした。これで将軍が国を出て行けば、どういうことになるか知れたものではないと不安に駆られていたのだ。反乱を起こした兵士たちが要求していた七万ペソの代わりに、一時金と金貨千ペソを支払うことで騒ぎはおさまった。その日の夕方、兵隊たちは縦隊を組んで生まれ故郷に戻っていった。彼らのあとを荷物を担ぎ、子供や家畜を連れた女たちの一群が付き従っていった。まわりでは大太鼓や金管楽器が騒々しい音を立てていた。わざと兵隊たちの足並みを乱そうとして犬をけしかけたり、ねずみ花火の束を投げつける群衆がそれに負けじと大声を張り上げていた。こういうことは敵の軍隊に対してもしたことはなかった。十一年前、三世紀に及ぶスペインの植民地支配が終わって、残忍な副王ドン・フアン・サマノが巡礼に身をやつし、同じ道を通って逃走した。トランクには金の偶像やエメラルドの原石、神聖な大嘴鳥《おおはしちょう》、ガラス細工を思わせる*ムーソのきらめく蝶が詰まっていた。その副王が通るときでさえ、バルコニーから涙を流して花を投げ、海が平穏で、いい旅ができるよう心からお祈りしていますと声をかけるものがいたのだ。

　将軍は陸海軍大臣の持ち家である屋敷を借り受けていた。そこから一歩も出ずに、こっそり紛争の調停に当たった。そして最後に、反乱軍がベネズエラの国境に着くまで二度と騒ぎを起こさない保証として、将軍の義理の甥で、腹心の部下でもあるホセ・ラウレンシオ・シルバを同行させることにした。将軍は縦列を組んでバルコニーの下を通って行く兵隊たちのほうを見ようとしなかった。ラッパや小太鼓の音、それに通りに集まって大声で訳の分からない叫び声を上げている群衆の声はいやでも耳に入ってきた。けれども将軍は気にもとめず、書記といっしょに遅れて届いた手紙に目を通し、ボリビアの大統領ドン・アンドレス・デ・サンタ・クルス陸軍総監に宛てた手紙を口述筆記させた。その中で将軍は近々権力の座から身を引くつもりでいると述べていたが、国外に出ることについてははっきりしたことを書かなかった。そして、末尾で「今後は残された人生において、ふたたび手紙を書くことはないでしょう」と書いた。そのあと将軍は昼寝をした。いつものように熱が出て汗をかいた。遠くで騒いでいる群衆の声が眠っている将軍の耳に入り、爆竹がパンパン音を立てて鳴ったので、ぎくりとして目を覚ました。その爆竹は花火師が仕掛けたのか、反逆者たちが鳴らしたのかは分からなかった。どちらにしても同じことだった。将軍があれはなんだと尋ねると、「お祭です、将軍」という返事しか返ってはこなかった。何の祭だと訊かれたら、ほかのものはもちろん、ホセ・パラシオスでさえ、何と答えていいか分からなかっただろう。

　その夜やってきたマヌエラから話を聞いて、ようやく事情が呑み込めた。将軍は自分の政敵を民衆煽動党と呼んでいたが、彼らは警察があまり厳しく取締まらないのをいいことに、路上で職人組合の連中をつかまえて将軍を非難していたのだ。あの日は金曜日、つまり市《いち》の立つ日で広場はただでさえ騒々しかったので、彼らはそこにつけ込んだのだ。夕方になって、雷をともなったいつになく激しい雨が降りはじめ、騒ぎを引き起こした連中はちりぢりになった。けれども、彼らの目的は達成された。というのも、サン・バルトロメー学院の学生たちが、将軍を公開裁判に掛けるよう要求して最高裁判所の事務所を占拠したのだ。彼らは、昔解放軍の旗手をしていた男が油彩で描いた等身大の肖像画を銃剣でずたずたに切り裂き、バルコニーから投げ捨てた。また、*チチャ酒で酔っ払った群衆はレアル街の商店や運悪く店を開けていた居酒屋に押しかけて、中のものを略奪し、さらに金ボタンのついた青い*カザックを着せるまでもなく一目で将軍と分かる、おがくずを詰めた枕で作った人形を中央広場で銃殺刑に処した。人々の中には、将軍は十一年あまり権力の座に居座っていたが、議会の投票によって満場一致でその座を追われることになった、けれども今になってもう一度失った権力を取り戻したいと考えて、裏で糸を引いて軍隊に反乱を起こさせたのだと言って非難するものもいれば、ゆくゆくはヨーロッパの皇太子を自分の後釜に据えるために、大統領代理の座を狙っているのだと言うものもいた。また、外国へ行くと言っているが、本当はいったんベネズエラの国境まで行き、そこから反乱軍を率いて引き返し、権力を奪い返すつもりなのだと言って批判するものもいた。大きな壁には所狭しと反古《ほご》が貼り付けてあった。将軍を批判すべく書かれた文書のことを人々は反古と呼んでいた。将軍を支持している名士たちは、騒ぎが鎮まるまで知人の家に身をひそめていた。将軍のいちばんの政敵であるフランシスコ・デ・パウラ・サンタンデールを支持している新聞は、将軍が病気だという噂が流れているが、眉唾ものだ、また、くり返し国を出て行くといっているのは、要するに出て行かないでほしいと言わせるための姑息な政治的戦術なのだと書き立てた。あの夜、マヌエラが騒々しい事件のあった一日の出来事を将軍に伝えている間、大統領代理の部下の兵士たちは、大司教館の壁に「将軍は出て行きもしなければ、死にもしない」と炭で書かれた文字を消そうと躍起になっていた。将軍はほっと溜息をついた。

「どうもまずいことになっているようだな。もっとも、ここから一ブロックしか離れていないところで起こっている騒ぎを祭だと言いくるめられるところだったんだから、私の置かれた状況はもっとひどいものだがね」と将軍は言った。

じつを言うと、もっとも親しい友人たちでさえ将軍が権力と国家を捨てて出て行くとは思っていなかった。町はあまりにも小さく、人々はひどく噂好きだったので、町じゅうの人間が、たとえ将軍が旅立って行くにしても、そこに二つの大きな障害があることを知っていた。つまり、あれだけ大勢の随行員をつれてほかの土地へ行くだけの資金がないということ、またこれまで共和国大統領の職にあったのだから、政府の許可を得ないと一年間は国外に出られないはずなのに、将軍はまだ国外に出る許可を申請していなかったのだ。将軍は、人前で聞こえよがしに荷物をまとめろと命令した。それを聞いたホセ・パラシオスでさえ、まさか本当に国を出て行くとは思っていなかった。これまでにも何度か、町を出て行くように見せかけるために家の家具類をすべて片付けたことがあり、しかもそれが政治的な駆け引きとしてことごとく成功したという事情があったのだ。この一年間に将軍が何度も幻滅を味わって気力が衰えていることは、副官たちにもよく分かっていた。しかし、ある日突然まるで生まれ変わったように元気よく起きだし、以前にもまして精力的に活動を始めるということはこれまでにもよくあった。いつ、どう変わるか分からない将軍と長年暮してきたホセ・パラシオスは、「ご主人様の考えていることが分かるのは、ご主人様だけです」と口癖のように言っていた。

将軍はこれまで何度も大統領を辞職しようとした。はじめて大統領の職に就いたときに演説を行い、その中で「権力最後の日が、私が心の平安を得る最初の日になるでしょう」とどのようにでもとれる言葉を口にした。この言葉を含めて将軍の辞職騒ぎは歌にまでうたわれていた。その後も何度となく辞職を口にし、しかもその時々で事情を異にしていたために、みんなはどこまでが本音なのか計りかねていた。二年前の九月二十五日に、政庁内の寝室にいたところを危うく暗殺されそうになり、命からがら逃げ出したが、さすがにそのときは大変な騒ぎが持ち上がった。将軍は外套も着ずに六時間橋の下に身をひそめて隠れていた。その後、明け方になって議会の調査委員会の議員たちが見舞にやって来たとき、将軍は毛布にくるまり、熱い湯を張った金だらいに両足をつけていた。やつれきった顔をしていたのは、熱のせいというよりもすっかり気落ちしていたせいだった。調査委員会の議員たちに向かって将軍は、暗殺計画については調査しないし、誰も告発しない、さらに新年度に予定されている議会を早急に開いて、新しい共和国大統領を選出するように言い渡した。

「この件が片付けば、コロンビアを出て、二度と戻ってこないつもりだ」と結んだ。

けれども調査は進められ、犯人は厳格きわまりない法律によって裁かれて、十四人が中央広場で銃殺刑に処された。一月二日に開かれるはずだった憲法制定議会はけっきょく十八カ月後まで開かれなかったし、将軍の辞職の話も二度と話題にのぼらなかった。けれども、外国から訪問客が訪れたり、仲間や友人が偶然立ち寄ったりすると、きまって「私は自分を愛してくれる人たちの住んでいる土地へ行くつもりだ」と言っていた。

　将軍は死病にかかっているという公式発表が出されていたが、それがもとで国を出て行くことになるとは誰も考えなかった。しかし、将軍の病気を疑うものは一人もいなかった。それどころか、将軍が南部で最後の戦いを終えて凱旋し、花のアーチの下を潜るのを見た人たちは一様に驚き、死に場所を求めて戻ってきたにちがいないと考えた。将軍は歴史に名高い名馬白鳩《パローモ・ブランコ》号の代わりに、背中にござを敷いた毛の禿げたラバにまたがっていた。髪にはすでに白いものが混じり、額には暗い陰が落ちていたし、カザックは薄汚れ、袖口がほころびていた。将軍の肉体には栄光の影も見られなかった。その夜、政庁で会合が持たれた。出席者はほとんど口をきかなかったし、将軍も牡蠣《かき》のように口を閉ざしていた。挨拶のときに、大臣の一人の名前を呼びまちがえた。それが政治的意図のこもった悪意から出たものか、単なる思い違いかは分からなかった。

　将軍は病み衰えていたが、それでも国を出て行くとは誰も思っていなかった。というのも、六年前からもう間もなく死ぬだろうと言われてきたのに、指導者としての心構えだけはいまだに微動だにしていなかったのだ。将軍はもう長くないというニュースを最初に伝えたのはイギリス人の海軍将校だった。その将校は、南部を解放するために戦っていた将軍と、リマの北にあるパティビルカの砂漠で偶然出会った。そのとき将軍は地獄のように暑い真昼時だというのに、骨を嚙むような寒さに耐え切れないと言って防水ウールの外套にくるまり、頭にぼろ切れを巻きつけて、司令本部になっているみすぼらしい仮小屋の床に寝そべっていた。まわりを鶏がうろついて、くちばしで将軍をつついていた。それを追い払う力もないほど衰弱していた。時々、精神錯乱の発作に襲われたので、思うように会話ができなかった。ともかく最後に何とも哀れな様子でイギリス人将校に別れを告げて、こう言った。

「人の住めないこの海岸で、私が鶏についばまれて死んで行くところを目にした、とみんなに伝えてもらいたい」

将軍は砂漠の焼けつくような陽射しのせいで、日射病にかかったと言われていた。その後グア*ヤキルで、ついでキトで、胃を悪くして発熱し、死に瀕しているという噂が流れた。その病気のいちばん目立った特徴は、外界に対して関心がなくなり、無気力になってしまうことだった。ただ将軍はつねづね医学を敵視していたので、そういう情報が科学的な根拠に基づいたものなのかどうかは誰にも分からなかった。将軍はドノスティエールの『あなたの医学』を見て自己診断し、薬を処方していた。これは体、あるいは精神が変調をきたすと、それがどういうものなのかを理解し、治療するための神託としてホセ・パラシオスがどこへ行くにも持ち歩いていた、フランス語で書かれた家庭医学書だった。

いずれにしても、死を間近に控えた当時の将軍ほどの偉業を成し遂げたものはほかにいなかった。誰もがパティビルカで息を引き取るだろうと思っていた矢先、将軍はふたたびアンデス山脈を越えて、フ*ニンでスペイン軍を敗走させ、アヤクーチョで最後の勝利を収めて、ボリビア共和国を作り、全イスパノアメリカの解放を成し遂げた。そして、リマでは勝利の美酒に酔い痴れて、かつてなかったほど幸せな思いに浸った。だが、そのような喜びは二度と訪れてこなかった。病気のために将軍はついに権力の座を去って国を出て行くことになったという公示がくり返し出され、それを裏書きするような公式行事が行われても、飽きもせずみえみえのお芝居をしているといって誰一人信用するものはいなかった。

　戦場からもどって数日後に、とげとげしい雰囲気のもとで統治のための会議が開かれた。それが終ると将軍は、アントニオ・ホセ・デ・スクレ陸軍総監の腕を取って、こう言った。「君にはここに残ってもらいたい」将軍は彼をごく少数の選ばれた人しか入れない私室に招き、むりやり私用の肘掛け椅子に座らせた。

「ここに座るのは私ではなく、君なんだ」

　刎頸《ふんけい》の友であるアヤクーチョの陸軍総監は国の実情を知り尽くしていたが、将軍は本題に入る前に事情を事細かに説明した。近々、共和国大統領を選出し、新しい憲法を承認するための憲法制定議会が開かれることになっており、遅ればせながらそこで大陸統一という黄金の夢をすくい上げようとしていたのだ。貴族政治に後退してしまったペルーはもはや自分たちの手で取り戻せそうもないように思われた。アンドレス・デ・サンタ・クルス将軍はボリビアの鼻面をつかんで好き放題に引きずりまわしていたし、ホセ・アントニオ・パエス将軍の支配下にあるベネズエラは自治権を要求したばかりだった。南部の総司令官であるフアン・ホセ・フローレス将軍はグアヤキルとキトを合わせて、エクアドル独立共和国を作っており、広大で統一のとれた祖国を生み出す母体とも言うべきコロンビア共和国は、かつてのヌエバ・グラナダ＊副王領に縮小されていた。つまり、ようやく自由な生活を営めるようになったラテンアメリカに住む千六百万人の人々は、気が付いてみると各地のカウディーリョ＊たちの気紛れに弄《もてあそ》ばれていたのだ。

「要するに、われわれが自分の手で苦労して作り上げたものを、ほかの連中が足で蹴散らしているということだ」と将軍は結んだ。

「こういうのを運命のいたずらというのでしょう」とスクレ陸軍総監が言った。「われわれが独立という種子を地中深く埋めたのが、芽を吹き、そのためにあちこちの国が互いに独立しようとしている、そんな感じがしますね」

それを聞いて将軍は勢い込んで反論した。

「それはそうだが、自分に都合のいいことしか言わない敵の下劣な言葉をそのままくり返してはいけないな」

スクレ陸軍総監は素直に謝った。彼は聡明で、わきまえがあり、内気で迷信深い性格だった。顔には薄いあばたがあったものの、女のように優しい顔立ちはほとんどそのまま残されていた。彼を深く愛していた将軍は、彼のことを、本当は謙虚ではないんだが、そう装っているだけだよと言っていた。スクレは、*ピチンチャ、トゥムスラ、タルキの英雄であり、二十九歳にもなっていないのに、南アメリカにおけるスペイン軍最後の牙城を打ち砕いた栄光あるアヤクーチョの戦闘の指揮を執った。けれどもそうした功績よりも、勝利を収めたときに見せた優しい思い遣りと政治家としての優れた能力でほかのものたちよりも傑出していた。彼はその時点ですべての職務を辞し、軍人としての階級章を外し、くるぶしまである羊毛の長い外套を着て歩きまわっていた。近くの丘陵から吹きつける氷のように冷たく、ナイフのように鋭い風から身を守るためにいつも外套の襟を立てていた。彼が自分の希望に従って、国民に対して行なった唯一最後の約束は、キト選出の代議士として憲法制定議会に参加するというものであった。当時三十五歳で、健康に恵まれ、しかもソランダの公爵夫人ドーニャ・マリアーナ・カルセレンを心から愛していた。キト生まれのこの夫人はまだ幼さの残っているいたずら好きな美しい女性で、スクレは二年前に強引に彼女と結婚し、現在二人の間には六カ月になる女の子がいた。

将軍は、自分の後継者として共和国大統領になるのにもっともふさわしい人物といえば、彼をおいてほかにいないと考えていた。ただ、ラファエル・ウルダネータ将軍はスクレを大統領にさせまいとして憲法で年齢制限をしたために、あと五年経たなければ法定年齢に達しなかった。将軍はそれを承知のうえで、その修正案を手直しするための裏工作をひそかに進めていた。

「君が受けてくれれば、私は大元帥になって牝牛の群を守る牡牛のように、政府のまわりをまわって目を光らせることにするよ」と将軍は言った。

憔悴したような表情を浮かべていたが、将軍の決意に満ちた言葉には説得力がこもっていた。けれども陸軍総監は以前から、今腰を下ろしている肘掛け椅子が決して自分のものにならないことを知っていた。少し前に初めて大統領候補に推されたことがあり、そのとき彼は、体制は固まっておらず、何を目指しているのかも分からない国を統治する意志はないと言い切った。政治を浄化する第一歩は軍人を権力の座から遠ざけることであるという考えを抱いていた彼は議会に対して、いかなる将軍も今後四年間は大統領になることを禁止するという法案を提出した。その真意はウルダネータの野心をくじくことにあった。しかし、その修正案の強力な反対者というのが、ほかでもないもっとも有力な将軍たちだったのである。

「今の私には、指針もないのに一国を統治して行くだけの気力、体力がないのです」とスクレが言った。「それに、閣下もご承知のとおり、いま必要なのは大統領ではなく、反乱を鎮めることのできる人間です」

スクレはもちろん憲法制定議会に出席するつもりでいたし、請われればその議長をつとめてもいいと考えていた。しかし、それ以上のことをするつもりはなかった。十四年間戦場を駆け巡ってきた彼は、生きてここにいることが最大の勝利であることをよく知っていた。広大で未知の国ボリビアを創設し、そこの大統領職について見事な統治を行なったスクレは、その体験から権力というものがいかに儚いものであるかを身に沁みて感じていたのだ。それにまた、頭のよい彼は栄光の空しさもよくわきまえていた。「そういうわけで、お断りしたいと思っています、閣下」聖*アントニウスの日に当たる六月十三日には、キトに戻り、妻と娘に会い、このたびの霊名の祝日だけでなく、以後のすべての霊名の祝日を祝うつもりでいたのだ。前の年のクリスマスに、彼は、これからは妻と娘といっしょに暮そう、二人を愛する喜びを噛み締めながら、彼女たちのためにだけ生きて行こうと決心し、その気持は今も変わっていなかった。

「私が望んでいるのはそれだけです、閣下」とスクレは言った。

　将軍の顔が真っ青になっていた。「もう何があっても驚くことはないだろうと思っていたんだが」そう言って彼の顔をじっと見つめた。「言うことは、それでおしまいか」

「いいえ、もう一つあります」とスクレが答えた。「最後に、閣下のご好意に対し、心からお礼を申し上げたいと思っております」

　将軍は、ふたたび見ることのない夢から目覚めようとするかのように自分の腿をぽんと叩いた。

「分かった」と言った。「君が私の代わりに、人生最後の決断を下してくれたというわけだ」

　その夜、将軍は嘔吐に苦しみながら辞表を書きあげた。それを見て当直医が胆汁を抑える薬を処方した。一月二十日に将軍は憲法制定議会を招集し、最後の演説を行なった中で、議長をつとめているスクレ陸軍総監を将軍の中でももっとも優れた人物であると褒めたたえた。その演説に対して議会は盛大な拍手を送った。ウルダネータのそばにいた議員の一人が彼の耳元でささやいた。「ということは、あなたよりも優れた将軍がいるということですね」将軍のスクレへの賛辞と横に座っていた議員の悪意に満ちた言葉が、熱く焼けた釘のようにラファエル・ウルダネータ将軍の心に突き刺さった。

ウルダネータは公正な人間だった。彼はスクレのように戦場で大きな勲功を立ててはいなかったし、人間的な魅力もそれほどなかったが、自分をスクレに勝るとも劣らない人物だと考えるだけの理由があった。彼の冷静沈着さと志操堅固なことは将軍も認め、称賛していたし、将軍に対する忠実さと愛情も人一倍強いものがあった。それに彼はまた、将軍にとって耳の痛い真実をずばり直言できる数少ない人間でもあった。将軍は、ウルダネータに対する配慮が欠けていたことに気が付き、議会での演説が印刷物になったときに、「将軍の中でももっとも優れた人物」となっているところを自分の手で「もっとも優れた人物の一人」と書き直した。けれども、それくらいのことではウルダネータの腹立ちがおさまるはずはなかった。

数日後、将軍は親しくしている議員を集め、会合を持った。ウルダネータはその席で、あなたはこの国を出て行くといいながら、そのじつ再選してもらおうと陰でこっそり働きかけているのではありませんかと言って将軍をなじった。三年前、ホセ・アントニオ・パエス将軍が初めてコロンビアからの分離独立を目指してベネズエラ地区を強引に支配下に置いたことがあった。将軍は直ちにカラカスに駆けつけると、喜びの歌声と鐘の音が鳴り響く中、群衆の見守る前でパエスと抱擁を交わして、和解が成立したことを人々に誇示した。そして、ベネズエラだけは例外的にパエスの思い通りに統治してもよいという措置を取った。「もとはといえば、あれが間違いのもとだったのです」とウルダネータが言った。というのも、あのような形でパエスのご機嫌を取ったばかりに、ヌエバ・グラナダの人々との関係が悪化し、さらにはヌエバ・グラナダまでひそかに分離独立を目指すようになったのです。ことここに至れば、将軍が祖国のために何かなさるおつもりなら、支配者の座に恋々《れんれん》とせず、直ちに国を出られるのが最上の策でしょう、と結んだ。その言葉を聞いて、将軍も負けずに激しく反論した。けれども、ウルダネータは誠実な人間で、しかも熱情家で弁も立ったので、その場に居合わせたものは一様に、これで長年続いた二人の偉大な友情も終りを告げることになるだろうと考えた。

将軍はふたたび自分は辞職すると言明し、議会が正式に大統領を選出するまでその任を果たす副大統領にドン・ドミンゴ・カイセードを指名した。三月一日、将軍はこっそり通用門から姿をくらました。じつを言うとシャンパン・グラスを手に副大統領に選ばれたカイセードを歓呼の声で迎えている招待客と顔を合わせたくなかったのだ。そして、借り受けた大型の四輪馬車に乗り、郊外の湖畔に建てられた牧歌的な雰囲気のフーチャの別荘に向かった。その別荘は副大統領の持ち物だった。これでもう自分は一介の市民でしかない、そう考えると嘔吐がいっそうひどくなった。将軍は夢うつつの状態で、これから回想録を書こうと思うので必要な道具を用意してくれ、とホセ・パラシオスに頼んだ。ホセ・パラシオスは、四十年分の回想を書くのに十分なインクと原稿用紙を用意した。将軍は、自分の甥で書記をしているフェルナンドに、月曜日以後は朝の四時にいつでも仕事にかかれるよう用意しておくように、というのもあの時間が身を嚙むような怨恨を抱いて過去のことを思い出すのにいちばんいい時間なのだと伝えた。その甥に何度もくり返し語ったところによると、いちばん古い思い出、つまり、ベネズエラのサン・マテオ農場に住んでいた頃の思い出で、三歳の誕生日を迎えたばかりのときに見た夢から書き始めるつもりでいたようだった。その夢には、金歯のラバが出てきて、家族や召使のものたちが昼寝をしている間に、屋敷内に入り込み、主賓室から食糧貯蔵庫までを歩きまわって、別に急ぐでもなくあたりのものを手当たりしだいに食べ尽くしていった。カーテン、絨緞、ランプ、花瓶、食堂の食器類やナイフ、フォーク、スプーン、祭壇のうえの聖人像、中にものが入っている洋服だんすや櫃《ひつ》、台所の鍋、蝶番《ちようつがい》とかんぬきのついているドアと窓、ポーチから寝室にいたる部屋のすべての家具、それらをことごとく食べ尽くし、残ったのは母親の化粧台についている鏡のなくなった長円形だけで、それが部屋の中をふわふわ漂っていたとのことである。

けれども、フーチャの別荘で暮していると気分がよかったし、雲が足早に流れて行くそのあたりは大気も爽やかだったので、回想録を書くという話はいつしか沙汰止みになってしまった。朝の早い時間に、香ぐわしい薫りのする草原の中の道を散歩するようになった。その頃将軍を訪れた人たちは、もうすっかり具合がよくなっているような印象を受けた。とりわけもっとも忠実な友人である軍人たちはそう考えて、たとえクーデタを起こしてでもいいから、大統領の職に留《とど》まっていただきたいと懇願した。将軍は、力ずくで権力を手に入れたりすればこれまでの栄光に傷がつくと言って、軍人たちを失望させたが、一方では議会で正式に決定が下されて、ふたたび大統領になれるかもしれないという期待を抱いているように思われた。ホセ・パラシオスは相変わらず、「ご主人様の考えていることが分かるのは、ご主人様だけです」と言っていた。

マヌエラは大統領の公邸になっているサン・カルロス宮殿のすぐそばに住んで、街の噂を聞き込もうと耳をそばだてていた。週に二、三回フーチャを訪れ、至急伝えなければならないことがあるときはその回数が増えた。来るときは必ず修道院で作ったまだあたたかいマサパン*やお菓子、それに四時のおやつにとシナモン入りの板チョコを持ってきた。新聞を持ってくることはめったになかった。というのも、将軍は自分を批判する記事にひどく敏感になっており、気にする必要のないような記事でもついかっとなって怒りだすのだ。だから彼女は、政治の舞台裏で行われている汚い駆け引きや、背信行為が平然と行われている社交界の実態、真偽のほどが定かでない噂話を語って聞かせた。将軍は彼女にだけは本当のことを言ってもいいと言っていた。だから彼女の話には、将軍を批判したものも含まれていたが、それを聞きながら将軍は腹を抱えて笑い転げた。話題がないときは、二人で手紙に目を通したり、彼女に読み上げてもらったりした。また、暇があると副官たちを相手にカードをしたりしたが、食事だけはいつも二人でとることにしていた。

二人は八年前、解放を祝う舞踏会がキトで開かれたときに知りあった。当時彼女は、副王時代末期の貴族社会の一員だったイギリス人の紳士ジェイムズ・ソーンの妻になっていた。二十七年前に妻をなくした将軍が、それ以後愛した女性は彼女一人しかいなかった。また、彼女は将軍のよき相談相手であり、将軍の個人的な文書を保管しており、将軍のために感情をこめて本を読み、女性ながら大佐で、将軍の参謀役をつとめてもいた。以前は痴話喧嘩の果てに将軍の耳を嚙み千切りそうになったこともあったが、それももう昔の話だった。けれども、今でもささいなことから喧嘩になり、その後激しく愛しあうことで和解することはよくあった。マヌエラはフーチャに泊まることはなかった。昼の短い季節だったので、途中で日が暮れてはいけないと思い、いつも早目に出るようにしていた。

リマにあったラ・マグダレーナの別荘で暮していた頃は、名家のご婦人方や家柄はさほどでもない女性たちとよろしくやらなければならなかったので、何かと口実を設けては彼女を遠ざけるようにしていた将軍が、フーチャの別荘に住むようになってからは彼女がいないと暮して行けないような素振りを見せるようになった。彼女がやって来る道をじっと見つめ、しきりに時間を尋ねてホセ・パラシオスをいらいらさせ、肘掛け椅子の場所を変えてくれと言ったり、暖炉の火をもっと大きくしろとか、火を消してくれ、いや、もう一度火をおこしてくれとうるさく注文をつけたりする間も、ひどく不機嫌で苛立っていた。丘の向こうに彼女が乗った馬車が見え、心に明るい灯がともるまでその状態が続いた。そのくせ、彼女が思ったよりも長く腰を据えていると、やはり不機嫌になるのだった。昼寝の時間になると、ドアを開けたまま服も脱がずに二人でベッドに入ったが、眠るわけではなかった。何度か愛しあおうと試みたこともあった。気持はあっても、体力がないために体が言うことをきかなかった。けれども、将軍はそれを認めようとしなかった。

あの頃はしつこい不眠症に悩まされていて、そのせいで日常生活に支障をきたすようになった。手紙を口述筆記させているときとか、カードをしている最中に突然眠り込むようになり、それが急に眠気に襲われたのか、一瞬気を失っただけなのか将軍自身にも分からなかった。けれども、横になったとたんに、頭が冴えて眠れなくなってしまうのだ。明け方になってようやくうとうとし始めると、木々の間を穏やかな風が吹き抜けてまた目が覚めてしまう。そうなると、回想録を書くのは明日まで延ばして、散歩に出ようという気持に襲われた。散歩に出ると、ときには昼食の時間まで戻らないことがあった。

護衛はもちろん、ときには戦場まで連れていったこともある二頭の忠実な犬も従えずに散歩に出かけた。詩にもうたわれたこともある馬は、旅費を捻出するために騎兵大隊に売ってしまって一頭も残っていなかった。どこまでも続くポプラ並木の落葉を踏み締めて、将軍は近くの川まで足を延ばした。草原から吹きつける凍てつくような風から身を守るためにビクーニャのポンチョ*を羽織った。足元は生毛《きもう》で裏打ちしたブーツで固め、頭にはそれまでナイトキャップとして使っていた縁なし帽をかぶっていた。踏み板の外れた小橋の前の、もの悲しげな柳が影を落としているところに腰を下ろし、長い間物思いにふけった。水の流れを眺めながら、若い頃の師シモン・ロドリーゲスが用いたのと同じ修辞を使って、川を人の運命になぞらえてみたりした。護衛士官の一人が将軍に見つからないようこっそりあとをつけていた。やがて将軍は朝露に濡れそぼち、ポーチの階段を登るのもおぼつかないほど憔悴し、くたびれ切って戻ってきたが、その目は幸せに満ちあふれた狂人のように輝いていた。こっそり別荘を抜けだして散歩するのが何よりの楽しみだったらしく、木々の間に身をひそめて見張っていた護衛の将校が、将軍がかつて伝説的な勝利を収めたり、とてつもない大敗北を喫したときのように軍歌を口ずさんでいるのを耳にしたこともあった。将軍をよく知っている人たちは、どうしてあんなに上機嫌なんだろうかといぶかしく思った。マヌエラでさえ、将軍がつねづね称賛している憲法制定議会がふたたび将軍を共和国大統領に選出したのだろうかと考えたほどだった。

選挙の当日も将軍は散歩に出かけた。そのとき生け垣のところで野良犬のハウンド犬*が山うずらを追いまわしているのを見かけた。将軍がならず者のようにピーッと口笛を吹くと、犬はぱっと立ち止り、耳をぴんと立てて口笛の主を捜した。すると、裾を引きずるほど長いポンチョをまとい、フローレンス*の司教がかぶるような縁なし帽を頭に載せた将軍が、まるで神に見放されたような姿で流れ行く雲と大草原の間に立っているのが目に入った。犬がくんくん匂いを嗅いでいる間、将軍は指先で犬の毛を撫でていた。と突然、犬が後退《あとじさ》りして、その金色の目で将軍の目を見つめ、不安そうにうなり声を上げると、怯えて逃げ出した。その犬を追いかけているうちに、将軍は見知らぬ小道に迷い込み、気がつくと泥だらけの路地が続き、赤い屋根のついた日干しレンガを積んだだけの家の建ち並んでいるところに出た。そのとき突然叫び声が聞こえた。

「この腸詰め野郎！」

牛小屋から飛んできた牛糞が避ける間もなくぴしゃっと胸に当たり、顔にまで飛び散った。大統領官邸を出て以来うつけたようになっていた将軍は、牛の糞よりも、あの叫び声で目が覚めたようになった。腸詰め野郎というのはヌエバ・グラナダの人々が将軍につけたあだ名で、舞台衣装の軍服を着て市内の目抜き通りをうろついている狂人につけたのと同じあだ名だということを将軍は知っていた。自由派を標榜している議員の一人までが、将軍のいないときに議場でそのあだ名を口にしたことがあり、席を立ってこれに抗議したのは二人だけだった。将軍はその叫び声を聞いてこれまでにないほど大きな衝撃を受けた。ポンチョの端で顔を拭《ぬぐ》いはじめたが、それが終らないうちに、こっそりあとをつけてきた護衛の将校が木立の間から抜き身のサーベルを持って飛び出してきた。将軍を侮辱した男を懲らしめるつもりだったのだ。将校を見て、将軍は激怒した。

「ここで何をしている？」

将校は気を付けの姿勢を取った。

「閣下をお守りするようにとの命令を受けております」

「君に閣下と呼ばれる筋合いはない」

怒りに駆られた将軍はその場で将校の任務を解き、肩書を剥奪したが、その怒りがあまりに激しかったので、ここまで将軍につかえてきたのに、どうしてこうまで叱られなければならないのだろうと将校は考えた。将軍の人柄をよく知っているホセ・パラシオスでさえ、どうしてあんなに厳しい処置を取ったのかといぶかしく思った。

その日はいやな一日だった。マヌエラを待っているときのようにいらいらして家の中を歩きまわっていた。その原因が彼女ではなく議会の決定を待っているせいだということは誰の目にも明らかだった。将軍は議場の様子を事細かに思い浮かべてみた。時間を尋ねられたホセ・パラシオスが、十時ですと答えると、「煽動家どもがいくらぶうぶう言おうが、もうそろそろ投票が始まる頃だな」そして長い間物思いにふけった。「ウルダネータのような人間の考えていることは、どうもよく分からんな」と大きな声でつぶやいた。それを聞いてホセ・パラシオスは心の中で、それは将軍がよくご存じのはずです、ウルダネータは自分がどういう理由で将軍を深く恨んでいるかあちこちで吹聴しておりますからと考えた。ホセ・パラシオスがふたたびそばを通りかかると、「スクレは誰に投票すると思うね？」とさりげなく尋ねた。スクレ陸軍総監が投票できないことは、ホセ・パラシオスだけでなく将軍もよく知っているはずだった。というのも、スクレはちょうどその頃議会の命を受けて、*サンタ・マルタの司教ホセ・マリーア・エステーベス猊下《げいか》とともにベネズエラに行き、分離条項の細目を協議しているはずだった。ホセ・パラシオスは立ち止りもせずに、「それはご主人様が誰よりもよくご存じのはずです」と答えた。あの不愉快な散歩から戻って以来、将軍ははじめて笑顔を見せた。

将軍は食欲のあるなしを問わず、十一時前になると必ずテーブルについて、ブドウ酒を飲みながら生温かい卵を食べるか、切ったチーズをつまんだが、あの日はほかのものが昼食をとっている間、テラスから街道のほうをじっと見つめていた。あまり熱心に見ていたので、ホセ・パラシオスもさすがに声をかけるのがためらわれた。三時を過ぎても、マヌエラを乗せた馬車は丘の向こうに姿を見せなかった。ロバのひづめの音が聞こえたので、あわてて椅子から立ち上がった。彼女を出迎えに駆け出して行き、扉を開けて、降りるときに手を貸してやったあと、彼女の顔を見た。それだけでもう投票の結果が呑み込めた。ポパヤン*の名家の長男であるドン・ホアキン・モスケーラが、満場一致で共和国大統領に選出されたのだ。

それを聞いても、将軍はべつに怒りもしなければ、落胆もしなかった。ただ、まさか誰も真《ま》に受けないだろうと思って、議会に対してドン・モスケーラの名前をほのめかしたのはほかでもない将軍自身だったので、意外な結果に驚いていた。長い間物思いにふけり、四時の軽食の時間になってようやくぽつりと尋ねた。「私には一票も入らなかったのか?」一票も入らなかった。やがて、将軍を信奉している議員で構成された議員団が公式訪問で訪れてきた。そのとき彼らは、今回の熾烈な選挙戦で万が一将軍が敗れるようなことがあってはいけないので、前もって相談のうえ、満場一致で大統領が選ばれるように工作したのだと説明した。将軍はひどく機嫌を損ねていたので、議員たちの優しい気配りに感謝するだけの余裕がないように思われた。それどころか、自分のこれまでの栄光を考えれば、最初に辞職願を出した時点で、本来なら議会がすぐに受け取るべきだったのだと考えた。

「要するに、またしても煽動家どもが勝利を収めたということだ。それも汚い手を用いてな」と将軍は溜息まじりにつぶやいた。

けれども自分の動揺を悟られまいとしてわざわざ議員たちをポーチまで送っていった。しかし、馬車が見えなくなる前に激しい咳の発作に襲われ、夜になるまで別荘では警戒態勢が敷かれた。公式訪問議員団の一人が帰りぎわに、共和国が救われたのは、議会が慎重に審議したうえで決定を下したからですと言った。将軍はその言葉を聞き流した。けれどもその夜、マヌエラがむりやりコンソメを飲ませているときに将軍はぽつりと、「いまだかつて議会が国を救ったことなど一度もない」と漏らした。ベッドに入る前に副官や従僕たちを集め、いつものもったいぶった口調で自分は辞職すると言明した。しかし、本当にそのつもりかどうかは誰にも分からなかった。

「明日この国を出て行くことにする」

じっさいに出発したのは次の日ではなく、四日後のことだった。平静さを取りもどすと、将軍はさっそく出国声明を口述筆記させた。できあがった文面は心の痛みなど少しも感じさせないものになっていた。そのあと首都にもどり、出立の準備をはじめた。新政府の陸海軍大臣に任命されたペドロ・アルカンタラ・エラン将軍がラ・エンセニャンサ街にある自分の家に招いたのは、療養させるためではなく、身辺が日ごと危険になっている将軍の身を守ろうとしてのことだった。

旅費を捻出する必要があったので、サンタ・フェを発つ前に僅かばかりの財産を処分した。馬を売り払ったあと、ポトシ銀山*全盛時代に作られた銀製の食器も手放した。この食器は凝った細工と歴史的な価値を度外視し、銀の値打だけで計算しても、二千五百ペソは下らなかった。造幣局で最終的な査定をしてもらったあと、現金で一万七千六百ペソ六十センタ*ーボを受けとり、さらにカルタヘーナの国庫に対する八千ペソの支払い命令書を受け取った。議会は将軍に終身年金を出すことに同意し、またいくつかのトランクには六百オンス*の金が分けて入れてあった。アメリカ大陸でもっとも裕福な家庭に生まれた将軍の個人資産を清算してみると、そこまで目減りしていたのだ。

出発の朝、ホセ・パラシオスがゆっくりと荷造りをしている間に将軍は着換えを済ませた。荷物の中には、着古した下着が二枚と、着換え用のワイシャツが二枚、ほかにアタウアルパ*の金で作ったと言われる金ボタンが二列についているカザック、絹のナイトキャップ、スクレ陸軍総監が将軍のためにボリビアから持ち帰った赤いフードくらいのもので、履きものといっても、部屋履きと今はいているエナメルのブーツしか入っていなかった。ホセ・パラシオスの私用のトランクには救急箱やあまり値打のない小物といっしょに、ルソーの『社会契約論』とイタリア人のライムンド・モンテクッコーリ将軍の書いた『戦術論』が入っていた。この二冊の稀覯本はもともとナポレオン・ボナパルトの蔵書だったが、副官をしているウィルソンの父親ロバート・ウィルソン卿が将軍に寄贈したものだった。あとは兵士の雑嚢に入るくらいの分量しかなかった。将軍は公式随行員の待つ客間にむかおうとしてその荷物に目をとめ、こう言った。

「あれだけの栄光が片方の靴にすっぽり納まる程度だったとはな、ホセ」

けれども、荷役用のラバの背中には、メダルや金製のテーブルセット、そこそこ値打のある品物などの入った箱をはじめ、私文書を詰めたトランクが十個に、読み終えた本の入ったトランクが二つ、それに衣類の入ったトランクが少なくとも五つはあり、ほかに数え上げる気にもならない雑多なものが詰めこまれた箱がいくつか積まれていた。けれども三年前、ボリビアとコロンビアの大統領職、それにペルーの独裁執政官の三つの権力を授けられてリマに戻ってきたときの荷物に比べれば微々たるものでしかなかった。あのときは、荷獣《にじゅう》の背に、七十二個のトランクとどれほど価値があるのか見当もつかない無数の品物を詰めた箱が四百個以上積まれていた。また、キトに残してきた六百冊以上の本は、けっきょくそのままになっていた。

　時刻は六時頃だった。ずっと降り続いていた雨がようやくあがったが、あたりはうす暗く、ひどく冷えこんだ。兵隊たちがいる屋敷は人いきれのせいで、兵営と同じ臭いがした。廊下のむこうから副官たちに囲まれて無口な将軍が近付いてくるのを見て、軽騎兵と選抜兵があわてて立ち上がった。夜明けの光の中で緑色に見える将軍は肩からポンチョを斜めにかけ、つば広の帽子をかぶっていた。そのせいで暗い顔がいっそう陰気に見えた。アンデス地方には、天候の悪いとき、突然外気にあたると悪い大気のせいで病気にかかるという古い迷信があり、その教えに従って将軍はオーデコロンを浸み込ませたハンカチを口に押し当てていた。階級章はいっさいつけておらず、以前の、人を圧倒するような威圧感も感じられなかったが、権力の座についた人特有の魔術的な雰囲気をたたえていたので、騒ぎ立てている将校たちの中にあってもひときわ人目をひいた。庭のまわりに巡らせてある、敷物をしきつめた廊下をゆっくり歩いて客間のほうにむかった。その姿を見て歩哨兵は気を付けの姿勢をとった。将軍は目もくれなかった。客間に入る前に将軍はハンカチを服の袖口に押し込んだ。今どきそういうことをするのは聖職者くらいのものだった。将軍は副官の一人にかぶっていた帽子を手渡した。

　この屋敷で夜を明かした人たちはもちろん、市民や軍人たちも夜が明けるのを待ってつぎつぎに訪れてきた。彼らはあちこちでひとかたまりになってコーヒーを飲んでいた。一様に黒っぽい服を着、声を押し殺してしゃべっていたので、あたりにはなんとも陰気で重苦しい雰囲気が漂っていた。人々がひそひそ話し合っていると、突然一人の外交官がかん高い声でこう言った。

「まるで葬式みたいですね」

そう言い終らないうちに背後でオーデコロンの匂いがし、それが部屋全体に広がった。外交官は親指と人差し指で湯気の立っているコーヒー茶碗をもったまま、あわてて後ろを振り返った。ひょっとして部屋に入ってきた亡霊のような人物に、今の失礼な言葉を聞かれたのではないかと不安になったが、心配はなかった。将軍がヨーロッパを訪れたのは三十一年前の、まだ若い頃のことで、以後、ヨーロッパに対しては恨みっぽい気持よりも懐かしさのほうがまさっていたのだ。外交官はいそいそで、いかにもイギリス人らしい丁重な態度で挨拶した。彼が将軍に言葉をかけた最初の人物になった。

「この秋は*ハイド・パークにあまり深い霧がかからないようにと願っています」と将軍は答えた。

それを聞いて外交官は一瞬戸惑った。というのも、先日来将軍が外国に行くという噂を耳にしており、その候補地として三つの場所が挙げられていた中に、ロンドンは含まれていなかったのだ。外交官はいそいそで答え返した。

「閣下のために、夜も昼も太陽が出るよう努める所存でおります」

新しい大統領はその場に居合わせなかった。というのも議会によって大統領に選出されたとき、本人はそこにおらず、ポパヤンから首都までやって来るのに一カ月以上かかるはずだったのだ。副大統領に選出されたドミンゴ・カイセード将軍が代理をつとめており、国王も顔負けするような押出しと風采のこの男なら、共和国のどのような仕事をまかせても楽にこなせるだろうと噂されていた。将軍は外交官に丁重に挨拶すると、からかうような口調でこう言った。

「私はまだこの国を出て行く許可をもらっていないのです。そのことはご存知ですかな？」

　それを聞いてみんなはどっと笑ったが、冗談で言っているのでないことは分かっていた。カイセード将軍は、正式のパスポートを次の郵便でオンダに送付することを約束した。

　大司教、妻と同伴で来ている名士連、それに政府の高官たちが公式の随行員に名を連ねていた。また、市民は乗馬ズボンをはき、軍人は乗馬靴をはいていた。彼らはこの著名な亡命者とともに何*レグアも先まで同行しようと考えていたのだ。誰に対しても愛想よく振る舞わなければならない儀式に慣れていた将軍は、如才なく大司教の指輪と御婦人方の手に口づけし、あまり感情をこめずに貴顕の士と握手をかわした。めったなことでは本音を吐かないその町の住民にはどうしてもなじめなかったのか、「この町はどうも肌に合わないようだ」とよくこぼしたものだった。客間を歩きながら挨拶をした。そのときは忘れず、礼儀作法の入門書で覚え込んだきまり文句を一人一人にかけた。しかし、誰とも目を合わさなかった。熱のせいで声がかん高くなり、時々かすれた。長年あちこちを旅し、戦場をくまなく駆け巡ってきたというのに、カリブ人らしい訛りはいっこうに消えず、なんとなく陰険な感じのするしゃべり方の高地の人たちの前に出ると、訛りがいっそうひどくなった。

　挨拶が終ると、副大統領が長年にわたる将軍の功績をたたえた文書を手渡した。そこにはヌエバ・グラナダの著名の士が大勢サインしていた。なんとも田舎くさい形式主義だとは思ったものの、無視するわけにも行かないだろうと考えて封書を開いた。けれども、眼鏡をかけないと大きな字でも読めないほど目が悪かったので、しんと静まりかえった中で読んでいるふりをした。一応もっともらしく目を通し、読み終えたような顔をして手短に謝意をのべた将軍は、まったく見当ちがいのことを言った。その席でまさか、読んでおられないのですかとも言えず、みんなは黙っていた。最後に部屋を見渡すといくぶん不安そうな表情を隠そうともせずこう言った。

「ウルダネータは来ていないのか?」

　副大統領は、ラファエル・ウルダネータ将軍は、反乱を起こした兵隊たちのお目付役として同行したホセ・ラウレンシオ・シルバ将軍とともに町を出ましたと答えた。そのとき、誰かがこう言うのが聞こえた。

「スクレも来ていませんよ」

　悪意のこもったその不愉快な発言を聞き流すわけにはいかなかった。それまで輝きを失い、人と目を合わすまいとしていた将軍の目が急に強い光を帯び、誰か分からない相手にむかってやり返した。

「アヤクーチョの陸軍総監には、わざわざご足労をおかけしてはいけないので、出発の時間を伝えていないのだ」

　スクレ陸軍総監はベネズエラに行ったものの、使命を果たせなかったばかりでなく、故郷の土も踏ませてもらえないまま二日前に帰国していた。どうやら将軍はそのことを知らなかったらしい。将軍が国外に出ることになったというのに、誰もスクレにそのことを伝えなかった。まっさきに彼に知らせなければならないとは考えなかったのだ。ホセ・パラシオスが、国外に出るという話を聞かされたのはちょうど折りの悪いときで、そのあと出発前のごたごたで取りまぎれて忘れてしまったのだ。スクレ陸軍総監は、なにも連絡してこなかったと気を悪くしているにちがいないという考えがパラシオスの頭から離れなかった。

隣室のダイニング・ルームには食卓が用意され、レースのテーブルクロスの上にタマーレス・デ・オーハ、米を詰めたモルシーリャ腸詰、スクランブル・エッグ、菓子パンや薫りのいい濃いスープのようなホットチョコレートの入った容器が並び、いかにも中南米らしい豪華な朝食が待っていた。屋敷の主人夫妻は、将軍が朝はヒナゲシにアラビア・ゴムの葉を混ぜたハーブティーしか飲まないことを知っていたが、ひょっとすると主賓として席につくかもしれないと考えて、わざわざ朝食の時間を遅らせた。女主人は将軍のために空けてあった、上座の安楽椅子にお座りくださいと言った。けれども将軍はその申し出を断り、愛想笑いを浮かべてこう言った。

「長旅になるはずですから、どうか皆さん、ゆっくりお召し上がり下さい」

将軍は背伸びするような格好で副大統領に別れの挨拶をした。副大統領はそれにこたえて巨大な体軀で将軍を抱擁した。その場に居合わせた人たちはあらためて、別れの挨拶をしている将軍が驚くほど小柄で、なんとも頼りなげで弱々しいことに気が付いた。将軍はもう一度みんなと握手を交わし、婦人たちの手に口づけした。誰かが、雨があがるまでお待ちになってはいかがですかと言って引きとめようとした。けれども、当人はもちろん将軍にも、雨が新しい世紀を迎えるまでやみそうもないことはよく分かっていた。それに一刻も早く旅立ちたいと思っている将軍をそれ以上引きとめるのは、非礼なことのように思われた。屋敷の主人が霧雨に煙る庭をぬけて厩舎まで将軍を案内した。触れただけでも壊れそうなほど弱々しく見えたので、その家の主人は指先でそっと将軍の腕をつかんで案内しようとした。けれども、体はひどく弱っていても、それとかかわりなく、外からは見えない皮膚の下を力強いエネルギーが奔流のように流れているのに気が付いてびっくりした。政府、外交団、軍部から派遣された人たちがくるぶしまで泥に埋まり、雨にうたれて将軍が出てくるのを待っていた。彼らは最初の一日だけでも将軍に同行しようと思っていたのだ。友情に駆られて来たものもいれば、将軍の身を守ろうと思って駆けつけてきたもの、本当に国外へ出るのかどうか確かめるために来たものと、思惑はさまざまだったが、彼らの心の中は外から推しはかることはできなかった。

あるスペイン人の商人が馬泥棒の嫌疑で起訴されていた。彼はそれを取り下げてもらえるのならと、家畜を百頭ばかり政府に差し出し、そのうちでもっともいいラバが将軍のために使われることになった。馬丁から手綱を受けとり、あぶみに足をかけたとき、陸海軍大臣が将軍に「閣下」と呼びかけた。あぶみに足をかけ、鞍に手を置いた将軍の体がそこで静止した。

「ここに残って、祖国を救うために最後の尽力をお願いしたいのですが」と大臣は言った。

「それはできないよ、エラン」と将軍は答えた。「私には自分を犠牲にしてもいい祖国はもはや存在しないのだ」

それが最後だった。シモン・ホセ・アントニオ・デ・ラ・サンティッシマ・トリニダッド・ボリーバル・イ・パラシオスは国を去り、永遠にもどってこなかった。将軍はヨーロッパの五倍もの広さの帝国を宗主国スペインから奪いとり、その土地を自由でしかも統一のとれた連合国家として存続させるために二十年にわたって戦場で指揮をとり、ほんの先週まで鉄の手でそこを統治してきた。その将軍が、人々は自分を信じてくれているという慰めも得られないまま国を去ることになったのだ。将軍が本当に国を出て、どこへ行くつもりなのかをあやまたず見抜いていたのは、イギリスの外交官だけだった。その外交官は本国政府に宛てた公式の報告書にこう書きつけている。「将軍には、どうにかこうにか墓場にたどり着くだけの時間しか残されていないでしょう」

一日目はまことに辛く厳しい旅になった。出発の日の朝、サンタ・フェの街路を進んで行くと、住民の内にこもった敵意がはっきりと感じとれ、これは将軍ほど重い病気にかかっていないものにもひどくこたえた。小雨が降りしきる中で東の空が白みはじめた。むこうのほうに道に迷った牛が歩いているだけだったが、将軍に敵意をいだいている人たちの憎悪が大気中に満ちているように思えた。万一のことをおもんぱかって、政府からはもっとも人通りの少ない街路を通ってゆくようにとの指示が出ていた。だが、修道院の壁に罵詈《ばり》雑言《ぞうごん》が書きつけてあるのを将軍は目ざとく見つけた。

ホセ・パラシオスは砲火のとどろく中にあってもつねにフロックコートを身につけ、絹のネクタイを*トパーズのネクタイピンで留め、子羊の革の手袋をはめ、錦織りのチョッキを着込み、胸のところで一対の時計の鎖を交差させていた。その日もいつもと同じいで立ちでラバにまたがり将軍に付き添っていた。鞍にはポトシの銀を使った飾りをつけ、金色に輝く拍車をつけていた。身なりがあまり立派だったので、アンデスの村を訪れたときは大統領とまちがえられたことも何度かあった。もっとも将軍の意向を汲んでなにくれとなく世話を焼いている姿を見ると、とりちがえるはずはなかったのだが。以前は将軍がやってくるというだけで大変なお祭さわぎがもち上がった町から、まるで追われるようにして出て行くことになった。将軍のことを知り尽くし、深く愛しているホセ・パラシオスは、将軍の心中を察して、ひどく心を痛めていた。ラテンアメリカ史上誰一人なし得なかったような偉業を成し遂げ、栄光に包まれて南部の過酷な戦場から凱旋したのはわずか三年前のことだ。あのときはかつてないほど盛大な歓呼の声で迎えられた。当時は将軍が馬に乗って街路を通りかかると、人々は馬の口輪をつかんで引きとめ、賦役《ふえき》や国税が厳しすぎるので軽減してほしいと訴えたり、慈悲を乞うたり、栄光に包まれた偉大な人物のそばにいたい一心で近付いてきたものだった。将軍は国政にかかわるような重要きわまりない問題に対処するときと同様、路上での市民の訴えにも熱心に耳を傾けた。また、市民一人一人のかかえている家庭内の問題や店の売り上げ、それぞれの体の具合までじつによく知っていた。ほんのつかの間ではあったが、将軍と言葉を交わした人たちは、権力の座についた人しか味わうことのできない喜びを共有しあったような錯覚にとらえられた。

将軍は少しも変わっていなかったし、寡黙な町も以前と同じだった。そう言ってもおそらく誰も信じなかっただろう。今はまるで逃げるようにしてそこを出て行こうとしていた。凍てつくような通りにはくすんだ色の屋根がついた同じ造りの家が建ち並び、気持の安らぐ庭には薫りのよい花が植わっていた。そこを通っていると、かつてないほどつよく、自分はよそ者でしかないと実感された。気の遠くなるほど長い時間をかけて、村落共同体と変わるところのない閉鎖的な世界がこの町で作り出されたのだ。妙にとり澄ました礼儀作法や独特のスペイン語が生み出され、それらは人との意志疎通をはかるというよりもむしろ、自らを閉ざす機能を備えていた。訪れる前から、寒風が吹きすさび、霧に包まれているこの町を選び出し、そこで自分の栄光を確固たるものにしようとした。将軍はどこよりもこの町を愛し、自分の人生の中心、存在理由とみなして、新世界の二分の一の広さがある国家の首都にしようと夢見たが、その夢は正夢にはならなかった。

　自分の過去をふり返ってみて、残されたものと言えば人々の不信感でしかないということに気が付き、将軍はがっくり力を落とした。政府は危険がないと思われる個所にも人目につかないようこっそり警備兵を配置していた。おかげで前日の午後、将軍を象《かたど》った人形を処刑した暴徒たちに襲われる心配はなかった。けれども先に進んで行くと、遠くで「腸詰め野郎！」とののしる声が聞こえてきた。将軍を憐れに思った人は一人しかいなかった。その女性が通りぎわにこう言った。

「神様の御加護があるようお祈りしてますよ、亡霊さん」

　誰もが聞こえないふりをしていた。将軍は暗く沈んだ表情で考えにふけり、まわりのことにはまったく関心を示さず、馬を進ませた。そのうち目の前に美しい草原が開けた。敷石を敷いた国道のはじまるクアトロ・エスキーナスにさしかかると、マヌエラ・サエンスが一人馬に乗って一行を待ち受けていた。彼女が遠くのほうから手を振って最後の別れの挨拶をすると、将軍も手を振って応えたが、そのまま先を急いだ。以後、二人は二度と顔を合わすことはなかった。

　間もなく霧雨があがり、輝くような青空が広がった。その日は一日じゅう、地平線にどっしり腰をおろしている雪をいただいたふたつの火山を見ながら進んだ。けれども今回、将軍は自然を見ても心を動かされなかった。*だく足で進んで行くと、行く手に村が現われ、誰かも分からないのに別れの挨拶をしてくる人もいた。将軍は素知らぬ顔をして通り過ぎた。*サバンナのあちこちに飼育場があり、すばらしい馬の群が草を食《は》んでいた。つねづね、あの馬を見るのがなによりの楽しみなのだと言っていた将軍が、今回は目を細めてそちらを見やることもなかったので、彼に付き従っていた人たちはいぶかしそうな顔をした。

最初の日はファカタティバー*の村で一夜を明かした。将軍はそこで同行してくれた人たちに別れを告げると、随行員とともに先を急いだ。随行員はホセ・パラシオスをのぞいて、全部で五名いた。戦場で右手を失ったホセ・マリーア・カレーニョ将軍とヨーロッパのほとんどの戦場を駆け巡ってきた古強者《ふるつわもの》の将軍ロバート・ウィルソン卿の息子で、将軍の副官をつとめているアイルランド人のベルフォード・ヒントン・ウィルソン大佐、将軍の甥で副官と書記をしているフェルナンド中尉（彼は共和国が誕生したばかりのときに船が難破して亡くなった兄の息子だった）、二年前の九月二十五日の将軍暗殺未遂事件のときに受けたサーベルの傷で右腕が動かなくなっている、血縁者で副官のアンドレス・イバーラ大尉、それに独立戦争時代に数知れぬ戦場を駆け巡ってきたホセ・デ・ラ・クルス・パレーデス大佐の五人だった。また、ベネズエラの召集兵の中から選びぬかれた百人の軽騎兵と選抜兵が栄誉ある親衛隊として彼らの警備にあたっていた。

ホセ・パラシオスはアルト・ペルー*の戦場から戦利品として連れ帰った美しくて勇敢な二頭の犬をとりわけ大切にしていた。サンタ・フェでは夜の間、政庁にいる将軍をこの犬たちが警護していたが、暗殺が企てられた夜、仲間の犬が二頭殺された。リマからキト、キトからサンタ・フェ、サンタ・フェからカラカス*、そしてふたたびキトとグアヤキルに引き返すという果てしない旅を続ける間、この二頭の犬は荷獣といっしょに進みながら荷物を監視していた。サンタ・フェからカルタヘーナにむかう最後の旅でも二頭は同じことをしたが、今回は荷物が少なかったうえに、兵隊たちが監視の目を光らせていた。

ファカタティバーで一夜を明かした翌朝、目が覚めたとき、将軍はひどく機嫌が悪かった。しかし、平原からなだらかな丘陵につけられた道をたどってくだって行くにつれて少しずつ機嫌がよくなりはじめた。気温が上がるに従い、あたりはもやがかかったようになった。将軍の体を気遣って何度かまわりのものが、休憩しましょうかと声をかけた。将軍は昼食を抜いて一気に暑い土地まで行こうと言い張った。つねづね馬の背で揺られているとものがよく考えられると言っていたし、馬を乗り潰さないように何回も乗りかえながら昼夜兼行で旅したこともあった。そのせいで、長年馬に乗りつけた人のように両脚が湾曲し、歩き方も拍車をつけたまま眠る人にそっくりになっていた。肛門のまわりは床屋の手のようにタコができて皮が厚くなっていたので、鉄の尻というありがたいあだ名をつけられていた。独立戦争が始まってから、すでに一万八千レグアを馬で踏破しており、これは地球ふたまわり以上の距離にあたる。将軍は馬上で眠っていると言われていたが、その噂はおそらく本当だったのだろう。

　正午を過ぎると渓谷から暖かい風が吹き寄せてきた。その頃になってようやくある修道院で小休止しようということになった。尼僧院長自らが彼らの世話をし、インディオの見習い尼僧たちがかまどから焼きたてのマサパンを取り出し、醗酵直前のトウモロコシの粒が浮いているマサト*酒をくばった。てんでんばらばらの軍服を着、汗まみれになった兵隊たちがやってくるのを見て、尼僧院長はウィルソン大佐がいちばん偉い将校だろうと見当をつけたにちがいない。というのも彼は金髪でハンサムだったうえに、いちばんまともな軍服を身に着けていたのだ。院長は女性らしい心遣いをみせてなにくれとなく大佐の世話を焼き、おかげで意地の悪い陰口を叩かれる羽目になった。

ホセ・パラシオスは尼僧院長が勘違いしたのに気付いて、これさいわいと将軍を修道院のセイ*バの木陰に寝かせ、汗を出して熱を発散させようとその体を毛布でくるんだ。将軍は食事もとらず眠りもせずに、そのままじっと動かずにいた。見習い尼僧たちが年上の尼僧の弾くハープに合わせて新大陸の白人が好んで口ずさむ恋歌をうたっているのが、霧のむこうから聞こえてきた。歌が終ると、見習い尼僧の一人が帽子をもって修道院に対する喜捨を集めてまわった。ハープを弾いていた尼僧が通りすがりに、「ご病人にむりを言ってはいけませんよ」と注意した。けれども見習い尼僧は耳を貸さなかった。将軍は彼女のほうを見ようともせず、苦笑いを浮かべて、「施しをしてもらいたいのは私のほうだよ」と言った。ウィルソンが財布を取り出し、気前よく寄付したのを見て将軍が親しみのこもった口調でからかった。「天国に迎えてもらおうとすると、なにかとものいりだな、大佐」ウィルソン大佐はのちに、あの修道院はもちろんのこと、そのあとの道中でも誰一人新しく誕生した共和国の中でもっとも高名な将軍のことを知らなかった、と驚きの念を隠さずに語っている。

「私はもう、昔の私ではないんだ」と将軍は言った。

　二日目の夜は以前タバコ工場だったところを改装して作られた宿泊所に泊まった。近くにあるグ*アドゥアスの町では、将軍の長年にわたる労をねぎらおうと、人々が一行の来るのを待っていた。だが将軍はあまり嬉しそうではなかった。宿泊所はだだっ広くて薄暗かった。まわりには猛々しい植物が鬱蒼と生い茂り、一切を呑み尽くす黒い水がごうごうと音を立てて暑い土地にあるバナナ農場へと流れ落ちていて、そこにいるだけで気が滅入りそうになった。そのあたりの地理に詳しい将軍は初めてそこを訪れたときに、「人をわなにかけて消し去るのなら、このあたりがいちばんいいだろうな」と言った。キト街道には、ベルエーコスという、むこうみずな旅行者でも二の足を踏む難所があり、このあたりはそこを思い出させると言って、これまでにも何度か避けたことがあった。一度など、まわりのものがこぞって反対したのに、それを押し切って二レグアも離れたところに野営地を作ったことがある。あそこのもの悲しい雰囲気がどうしても我慢できなかったのだ。今回はあまり信頼できないとはいえ、グアドゥアスの友人たちが慰労晩餐会を準備して、将軍が来るのを待っていた。けれども、それに出席するよりは、疲労感と発熱に苦しめられていても、宿泊所にじっとしているほうがいいように思われた。

将軍が憔悴しきった様子で到着したのを見て、宿泊所の主人は、患者が遠く離れたところにいて、見立てることができなくても、汗のついたシャツの匂いを嗅いだだけでたちどころに病気を治すインディオの治療師が近くにいるのですが、お呼びしましょうかと言った。将軍はそんなことができるわけがないと言って一笑に付し、部下のものにも神通力を備えたそのインディオに近付かないようにと言い渡した。医者というのは他人の苦しみを種に飯を食っている連中だから信用できないとつねづね広言していた将軍を、路上で病気の治療をしている心霊術師に診せるわけには行かなかった。将軍の健康状態を考えて、ゆっくり休めるような特別の寝室を用意したが、医学を頭から信じていない将軍は寝室などいらんと突っぱね、峡谷の上に張り出した、屋根のない回廊にハンモックを吊るすように命じ、体に悪いのを承知のうえで夜露にあたって一夜を過ごすことにした。

その日は明け方にハーブティーを一杯飲んだだけであとはなにも口にしていなかった。それでも空腹は感じていなかった。だが将校たちに悪いと思って一応食卓についた。将軍は過酷な野外での生活に慣れていたし、苦行僧のように小食で、酒もあまり飲まなかった。しかし、ブドウ酒の貯蔵法や料理が好きで、洗練されたヨーロッパ人も顔負けするくらいそういうことに詳しかった。初めて海外に出たときに、フランス人から食事中は食べものの話をするようにとしつけられた。この夜は、赤ブドウ酒をグラスに半分ほど飲み、珍しいというので鹿肉料理を一口食べた。というのも、宿泊所の主人と将校たちが口をそろえて、この虹色の肉はまるでジャスミンのような味がすると言ったからだった。食事の間はほんの二言か三言しゃべっただけで、しかもそれまでと同様、声に力がなかった。公職のうえで思わぬ不運に見舞われ、しかも健康を害しているせいで、人生の苦い味を嚙みしめていたはずの将軍が、テーブルにつくとそんな素振りは一切見せず、礼儀正しく振る舞ったので、そばにいたものは一人残らず心を打たれた。政治向きのことはひと言も口にしなかったし、土曜日の出来事にも一切触れなかった。しかし将軍は一度屈辱感を味わうと、それを根にもってなかなか忘れられないタイプの人間だった。

食事が終る前に、失礼と言って立ち上がり、熱があるせいで震えながら夜着を着、ナイトキャップをかぶってハンモックに倒れ込んだ。夜は涼しかった。オレンジ色の大きな月が丘の間に顔をのぞかせたが、それを見る気にもなれなかった。回廊から少し離れたところにいた護衛兵たちが突然、その頃はやっていた歌を合唱しはじめた。将軍が昔与えた命令にしたがって、兵隊たちはジュリアス・シーザーに率いられた軍団と同じように将軍の寝室の近くで野営していた。そうすれば、彼らの夜の座談を聞きながら、考えていることや士気の具合を知ることができるだろうと考えたのだ。どうしても寝つけず、その辺を散歩することもあって、そういうときはよく兵隊たちの寝所へ行き、その時々の気分で称賛やからかいの歌を即興で創作しながら明け方まで歌いつづけることもあった。けれどもその夜は歌声が耳障りでならず、歌をやめさせるように命じた。熱のために岩を嚙んでごうごうと流れる川音が耳につき、狂ったように大声を出してこう叫んだ。

「ちくしょう！　たとえ一分でもいいからあの川の流れを止められないのか」

いくら将軍でも川の流れを止めることはできなかった。ホセ・パラシオスは救急箱に入っている鎮静剤を飲ませて将軍の興奮をしずめようとした。将軍は飲もうとしなかった。将軍は、「薬の処方をまちがえて吐瀉《としゃ》したのがもとで権力を失ったばかりだ。このうえ命まで捨てろというのか」とホセ・パラシオスに嚙みついた。将軍は以前にも同じ言葉を口にしたことがあったが、ホセ・パラシオスが耳にしたのはそれが最初だった。以前ある医者が将軍の三日熱をなおそうとして砒素の入った飲み薬を処方した。けれども、その薬を飲んだときに赤痢にかかり、あやうく死にかけたことがあり、そのときに同じ言葉を口にしたのだ。以来将軍は丸薬の下剤しか受けつけなくなった。慢性の便秘症だったので、下剤は週に何回かいやがらずに飲み、便秘がひどくなって体の具合がおかしくなるとセンナ*の浣腸をした。

将軍のうわ言に付き合っているうちにくたびれてきたホセ・パラシオスは、真夜中すぎに角がすりへって丸くなっているレンガの床の上で横になると、そのまま寝入ってしまった。目がさめると、ハンモックの上に将軍の姿はなく、汗に濡れた夜着が床に投げ出してあった。いつものことだった。ベッドから起き出し、屋敷内に誰もいないときは、不眠をまぎらすために明け方までうろうろ歩きまわる癖があった。けれども、その夜は将軍の身が気がかりでならなかった。というのも、不幸な目にあったばかりだし、少し冷え込んでいたうえに湿気の多い気候の中を、戸外へ散歩に出るのは弱った体にこたえるにちがいないと考えたのだ。ホセ・パラシオスは毛布をもち、緑色の光が射し込む建物の中を捜しまわり、やがて墓石の上に横たわった彫像のように、廊下の石造りのベンチに寝そべっている将軍を見つけた。将軍は明るい目で彼のほうを振り返った。熱に浮かされているようには見えなかった。

「サン・フアン・デ・パヤーラの夜を思い出すな。レイナ・マリーア・ルイサがいないのがさみしいが」と将軍は言った。

ホセ・パラシオスはあの夜のことをよく覚えていた。あれは将軍が二千人の軍隊とともにベネズエラのアプーレ高原にある名もない寒村に進撃した、一八二〇年一月のある夜のことだった。将軍はそれまでに十八の州をスペインの支配から解放していた。ヌエバ・グラナダ副王領、ベネズエラ総督領*、それにキトのアウディエンシアの議長領を合わせてコロンビア共和国とし、当時はそこの初代大統領と軍の最高司令官を兼ねていた。メキシコからホーン岬*にいたる広大な土地を合わせた、世界一広大で、しかも自由な単一国家を作り出すという夢を実現するために、南部に戦線を拡大して行く、というのが将軍の最終的な狙いだった。

けれども、あの夜軍隊は見るも無残な状態にあって、とても夢を実現するどころの騒ぎではなかった。行進中の馬匹《ばひつ》が突然疫病に襲われ、ばたばた倒れていったので、十四レグアにわたってリャーノス*に死臭を放つ馬がうち捨てられた。将校の多くは自暴自棄になり、強盗を働いたり、上官の命令を無視するようになった。中には、罪を犯したものは銃殺刑に処すという将軍の命令をせせら笑うものもいた。二千人の兵隊たちはぼろぼろの軍服をまとい、裸足で、武器や食糧はもちろん、霧雨から身を守る毛布もないまま進撃した。戦いに疲れていたうえに、病気にかかっているものも少なくなかったせいで、脱走兵が相次いだ。ほかに打つ手がなかったので将軍は、脱走兵をとらえ、その身柄を引き渡した巡視隊には十ペソの報償金を出す、また脱走兵は理由のいかんを問わず、銃殺刑に処すという命令を下した。

これまでたびたび戦火をくぐってきた将軍は、戦争においては最終的かつ決定的な敗北などありえないということを知り尽くしていた。その二年前には、リャーノスに近いオリノコ河*のジャングルで軍隊とともに道に迷ったことがある。あのときは兵隊たちが共食いをしてはいけないからと、馬の肉を食べてよいという命令を下さざるを得なくなった。イギリス人部隊のある将校の証言によると、当時の将軍は得体の知れないゲリラのような風変わりな格好をしていたとのことである。頭には竜の飾りのついたロシアの甲《かぶと》をかぶり、馬子《まご》の履くぞうりをはき、赤い飾り房に金ボタンのついた青いカザックを着込み、そのうえリャネーロ*が使う、ドクロの下に十文字に組み合わせた骨の図柄が入った海賊の旗を槍の先にかかげており、そのドクロの下には《自由か死か》という血染めの文字が書いてあった。

サン・フアン・デ・パヤーラで夜を迎えたときは、それほど惨めな姿をしてはいなかったものの、状況はあまり変わらなかった。将軍の顔をひと目見れば、兵隊たちの士気が高揚しており、手ひどい敗北を喫するたびにさらに力をつけて頭をもたげてくる解放軍の過去の歴史をうかがい知ることができただろう。しかし、その一方で相次ぐ勝利の重みに押しひしがれそうになっていた。しかも、愛国者たちを追い散らし、ふたたび植民地体制を再建するのにじゅうぶんな兵力と装備を備えたスペイン人の将軍ドン・パブロ・モリーリョがベネズエラ西部の広大な地域を支配下に置き、山間部にたてこもっていた。

このような状況の中で不眠症に悩まされていた将軍は、月の光に照らされて昼間とはまったくちがった感じのする古い農場にある屋敷の、人気《ひとけ》のない部屋を素っ裸で歩きまわっていた。死んだ馬は前日にそのほとんどが屋敷から遠く離れたところで焼却され、あたりにはまだ耐えがたい腐臭が漂っていた。先週行なった死の行軍以来、兵士たちの歌声がまったく聞かれなくなっていた。空腹のあまり眠りこけている歩哨兵を起こす気にはなれなかった。そのとき、広々とした青白い平原にむかって開かれた回廊の端の、積み上げたレンガの上に腰をおろしているレイナ・マリーア・ルイサの姿が目に入った。年頃の美しい混血娘で、花柄の刺繡をしたショールに足先まですっぽりくるまり、偶像のような横顔を見せて短くなった葉巻を喫っていた。将軍の姿を見たとたんに、怯えたような表情を浮かべ、親指と人差し指を十字に交差させて将軍のほうに突き出した。

「神か悪魔か知りませんが、何の用です？」と彼女は言った。

「君に用があるんだ」と将軍が答えた。

将軍はにっこり笑った。月の光に輝くその歯を見て彼女はようやく誰だか分かったようだった。将軍は力いっぱい抱きしめて相手を動けなくすると、その額、目、頰、首筋にやさしく口づけをしておとなしくさせた。そのあとショールをはがすと、下にはなにも着ておらず素っ裸だったので、思わず息を吞んだ。同じ部屋で寝ている祖母が、勝手に起き出してタバコを喫わないよう裸にしていたのだ。まさか明け方にショールだけをまとって部屋から抜け出しているとは夢にも思っていなかった。将軍は彼女を抱き上げてハンモックのところまで運ぶと、息もつかさず口づけの雨を降らせた。彼女は欲望も愛情も感じていなかったが、恐ろしくて仕方がなかったので将軍に身をまかせた。彼女は処女だった。冷静さを取りもどすと、彼女はこう言った。

「私は奴隷なのです」

「いや、奴隷じゃない」と将軍は言った。「愛のおかげでお前はもう自由の身だ」

その日の朝、将軍は残り少なくなった金庫から百ペソ取り出し、農場主から彼女を身請けすると、無条件で解放してやった。出発の前に、現在自分たちが置かれている苦*しい状況についてひとこと言いたいという気持に駆られた。将軍はそのとき屋敷の裏庭にいて、疫病にかからなかった馬に乗っている一群の将校たちに囲まれていた。また、前日の夜に到着していたホセ・アントニオ・パエス少将の命令を受けてべつの部隊も見送りに来ていた。

現在置かれている劇的な状況をやわらげるような演説を手短にした将軍が出発しようとしたとき、解放されて自由の身になったばかりのレイナ・マリーア・ルイサがきちんとした身なりで立っているのが目に入った。糊のきいた真っ白なレースのついた下着に奴隷女が着る小さめの仕事着を着た彼女は、水浴びを済ませたばかりだということもあって、リャーノスの空の下で輝くばかりに美しく見えた。将軍は上機嫌でこう尋ねた。

「ここに残るか、それともわれわれといっしょに来るかね?」

彼女は魅力的な笑みを浮かべてこう答えた。

「私はここに残ります」

彼女の返事を聞いて居合わせたものたちはどっと笑い声をあげた。屋敷の主人は将軍とは古くからの知り合いで、スペイン人ではあったが独立運動がはじまると同時に運動に共鳴した。その主人が百ペソの金が入っている革袋を投げ返すと、将軍はそれを空中で受けとめた。

「閣下、その金は大義のためにお使い下さい」と主人が言った。「いずれにしても、この娘はもう自由の身です」

色とりどりの継ぎあてがしてあるシャツが妙にサテュロス*のような顔に似合っているホセ・アントニオ・パエス将軍が、はじけるような笑い声をあげた。

「嬉しいですね、将軍」と彼は言った。「それもこれも解放軍の軍人になったおかげですよ」

将軍はそのとおりだというようにうなずくと、手で大きく輪を描くようにしてみんなに別れを告げた。そして最後に、いかにもさばさばした様子でレイナ・マリーア・ルイサに別れを告げた。そのあと彼女がどうなったかは誰も知らない。将軍が、残念ながら今夜はレイナ・マリーア・ルイサが奇跡のように姿を現わさないことを別にすれば、サン・ファン・デ・パヤーラの夜のようだ、と言うのを聞くまで、ホセ・パラシオスはあの夜のことを忘れていた。あれからまだ満月の夜を三六五回も迎えてはいなかった。あの夜も、今夜もともに敗北の夜だった。

五時に、ホセ・パラシオスがその日最初のハーブティーが入ったカップをもって行くと、将軍は目をあけたまま休んでいた。彼の姿を見てあわてて立ち上がろうとしてあやうく前のめりに倒れそうになり、そのあと激しい咳の発作に見舞われた。ハンモックに腰をかけ、両手で頭をかかえるようにして咳き込んでいたが、やがて発作がおさまった将軍は湯気の立っているハーブティーをすすった。一口飲んだだけで機嫌がよくなった。

「一晩じゅうカサンドロ*の夢を見ていたんだ」と将軍は言った。

将軍はヌエバ・グラナダのフランシスコ・デ・パウラ・サンタンデール将軍のことを陰でカサンドロと呼んでいた。かつては頼りがいのある盟友だったが、その後将軍にとってつねに最大の敵対者となったサンタンデールは、独立戦争が始まった当初から将軍の参謀長官役をつとめ、将軍がキトとペルーを解放し、ボリビアを建国すべく苛烈な戦闘を行なっている間、コロンビアで大統領代理をつとめた。サンタンデールはどういうわけか残虐なことを好むきらいがあったものの、軍人としては有能で、しかも勇敢だった。もっとも天性の資質によるのではなく、歴史的な必要に迫られてそうなったにすぎなかった。しかし、市民として数々の美徳に恵まれていたうえに学問的な素養もあったので、その栄光はゆるがなかった。独立運動では将軍に一歩譲っていた彼が、共和国の法制に関しては第一人者として知られていた。そのために、以後コロンビア共和国は形式主義的で保守的精神の代弁者という烙印を永遠に押される羽目になった。

将軍はこれまで何度も辞職を考えた。そんなあるときサンタンデールにむかって、私は安らかな気持で大統領職を退くことができる、というのも「君は私の分身、いや私よりもすぐれた人間だ、だから、安心してこの国を君に委ねることができるんだ」と言った。サンタンデールが理性的な人間だったせいか、それとも過去の業績を評価してのことかは分からないが、将軍はほかの誰よりも彼を信頼していた。彼に〈法学者〉の称号を与えたのも将軍だった。けれどもそれほど高く評価されていながら、確たる証拠はなかったが将軍暗殺計画に加担したという理由で、サンタンデールは二年前にパリに追放されていた。

暗殺計画は実行に移された。一八二八年九月二十五日水曜日の真夜中に、十二人の民間人と二十六人の軍人がサンタ・フェにある政庁の玄関扉をこじ開けて侵入し、大統領の飼っている二頭のブラッドハウンド犬の首を切り落とし、数人の歩哨兵を傷つけ、サーベルでアンドレス・イバーラ大尉の腕に深手を負わせ、将軍がつねづねシーザーのように勇敢だと褒めちぎっていた自分の副官で、イギリス人部隊の一員でもあった、スコットランド人のウィリアム・ファーガソンを射殺し、大統領の寝室に乱入して、自由万歳、独裁者くたばれ、とわめき立てた。

サンタンデールの支持者たちは、自分たちはオカーニャ議会で勝利を収めたのに、将軍が三カ月前、その決議を無効にしようとして破格の権限を手中にし、独裁者になり澄ました、自分たちはそれに抗議してこのような行動に出たのだと主張した。それがもとで、サンタンデールが七年間つとめた共和国副大統領の職は廃止された。サンタンデールはいかにも彼らしい癖のある文体で、ある友人に次のように書き送った。「私は嬉しいことに一八二一年憲法の瓦礫の下に埋まってしまった」当時彼は三十六歳だった。ワシントンの全権公使に任命されたが、出発を一日延ばしに延ばしていた。おそらく、自分の陰謀が成功するのを心待ちにしていたにちがいない。

将軍とマヌエラ・サエンスはその夜ようやく仲直りをはじめたところだった。二人はあの町から二レグア半離れたソアーチャ村で週末を過ごし、月曜日にべつべつの馬車で戻ってきた。将軍を暗殺する陰謀が企てられていることをまわりの人間は一人残らず知っていたというのに、本人だけはいくら言っても信じようとしなかった。マヌエラの言葉にも耳を貸そうとせず、それがもとでいつになく激しい口論になった。将軍はサン・カルロス宮殿から何度も伝言を送り、道路をはさんで向かいにある宮殿で待っていると伝えたが、彼女は夜の九時まで頑として家から出ようとしなかった。さらに三通の緊急伝言を送りつけた。ようやく彼女は靴の上から防水用のオーバーシューズをはき、頭からショールをかぶって雨の降りしきる中、通りを渡った。中に入ると、ホセ・パラシオスの姿は見えず、香ぐわしい薫りのするハーブ入りの風呂につかっている将軍が仰向けになってぷかぷか浮かんでいるのが見えた。これまでに何度もそういう恩寵に浴したような姿で瞑想にふけっているところを目にしていたからよかったものの、そうでなければ死んでしまったと思ったにちがいない。将軍は足音で彼女が来たことに気が付き、目をつむったまま話しかけた。

「反乱が起こりそうだよ」

彼女は皮肉をたっぷりきかせ、腹立たしげにこう言った。

「それはおめでとう。こちらの警告に耳を傾けてくれたから、反乱はひとつじゃなくて十ばかり起こるかもしれないわよ」

「私は自分の予感しか信じないんだ」と将軍は言った。

参謀長官が、暗殺計画は失敗に終りましたと将軍にはっきり言明したので、ほっとしてそういう冗談を言ったのだが、じつを言うと参謀長官は暗殺を企てている連中に宮殿の警備兵に見咎められないように夜の合言葉を教えていたのだ。将軍は上機嫌で浴槽から飛び出した。

「心配することはない」と将軍は言った。「あの腰抜けどもはすっかり意気阻喪しているさ」

将軍は裸、彼女は半裸姿でベッドに入り、愛し合いはじめたそのとき、突然叫び声、銃声、さらに将軍に忠誠を誓っている兵営に撃ち込まれる大砲の音が聞こえてきた。マヌエラは大急ぎで将軍に服を着せ、靴の上にはいていた防水用のオーバーシューズをはかせ（将軍はちょうどそのとき一足しかないブーツを磨きに出していた）、サーベルと拳銃を渡してバルコニーから逃がしたが、降りしきる雨をしのぐものはなにひとつ身につけていなかった。通りに出たとたんに、近付いてくる人影が見えたので、将軍は銃をむけ、撃鉄を起こした。「誰だ？」近付いてきたのはホセ・パラシオスで、主人が殺されたという知らせにショックを受けて、家に帰るところだった。こうなれば最後まで主人と運命をともにしようと考えて、彼は将軍とともにサン・アグスティン川にかかるカルメン橋のそばの茂みに身をひそめたが、やがて将軍に忠実な軍隊が暴漢たちを取り押さえた。

これまで何度も修羅場をくぐりぬけ、そのたびに沈着冷静、かつ勇敢な態度で事態に対応してきたマヌエラ・サエンスは、寝室のドアを押しあけて入ってきた男たちを見ても、動ずることなく平然と迎え入れた。大統領はどこだと尋ねられて、彼女は会議室にいるはずだと答えた。冬だというのにどうしてバルコニーの扉を開け放しているんだという質問に対しては、外で騒々しい物音がしたので、なにがあったのかと思って開けたのだと返答した。ベッドがまだ暖かいのはどういうことだと言われ、将軍が戻ってこられるだろうと思って服を着たままベッドに横になっていたのだと返事をした。わざとゆっくり返事をしながら時間を稼ぎ、その間に馬車引きが喫うようないちばん安物の葉巻をしきりにふかし、まだ部屋に残っているオーデコロンの強い匂いを消そうとした。

ラファエル・ウルダネータ将軍を裁判長にして、裁判が開かれ、今回の陰謀の黒幕であるサンタンデール将軍に死刑が宣告された。彼を敵視している人たちは、サンタンデールが暗殺計画に加担したことはもちろん許せないが、将軍が無事とわかってずうずうしくも真っ先に中央広場に駆けつけ、無事を祝って抱擁したのはそれ以上に許しがたいことだから、今回の判決は当然のことだと噂した。カルメン橋から戻ってきた将軍は雨の降りしきる中で馬にまたがっていた。シャツは着ておらず、カザックはぼろぼろで雨に濡れそぼっていた。その将軍のまわりをあちこちから駆けつけた軍隊や市民が取り囲んで歓呼の声をあげ、暗殺を企てた連中に死刑を求めた。「陰謀に加わった連中は一人残らずなんらかの形で処罰されるはずです」と将軍はスクレ陸軍総監に宛てた手紙の中で書いている。「主犯はサンタンデールですが、私の寛大な措置のおかげで死刑を免れることになる彼がいちばん仕合わせものになるでしょう」事実、将軍は絶対権を行使して、本来なら死刑になるはずのところをパリ追放にまで減刑してやった。一方、カルタヘーナ・デ・インディアスで反乱を企てたが失敗し、サンタ・フェでとらえられたホセ・プルデンシオ・パディーリャ提督のほうは確たる証拠もないまま、銃殺刑に処された。

ホセ・パラシオスはこれまで、主人からサンタンデール将軍の夢を見たと言って、いろいろな話を聞かされてきた。どこからどこまでが本当で、どこまでが空想の産物なのか見当もつかなかった。グアヤキルに滞在していたときは、サンタンデールがその太鼓腹の上に開いたままの本を置き、本を読まずにページを一枚ずつ千切っては、山羊のようにバリバリ音を立てておいしそうに食べている夢を見た。ついでククタでは、彼の体がゴキブリに覆われている夢を見た。サンタ・フェにあるモンセラーテの田舎風の別荘で過ごしたときは、突然わっと叫び声をあげて目を覚まし、サンタンデール将軍と二人きりで昼食をとっていると、あの男が食事の邪魔になるといって自分の眼の玉をえぐり出して、テーブルの上にのせた夢を見たという話をした。だからグアドゥアスの近くで夜明けを迎えたときに、将軍がまたサンタンデールの夢を見たというのを聞いて、ホセ・パラシオスは夢の内容を尋ねず、現実に立ち返らせ、将軍を力づけようとした。

「大西洋があの男と私どもをへだてております」

けれども、将軍は厳しい目つきでその言葉をさえぎった。

「いや」と将軍は言った。「きっとあのいまいましいホアキン・モスケーラが彼の帰国を許すはずだ」

最後にボゴタに戻った将軍は、そこで自らの名誉にかけて大統領の座を去らなければならなくなった。それ以来、将軍はサンタンデールがふたたび帰国するにちがいないと考えて、心を悩ませていた。以前、ホセ・パラシオスをつかまえて「自分の栄光をサン・バルトロメー学院の手に委ねるのはいやだ、そんな不名誉なことに耐えしのぶくらいなら、亡命するか、死ぬほうがまだましだ」と言ったことがあった。いろいろと自分に言いきかせてみたが、暗い予測しか立たなかった。最後の決断を下す日が近付くにつれて、自分が国外に出れば、ただちにいんちき弁護士を生み出す温床ともいえるあの学院の最優等生だったサンタンデール将軍が追放先から呼びもどされるにちがいないという確信が強まっていった。

「あいつは煮ても焼いても食えん男だ」と将軍は言った。

熱はもうすっかりおさまり、元気が出てきたので、ホセ・パラシオスにペンと紙をもってくるように命じ、眼鏡をかけると、マヌエラ・サエンスに宛てた手紙を六行ばかり直筆で書いた。将軍が時々衝動的な行動に出ることはよく知っていた。それでも今回の手紙だけはさすがのホセ・パラシオスも首をかしげざるをえなかった。なにか妙な予感がしたか、突然霊感がひらめいてどうしても筆をとりたくなったとしか考えようがなかった。もう一生手紙を書かないと宣言したのはほんの一週間前の金曜日のことだというのに、また筆をとったというのも妙だった。さらにいつもなら何時であろうが書記を叩き起こして、出し忘れていた手紙を投函するように命じたり、宣言を口述筆記させたり、眠れぬ夜に思いついたさまざまな考えを整理したりする将軍が、奇妙なことに今回はそういうこともしなかった。それに、急を要する用件でもないのに手紙を書いたのも妙な話だった。結びの言葉を書きつけたあと、将軍は意味のはっきりしない次のような一文を書き加えた。「自分の行動にはくれぐれも気をつけるように。さもないと、君は自分を破滅させるだけでなく、君の行動がもとでわれわれまで破滅することになりかねない」深く考えもせず、将軍らしいふとした気まぐれでそうした一文をつけ加えると、ハンモックの上で手紙をもったまま、ぼんやり体を揺すっていた。

「偉大な力は、愛のあらがいがたい力のうちにある」と突然溜息まじりにつぶやいた。「これは誰の言葉だったかな？」

「存じませんが」とホセ・パラシオスは答えた。ホセ・パラシオスは読み書きができなかったが、知恵に関しては人間はとうていロバにおよばないという単純明快な信念を抱いていたので、頑として学ぼうとはしなかった。そのかわりに、偶然耳にした言葉ならどんなものでも即座に思い出せるという特技を持ち合わせていた彼が、その言葉は記憶に残っていなかった。

「すると私の言葉だな」と将軍は言った。「だが、これはスクレ陸軍総監の言った言葉ということにしておこう」

将軍は今、きわめて厳しい状況のもとに身を置いていた。そうなってはじめてフェルナンドが得難い人物だということが分かった。将軍付きの書記は大勢いたし、彼は図抜けて頭がいいわけでもなかった。けれども、ほかの誰よりも従順で、忍耐力に恵まれていた。仕事の時間は決まっておらず、不眠症のせいで将軍はいつも苛立っていた。フェルナンドはそれにじっと耐えた。時間かまわず叩き起こされ、面白くもない本を朗読させられ、翌日にはくず籠に捨てられると分かっているのに、思いついたことを直ちに書き留めるように言われて口述筆記をさせられた。私は種なしではない、ちゃんと証拠はあると言い張っていた将軍は、大勢の女性と交渉をもちながら、子供は一人もいなかった。だから、兄が亡くなるとフェルナンドを引き取り、推薦状をもたせて、ジョージタウンの士官学校に入学させた。ラファイエット将軍は、フェルナンドを迎えたときに、かねてから叔父上には称賛の念と敬意を抱いておりますと語った。士官学校のあと、シャーロットヴィルのジェファーソン学院とヴァージニア大学に籍を置いた。将軍は彼を自分の後継者にと思っていたが、その夢はかないそうになかった。というのも、彼は勉強が苦手で、それよりは戸外で生活したり、のんびり園芸に精を出すといったことのほうが性に合っているように思えたのだ。学業を終えると、将軍はただちに彼をサンタ・フェに呼び戻した。そしてひと目でこの若者は書記に向いていると見抜いた。字がうまくて英語がよく出来ただけでなく、ちょっとした文章を書かせても、読む者を決して退屈させない見事な文章を書いた。書き上げたものを大声で読みながら、そこにおやっと思うようなエピソードを思いつくままにはさんで行くのだが、そうするととたんに眠気をさそうような内容が生彩に富んだものになった。デモステネスの言葉をキケロのものと勘ちがいして文章を作り、それを将軍が演説の中で読み上げたことがあった。そのために不興を買って、将軍に仕えるものは一人残らず叱責され、フェルナンドもむろん例外ではなかった。将軍は自分の甥だということで、ほかのものよりもいっそう厳しい措置をとったが、懲罰の期間が終る前にすでに彼を許していた。

地方長官のホアキン・ポサーダ・グティエーレス将軍は一行が発つ二日前に出発し、将軍が宿泊する予定の町を前もって訪れ、間もなく将軍が来られるが健康をひどくそこねておられるので、万全の態勢でお迎えするようにと伝えた。長官の言う将軍の病気はもちろん、今回の旅行も政治的な駆け引きでしかないという噂が打ち消しようもなく広まっていた。月曜日の午後にグアドゥアスの町に到着した将軍を見た人たちは一様に、やはりあの噂は本当だったのだと思った。

将軍はふたたび昔の無敗将軍にもどっていた。服の前をはだけ、汗が目に入るからとジプシーのように布を頭に巻いてメイン・ストリートを進み、群衆の歓呼の声や花火、音楽が聞こえないほど騒々しく打ち鳴らされる教会の鐘にこたえて帽子を振っていた。将軍の乗ったラバが嬉しそうにちょこまかと小走りに走っていたので、行列の重々しい雰囲気がぶちこわしになった。尼僧の経営する学校の建物だけが窓をぴたりと閉ざしていた。そこの女生徒は午後に開かれる歓迎パーティに出席することを禁じられているという噂が広まっていたが、将軍はその話を伝えた人たちに、修道院の言うことなど信じてはいけないと言った。

前日の夜、将軍は熱のせいで汗をかき、シャツが濡れていた。ホセ・パラシオスがそれを洗っておくように言いつけた当番兵は、明け方川へ洗濯をしに行く兵隊にシャツを洗っておいてくれと頼んだ。次の日の出発の時間にはシャツのことなど誰も憶えていなかった。じつを言うと、ホセ・パラシオスが将軍の病気をなおしてもらおうと思って宿泊所の主人に、例の神通力をそなえたインディオのところへ汗のついたシャツをもって行ってくれるように頼んだのだ。そのためグアドゥアスに着くまでの間はもちろん、歓迎パーティのときも余分のシャツはなかった。将軍がパーティからもどってくるとホセ・パラシオスは、じつはあそこの宿泊所の主人がシャツを勝手にもっていったものですから、今は身につけておられるシャツ一枚しかありませんと打ち明けた。それを聞いて将軍は諦めたような表情を浮かべ、素直にこう言った。

「迷信というのは、人間の愛情よりもしぶといものだな」

「昨日の夜から熱が出ていないようですが、ひょっとするとあの治療師は本物の魔法使いかもしれませんよ」とホセ・パラシオスが言った。

将軍は返事をしなかった。ハンモックのうえで体を揺らしながらじっと考えこんでいた。「そう言えば、たしかにあれから頭痛はしなかったな」と言った。「口の中が苦くもないし、高い塔の上から転落するような感じもしなくなった」けれども、最後に手で膝をぽんと叩くと、なにかをふっきるように立ち上がった。

「これ以上心を惑わすようなことは言わないでくれ」

二人の召使が煮えたぎっているお湯に薫りのよいハーブを入れた、大きな鍋を寝室に運び込んだ。旅で疲れておられるだろうから、今日は早目におやすみになるはずだと考えて、ホセ・パラシオスは夜の風呂を用意した。しかし、将軍が自分の姪にあたるバレンティーナ・パラシオスの夫ガブリエル・カマーチョに宛てた手紙を口述筆記させているうちに、湯が冷めてしまった。ガブリエル・カマーチョはカラカスで代理人として将軍が先祖から受け継いだ銅の鉱床があるアロア鉱山の売却にあたっていた。その手紙の中で貴君が鉱山を売却すべく誠心誠意ことにあたってくれているあいだ*キュラソーへ行こうかと思っていますと書きつけたところをみると、将軍自身はあのときまだどこへ行くか決めていなかったように思われる。そのあとのところでカマーチョに、ロンドンのロバート・ウィルソン卿に宛てて手紙を書き、万一途中で紛失するといけないので、その写しを一通作ってジャマイカのマックスウェル・ヒスロップ氏に送ってもらいたいと頼んだ。

将軍は熱に浮かされると、きまってうわ言でアロア鉱山のことを口走り、大勢の人間、とりわけ将軍の秘書と書記はしょっちゅうその話を聞かされた。将軍はそれまで鉱山のことなどほとんど気にかけていなかったので、長年のあいだ偶然山に入りこんだ鉱山師たちが好き放題に採掘していた。死期が近づき、財産が残り少なくなってはじめて、鉱山のことを思い出した。イギリスの会社に売却しようとしたところ、権利書に不備があったために、売ることができなかった。それがもとで、伝説的なものとなった例の法廷での争いがはじまったのだ。この係争は将軍の死後も二年間にわたって続けられた。数々の戦闘、政治抗争、個人的な憎悪、そうしたものが渦巻く中で暮していた将軍が、「自分の訴訟」と言っただけで、まわりのものは、ああ、あのことだなと分かるほどだった。将軍が訴訟と言えばアロア鉱山のことしかなかった。フェルナンドはグアドゥアスでガブリエル・カマーチョ宛てのその手紙を口述筆記中に、漠然とではあるが、将軍は今回の訴訟が片付いてからヨーロッパに行くつもりではないだろうかと考えた。将校たちとカードをしているときに、フェルナンドはその話をした。

「ということは、国外に出ないということだな」とウィルソン大佐が言った。「ぼくの父は銅が本当にあるかどうか、疑わしく思うようになったと言ってるんだ」

「誰も鉱山を見たことがないからといって、存在しないとは言い切れないんじゃないのかな」とアンドレス・イバーラ大尉が反論した。

「いや、鉱山はある」とカレーニョ将軍がきっぱり言った。「ベネズエラのあの地方にちゃんとあるよ」

ウィルソンは不快そうに言い返した。

「近ごろはベネズエラという国が本当にあるのかどうかも疑わしく思えてきたんです」

彼は不機嫌さを押し隠そうともせず、そう言った。ウィルソンはいつからか分からないが、自分は将軍に愛されていない、随行団の一員に加えてもらったのは、父がイギリスの議会でアメリカ解放を弁護したことに対して将軍が恩義を感じているからなのだと考えるようになっていた。古くから将軍の副官をつとめているフランス人がちらっと漏らしたところでは、将軍は「ウィルソンはまだまだ苦労が足りない、もっと辛い思いをしたほうがいい」と言ったとのことだった。将軍がほんとうにそう言ったのかどうか確かめることはできなかったが、いずれにしても彼は、戦闘に一回参加すれば、士官学校で三回栄誉賞をとるくらいの勲功を立ててみせると考えていた。二十六歳だった。八年前、*ウェストミンスターとサンドハーストで学業を終えると、父親は彼をただちに将軍のもとに送りつけた。フニンの戦いでは、副官をつとめ、そのあとロバの背にまたがり、切り立った断崖につけられた道を辿って*チュキサーカから三百六十レグアの道のりを踏破してボリビア憲法の草稿を届けた。彼を送り出すとき、将軍は二十一日以内にラ・パスに行ってもらいたいと言った。ウィルソンは気を付けの姿勢をとると、「二十日以内に到着します、閣下」と答え、十九日間でラ・パスにたどり着いた。

　彼は将軍とともにヨーロッパに帰るつもりでいたが、口実をもうけては旅行を一日延ばしにしているのを見て、決意が揺らぎはじめた。二年前から泥沼化していたアロア鉱山の訴訟の話を、将軍がまたしても蒸し返したので、ウィルソンはこの先どうなるのだろうかと不安を抱きはじめた。

　手紙の口述筆記が終ると、ホセ・パラシオスは風呂を温め直したが、将軍は入ろうとしなかった。家じゅううろうろ歩きまわって、建物全体に響きわたるほどの大声で、少女をうたった詩を朗読しはじめた。将軍がひそかに詩を書いていたのを知っているのはホセ・パラシオスだけだった。回廊では将校たちがラ・ロピージャをしていた。これはスペインのガリシア*地方でカスカレーラと呼ばれているもののことだった。将軍は何度かそばを通りかかり、そのたびに足を止めて将校たちの肩越しに手札をのぞき込み、ゲームの流れをつかむと、また散歩をつづけた。じつを言うと将軍も昔は部下を相手によくそのカードをしたのだ。

「時間潰しにしているんだろうが、どこが面白いんだろうな？」と将軍は言った。

けれども何度かそばを通っているうちに、我慢できなくなって、イバーラ大尉に、悪いがちょっとかわってくれないかと頼んだ。将軍はカードの名手のようなねばり強さを持ち合わせていなかったが、とにかく攻撃一本槍で、なかなか勝負強かった。そのうえ、抜け目なく相手の手を読み、一気に勝負に出るので、部下とはけっこういい勝負をしたものだった。このときはカレーニョ将軍と組み、六回勝負して、六回とも負けてしまった。将軍はカードをテーブルに叩きつけた。

「くそ面白くもないゲームだ」と言った。「誰か私とトレシーリョ*をしないか」

みんなは将軍の言うとおりにした。将軍は三回たて続けに勝ってすっかり機嫌を直し、ウィルソン大佐の手をからかった。ウィルソンは素直に耳を傾け、将軍がいい気になっているのに付け込んで、それからは一度も負けなかった。将軍は真剣な顔になり、土気色の唇を固く結んだ。濃い眉毛の下の落ちくぼんだ目が、昔のように荒々しい光を帯びて輝きはじめた。ひと言もしゃべらなかったが、しつこい咳のせいでゲームに集中できなかった。十二時すぎに少し休憩した。

「今夜はつきがまわってこなかったな」と将軍はつぶやいた。

暖かい場所にテーブルを移した。相変わらず負けつづけた。お祭騒ぎが町じゅうで行われており、軍楽隊の吹き鳴らすファイフ*の音がうるさかったので、やめさせるように言いつけた。しかし、コオロギの声よりも耳ざわりなファイフの音は止みそうになかった。将軍は、席を変わってくれと言い、そのあと低いうえに座り心地も悪いので、尻の下にクッションを敷いてくれと頼んだ。また、しつこい咳をしずめるために菩提樹のハーブティーを飲んだり、途中で席を立って回廊の端から端まで歩きまわったりしたが、勝運は巡ってこなかった。ウィルソンは、充血しているがきれいな目で将軍を見つめた。将軍のほうは目を合わそうとしなかった。

「このカードには印がついているぞ」と将軍が言った。

「それはあなたのですよ、将軍」とウィルソンは答えた。

たしかに、将軍のカードだった。けれども、将軍は一枚一枚あらため、最後にカードを取り替えてくれと言った。ウィルソンは息もつかせずに将軍を攻め立てた。コオロギのすだく声が聞こえなくなり、あたりは静まりかえった。その中を、湿気を含んだ風が吹き抜け、昼間は熱気につつまれていた渓谷の夜明け前の薫りを運んできた。一羽の雄鶏《おんどり》が三度、ときの声をあげた。「あの鶏はトチ狂っているな」とイバーラがつぶやいた。「まだ夜中の二時過ぎじゃないか」将軍はカードを睨みつづけたまま、苛立たしげに言った。

「誰もここを動くんじゃない」

みんなは息をひそめた。勝負を楽しむというよりも、不安に駆られてゲームをつづけていたカレーニョ将軍はふと、ブカラマンガ*でオカーニャ議会の決議を待っていた二年前の、自分の人生でいちばん長い夜のことを思い出した。あの日は夜の九時からカードを始めて、次の日の朝の十一時まで続けた。最後に仲間としめし合わせて三回たて続けに将軍に勝ちを譲ってどうにか終らせた。あの夜の二の舞になってはまずいと思い、カレーニョ将軍はウィルソン大佐にそろそろ負けるように合図した。けれどもウィルソンは知らん顔をしていた。そのあと、五分ほど休ませてほしいと言って席を立った。カレーニョ将軍はテラスを歩いているウィルソンのあとを追い、ゼラニウムの鉢にむかってたまったアンモニアを放出している彼を見つけた。

「ウィルソン大佐、気を付け！」とカレーニョ将軍が命令した。

ウィルソンは前を向いたまま返事をした。

「終るまで待って下さい」

悠々と用を足し終ると、ベルトを締めながらふりむいた。

「次の勝負から負けるんだ」とカレーニョ将軍が言った。「不幸な友人に同情するようで、あまり気持のいいものではないがな」

「そういう非礼なことはできません」とウィルソンはちらりと皮肉っぽい表情を浮かべて言った。

「これは命令だ！」とカレーニョが言った。

ウィルソンは気を付けの姿勢のまま、さも軽蔑したようにカレーニョを見下ろした。そしてテーブルにもどると負けはじめた。さすがに将軍も気が付いて、こう言った。

「ウィルソン、そんなまずい手は打たんでもいい。ともかく今日はこの辺で切り上げて、もう寝ることにしよう」

カードをしたときはいつもそうだが、これでおたがいの関係にひびが入ったりはしないという意味をこめて、席を立つと必ず握手をした。そのときもみんなの手を強く握ってお休みの挨拶をし、寝室にひき取った。床の上で眠り込んでいたホセ・パラシオスは、将軍が入ってきたのに気が付いて、あわてて起き上がった。将軍は急いで服を脱ぐと、裸でハンモックにもぐりこみ、体を揺すり始めた。腹立ちはおさまらなかった。考えれば考えるほど腹が立ち、だんだん息遣いが荒く激しくなった。浴槽に飛び込むと、がたがた震えた。それは熱や寒さのせいでなく、腹が立っていたせいだった。

「煮ても焼いても食えん男だ、ウィルソンは」とつぶやいた。

その日はそれまでにないほどつらい夜を迎えた。ホセ・パラシオスは将軍の言いつけにそむいて、ひょっとすると医者を呼ばなければならないかも知れませんと将校たちに耳うちし、汗を出して熱を発散するようにシーツで将軍の体を包んだ。シーツを何枚も汗で濡らし、その度に熱は下がった。けれどもそのあときまって幻覚に襲われた。何度も「あのファイフを止《や》めさせろ」と叫んだ。けれども真夜中を過ぎてからは誰もファイフを吹いていなかったので、将軍がいくら叫んでもどうにもならなかった。そのあと将軍は、誰のせいでこんな目にあったのかようやく思い当たった。

「あのくそいまいましいインディオが悪いんだ。あいつがシャツにまじないをかけるまで、私はぴんぴんしていたんだ」

オンダに辿り着くまでの最後の行程は、切り立った山肌につけられた、身の毛のよだつような道を進まなければならず、しかも澄み切った大気が肌をぴりぴり刺した。一晩苦しみ抜いたあと、このような道を進むには強靭な肉体と精神力が必要とされるが、将軍はそれに耐え抜いた。出発するとすぐに将軍はいつもよりも後方に退き、ウィルソン大佐と並んで進んだ。彼はそんな将軍の態度を見て、昨夜カードで味わった屈辱感を水に流そうとしておられるのだなと考え、将軍が手をのせることができるように、肘を曲げて腕を差し出した格好は鷹匠《たかじょう》にそっくりだった。二人は並んで山道を下っていったが、ウィルソン大佐は将軍の心遣いにすっかり感激していた。将軍のほうは苦しそうに息をあえがせていたが、毅然とした姿勢を崩さなかった。いちばんの難所を越えると、まるで別人のような声で尋ねた。

「ロンドンの様子はどうだね？」

ウィルソン大佐はほぼ真上にある太陽を見上げてこう答えた。

「よくありません、将軍」

それを聞いても将軍はべつに驚きもせず、ふたたび別人のような声で質問した。

「どういうことだ？」

「むこうは今、午後の六時ですが、ロンドンではいちばんいやな時間なのです」とウィルソンは言った。「それにたぶん、ヒキガエルが喜びそうなうっとうしい雨がじとじと降っているはずです。春というのはわれわれにとって呪わしい季節なのです」

「もう故国を懐かしく思わなくなった、と言うんじゃないだろうな」と将軍が尋ねた。

「その逆です。今の私は祖国が恋しくてなりません」とウィルソンが答えた。「たまらなく懐かしくなることがあるんです」

「祖国に帰りたいということだな、それとも帰るのはいやなのか？」

「分かりません、将軍」とウィルソンが答えた。「私は自分のものでない運命に身をゆだねております」

将軍はまっすぐ彼の目をみつめ、びっくりしたように言った。

「それは私の科白《せりふ》だ」

ふたたび口を開いたが、その声には張りも勢いもなかった。「なにも心配することはない」と言った。「たとえお父上に君の顔を見せて喜んでいただくだけでもいいから、とにかくヨーロッパへ行こう」

将軍はしばらく考えたあと、こう言った。

「最後にひとこと言っておく。人からいろいろなことを言われても気にすることはない。君は少なくとも、煮ても焼いても食えん男ではない」

カードで厳しい勝負をしたり、戦いで勝利をおさめたときはとくにそうだが、将軍はきまってそのあと、自分の犯した過ちを反省し、素直に謝ったものだった。ウィルソン大佐は将軍のそうした男らしい気質を知り尽くしていた。今回もやはりこの人にはかなわないとあらためて感じ入った。病気に冒されてはいるが、アメリカ大陸でもっとも偉大な栄光に包まれている将軍の、熱っぽい手を鷹匠のように自分の腕にのせてゆっくり進んだ。大気がだんだん暑くなりはじめた。頭上をいまわしい猛禽がハエのように飛びまわっていたので、追い払わなければならなかった。

下り坂の、いちばんきつい傾斜のところにさしかかったとき、腰掛けに座っているヨーロッパ人旅行者を背負ったインディオたちの一群と出会った。下り坂が終る少し手前まで来たとき、突然馬に乗った男が同じ方向にむかって狂ったように駆け抜けて行った。赤いフードをかぶっていたせいで、男の顔はほとんど見えなかった。あまりの速さで駆け抜けたので、イバーラ大尉の乗ったラバが怯えてあやうく崖下に転落しそうになった。将軍はそれを見て思わず、「足もとに気をつけるんだ」と叫んだ。最初の曲がり角で姿を消すまで騎馬の男を目で追った。このあと切り立った崖につけられた道の曲がり角にくるたびに、下に落ちてはいないかと気になった。

午後の二時にようやく最後の丘に辿り着いた。突然目の前が開けて、きらめく平原が現われ、そのむこうに名高いオンダの町が眠っていた。泥水の流れる大きな河にはスペイン人の作った石の橋がかかり、地震のせいで城壁は崩れ、教会の鐘楼は倒壊していた。焼けつくように暑い渓谷を眺めていた将軍は、なんの感情も表わさなかった。ただ、そのときちょうど全速で橋を駆け抜けて行く赤いフードの騎手が目に入り、その男には興味を抱いたようだった。自分の見た夢を思い出したのか、こう言った。

「あんなに急いでいるのは、われわれがいよいよ国を出て行ったと書いた手紙をカサンドロに届けようとしているからだろう」

将軍の来訪は公表しないようにという通達が出ていたにもかかわらず、賑やかなパレードが港で一行を出迎えたし、地方長官のポサーダ・グティエーレスも楽隊と三日分の花火を用意して待っていた。せっかくのこの歓迎も、一行が商店街に着く前に雨でぶちこわしになってしまった。いつもより早い時間に豪雨が降りはじめて、街路の敷石がはがされ、貧民街が水浸しになってしまったのだ。しかも相変わらずむせ返るような暑さは続いていた。大勢の人でごった返している中で挨拶を交わしていると、誰かが「このあたりはあまり暑いので、卵は目玉焼きになって生まれるんですよ」と陳腐きわまりない軽口を叩いた。雨には三日間悩まされ続けた。町じゅうの人が昼寝《シエスタ》で眠りこんでいるときに、山のほうから下りてきた黒い雲が町の上に居すわり、ほんの短い間に洪水を起こしかねないほどの雨を降らせた。しかし、あとはからりと晴れ、それまでのように太陽がじりじり照りつけた。民間の清掃班が、河の水に流されて道路に散乱している瓦礫やごみを片づけた。黒雲は明日また雨を降らせてやるぞと言わんばかりに、山頂のまわりに集まりはじめていた。夜昼を問わず、建物の中でも外でも、むせ返るような熱気が肌に感じられた。

熱でひどく憔悴していたせいか、公式の歓迎会が我慢できないほどつらく感じられた。市庁舎のサロンは息が詰まるほど暑かった。将軍は安楽椅子に腰をかけたまま、ゆっくりとした口調だがひっきりなしにしゃべる、日に焼けて真っ赤な顔をしている司教とおしゃべりをして気をまぎらせた。突然、背中に天使の翼をつけ、薄い絹織物のフリルのついた服を着た十歳くらいの女の子が目の前に立ち、今にも息が詰まりそうになりながら大急ぎで将軍の栄光をたたえる詩を朗読しはじめた。ところが途中でまちがえてしまい、もう一度やり直した少女は、ぜんぜんちがうところからはじめたものだから、すっかり混乱してしまい、どうしていいか分からず、怯えたように将軍をじっと見つめた。将軍は少女を励ますようにほほえみかけると、小さな声でそっと教えてやった。

その剣のきらめきは　将軍の栄光を
なによりもよく物語っている

権力の座についたばかりの頃、将軍はなにかと言えば大勢の人を集めて派手派手しいパーティをひらき、招待客が辟易するまで飲み食いするようにすすめた。こうした華やかな過去を物語るものとしては、将軍のイニシアルを刻んだ私用のナイフ、フォーク、スプーンが残されているだけだった。ホセ・パラシオスはどこかに招かれると必ずそれを持参した。オンダの町の歓迎会では来賓として上座に座るように言われ、将軍はそのとおりにした。けれども*ポートワインに口をつけただけで、河でとれた亀のスープのほうは後味が悪くて一口飲んだきりで手をつけなかった。

ポサーダ・グティエーレス将軍が自分の屋敷内に特別室を用意していたので、将軍は早々に引き上げた。だが、次の日にサンタ・フェから郵便が届くことになっていると聞かされて、せっかくの眠気がふっとんでしまった。この三日間、政治抗争と無縁な生活を送っていた将軍は、またしても不安に襲われはじめた。自分の身にふりかかった不幸についてあれこれ考えるようになり、答えようのない質問をしてはホセ・パラシオスを困らせた。町を出たあとどんな事件がもち上がったのだろうとか、新政府になって町はどうなっているのだろう、あるいは自分がいなくなったことを町の人たちはどう思っているのだろうといったことをうるさく尋ねた。あるときなどたまらなくなって、「アメリカ大陸のある半球は狂っている」と口走った。オンダに泊まった最初の夜は、そう考えるのもむりからぬ状況に追い込まれていた。

今夜は蚊帳《かや》はいらないと言ったおかげで蚊の猛襲を受け、一晩じゅうまんじりともできなかった。ぶつぶつひとりごとを言って部屋の中を歩きまわったり、ハンモックを大きく揺らしてみたり、あるいは毛布にくるまったのはいいが暑くて汗みずくになり、訳のわからないうわ言を口走ったりした。ホセ・パラシオスはそんな将軍に付き添って尋ねられたことに答えたり、数分おきに今何時何分かを伝えていた。しょっちゅう時間を訊かれるので、チョッキのボタン穴に通した鎖に取りつけてある懐中時計を見る必要がなかった。自分でハンモックを揺らすだけの力も残っていなかった将軍のかわりにホセ・パラシオスが揺らし、布切れで蚊を追った。おかげで一時間ばかり眠ることができた。けれども、夜明け前に中庭で人の声や馬の蹄の音が聞こえたとたんに、将軍はぱっと目を覚まし、寝まき姿のまま飛び出して行くと、郵便を受けとった。

郵便物を運んできた一行といっしょにメキシコ人の副官で、まだ齢若いアグスティン・デ・イトゥルビデ大尉が到着した。彼は出発間際に支障があって出発が遅れたのだが、その彼がスクレ陸軍総監の手紙をたずさえてきた。そこには、将軍をお見送りすることができず、残念でなりませんとしたためてあった。郵便物の中には、二日前にカイセード副大統領が出した手紙も含まれていた。しばらくして、地方長官ポサーダ・グティエーレスが新聞の日曜版の切抜きをもって寝室に入ってきた。部屋の中がまだ薄暗くて将軍には読めなかったので、届いた手紙を読んでくれないかと頼んだ。

珍しく、サンタ・フェでは日曜日に空がからりと晴れ上がり、子供連れの家族が、子豚の焼き肉やオーブンで焼いたあばら肉、中に米を詰めたモルシーリャ腸詰、溶けたチーズが雪のように点々とついているジャガイモなどの入った籠をさげて草原に出かけて行き、騒々しい独立戦争が始まって以来ついぞ見られなかったまぶしい陽光のもとで、草の上に座ってのんびり昼食をとっておりました。五月の奇跡といってもおかしくない晴天で、土曜日の苛立たしい気分は一掃されたようです。サン・バルトロメー学院の学生たちがまたしても街頭にくり出して、死刑執行の寓意があまりにも露骨にうかがえる風俗喜劇を上演したのですが、見る人がいないものですから、日が暮れる前に興醒めた顔をして散って行きました。日曜日だったので、生徒のなかには銃のかわりにティプレ*をもって、草原でのんびり日なたぼっこをしている人たちと一緒になって民謡をうたっているものもいました。午後の五時に突然雨が降り出したために、お祭騒ぎもそこでお開きになりました。

ポサーダ・グティエーレスは手紙を読むのを中断した。

「なにがあろうとも、将軍の栄光に傷がつくことはありません」と彼は言った。「誰がなんと言おうと、閣下がこの地上におけるもっとも偉大なコロンビア人であることには変わりないのです」

「私があの町を発《た》ったとたんに、陽射しがもどってきたということが」と将軍は言った。「なによりもよく、そのことを物語っているよ」

共和国の副大統領が、サンタンデールを支持している連中のことを正式に自由主義者と呼んでいると書いてあった。そこを読んだときはさすがの将軍も顔色を変えた。「デマゴーグの分際で、自由主義を標榜するとは厚顔無恥もいいところだ」と言った。「盗っ人猛々しいとはこのことだな。人のものはおれのもの、という泥棒根性だ」将軍はハンモックからとび降りると、兵隊のように大股で部屋の中を歩きまわりながら、地方長官にあたり散らした。

「君も知ってのとおり、私には敵か味方しかいない」と将軍は最後に言った。「だから、いくら言っても信じようとしない人は信じないだろうが、真の自由主義者はこの私なのだ」

そのあと、地方長官が私用に使っている使者がマヌエラ・サエンスからの伝言を伝えた。それによると、彼女の手紙は一切受理しないようにとの厳しい通達が出ているために、手紙を出せないとのことだった。彼女は、その日のうちに手紙の受理を禁止した措置に対して抗議し、その旨書簡で副大統領に伝えたのがもとで争いが続き、泥沼化していた。けっきょく彼女は国を追われ、誰からも忘れ去られることになった。二人の愛は数々の苦難に見舞われ、どこまでもトラブルがつきまとった。事情をよく知っているポサーダ・グティエーレスは話を聞いて、これはただでは済まないぞ、と思った。だが、案に相違して将軍は笑いながらこう言った。

「根はやさしいんだが、気性の激しいところがあるから、これくらいのトラブルでへこたれたりはしないよ」

オンダには三日間滞在することになっていた。その間の予定があらかじめ立てられており、勝手に決めたといって、ホセ・パラシオスはつむじを曲げていた。予定の中には、町から六レグアも離れたところにあるサンタ・アナ銀山の訪問も含まれていた。将軍がそれを受け入れたことは驚きだった。地下の坑道まで降りていったのにはいっそう驚かされた。しかも、熱があり、頭が割れそうに痛んでいたというのに、帰途、河の淀みで水泳を楽しんだ。水泳は得意で、かつてリャーノス地方を流れる急流を片手を縛ったまま、泳いで渡れるかどうかで賭をし、あのあたりいちばんの水泳の名手を負かしたことがあった。ただ、それはもう昔の話だった。今回は疲れた様子もなく半時間ばかり水泳を楽しんだが、水から上がってきた将軍の肋骨は痩せた野良犬のように浮きだし、脚は痛々しいほど肉が落ちていた。その裸体を見た人たちは、ここまで病み衰えていては、もう先は長くないだろうと考えた。

最後の夜に、市の主催で舞踏会が開かれた。将軍は、鉱山を訪れて疲れているので今夜は失礼させてもらうと言って出席しなかった。午後の五時から寝室に閉じこもり、ドミンゴ・カイセード将軍に宛てた返事をフェルナンドに口述筆記させたあと、自分の話がいくつか出てくるリマのゴシップを集めた本を何ページか読むようにと言った。そして、ぬるめの風呂に入り、ハンモックに横になったまま、風にのって届いてくる将軍の栄誉をたたえるために開かれている舞踏会の音楽に耳を傾けた。ホセ・パラシオスがようやく将軍を寝かしつけたとき、将軍がこう言った。

「このワルツを憶えているか？」

執事が思い出すかもしれないと思って、口笛で二、三小節吹いてみた。それでもなんの曲かは分からなかった。「チュキサーカを出てリマに着いた夜、何度もくり返し演奏されていたワルツだよ」と将軍が言った。曲は思い出せなかったが、一八二六年二月八日の輝かしい夜のことは今でもはっきりと憶えていた。あの日の朝、リマでは将軍のために盛大な歓迎会が催され、その席で以後乾杯のたびにくり返されることになる名文句を吐いた。「この広大なペルーにもはやスペイン人は一人もいない」あの日に広大な大陸の独立が確立された。将軍自身はいずれ大陸を史上類のない、もっとも広大な、あるいは強大な連合国家にするつもりでいた。リマじゅうの貴婦人全員とダンスをしようと思った将軍は、相手が変わるたびに同じワルツを演奏させた。この曲を聞くとそのときの胸の震えるような喜びが甦ってきた。ワルツの名手が揃っている部下の将校たちも、リマではついぞ見たことのないようなきらびやかな軍服に身を包み、将軍にならって力のつづくかぎりダンスをした。相手の女性たちは戦いの栄光以上にそのときのことを長く記憶にとどめた。

オンダを発つ前日の夜に開かれたパーティでは、最初にあの勝利のワルツが演奏された。ハンモックに横になっていた将軍はそのうちまた同じ曲が演奏されるだろうと思って待ち受けていた。しかし、いっこうに演奏されそうになかったので、ハンモックから飛び降りると、鉱山を訪れたときに着ていた乗馬服を着込み、前もって連絡もせずにパーティに出席した。パートナーを変えるたびに同じ曲を演奏するように注文をつけ、三時間ぶっつづけに踊った。おそらく将軍は灰の下に埋もれてしまった昔日の栄光を懐かしく思い返し、もう一度あの時代を再現したいと願っていたのだろう。けれども、ほかの客がみんな引き取ってしまったあとの、人気のないサロンで最後のパートナーと二人だけで明け方まで踊りつづけたのははるか昔のことだった。根っからダンスが好きだった将軍はパートナーがいなければ一人で踊り、音楽がなければ口笛で曲を吹きながらでも踊りつづけ、興に乗れば、食堂のテーブルのうえで踊ることもあった。オンダでの最後の夜は体がひどく衰えていたので、休憩時間にオーデコロンを浸みこませたハンカチを口に当てて大きく息を吸い込み、気力をふるい立たせなければならなかった。けれどもその踊りっぷりが若々しく、しなやかで、しかも熱心かつ上手なものだったから、将軍が死病にかかっているという噂はどこかに吹き飛んでしまった。

　真夜中過ぎに宿舎に戻ると、女性の訪問客が客間で待っていると告げられた。優雅で、見るからに高慢そうな女性で、春のような香ぐわしい薫りがした。手首まで隠れている長袖のビロードの服を着、柔らかなコードバン*の乗馬靴をはき、中世の貴婦人を思わせる絹のヴェールのついた帽子をかぶっていた。こんな時間にいったい何の用だろうかといぶかしく思った将軍は、ともかく型どおりうやうやしく挨拶した。相手の女性はなにも言わず、首から長い鎖で下げていたロケットを将軍の目の高さまで持ち上げた。相手が誰なのか分かって、びっくりしたように叫んだ。

「ミランダ・リンゼイ！」

「ええ、そうですわ」と彼女は答えた。「もう昔の私ではありませんけど」

　彼女は母国語の英語訛りがかすかに感じとれる、チェロのように低く、ねっとりとまとわりつくような声でそう言った。その声を聞いて、二度とくり返されることのない昔のことを思い出した。手で合図して、戸口で警備にあたっている当番の歩哨に引き取るように伝えると、膝と膝がくっつくほど間近に腰をおろして、彼女の手をとった。

　十五年前、二度目の亡命の旅に出た将軍は、一時キングストン*に滞在し、イギリス人の商人マックスウェル・ヒスロップの家でたまたま昼食をとったのだが、そのときにロンドン・リンゼイ卿のひとり娘だった彼女と出会った。イギリス人のリンゼイ卿は外交官をやめたあと、ジャマイカで精糖所を経営しながら、読む人もいない、六巻本の回想録を書いていた。ミランダは絶世の美女だったし、当時の将軍はまだ若くて、亡命者だったので孤独な毎日を送っていた。二人の間に恋が芽生えてもおかしくなかった。だが当時将軍はとてつもない夢を実現しようと躍起になっていたうえに、他の女性と問題を起こしていたので、彼女のことなど目に入らなかったのだ。

彼女の記憶にある将軍は、三十二歳だというのに、ひどく老け込み、骨ばっているうえに顔色が青白く、もみ上げと口ひげは白人と黒人の混血の人によくみられる縮れ毛で、長い髪を肩まで垂らしていた。新大陸生まれの白人の子弟で、貴族階級に属している人たちは当時イギリス風の服装をしていた。彼もむろん例外ではなく、白のネクタイを締め、熱帯にしてはなんとも暑苦しいカザックを着込み、胸の飾りボタンにはロマン主義者よろしくクチナシの花を挿していた。そのような服装をしていたせいで、放蕩三昧の毎日を送っていた一八一〇年のある夜、向こう意気の強い娼婦に、ロンドンの娼家で働いているギリシア人のおかまにまちがえられたこともあった。

しかし、なんといってもいちばん強く印象づけられたのは、なにかに憑かれたような魅惑的な目と、猛禽類を思わせる耳障りな声、それにとめどなくしゃべりつづけて聞く人を圧倒する話しぶりだった。いつもうつむいていたので、相手を正面から見つめるということはなかったが、奇妙なことに同じテーブルについている人たちの心を捉えて離さなかった。*カナリア諸島風のイントネーションと発音でしゃべっていた彼は、マドリッドで使われている気取った言いまわしも用い、さらに招待客の中にスペイン語を解さない人がいたので、時々話の中に簡単で分かりやすい英語をはさんだ。

昼食のあいだ、将軍は自分の考えに夢中になっていて、まわりの人には全然注意を払わなかった。豊かな学識をうかがわせる話をつぎつぎにくり出しながら、その間に文章としてはまだ練り上げられていなかったが、新大陸の将来に関する予言的な言葉をはさみ込んでいった。そうした言葉はのちに叙事詩的な性格を備えた宣言という形でまとめられ、キングストンの新聞に掲載された。これが名高い『ジャマイカからの手紙』である。「われわれをふたたび奴隷制へと導いたのは、スペイン人ではなく、われわれ自身が分裂していたためである」あるいは、アメリカ人の偉大さ、資源、有能な人材に触れつつ、「われわれは人類のひな型である」と言ったのもこのときのことである。昼食会のあと、ミランダの父親は娘にむかって、この島にいるスペイン人のスパイたちはあの男を陰謀家だと言ってひどく恐れているが、お前はどう思うねと尋ねた。彼女はたったひと言、こう答えた。「ナポレオン気取り《ヒー・フィールズ・ヒーズ・ボナパルト》なのね」

　数日後、将軍は奇妙な伝言を受けとった。そこには、次の土曜日の夜九時にお会いしたいので、人気《ひとけ》のない場所に一人で、しかも徒歩で来ていただきたいと書いてあった。人を挑発するようなその手紙のおかげで将軍の命だけでなく、アメリカ大陸の命運まで影響を受けることになった。というのも、武装蜂起が失敗した現在、新大陸に残された唯一の切り札が将軍だったのだ。つかの間の独立を達成したものの、その五年後、平定者の異名をとるパブロ・モリーリョ将軍の火を吹くような攻撃に抗し切れず、ヌエバ・グラナダ副王領とベネズエラの総督領はふたたびスペイン人の手に落ちた。愛国者によって構成されていた最高司令部は、読み書きのできるものを一人残らず絞首刑にするという敵側のまことに単純明快な方法によって潰滅的な打撃を受けた。

　啓蒙思想の影響を受けた新大陸生まれの白人たちは、メキシコから*ラ・プラタ河にいたる地域に独立の種子を蒔いたが、その世代の中でもっとも意志が強く、志操堅固で、洞察力に富み、しかも政治家としての能力と戦術家としての直観を兼ね備えていたのは将軍をおいてほかにいなかった。当時将軍は部屋がふたつある家を借りており、そこに副官たちや、解放されたあとも将軍のもとで働いている、齢は若いが古くから仕えている二人の奴隷、それにホセ・パラシオスが同居していた。夜中に護衛も連れず、物騒な密会に徒歩でこっそり出かけて行くというのは、危険きわまりないことであり、しかも歴史を変えかねないほど軽率な振る舞いだった。将軍は自分の生命と大義をなによりも大切にしていたが、美しい女性の謎めいた行動もそれに劣らず、魅力的なものに思えたのだ。

ミランダは約束の場所で待っていた。馬に乗って一人で来ていた。将軍を自分の後ろにのせると、見えない小道をたどって闇の中をすすんだ。遠く海の上では稲妻が走り、雷鳴が轟いて、雨の近いことを告げていた。黒っぽい犬の群が暗闇の中で吠え立て、馬の脚にまつわりついてくるのを、彼女は英語でやさしくささやきかけてうまくあやしていた。ロンドン・リンゼイ卿がほかの誰も憶えていない出来事を綴った回想録を書いている精糖所のすぐそばを通り、石ころだらけの小川を渡り、対岸の松林の中に入っていった。その奥に打ち捨てられた礼拝堂が建っていた。二人はそこで馬を降りた。彼女は将軍の手をとると、うす暗い祈禱室を通り抜け、壁に突き差してある松明《たいまつ》の火がぼんやりとあたりを照らし出している崩れた聖器室まで導いていった。そこには斧で乱暴に削った幹が、ベンチがわりに置いてあった。ようやくおたがいの顔を見ることができた。将軍はシャツ一枚で、髪の毛を馬の尻尾のようにうしろでたばねていた。そんな将軍を見てミランダは昼食会のときよりも若々しくて魅力的だと思った。

将軍は自分のほうから積極的に働きかけなかった。というのも、女性を口説くのに、決まったやり方というのはなかったし、とくに知り合ったばかりの場合は、その時々で臨機応変に応対することにしていたからだった。「最初にミスを犯すと、とりかえしがつかないものなんだ」と言っていた。とくに今回は、むこうから誘いかけてきたので、まったく問題はないはずだと思い込んでいた。

しかし、思惑はみごとにはずれた。ミランダは美貌に恵まれていただけでなく、困ったことにひどく自尊心が高かったのだ。こちらから積極的に出ないと、とても埒《らち》があかないと気が付いたのは、かなり時間が経ってからのことだった。彼女は座るように勧めた。二人は、十五年後にオンダで顔を合わせたときのように、粗削りの木の幹の上に膝と膝がくっつきそうなほど近くに向かい合って腰をおろした。将軍は彼女の手をとると、自分のほうに引き寄せて口づけしようとした。熱い息がかかるくらい近くまで近付いた彼女は、顔をそむけた。

「その時が来るまで待って」

将軍が何度同じように誘いかけてみても、返ってくる返事は同じだった。真夜中頃に雨が降りはじめ、天井から雨水が漏ってきたときも、まだ二人は手を握り、向かい合って座っていた。将軍は仕方なく、頭の中で推敲を重ねていた自作の詩を朗読した。脚韻を踏んだみごとな八行詩で、そこには女性に対するやさしく甘い言葉や勇ましい戦いの様子がうたいこまれていた。彼女は感激して、作者をあてようと三人の名前を挙げた。

「ある軍人の書いた詩だよ」と将軍は言った。

「戦場でたたかっている軍人？　それとももっぱらサロンで活躍している人？」と彼女は尋ねた。

「戦場でもサロンでも活躍している」と将軍は答えた。「この地上に存在した中でもっとも偉大で、孤独な人間だよ」

　そのとき彼女は、ヒスロップ氏の家で昼食をとったあと父に言った言葉を思い出した。

「だったらボナパルトしかいないはずよ」

「近いな」と将軍は言った。「ただ、その人は王冠を戴くのを潔しとしていない、だからモラルの面でナポレオンとは大違いだ」

　その後、将軍に関するさまざまな情報が耳に入ってきた。彼女にしてみれば驚くことばかりだった。将軍があの夜、意識的に才能ある人でなければできないような悪ふざけをしたのは、それを通して自分の将来を暗示しようとしていたのではないだろうか、そう考えて彼女はいっそう驚きを深めた。しかしあの夜の彼女は、将軍を怒らせたくなかったし、夜明けが近付くにつれていよいよ激しく性急なものになった将軍の攻撃に負けずに、なんとか相手を押しとどめるという苦しい立場に置かれていたので、そんなことを考えている余裕はなかった。最後に、軽い口づけを何度かさせたが、それ以上のことは許さなかった。

「その時が来るまで待って」と彼女は言った。

「午後の三時に、*ハイチにむかう定期船に乗って、私は永遠にこの島を去って行くんだよ」

　彼女はにっこり笑って、将軍が苦しまぎれについた嘘を打ち砕いた。

「まず、定期船だけど、あれは金曜日まで出ないの」と言った。「それに今夜は、昨日ターナー夫人に注文したケーキをもって、この世で私をいちばん憎んでいる女性のもとを訪ねて夕食をとることになっているんでしょう」

　この世で彼女をいちばん憎んでいたのは、美しく裕福なドミニカ人女性ジュリア・コビュだった。当時、彼女は将軍と同じようにジャマイカに亡命しており、噂によると、将軍は何度かむこうの家に泊まったとのことだった。そして、この日の夜は二人きりで彼女の誕生パーティをすることになっていたのだ。

「私をこっそり見張っているスパイよりも詳しいじゃないか」と将軍は言った。

「ひょっとすると、私がスパイの一人かも知れないわよ」と彼女が言った。

朝の六時に家に戻ると、友人のフェリックス・アメストイが将軍のハンモックの上で血まみれになって死んでいた。その死体を見て、もし密会に出かけて行かなかったら、ここで死体になっているのは自分だったのだと考えて、ようやく彼女の言わんとしたことが理解できた。緊急の要件があってやってきたアメストイは、将軍の帰りを待つうちに眠くなり、ハンモックの上で眠り込んでしまったのだ。スペイン人から金を受けとった解放奴隷の召使がてっきり将軍だと思い込んで、ナイフで十一回突き刺して殺害した。ミランダは暗殺計画のことを知り、それを阻止しようとして考えついたのがあの密会だった。将軍は直接会ってお礼を言いたかったのだが、いくら伝言を送っても梨のつぶてだった。*スクーナー型の私掠船《しりやくせん》に乗って、*ポルトー・プランスにむけて発つことになった将軍は、出発前にホセ・パラシオスに言いつけて、母の形見である大切なロケットに手紙を添えて彼女のもとに届けさせた。サインの入っていないその手紙にはたった一行、こう書いてあった。

「私は芝居がかった運命を生きるべく定められています」

若い軍人の書いた、謎めいた言葉をミランダは忘れなかった。けれども、その意味を理解することはできなかった。その後将軍はハイチ自由共和国の大統領アレキサンドル・ペティオン将軍の支援を受けて、裸足のリャネーロのゲリラ部隊を率いてアンデス山脈を越え、ボヤカー橋で王党派の軍隊を敗走させ、ふたたび、そして永遠にヌエバ・グラナダを、ついで生地のベネズエラを、さらに南部の、ブラジル帝国と国境を接している険しい山岳地帯を解放した。彼女は地図で将軍が辿ったあとを追い、将軍の立てた数々の勲功を語る旅行者の話に熱心に耳を傾けた。旧スペイン植民地の独立が達成されたときに、ミランダはイギリス人の農地測量技師と結婚した。このイギリス人は技師をやめてヌエバ・グラナダに落ち着き、オンダ渓谷にジャマイカ産のさとうきびを移植しようとした。かつてキングストンで知り合ったときは亡命者だった将軍が、自分の家からわずか三レグアしか離れていないところに来ていると、彼女が知ったのはその前の日のことだった。大急ぎで鉱山に駆けつけたとき、将軍はすでにオンダに戻ったあとだったので、半日がかりであとを追い、将軍に会おうとした。

将軍は若い頃のようにもみ上げを伸ばしておらず、口髭も生やしていなかった。そのうえ、頭は白髪で薄くなっていた。道で出会ってもたぶん分からなかっただろう。しかも将軍は、病み衰えていた。彼女は死人としゃべっているような気持に襲われて、背筋に冷たいものが走るのを感じた。ここまで来ればもう人に見咎められる心配がなかったので、ミランダはヴェールをとって将軍と話すことにした。齢のせいですっかり老け込んだ彼女の顔を見て、将軍もやはり背筋の寒くなるような思いがした。型どおりの挨拶が終ると、彼女はすぐ本題に入った。

「今日はお願いがあってまいりましたの」

「なんなりとおっしゃって下さい」と将軍は答えた。

「私には五人の子供がいますが、その父親にあたる夫が人を殺して、長期刑に服しています」と彼女は切り出した。

「正当な理由があったのですか？」

「正式に決闘したのです」と答えたあと、すぐにつけ加えた。「嫉妬によるものです」

「すると、理由のない嫉妬というわけですか？」と将軍は尋ねた。

「いいえ、ちゃんとした理由がありました」

なにもかも過ぎ去ったことでしかなかった。現在の彼女は、服役中の夫をなんとか将軍の力添えで釈放してもらいたい、それだけを考えてやってきたのだ。突然の話で将軍はなんと答えてよいか分からず、正直に自分の置かれた立場を説明した。

「見てのとおり、今の私は病気にかかっているうえに、なんの力もありません。しかし、他ならないあなたの頼みですから、できるだけのことはさせていただきます」

将軍はイバーラ大尉を呼びつけると、この件についてメモを取るように命じた。そして、ご主人が恩赦を受けられるよう、微力ながら力を尽くさせていただきますと約束した。その夜、さっそくポサーダ・グティエーレスと二人だけで密談を交わしたが、文書にはしなかった。今のところ、新政府の出方が分からないので手の打ちようがなく、けっきょく結論は出せずに終った。彼女の護衛にあたっている六人の解放奴隷が待っていたポーチまでミランダを送って行くと、その手に口づけして別れを告げた。

「幸せな夜でしたわ」と彼女は言った。

将軍はつい確かめたくなってこう尋ねた。

「いつのことですか？」

「今夜も、以前の夜も」と彼女は答えた。

ミランダは副王の馬に優《まさ》るとも劣らないほど立派な馬具をつけた、若々しく堂々とした馬にまたがると、あともふりむかず、全速力で駆け去った。将軍は彼女の姿が通りのむこうに見えなくなるまで、玄関に立って見送った。その夜の夢の中にまで彼女が出てきたが、明け方ホセ・パラシオスに起こされた。船で河を下ることになっている日だった。

八年前、ドイツ人の准将ヨハン・B・エルベルスが蒸汽船による航行をはじめたいと申し出たので、将軍は特別に許可を与えた。将軍自身もバランカ・ヌエバ*からオカーニャを経てプエルト・レアルまで、エルベルスの船で旅を楽しんだことがあった。そのときに船旅というのはなかなか快適で安全だということにあらためて気が付いた。エルベルス准将は、この事業は独占権を得ないことにはうまみがないと考えた。話を聞いたサンタンデール将軍は、大統領代理をしているときに無条件でエルベルスに独占権を与えた。二年後、国民議会によって絶対権を与えられた将軍は、独占権を無効にし、将来を見越した予言的な言葉を口にした。「ドイツ人に独占権を与えれば、彼らはきっとアメリカ合衆国にその権利を売り渡してしまうだろう」つづいて将軍は、国内の河川の航行を完全に自由化した。一行は今回河を下ることになったので、蒸汽船に乗ろうとしたが、船が遅れているのなんのと言い逃れをされ、けっきょく蒸汽船をまわしてもらえなかった。なんともあざとい仕返しをされたわけだ。そのために彼らはありふれた平底船で河を下らざるを得なくなった。

港は朝の五時から馬に乗った人や徒歩の人でごった返していた。これは昔のように賑々《にぎにぎ》しい見送りをしようと地方長官が大急ぎで呼び集めた人たちで、彼らは舗道にずらりと並んでいた。船着場には陽気な女たちを乗せたカヌーがひしめきあっており、大声で挑発する彼女たちに、護衛兵たちも負けじと卑猥な言葉でやり返していた。将軍が公式の随行員とともに到着したのは六時だった。その朝、宿舎にしていた地方長官の屋敷を出た将軍は、オーデコロンをしみこませたハンカチで口を覆い、ゆっくり歩いて港にむかったのだった。

　空はどんより曇っていた。商店街は朝から店を開けていた。中には二十年前の地震で壊れ、雨露も満足にしのげないようなところで店開きしているものもいた。家の窓から声をかけられると、将軍はハンカチを振って応えた。しかし声をかけるような人はめったにおらず、ほとんどの人は憔悴しきった将軍の姿を見て驚き、ただ黙って見つめているだけだった。将軍はシャツ姿で一足しかない*ウェリントン・ブーツをはき、白い麦藁帽をかぶっていた。教会の玄関では教区司祭が演説をぶとうと、椅子の上に立っていた。カレーニョ将軍がその司祭を押しとどめた。将軍は司祭のそばに行くと、その手を握りしめた。

　曲がり角まで来て、坂の上を見上げた。とても登れそうにないように思えた。けれども、カレーニョ将軍の腕にすがって登りはじめた。やはり、途中で息が切れてしまった。ポサーダ・グティエーレスが、ひょっとすると必要になるかもしれないと考えて椅子付きの輿を用意していたので、まわりのものはそれに乗るように勧めた。

「頼むから、そこまでみじめな思いをさせないでくれ」と将軍はうろたえて言った。

　体力よりも精神力でなんとか坂を登り切ったが、まだ人の助けを借りずに船着場まで行くだけの力は残されていた。船着場で公式随行員の一人一人にやさしくねぎらいの言葉をかけて別れを告げた。バラの花咲く五月十五日だというのに、自分は落魄《らくはく》の身で旅立って行くのだと思うと、言いようのないさみしさがこみあげてきた。それを気取られまいとして、笑顔を絶やさなかった。地方長官ポサーダ・グティエーレスには自分の肖像を刻んだ金メダルを記念品として贈呈し、まわりの人にも聞こえるように長官の好意に対する謝意を述べると、感情をこめて強く抱擁した。それから、平底船のともに姿を現わすと、帽子を振って挨拶した。別れを告げようと川岸に並んだ人たちの顔を見てはいなかったし、平底船のまわりにひしめき合っているカヌーや、水の中を魚のように泳ぎまわっている子供たちのほうにも目を向けなかった。ぼんやりした様子で同じ方向に帽子を振りつづけていた。やがて崩れた防壁のむこうに、切り落とされた手首のようにそびえている教会の塔しか見えなくなった。将軍は船のひさしの下にもぐり込むと、ハンモックに腰をおろし、ホセ・パラシオスにブーツを脱がせてもらおうと、脚を伸ばした。

「これで、みんなは国を出て行ったと思うだろう」と将軍はつぶやいた。

　船団は大きさのちがう八艘の平底船で構成されており、将軍とお付武官の乗る船は特別仕立てになっていた。ともに舵取りが陣取り、八人の漕ぎ手が*ユソウボクの櫂を使って船を進ませた。ほかの船は中央にシュロ葺きのひさし屋根がついていて、そこに荷物を積むようになっていたが、将軍の船だけは帆布のテントを張り、そのまわりに木綿更紗の布を垂らし、下にむしろを敷きつめ、日陰になるその場所にハンモックを吊るすことができるようになっていた。また、陽射しと風が入るように四方に窓が切ってあった。そこに書きものやカードのできる小型テーブル、本棚、それに小石をとりのぞくろか器のついた大がめが置いてあった。手だれの船頭の中から選ばれたカシルド・サントスという男が船団の指揮をとっていた。彼は昔親衛射撃大隊の隊長をつとめていた。海賊のように左眼に眼帯をつけたカシルドは雷のような大声を張り上げ、無鉄砲きわまりない命令を下した。

エルベルス准将の蒸汽船にとって五月は望ましい季節のはじまりだったが、平底船にとってはあまりいい季節とは言えなかった。暑さは耐えがたく、聖書に出てくるような嵐が吹き荒れ、河の流れは危険きわまりなく、夜ともなれば猛獣や害獣の脅威にさらされた。旅行者にとってはまことに厳しい時期だった。元大統領が乗り込んだ船の軒びさしには片付けるのを忘れたのだろう、燻製にした*ボカチカスがぶらさがり、ヤシの葉で包んだ塩漬け肉が転がっていて、そこからひどい悪臭が漂ってきた。体を悪くしていたせいで神経質になっていた将軍はその臭《にお》いに辟易し、船に乗り込むとすぐに片付けるように命じた。サントス隊長は、将軍が食べ物の臭いに耐えられないことに気がついて、糧食を積んだ船を殿《しんがり》にまわした。その船の囲い場には生きた鶏や豚も積んであった。けれども、船出した一日目にやわらかいトウモロコシのスープをおいしそうに二杯たてつづけに飲んだあと、今回の船旅ではずっとこのスープで通すことにすると言った。

「*フェルナンダ七世の魔法の手が作ったスープとちっとも変わらないな」と将軍は言った。

そのとおりだった。将軍は晩年、フェルナンダ・バリーガという名のキト生まれの女性をお抱えの料理女として雇っており、彼女のことをフェルナンダ七世と呼んでいた。最近将軍の食が細くなり、好き嫌いもはげしくなっていたので、なんとか食が進むようにと、こっそり彼女を一行に加えていた。インディオの女性で、丸々太り、陽気でおしゃべり好きな彼女は、料理の味つけもさることながら、テーブルについた将軍を喜ばせるこつを心得ていた。町を出るとき、将軍がマヌエラ・サエンスといっしょにサンタ・フェに残るように命じたので、彼女はマヌエラのところで働くことになった。けれども、ホセ・パラシオスから、将軍は出発の前夜から満足に食事らしい食事をしておられないのですと心配そうな顔で打ち明けられたカレーニョ将軍は、グアドゥアスに着くと大至急フェルナンダを呼び寄せた。彼女は明け方オンダに着くと、いずれ頃合いを見はからって将軍の前に出ることにして、取りあえず食糧を積んだ平底船にこっそりもぐり込んだ。ところが柔らかいトウモロコシのスープを飲んだとたんに、健康を害して以来はじめて将軍がおいしそうに食事をとったので、思ったより早く将軍の前に姿を現わすことになった。

最初の日がもう少しで最後の日になるところだった。午後の二時になると、あたりは夜のように暗くなり、波が逆立ち、雷鳴と稲妻が地軸をゆるがした。いくら櫂をふるっても船は岩場にぶつかりそうになった。サントス隊長は危機を脱するために大声で命令を下していた。ひさしの下からその様子をじっと見つめていた将軍には、今回の危機は隊長の手に余るように思われた。最初のうちは興味深そうに様子を見守っていた。そのうち不安でいたたまれなくなった。そして、最大の危機に見舞われたとき、隊長の下した命令があきらかにまちがいだということに気が付いた。将軍は本能に導かれて風雨の中に出て行くと、危機一髪のところで隊長と逆の命令を下した。「逆だ！」と大声でわめいた。「右！　右へ進むんだ！」

しゃがれているが有無を言わせぬ力を備えた声を聞いて、漕ぎ手たちはその言葉に従った。いつの間にか将軍が指揮をとっており、無事死地を脱することができた。ホセ・パラシオスがあわてて駆け寄って体に毛布をかけた。ウィルソンとイバーラが将軍を支えた。サントス隊長は、また右舷と左舷をとりちがえてしまったなと考えながら兵士のように従順に片側に控えていた。将軍が彼の姿を捜し、心配そうな目で見つめた。

「申し訳ないことをした、隊長」と将軍は謝った。

将軍の興奮はそのあともなかなかおさまらなかった。最初の夜を過ごすために、川岸に船を着けて焚き火をしたときに、将軍はいまだに忘れることのできない難船のときの様子を語ってきかせた。フェルナンドの父親にあたる兄のフアン・ビセンテがワシントンで第一共和制のために武器弾薬を買い込んで帰国する途中、船が難破して溺死したときの様子や、増水したアラウコ河を渡っているときに、乗っていた馬が溺れ死に、自分もあやうく同じ運命に見舞われるところだった、といった話をした。あのときは乗馬靴があぶみにからまり、馬とともに流されたが、さいわいあのあたりのことに詳しい斥候がナイフで革紐を切ってくれたので命拾いした。また、ヌエバ・グラナダの独立を達成した直後に、*アンゴストゥーラへむかう途中、オリノコ河の急流でボートが転覆するのを目にしたとき、見知らぬ将校が川岸にむかって泳いでくるのが見えた。あれはスクレ将軍ですと言うのを聞いて、将軍は不機嫌そうに「スクレ将軍？　聞いたことのない名前だな」と答え返した。その将校はアントニオ・ホセ・デ・スクレという名で、少し前に解放軍の将軍に昇格していた。以後、彼は将軍と深い友情の絆で結ばれることになった。

「あの方と出会われたときのお話は伺っておりますが」とカレーニョ将軍が口をはさんだ。「ボートが転覆したというのは初耳です」

「スクレはモリーリョに追われてカルタヘーナから逃げ出し、二十四時間ばかり海の上を漂流していたことがある。ひょっとすると、彼が初めて経験したその海難事故と取りちがえてしまったのかもしれないな」それから、ふと思いついたようにこうつけ加えた。「要するに、今日の午後私は出過ぎた真似をした。その点をサントス隊長に分かってもらいたかったのだ」

　明け方みんなが寝静まった頃に、魂の奥底からしぼり出すような声を張り上げて、一人でうたっている歌声がジャングルを震わせてひびき渡った。将軍はハンモックのうえで思わず身ぶるいした。「あれはイトゥルビデです」とホセ・パラシオスが薄闇の中でつぶやくように言った。そう言い終ったとたんに、誰かが乱暴な口調でうるさいと叫んで、歌をやめさせた。

独立戦争時代に活躍したメキシコの軍人で、その後自国の皇帝を宣言したものの、一年と在位できなかった将軍がいた。アグスティン・デ・イトゥルビデはその将軍の長男だった。アグスティンは将軍に初めて出会ったとき、この人が少年時代からあこがれていた人かと思うと、気を付けの姿勢をとったまま感激のあまり体が震え、手が細かく震えるのを止めることができなかった。それ以来将軍は特別彼に目をかけるようになった。当時彼は二十二歳だった。父親は欠席裁判という汚い手段で死刑を宣告され、そのことを知らずに帰国し、数時間後、埃っぽく焼けつくように暑いメキシコの田舎町で銃殺された。当時アグスティンはまだ十七歳にもなっていなかった。

アグスティンがもっている、宝石をちりばめた金時計は、父親が処刑場から送りつけたものだった。彼はそれを栄誉の証と考えて、人目につくよう首からぶら下げていた。彼の父親は乞食に変装して湾岸警備隊の目をあざむき、逃走しようとした。だが馬の乗りっぷりがあまりにもみごとだったために、正体を見破られてしまった。そのときのことをアグスティンはまるで子供のように楽しそうに話して聞かせた。そのうえ歌がびっくりするほど上手だったこともあって、初めて会ったときから将軍は彼に好意を抱いた。

アグスティンをコロンビアの軍隊に入隊させまいとして、メキシコ政府はいろいろ難癖をつけてきた。将軍はいずれ国家を君主制にするつもりで裏工作をしており、その一環としてアグスティンに戦術を教え込もうとしているのだ。また、アグスティンは皇帝イトゥルビデの息子に当たるので、当然彼には継承権があると主張して、次代のメキシコ皇帝に据えようと画策するにちがいないと言い立てた。深刻な外交問題が生じるのを覚悟のうえで、将軍は若いアグスティンを以前の位階のまま入隊させて、自分の副官に任命した。アグスティンは誠実で信頼のできる人間だったが、本人は一日として仕合わせな日を送ったことがなかった。ただ、歌がなによりも好きだったので、なんとかこれまで生き延びることができたのだ。

*マグダレーナ河のジャングルで野営していたそのときに、誰かがうるさいと言ってやめさせたのが彼の歌だと気付いた将軍は、毛布を体に巻きつけるとハンモックから降り、当番兵が燃やす焚き火で明るく照らし出されている野営地を通り抜けて、アグスティンのところまで行った。彼はぼんやり川面を眺めていた。

「大尉、歌をつづけてくれないか」と将軍は言った。

そばに腰をおろし、自分の知っている歌詞があると、かすれた声を張りあげていっしょに歌った。アグスティンほどしっとりとした情感をこめて歌う人間はほかにいなかった。彼の歌はなんともいえずもの悲しいのに、聞く人を仕合わせな気持にひたらせた。以前イトゥルビデは、殺伐とした軍隊生活を送っていたのでは、将軍も気の休まる間がないだろうと考えて、ジョージタウン陸軍士官学校の同級生であるフェルナンドとアンドレスに声をかけて、三人でトリオを組んで合唱し、今までになかったような若々しい風を吹き込んだことがあった。

アグスティンと将軍は、ジャングルの動物たちの騒ぎたてる声で川岸で眠っていたワニが目をさまし、水中の生物たちが元気よく泳ぎはじめるまで歌をうたいつづけた。驚異にみちた大自然の目覚めに圧倒された将軍はそのまま呆然と座りつづけていた。やがて地平線がオレンジ色に染まったかと思うとあたりが明るくなりはじめた。将軍はイトゥルビデの肩に手を置いて立ち上がった。

「ありがとう、大尉」と将軍は言った。「君のように歌の上手な人が十人いたら、世界を救えるんだがな」

「光栄です、将軍」とイトゥルビデは溜息をつきながら言った。「母が聞けば、きっと喜んでくれることでしょう」

二日目は青々とした牧場が広がり、美しい馬がのびのびと駆けまわっている手入れの行き届いた農場のそばを通過した。けれどもすぐにジャングルがはじまり、船は木々がどこまでも鬱蒼と生い茂っている中を進んでいった。川岸に住む木樵《きこり》たちが大木を伐り出し、それをカルタヘーナ・デ・インディアスで売り捌こうとして筏を組んでいた。河に浮かんでいるだけでほとんど動いていないように見えるそれらの筏を、一行の乗った平底船はどんどん追い抜いて行った。筏には子供連れの家族が家畜といっしょに乗り込んでいた。けれども焼けつくような陽射しを遮るものといってはシュロ葺きのひさし屋根があるだけだった。河の大きく湾曲したあたりは、蒸汽船の乗員が燃料として使うために木を伐り倒したあとが無惨な姿をさらしていた。

「この分では、今に水が涸れて魚も陸の上を歩かなければ生きて行けなくなるだろう」と将軍が言った。

日中は耐えがたいほど暑くなり、猿や鳥が気も狂わんばかりにうるさく騒ぎ立て、日が落ちると気温が下がり、あたりは静かになった。ワニは蝶でも食べるつもりか、口を大きく開けて何時間もじっとしていた。人気のない掘建て小屋のそばにトウモロコシの種をまいた畑があり、船が通ると、肋骨の浮き出した犬がうるさく吠え立てた。バクを獲るためのわなが仕掛けてあり、魚網が天日に干してあったが、人影は見えなかった。

長年戦場を駆け巡り、面白くもない行政に骨身を削り、味気のない恋にうつつを抜かしてきたせいか、なにもすることがないというのがいちばんこたえた。残された人生は残り少なかったのだが、将軍は朝、目を覚ますとハンモックの上でぼんやりもの思いにふけるようになった。その日はカイセード副大統領に至急返事を出さなければならなかったし、ほかにも手紙を書くところがあった。だが、それを放っておいて気の置けない相手に宛てた手紙の口述筆記をして時間をやりすごした。最初の数日間はフェルナンドがリマのゴシップを集めた本を読んで聞かせてくれた。気持を集中して聞くことができるのはそれだけだった。

将軍の手もとに残された最後の本がそのゴシップ集だった。これまで戦いの合間でも、愛し合ったあとでも、暇さえあれば貪るように本を読みあさった。将軍のは典型的な濫読型の読書だった。森の中を散歩したり、赤道直下の太陽の下で馬に乗ったり、騒々しい音を立てて石畳の道を走る薄暗い馬車に乗ったり、ハンモックを揺らしながら口述筆記をしたりしたが、そういうときでも本が読めるだけの明るささえあれば、いつ、どこでも本を開いていた。将軍が総合カタログから選び出した本が厖大な数にのぼり、しかも内容が多岐にわたっているのを見てリマの書店主は目を丸くした。その中にはギリシア哲学の本から手相術の論文まで含まれていた。若い頃は、師のシモン・ロドリーゲスの影響を受けてロマン主義者の書いたものを読みあさり、その後も理想主義者らしい高揚した気質に合った本を貪るように読みつづけた。当時の熱心な読書が、将軍の生涯を決定づけることになったのだ。最後には、手もとにある本ならどんなものでも読むようになった。たった一人のお気に入りの作家というのはおらず、その時々にいろいろな作家のものを愛読した。将軍は住居を転々と変え、行く先々の家の書棚はどこも本ではち切れそうになり、山積みにされた本が寝室や廊下にまで溢れ出して、足の踏み場もないほどだった。整理のつかないさまざまな文献資料も山のようにたまり、それらが資料室に入れてくれとうるさく将軍を責め立てた。手持ちの本を読み切ることは不可能だった。べつの町へ移動するたびに、信頼できる友人に預けて行った。自分の本がその後どうなったのかはけっきょく分からずじまいだった。戦いに明け暮れる毎日を送っていたので、本や文書はボリビアからベネズエラにいたるまでの四百レグア以上の道のりのあちこちに残されることになった。目が悪くなりはじめると、眼鏡をかけるのがおっくうで自分で読まなくなり、副官に読んでもらうようになった頃から、本に対する興味も薄れていった。例によってその原因を自分と関わりのないところに求めるようになった。

「つまり、読むに耐えるような良書がだんだん少なくなってきたということだな」と言っていた。

眠気を誘うような旅をしていても、ホセ・パラシオスだけは表情ひとつ変えなかった。むせかえるように暑いうえに、なにかと不自由な目にあうことが多くても、物腰は丁重で、服装は乱れておらず、なにくれとなく主人の世話を焼いていた。彼は将軍よりも六歳若かった。スペイン人がアフリカ人の女性とあやまちを犯したために、主人の家で奴隷として生まれた彼は、父親からニンジン色の髪の毛、手や顔のそばかす、ライトブルーの眼を受け継いでいた。もともと質朴な性質だったが、衣装だけは随行員の中でもいちばん値の張るものを沢山持っていた。これまで二度亡命し、戦争を行い、最前線で指揮をとってきた将軍のそばには、つねに彼の姿があった。けれども、自分は軍服を着る柄ではないと考えて、服装だけはいつも民間人の服で通した。

船旅だとあちこち自由に動きまわることができず、将軍にはそれが辛くて仕方なかった。ある日の午後、狭いテントの中を歩きまわるのに嫌気がさして、陸の上を少し歩きたいので、どこかに船を着けてくれないかと頼んだ。からからに乾いた泥土の上に、大きさはダチョウくらいあり、少なくとも牝牛ほどの体重がある鳥の足跡らしいものが見つかった。漕ぎ手たちはべつに驚きもせず、人煙まれなこの土地にはカポックの木のように丸々太り、鶏のような脚にトサカのついた人間がうろついていると説明した。将軍は超自然的な匂いのするものは一切信じなかったので、その話を聞いても一笑に付した。隊長や副官がこのあたりは呪われた危険な土地だと言って反対した。だが散策が思いのほか長びいたために、けっきょくそこで野営することになった。むせかえるように暑いうえに、息苦しい蚊帳をくぐり抜けてきたにちがいない蚊の大群に攻め立てられて、一晩じゅうまんじりともできなかった。近くで恐ろしいピューマの唸り声がしたので、一行は用心することにした。夜中の二時頃、将軍は焚き火のまわりで警備にあたっている当直兵のところに行き、いろいろと話し合った。夜明けの光を受けて広大な沼沢地は金色に染まりはじめた。それを眺めながら、鶏男が現われるかと思って夜を明かすことにしたというのに、やはり出なかったなと考えた。

「どうやら」と将軍は言った。「友人の鶏脚男君に出会うことができないようだから、出発しようか」

船が岸を離れようとした時、一頭の黒い犬が平底船に飛び込んできた。その犬は疥癬にかかり痩せこけていたうえに、片方の脚が硬直して曲がらなかった。将軍の飼っている二頭の犬が襲いかかっていき、その犬も猛然と反撃に出て血まみれになり、首のあたりを嚙みちぎられてもまだ音《ね》をあげなかった。将軍はその犬を助けてやるように言った。これまで町を歩いているときもよくそういうことがあって、今回もホセ・パラシオスが面倒を看ることになった。

その日は、ドイツ人も一人救い上げた。自分が雇っていた漕ぎ手の一人を棒で殴りつけたために、砂州に置き去りにされたのだ。そのドイツ人は船に乗り込むとさっそく、私は天文学と植物学を研究していますと自己紹介した。だが、しばらくしゃべっているうちに馬脚をあらわし、無知をさらけ出した。私はこの眼で鶏脚男を見ました。あれをつかまえて檻に入れ、ヨーロッパに持ち帰って見世物にしようと考えているんです、と言った。ちょうど一世紀前に、アメリカ生まれの蜘蛛女がアンダルシーア*の港町で大評判を呼んだことがあるが、それに勝るとも劣らない奇妙な生き物だと、彼は断言した。

「それなら、いっそのこと私を連れて行ったらどうだね」と将軍は言った。「檻に閉じ込めて、これが世界一の大阿呆ですといって宣伝すれば、鶏脚男よりも客を呼べること請け合いだ」

最初は気のいい道化者だろうと思って気にかけなかった。そのうち、アレグザンダー・フォン・フンボルト男爵*が恥ずべきことに男色趣味におぼれていると言って、下品な冗談を口にしたので、将軍はすっかり機嫌をそこねた。ホセ・パラシオスに「あの男はもう一度砂州に降ろしたほうがよさそうだな」と耳うちした。夕方、郵便物を積んで河をさかのぼって行くカヌーと出会ったので、将軍はカヌーの男に公式の書簡が入っている袋を開けて、自分宛ての手紙を出してもらえないかと言葉巧みにもちかけた。そして最後に、ドイツ人をナーレ港まで運んでほしいと頼んだ。カヌーは郵便物でいっぱいだったが、男は快く引き受けた。その夜、フェルナンドが手紙を読んで聞かせているときに、将軍は吐き捨てるように言った。

「あのくそいまいましいドイツ人はフンボルトにあこがれ、彼のような人物になりたいと思っているんだ」

将軍はあのドイツ人を船に乗せる前からフンボルト男爵のことを考えていた。フンボルトが新大陸の過酷な自然の中で生き延びることができたのが不思議でならなかった。将軍は、熱帯地方の旅からもどってきたばかりの彼とパリで会ったことがあり、その犀利な知性と博大な知識に加えて、女性も顔負けするほどの輝かしい美貌にびっくりした。フンボルトは、アメリカ大陸にあるスペインの植民地では独立の機運が熟していますね、と確信をこめて言った。そのときはべつになんとも思わなかった。まさか自分が南米大陸を手中におさめることになるとは夢にも思っていない若き日の将軍に、男爵は冷静な口ぶりでそう言ったのだ。

「あとはそれを実行に移す人間がいるかどうかです」とフンボルトは言った。

その後将軍は大陸を解放し、フンボルトの言っていた人間というのがほかでもない自分だということが歴史によって証明された。将軍はクスコで、*ホセ・パラシオスにその話をしたが、以後二度とそのことは口にしなかった。しかし、男爵のことが話題にのぼるときまって、あの人は先見の明のある人だと褒めたたえた。

「フンボルトのおかげで、目から鱗が落ちたんだ」

マグダレーナ河を旅するのは四回目だった。今回は自分の来し方をふり返っているような気持になった。この河を初めて航行したのは一八一三年のことで、当時将軍は大佐で、自国での戦いに敗れたあと、戦闘を続けて行くための人材と財源を求めて亡命先のキュラソーからカルタへーナ・デ・インディアスにむかっていた。ヌエバ・グラナダはいくつもの独立した地域に分断されており、スペイン人の厳しい弾圧のせいで独立の大義を信奉している民衆の意気は阻喪し、最後に必ず勝利を収めるという確信も徐々にゆらぎはじめていた。三回目のときは将軍が小型蒸汽船と呼んでいたボートに乗って航行していたが、すでに独立が達成されていた。けれども、その一方で大陸統合という将軍の偏執狂的な夢は音を立てて崩れはじめていた。今回は最後の旅だった。将軍の夢はもはや実現不可能になっていた。しかし、その夢は倦《う》むことなく何度も口にしていた次のような言葉の中にまだしぶとく生き続けていた。「われわれが結束して、統一のとれたアメリカ政府を樹立しないかぎり、いずれ敵につけ込まれるだろう」

将軍はホセ・パラシオスとともに記憶に残るような経験をいろいろと積んできた。なかでも初めてこの河をさかのぼって解放戦争を行なったときのことは今でも忘れることができなかった。あのときは思い思いの武器をもった二百人の男たちを引きつれ、約二十日間でマグダレーナ盆地の君主制を支持しているスペイン人を一人残らず追い払ったものだった。今回の河旅に出て四日目に、河に近い村の女たちが岸に並んで平底船に乗った一行が通りかかるのを待ち受けているのが目につくようになった。それを見てホセ・パラシオスは、以前とはすっかり様子がちがっていることに気が付いた。「川岸に未亡人が立って見送っています」と彼は言った。将軍は顔を出して外を見た。喪服を着た女たちが川岸に一列に並び、やさしく挨拶していただけるだけでもいいからと期待して、焼けつくような陽射しの下にじっと立っていた。その姿はもの思いにふけっているカラスを思い起こさせた。アンドレスの兄、ディエゴ・イバーラ将軍はつねづね、将軍には子供がいないが、そのおかげで国じゅうの寡婦の父親であり、母親でもある人間になれるのだと言っていた。以前、寡婦たちは将軍のあとを追ってどこまでもついて行き、将軍の方は本当に心の慰めになるような情愛のこもった言葉をかけて、彼女たちをはげましてやった。けれども今回は河に近い村に列を作って並んでいる女たちを見ても、心を動かされなかった。それよりも自分の身の上が気にかかっていた。

「われわれが未亡人なのだ」と言った。「独立から生まれた孤児、戦傷者、賤民、それがわれわれなのだ」

一行はオカーニャの町のマグダレーナ河に面した港プエルト・レアルに立ち寄っただけで、ほかのどこにも寄らずに*モンポックスに直行した。プエルト・レアルではベネズエラ人のホセ・ラウレンシオ・シルバ将軍と出会った。彼は反乱を起こした選抜兵を国境まで送って行く任務を果たしたあと、随行員と合流しようと駆けつけてきたのだ。

将軍は睡眠をとるために夜は仮設の野営地で眠り、日中は船の上で過ごした。その間、寡婦や戦傷者、戦争で身寄りを失くした人たちが将軍に会いたいと言って押しかけてきたので、船上で彼らを迎えた。一人一人のことをじつによくおぼえていた。その土地に残っているものは貧窮にあえいでいた。中には生きのびるために新しい戦場を求めて去って行ったものもいたし、全土にちらばっている数知れぬ解放軍の除隊兵にならって、追い剝ぎを働いているものもいた。将軍のもとにやってきたうちの一人がみんなの気持を代弁してこう言った。「将軍、われわれは独立を達成しました。次はなにをすればいいのですか?」以前誰もが勝利の美酒に酔っているときに、将軍は人々に自分の思っていることを正直に話すよう教えた。それが今では、言われなくても彼らのほうから真実を語るようになっていた。

「戦いに勝ちさえすれば独立は達成できる」と将軍は言った。「しかし、これらの国々をひとつの国家にするためには、これからも大きな犠牲が必要になるだろう」

「犠牲なら、もういやというほど払ってきました、将軍」と彼らは言った。

将軍は一歩も譲らなかった。

「まだ足りない」と将軍は言った。「統一を実現するためには、気の遠くなるほど高い代償が必要なのだ」

その夜、ハンモックを吊るしてある小屋の中を歩いていると、女が通りかかって、将軍のほうを振り向いた。驚いたことに、素っ裸の将軍を見ても平気な顔をしていた。そのとき、彼女が口ずさんでいた〈恋のためならいつでも死ねると言って〉という歌の歌詞まではっきり聞きとれた。家の監視人が入口のひさしのところでまだ起きていた。

「ここに女はいるかね？」と将軍は尋ねた。

男は自信ありげに答えた。

「閣下にふさわしいような女はおりません」

「では、ふさわしくない女は？」

「それもおりません」と監視人が答えた。「周囲一レグア以内には女っ気がまったくありません」

将軍は自分の目で女を見たと確信していたので、遅くまで家の中を捜しまわった。副官たちにも見つけ出すようにとうるさく言った。次の日、どこを捜してもおりませんという返事を聞いても納得せず、腰を上げようとしなかったので、出発が一時間遅れた。もう一度捜して来いとは言わなかった。だが、以後旅行中は思い出すたびにその女のことを話題にした。ホセ・パラシオスは将軍よりもずっと長生きした。だから、将軍とともに過ごした日々のことをふり返る時間がたっぷりあり、どんな瑣細なことでもはっきり思い出すことができた。けれどもその彼も、プエルト・レアルで将軍が見かけた女性が、夢に現われたものなのか、妄想の産物、あるいは亡霊なのか、ついに分からなかった。

道中で拾ったあの犬のことは誰も憶えていなかった。犬のほうは受けた傷も癒えてあたりをうろついていた。そのうち、餌をやるように言われていた当番兵が犬にまだ名前がついていないことに気がついた。犬の体を洗い、ベビーパウダーをつけてやっても、相変わらずふてくされたようにしていたし、疥癬の悪臭も消えなかった。将軍が船のへさきで涼んでいると、ホセ・パラシオスが犬を引きずりながらやってきた。

「名前はなにがいいでしょう?」と彼が尋ねた。

将軍は即座に答えた。

「ボリーバルとつけてやれ」

平底船の一隊が近付いてきたという通報を受けて、港に繋留されていた砲艦が直ちに港を出た。テントの窓から目ざとく砲艦を見つけたホセ・パラシオスは、ハンモックの上で目をつむっている将軍の上にかがみこんだ。

「ご主人様」と彼は言った。「モンポックスに到着いたしました」

「神の土地だ」と将軍は目をつむったまま言葉を返した。

下って行くにつれて川幅が広くなり、流れもゆったりと堂々としたものになって行き、沼沢地のようにむこう岸が見えなくなった。体にまつわりつくような熱気は手で触れられそうな感じがした。最初、平底船のへさきに腰をおろして長い間あたりの風景に見惚《みと》れていた将軍は、そのうちそうした気力も失せ、あっという間に終ってしまう熱帯の夜明けや色鮮やかな黄昏《たそがれ》のことを忘れ去ってしまった。手紙の口述筆記もしなくなったし、本も読まなくなった。同行している将校たちにこれから先のことを尋ねることもなくなった。むせ返るように暑いというのに、昼寝のときは毛布をかぶり、ハンモックの上で目をつむったままじっとしていた。ホセ・パラシオスはさきほど言ったことが聞こえていなかったのではないかと心配になって、もう一度声をかけてみた。将軍は目を閉じたままこう答え返した。

「モンポックスという町はこの世に存在しない。われわれは時々あの町の夢を見るが、じっさいは存在しないんだ」

「サンタ・バルバラの塔だけは存在しているようでございます。ここからはっきり見えておりますので」とホセ・パラシオスが言った。

　将軍はまぶしそうに目を開けると、ハンモックの上で上体を起こした。モンポックスの町の川沿いに建っている家の屋根が、アルミニウムを思わせる真昼の光の中に浮かび上がっていた。町は戦争で荒廃し、共和国政府のずさんな行政のあおりを受け、さらに天然痘で大打撃を受けたために見るかげもなくさびれ果て、生気をまったく失っていた。そのころから河は、人間の思惑など無視して流れを変えはじめ、そのせいで十九世紀末には廃墟と化してしまった。植民地時代には洪水による被害が出ると、地区の住民たちがイベリア半島人特有の粘り強さで石造りの堤防の修理にあたったものだが、今ではその石が川岸にごろごろ転がっていた。

　砲艦が平底船に近付いてきて、副王時代の古い警官の制服を着た黒人の将校が大砲で狙いをつけていた。カシルド・サントス隊長が大声でわめいた。

「おい、黒ん坊、ばかな真似をするんじゃない！」

　漕ぎ手が櫂を使う手を急に止めたので、平底船は流れにのって漂いはじめた。護衛にあたっていた選抜兵たちは砲艦にむかってライフルを構え、射撃命令が下るのを待ち受けた。黒人の将校はそれを見ても平然としていた。

「法の定めるところに従って、パスポートを提示していただきたい」と大声で言った。

　そのときテントの中に、煉獄*に落ちた霊魂のような人影が見えた。憔悴しきってはいるが、揺るぎない権威を備えた手が兵士たちに銃を下ろせと命じた。それから、かぼそい声で将校に話しかけた。

「信じてもらえないかもしれないが、私はパスポートをもっていないのだ」

将校は目の前にいる人間が誰だか分からなかった。けれどもフェルナンドから名前を告げられると、武器を身につけたまま河に飛び込み、岸に泳ぎつくと、朗報を伝えようとそのまま駆け出して行った。砲艦は鐘を鳴らしながら港まで平底船を護衛していった。河が最後に湾曲しているところを曲がると、市の全景が見えるはずだったが、まだ見えないうちに八つの教会の鐘が騒々しく響きはじめた。

植民地時代、サンタ・クルス・デ・モンポックスはカリブ海沿岸と内陸部を結ぶ商業の中継点として大いに繁栄した。独立戦争の嵐が吹きはじめると、新大陸の白人貴族階級の牙城とも言えるこの町はいち早く自由を宣言した。いったんはスペイン人の手で奪還されたものの、ふたたび将軍によって解放された。町といっても、広々としてほこりっぽい、まっすぐな街路が三本、河と並行して走っていて、その両側に大きな窓のついた平屋建ての家が建ち並んでいるにすぎなかった。町では二軒の伯爵家と三軒の侯爵家が財をなして栄えており、またそこで作られる繊細な金銀細工は共和制に変わってからも、先を争って求められた。

今回町を訪れた将軍は、栄光のむなしさに幻滅し、社会に対しても敵意を抱いていた。それだけに、大勢の人が港に出迎えに来てくれたのを見てひどく戸惑っていた。大急ぎでコーデュロイ*のズボンと長い乗馬靴をはき、むせ返るように暑いというのに、毛布を体にかけ、ナイトキャップのかわりにオンダを出るときにかぶっていたつば広の帽子を頭にのせた。

ラ・コンセプシオン教会ではちょうど盛大な葬儀が営まれていた。市の当局者と教会関係者が全員、それに信徒団や学校の生徒、上品なクレープ*地の礼服を身に着けた名士連が葬儀のミサに参列していたそのとき、教会の鐘が突然騒々しく鳴りはじめた。列席者が大災害の警報と勘ちがいしたために、騒ぎがもち上がった。そこへ先の将校がばたばたと駆け込んできて、市長の耳元でなにごとか囁いた。市長は列席者にむかって大声でこう言った。

「港に大統領が来ておられます！」

将軍がもう大統領でないことをほとんどの人は知らなかった。月曜日にやってきた郵便配達人が、オンダで耳にした噂を川沿いの町々に伝えてはいたが、確かなことは分からなかった。たまたまそこへ将軍がやってきたので、人々は熱狂的に歓迎した。喪に服していた家族も、大半の会葬者が教会を飛び出して、川岸の石積みのところまで行くのを見てもべつに怒らなかった。葬儀は中断され、ごく親しい一部の人たちだけが花火や教会の鐘が騒々しい音を立てている中を棺とともに墓地へむかった。

五月に雨がほとんど降らず、河が減水していたために、港まで行くには石ころだらけの崖をよじ登らなければならなかった。誰かが背負おうとしたのを、将軍はむっとして撥ねつけると、イバーラ大尉の腕につかまって崖を登りはじめた。だが足元が覚束なくて、ひと足ごとによろめいていた。それでも毅然とした態度を崩さずに登り切った。

港では市の当局者と力強く握手した。手が小さいうえに、健康を損なっているのに、いったいどこにあれだけの力が残されているのだろうかと不思議に思われた。以前に将軍を見かけたことのある人は、父親と見まちがえるほど老い込んだ将軍を見て、自分の目を疑った。体のほうはひどく弱っていても、気力はまだ衰えを見せず、人につけ入る隙を見せなかった。*聖金曜日に使う輿が用意してあった。将軍はそれを断り、ラ・コンセプシオン教会まで歩いて行くと言った。けれどもけっきょく途中で、市長が将軍の憔悴ぶりを見てあわてて用意させたロバに乗ることにした。

　港にいるとき、ホセ・パラシオスは天然痘のせいで顔にあばたのできている大勢の人たちを見かけた。天然痘はマグダレーナ河の下流域にある町で流行した風土病で、以前川沿いに作戦行動を展開したときには、自由派の軍隊でも数多くの犠牲者が出た。そのために愛国者たちはあの病気をスペイン人以上に恐れたものだった。天然痘の流行はいっこうにおさまりそうになかったので、ちょうどその頃新大陸を訪れていたフランス人の博物学者に頼んで、同じ病気にかかっている家畜の*漿液を住民に接種して免疫をつけてもらうことにした。しかし、死亡者の数がいっこうに減らなかったので、人々は牛渡しと呼んでいたその薬に見向きもしなくなった。母親たちも、子供たちにあのような予防接種をするくらいならいっそ病気にかかったほうがいいと考えるようになった。けれども、将軍のもとに届けられた公式の文書を見ると、天然痘による被害は終息しつつあると記されていた。ホセ・パラシオスが顔にあばたのある人が大勢おりますと伝えると、将軍は驚くというよりむしろうんざりした様子でこう言った。

「部下のものがご機嫌をとろうとして嘘の報告をするかぎり、いつまでたっても事情は変わらないだろう」

　港で出迎えてくれた人たちに対して、将軍はつとめて愛想よく振る舞った。自分が大統領を辞めたときの経緯やそこから生じたサンタ・フェの混乱について手短に話し、さらに今こそ一致団結して新政府を支持するときだと強調して、「統一か無秩序、そのいずれかしかない」と言った。自分は見てのとおり病気にかかっている。だが、それを治療するために国を出て行くのではない。これまで多くの人たちを不幸におとしいれ、それがもとで心に深手を負っている、その傷を癒すために国外へ出るのだと説明した。けれども、いつ、どこへ行くのかは明言しなかった。そのあと、場違いな感じがしないでもなかったが、国外へ出るために目下申請中のパスポートを、まだ政府が発行してくれないのだとくり返した。自分はこの二十年間栄光に包まれて生きてきた。それはひとえにこのモンポックスのおかげであり、その点はみなさんに感謝していると謝辞をのべた将軍は、今の自分はこれ以上称号を必要としてはいない、平凡な一市民で満足しているので、その点をよく理解していただきたいと言って結んだ。

今日は特別にラ・コンセプシオン教会で感謝頌《テ・デウム》が行われるというので、群衆がどっと押しかけた。まだクレープ紙を使った葬儀の飾りつけは片付いておらず、あたりには花の薫りや灯心の匂いがたちこめていた。随行員用の木のベンチに腰をおろしたホセ・パラシオスは将軍が居心地悪そうにしているのに気がついた。一方、将軍の横に座っている美しいライオンのたてがみのような髪の混血の市長は、慣れているせいか、落ち着き払っていた。その美貌でマドリッドの宮廷を堕落させたと言われるベンフメアの未亡人フェルナンダが、これをお使いになれば息の詰まりそうな儀式も多少しのぎやすくなりますわと言って、将軍に白檀の扇子を差し出した。将軍は香ぐわしい薫りだけでは心を慰められることはないだろうと考え、気のない様子で扇子を使っていた。そのうち暑さで息苦しくなってきたので、市長の耳元でこう囁いた。

「このような拷問にはとても耐え切れません」

「いくらつらくても、我慢して民衆の愛情に応えなくてはならないのです、閣下」

「残念ながらこれは愛情というよりも茶番劇ですよ」

感謝頌が終ると、将軍は丁寧にお辞儀をしてベンフメアの未亡人に別れを告げ、扇子を返した。彼女は、それを差し上げますわと言った。

「あなたを深く愛している人間の思い出の品として、とっておいて下さい」と彼女は言った。

「奥様、悲しいことに私には思い出を残すほどの余生が残されていないのです」と将軍は答えた。

外はむせ返るように暑かったので、主任司祭はラ・コンセプシオン教会からサン・ペドロ・アポストル学院までは聖週間のときに使う天蓋で陽射しを避けられたほうがいいでしょうと言った。サン・ペドロ・アポストル学院というのはシダや一重咲きのカーネーションが生い茂っている修道院風の回廊がついた二階建ての邸宅で、奥には輝くばかりに美しい果樹園があった。今の時期は夜になっても河から熱風が吹いてくるので、アーチのある回廊では眠れたものではなかったが、大広間に隣接した寝室は厚い石壁に囲まれているせいで、薄暗くひんやりしていた。

ホセ・パラシオスは、寝室を前もって調べ、居心地がよくなるように少し手を加えた。ごつごつした壁は石灰を塗って真っ白にしてあった。また、果樹園に面して、緑色のよろい戸のついた窓がひとつ切ってあった。明かりはそこからしか入ってこなかった。ホセ・パラシオスは果樹園に面した窓がベッドの足元にくるように位置を変えさせた。そうしておけば将軍が黄色く熟れた実のなっているグアヤーバ*の木を眺め、その薫りを楽しむことができるだろうと考えたのだ。

将軍はフェルナンドの腕にすがるようにして学院に入っていった。院長をしているラ・コンセプシオン教会の主任司祭も同行していた。ドアを開けて部屋の中に入ったとたんに、窓敷居の上に置かれたヒョウタンの容器に盛ってあるグアヤーバの薫りに不意打ちされ、思わずうしろの壁にもたれかかった。罪深い薫りが寝室いっぱいに広がっていたのだ。昔のことを思い出して、胸が熱くなり、目を閉じたまま芳香を楽しんだ将軍は、やがて息が苦しくなってきた。見るものすべてが珍しいとでもいうように、つぶさに部屋の中を見まわした。天蓋のついたベッドのほかに、マホガニーの整理だんすや大理石の天板のついたマホガニー製のナイトテーブル、赤いビロード*を張った安楽椅子が置いてあった。窓の横の壁には八角形の時計がかかっていた。ローマ数字で時間が表示されているその時計は一時七分で止っていた。

「昔と同じだな」と将軍はつぶやいた。

その言葉を聞いて主任司祭はびっくりした。

「失礼ですが、閣下」と主任司祭が口をはさんだ。「私の記憶にあるかぎりでは、以前ここへお越しになったことはないと思いますが」

それまで一度も訪れたことのない建物だったので、ホセ・パラシオスもびっくりした。けれども、将軍がこまごましたことを正確に憶えていたので、まわりのものは一様に戸惑いをおぼえた。最後に将軍がいつもの皮肉っぽい口調で次のように言うのを聞いて、みんなはほっと胸を撫でおろした。

「前世に訪れたんだろう。いずれにしても、この町では教会から破門された人間が白昼堂々と天蓋をかざしてもらって歩けるんだから、なにが起こってもおかしくはない」

急に雷雨が襲ってきて、あっという間に町じゅうを水びたしにしたのを口実に、将軍は挨拶もそこそこに切り上げると、薄暗い部屋の中で服を着たまま仰向けに寝そべり、狸寝入りを決めこんでグアヤーバの薫りを心ゆくまで楽しんだ。けれども、大雨のあとの心和む静けさの中でいつの間にか本当に寝入ってしまった。将軍は若い頃のようにはきはきしたしっかりした口調でしゃべっていた。今では夢の中でしかそういうしゃべり方をしなかったので、ホセ・パラシオスは、ようやくお休みになったのだなと考えた。カラカスのことを話していた。あの町も今では廃墟と化して昔の面影をとどめておらず、壁には将軍を誹謗する文書が所狭しと貼りつけてあり、街路は糞尿であふれていた。ホセ・パラシオスは将軍が寝言でいろいろなことをしゃべっているのをお付武官以外の人間に聞かれないよう、部屋の隅の安楽椅子に腰をおろして見張っていたが、薄暗い部屋の隅にいたので姿はほとんど見えなかった。彼が半開きになったドアのところからウィルソン大佐に合図すると、大佐は庭園内を歩きまわっている護衛兵たちを遠ざけた。

「この町の人間は誰一人われわれを愛していないし、カラカスはわれわれの命令に従わない」将軍は寝言でそう言った。「つまり、われわれは徒手空拳《つい》というわけだ」

将軍は悲痛なうらみ愚痴を並べ立てた。潰え去った栄光の残滓とも言うべきそのくり言は、ともすれば死の風に吹き散らされそうになっていた。一時間ばかりうわ言を言い続けた。突然廊下で騒々しいもの音がして、横柄にわめき立てるかん高い声が聞こえたので、将軍は目を覚ました。大きないびきをひとつかくと、目を閉じたまま眠そうな声で尋ねた。

「いったいどうしたんだ？」

解放戦争の生き残りで、狷介な性格に加えてその勇敢さは気違いじみたところがあると言われていたロレンソ・カルカモ将軍が、聴聞会がまだはじまっていないのに、むりやり将軍の寝室に入ろうとしていたのだ。選抜兵の中尉をサーベルで殴りつけた彼は、ウィルソン大佐を乗り越えるようにして入ってきた。ところが主任司祭が思いのほか力が強かったためにようやく取り押さえられた。司祭はカルカモ将軍を隣の執務室に丁重に案内した。ウィルソンから報告を受けた将軍は腹立たしげに叫んだ。

「カルカモには私が死んだと伝えろ。死んだと言えばいい！」

ウィルソン大佐は執務室へ行って、将軍に会うために閲兵式のときに着ける軍服をまとい、勲章を飾り立てた人騒がせなその軍人と話し合うことにした。けれども、さきほどの横柄な態度とは裏腹に、彼はすっかり意気消沈していて、目に涙を浮かべていた。

「いや、ウィルソン、なにも言わなくていい」と言った。「将軍の言葉はちゃんと聞こえたよ」

目を開けた将軍は、時計が相変わらず一時七分のところで止っているのに気が付いた。ホセ・パラシオスがねじを巻き、およその時間に合わせてから、ふたつある懐中時計で正確な時間を確認し、時刻合わせをした。そのあとすぐにフェルナンダ・バリーガが部屋に入ってきて、将軍に野菜シチューを食べさせようとした。将軍は前日からなにも口にしていなかったが、料理に手をつけようとしなかった。けれども、聴聞会のときに執務室で食べるからそちらへ運ぶようにと言いつけた。その間もヒョウタンの器に盛ったグアヤーバをひとつ食べてみたいという誘惑に駆られていた。薫りを嗅いだとたんに我慢できなくなって、子供のように嬉しそうに食べはじめた。一口、また一口と昔を思い出し、深い溜息をつきながら、きれいに平らげてしまった。それから、ハンモックの上に腰をおろした将軍は、グアヤーバを盛ったヒョウタンの器を膝の上にのせて、息もつかずに次々と食べていった。残りがあとふたつになったところで、ホセ・パラシオスに見つけられた。

「そんなものを召し上がったら、死んでしまいますよ」と彼が言った。

将軍は上機嫌でその言葉を訂正した。

「今だって死んだも同然だよ」

三時半になると、予定どおり聴聞会にやってきた人たちを二人ずつ中に入れるように命じた。二人ずつだと、おたがい相手に遠慮して早く終えようとするので、短い時間で片付くはずだと考えたのだ。早い時間に謁見を許されたニカシオ・デル・バーリェ博士が部屋に入ると、将軍は明るい光の射し込む窓を背にして椅子に腰をおろしていた。窓からは小農園の全景が見渡せ、そのむこうには水蒸気の立ちのぼっている沼沢地が広がっていた。手にはフェルナンダ・バリーガが運んできた野菜シチューの皿をもっていた。けれども、さきほど食べたグアヤーバのせいで胃の具合がおかしくなりはじめていたので、まだ手をつけていなかった。デル・バーリェ博士は将軍と会ったときの印象を乱暴な口調でこう語っている。「将軍はもうくたばりかけていたよ」それぞれに言い方はちがっていたが、聴聞会に出た人たちは一様に同じような思いを抱いた。憔悴しきっている将軍を見てショックを受けはしたものの、同情するところまで行かず、人々は、ご足労だとは思いますが、近くの町まで来て子供の名付け親になっていただけないでしょうかとか、市の公共事業の落成式に出席してもらえないだろうか、あるいは政府のずさんな政策のせいできびしい窮乏生活を強いられているので、一度実情を視察してもらえないだろうか、と好き勝手なことを言い立てた。

グアヤーバを食べたせいで吐き気をもよおし、胃が刺し込むように痛みはじめた。一時間ほどすると我慢できなくなって聴聞会を中止した。そのことを、朝から待っていた人たちに悪いと言って、ひどく気にかけていた。中庭には、贈物として連れてこられた子牛、山羊、鶏をはじめ、山間部で飼育されている家畜がひしめき合っていた。警備にあたっていた選抜兵が群衆の混乱を静めようとした。午後になってまたにわか雨が降り出したので、騒ぎはおさまった。その雨のおかげで気温が下がり、静けさがもどってきた。

将軍はきっぱり断ったのだが、四時頃になると近くの屋敷で歓迎夕食会の準備がととのった。グアヤーバを食べすぎたせいでおなかをこわし、夜の十一時過ぎまで予断を許さない状態がつづいたので、けっきょく将軍が欠席したまま夕食会が催された。突き刺すような痛みと腸内にたまった芳香性のガスのせいですっかり衰弱していた将軍はハンモックに横たわり、このまま水のような下痢がつづけば、間もなく死ぬのではないかと考えていた。主任司祭が、かかりつけの薬剤師に頼んで作らせた薬を届けた。将軍は「以前吐剤をのんだばかりに権力を失ったことがあるが、今度また薬をのめば、命まで失うようなことになるかもしれない」と言って断った。骨の髄まで凍るような冷や汗のせいでがたがた震えながら、自分の出席していない夕食会の席から切れ切れに聞こえてくる美しい弦楽器の音だけを心の慰めにして苦痛に耐えた。そのうちとめどなく出ていた水のような下痢がすこしずつおさまってゆき、痛みがやわらぎ、音楽も終った。将軍は虚無の中を漂いはじめた。

将軍は以前にもモンポックスを訪れたことがあって、あやうくそれが最後の旅行になるところだった。あのときは、どうしても分離主義的な考えを捨てようとしないホセ・アントニオ・パエス将軍と会見し、ほかの人には真似のできない魔術を用いて緊急に和議を結んでカラカスからもどるところだった。当時、将軍とサンタンデールの対立は公然のものになっていた。将軍はもはや彼の心も道徳心も信じておらず、彼の手紙は一切受け取らないと述べていた。「以後私のことを友人と呼ぶのは差し控えていただきたい」と手紙で書き送った。サンタンデールの敵意が直接の引き金になって、将軍は直ちにカラカスの住民に宛てて声明を出し、その中であまり深く考えずに、自分の行動を導いてくれたのはカラカスの自由と栄光であると言明した。ヌエバ・グラナダにもどると、カルタヘーナとモンポックスの住民むけに声明文を手直しし、「カラカスが私に生命を与えてくれたのだとすれば、あなたがたは私に栄光をもたらしてくれたのです」と書き変えた。けれども、字句を修正しただけだったので、サンタンデール支持者たちの流すデマを押しとどめることはできなかった。

あのとき、ここで政争に敗れるようなことがあれば、取り返しのつかないことになると考えた将軍は、軍隊を率いてサンタ・フェに引き返した。内心ではそのうち他の軍隊も合流して、新大陸を統合する夢がふたたび現実のものになるかもしれないという期待を抱いていた。ベネズエラの分離を阻止すべく国を発ったときと同じように、そのときも今こそ危急存亡の時であると檄をとばした。しかし、冷静に考えれば、これまでの約二十年間は、ずっと危急存亡の時が続いていたことに思い当たったことだろう。「全教会、全軍隊、それに国民の大半が私の味方だった」と将軍は当時を回顧して語っている。けれども、このうえもなく有利な情勢にありながら、将軍が国を出て南から北へ、あるいは北から南へむかうと、たちまちその背後で反乱が起こって、国内が荒廃するという事態がくり返された。つまり、それが彼に課せられた宿命だったのだ。

サンタンデール派の新聞は、これまで戦いに敗れてきたのは、将軍の夜の乱行に原因があるとしきりに書き立てた。将軍の名声を傷つけようとして根も葉もない作り話をさかんにでっち上げた。その頃サンタ・フェの新聞に次のような記事が掲載された。つまり、一八一九年八月七日午前七時、ボヤカー*の戦闘で勝利を収めることによって、独立が決定的なものになったが、その指揮をとったのは将軍ではなく、サンタンデール将軍であり、将軍のほうはそのとき、副王の社交界で浮き名を流していたさる貴婦人とトゥンハへおしのびで出かけていた、とすっぱ抜いたのだ。

　将軍をおとしめるために夜の放蕩ぶりを書き立てたのはサンタンデール派の新聞に限ったことではなかった。独立戦争で決定的な勝利を収めるまでに何度も重ねた敗北のうち、少なくとも三回は、肝心なときに将軍が女性とベッドを共にしていたからだと噂されていた。将軍は以前に一度モンポックスを訪れたことがあり、そのときに年齢も肌の色もちがう女性の一群が町の中心街を闊歩し、あたりを脂粉の薫りでみたした。馬の鞍に横ずわりに腰をかけ、手にはサテン*のプリント柄の傘をもち、極上の絹の衣装をまとっていた。いずれも町では見掛けたことのない類《たぐい》の女たちだった。将軍の愛妾たちが先触れとしてやってきたのだという推測が飛び交い、誰一人それを否定するものはいなかった。しかし、それはほかのさまざまな噂と同様、いいかげんな憶測でしかなかった。将軍は戦場にハーレムを構えているという噂も流れた。これもやはりサロンで生まれた根も葉もない作り話のひとつで、そうした噂は将軍の死後もささやかれ続けた。

　でたらめな情報を流すというのは、なにも今にはじまったことではない。かつてスペインを相手に戦っているとき、将軍自身もその手を用いたことがある。スペインの指揮官をあざむくために、サンタンデールに命じて新聞に偽情報を流させたのだ。共和国が誕生してからもサンタンデールが新聞を悪用しているのに気付いた将軍がとがめると、彼は痛烈な皮肉をこめて言い返した。

「私どもには立派な先生がいましたからね、閣下」

「あれは反面教師だ」と将軍が反論した。「君はいずれ、われわれのでっち上げた記事がけっきょくは自分自身を傷つけることになったということに思い当たるだろう」

それが真実であれ、根も葉もないものであれ、自分に関する噂に対して将軍はひどく敏感だったので、一度耳にするといつまでもこだわりつづけ、死の直前までそういう噂を打ち消そうとしていた。その実、内心ではあまり気にかけていなかった。それまでにも何度かあったことだが、前にモンポックスを訪れたときには、ある女性のためにあやうく過去の栄光をすべて失いかけた。

その女性はホセファ・サグラリオという名で、モンポックスの名家の出だった。彼女はフランシスコ会修道士の僧服に身を包み、ホセ・パラシオスに教えてもらった合言葉《神の土地》を口にしながら、七カ所で警護にあたっている護衛兵の目をあざむいて、中に入り込んだ。色が白かったので、その体は夜目にも白く浮き上がってみえた。くわえて、あの夜はその美貌に勝るとも劣らない見事な装身具をつけていた。衣装の上から前と後ろにあの地方独特のすばらしい金銀細工の飾りをよろいのようにまとっていたのだ。彼女を抱いてハンモックに運ぶとき、金の重みで思わず腰がくだけそうになった。二人は一晩じゅう眠らずに愛し合い、そして夜明けを迎えたときに、彼女はこのままお別れするのはあまりにもさみしいので、もうひと晩ここに居させてほしいと頼んだ。

秘密情報機関を通して、サンタンデールが彼の手から権力を奪い取り、コロンビアに上陸しようとひそかに画策しているという情報を入手していたので、彼女を泊めるのは危険きわまりない真似《まね》だということは分かっていた。けれども、彼女はそこに泊まった。それもひと晩ではなく、十日間も。その間二人はこの地上で自分たちほど深く愛し合っているものはいないと考えるほど仕合わせな気持にひたっていた。

帰り際に彼女は金の装身具を彼に手渡し、「戦いに役立てて下さい」と言った。将軍は、あれはベッドで手に入れたもので、入手した経緯がよくないと考えて、それを友人に預け、そのまま忘れてしまった。最後のモンポックス訪問になった今回、グアヤーバを食べてひどい目に会ったときに、将軍は自分の財産を調べてみようと思い立ち、大きな箱の蓋を開けるように命じた。中に入っていた装身具を目にして、ようやく将軍は彼女の名前とあのときの出来事を思い出した。

それは実に見事なものだった。技巧の粋を尽くして作られたホセファ・サグラリオの金銀細工の装身具は金の重さだけでも三十ポンド*はあった。ほかに、すべて金製の二十三本のフォーク、二十四本のナイフ、二十四本の大匙、二十三本の小匙、何本かの砂糖をつかむはさみなどの入った箱があった。また、折りに触れて預けたものの、その後忘れてしまっていた大変高価な家庭用品などがあった。将軍の財産には信じられないほど雑多なものがまじっていたので、思いもかけないところにそういうものが見つかっても誰一人驚かなかった。将軍は、ナイフやフォーク類を自分の荷物に加え、金細工の入ったトランクはもとの持ち主に返すよう指示した。しかし、サン・ペドロ・アポストル学院の院長をしている主任司祭からホセファ・サグラリオは国家に対して陰謀を企てたかどでイタリアに追放され、現在あちらで暮らしていると教えられて呆然となった。

「おそらくサンタンデールのしわざだろう」と将軍が言った。
「ちがいます、将軍」と主任司祭が口をはさんだ。「二八年の出来事をお忘れですか。あなた自身が追放されたのです」

将軍は事情の説明を受けながら、金細工の入ったトランクをもとの場所にもどした。それ以上追放のことについては尋ねようとしなかった。ホセ・パラシオスに語ったところでは、自分がカルタヘーナの海岸からいなくなれば亡命者たちが大挙して帰ってくるだろうし、その中にはきっとホセファ・サグラリオもまじっているにちがいないと確信していたのだ。
「カサンドロも今頃は荷造りをしているだろう」と言った。

事実、将軍がいよいよヨーロッパに発つことになったというニュースが広まったとたんに、追放されていた人々が帰国しはじめた。けれども、用心深く、けっして軽率な行動に走ることのないサンタンデールは最後まで帰国しなかった。将軍が大統領職を退いたという知らせを聞いて欣喜雀躍したが、前年の十月にハンブルグに上陸して以来ヨーロッパ各国を歴訪しながら、熱心に行なっていた法学の研究をそのまま続け、帰国する気配を見せなかった。一八三一年三月二日、フローレンスに滞在しているときに彼は、《商業ジャーナル《ジュルナル・ドゥ・コメルス》》紙で将軍の訃報に接した。それでもサンタンデールは、新政府がもとの軍人としての位階と肩書を回復させ、議会が、不在のまま彼を共和国大統領に選出する六カ月後まで帰国しようとしなかった。

船でモンポックスを発つ日に、将軍はお詫びをかねて昔の戦友ロレンソ・カルカモを訪れた。カルカモがかなり重い病気にかかっていることを、そのときはじめて知った。この前の午後は将軍に挨拶するためにわざわざ起き上がったのだ。病気ではあっても体力のほうは衰えていなかったので、ベッドの上でじっとしているのはひどく辛そうだったし、声だけは相変わらず破れ鐘のように大きかった。しかしその一方で、べつに悲しくもないのに涙がぼろぼろこぼれ落ちるので、枕でしきりに拭いていた。

二人はたがいの不幸な境遇を嘆き、気まぐれな民衆はスペインを相手に戦って勝利を収めたというのに、感謝しようともしないと言ってこぼし、彼らが顔を合わせるとかならず話題にのぼるサンタンデールに対して怒りをぶつけた。将軍があれほど正直に自分をさらけ出したことはめったにないことだった。一八一三年に軍事行動を起こしたとき、サンタンデールはもう一度ベネズエラを解放するために国境を越えるようにとの命令を受けたが、無視した。その際、彼と将軍との間で激論が戦わされた。たまたま論戦の現場に居合わせたロレンソ・カルカモ将軍は、それがもとで二人の間に妙なわだかまりが残り、彼らの関係が年々悪化していったのだと思い込んでいた。

一方将軍はあの口論によって友情にひびが入ったりはせず、逆にいっそう深い絆で結ばれるようになったと考えていた。パエス将軍に与えた数々の特権、不幸な結果に終ったボリビア憲法、将軍がペルーで臨んだ皇帝の叙任式、コロンビアのためにと考えてなろうとした終身大統領と終身議員、オカーニャ議会が終了したあと手中にした絶対権、こうしたことが不和の原因になったわけではない。サンタンデールの反感が年々高まって行き、ついに九月二十五日の将軍暗殺未遂事件を引き起こすことになった原因は、以上に挙げたような理由によるものではなかった。「サンタンデールはこの大陸を単一国家にするという考えにどうしてもついて行けなかった。それが本当の原因だ」と将軍は言った。「彼にしてみればアメリカの統一というのは理解しがたいことだったのだ」将軍はベッドに横たわっているロレンソ・カルカモをじっと見つめた。カルカモはまるで敗北に敗北を重ねてきたあと、最後の戦場に横たわっている軍人のように思われた。将軍は訪問を切り上げようとして、こう言った。

「こういうことも、死んでしまえばすべて終りだよ」

ロレンソ・カルカモは、悲しげな表情を浮かべて力なく立ち上がった将軍を見つめた。彼は、自分と同様将軍にとっても、数々の思い出のほうが過ぎ去った歳月以上に心に重くのしかかっていることに思いあたった。両手で将軍の手を握り締めたとき、二人とも熱のあることに気が付いた。カルカモは、一方が死ねばもう二度と会えないわけだが、もし死ぬとしたらどちらが先だろうかと考えた。

「世界はもうだめになってしまったよ、シモン」とロレンソ・カルカモは言った。

「だめにされてしまったんだ」と将軍は言った。「こうなれば、一から始めるしかないだろうな」

「だったら、やろうじゃないか」とロレンソ・カルカモが言った。

「私はもうだめだ」と将軍は答え返した。「あとはもうくず籠に投げ捨てられるだけだよ」

ロレンソ・カルカモは緋色の繻子《しゅす》を張った美しいケースに入った一対の拳銃を形見の品として将軍に渡した。彼は、将軍が火器をあまり好まず、これまでに何度か行なった決闘でも必ずサーベルを用いたことを知っていた。けれども、その二挺の拳銃は恋愛事件がもとで決闘をしたときに用い、幸運にも勝利を収めたといういわくつきのものだったので、将軍は感激して受け取った。それから数日後に到着したトゥルバーコ*に、カルカモ将軍の訃報が届いた。

五月二十一日、金曜日の夕方に一行はふたたび船で旅立った。今回はいろいろといい前兆があった。櫂を使わなくても、河の流れが平底船をどんどん押し流していったので、粘板岩の崖や広い川岸の蜃気楼が後方に流れ去っていった。丸太で作った筏の数が増え、速度も早くなったように思われた。最初の数日間に見かけた筏とちがって、鉢植えの花を並べ、窓に洗濯物が干してある小さなかわいい小屋が建っており、針金で作った鶏小屋や乳牛が載っていた。そうした筏に乗った痩せた子供たちは平底船が通り過ぎたあとも、いつまでも手を振っていた。一行は星空の下を一晩じゅう河を下っていった。夜明けのまぶしい光が射す頃に、ようやく*サンブラーノの町が見えた。

　港に植わっているセイバの巨木の下で、通称〈ぼく《エル・ネネ》〉と呼ばれているカストゥロ・カンピーリョが一行の到着を待っていた。将軍が来訪すると知って彼はカリブ海沿岸風のシチューを用意していた。はじめてサンブラーノを訪れたとき、港の大岩の上に建っている、見映えのしない宿屋で昼食をとった将軍が、カリブ海沿岸風のこってりしたシチューを食べるためなら、一年に一度ここを訪れてもいいと漏らしたと伝えられていた。それで彼は将軍を招待することを思いついたのだ。あのとき、将軍の一行が食事に訪れると知らされた宿屋のおかみが食器やナイフ、フォーク、スプーンなどを貸してもらいたいと頼み込んだのがカンピーリョ家だった。将軍はあのときのことをあまり詳しく憶えていなかったし、将軍はもちろん、ホセ・パラシオスも出された料理が肉のたっぷり入ったベネズエラのシチューと同じものだったとは断言できなかった。けれども、カレーニョ将軍は同じものだと言い、たしかに港の大岩の上であの料理を食べたのを憶えているが、あれは川沿いに作戦行動を展開したときではなく、三年前に蒸汽船でこの町を訪れたときのことだと言い張った。近頃もの忘れがひどくなって不安を感じていた将軍は、相手の言うことにおとなしく相槌をうった。

　カンピーリョ家の豪壮な邸宅の中庭にはアーモンドの大木が植わっていた。その下に板を置き、テーブルクロスのかわりにバナナの葉を敷いて食卓にし、護衛にあたっている選抜兵たちがそこで昼食をとった。中庭を見おろす形で内部にテラスがつくってあり、そこに豪華な食卓がイギリス風に一分の狂いもなく用意してあって、これは将軍と将校、それに数人の招待客のためのものだった。その家の女主人は、モンポックスから突然知らせが入ったのが明け方の四時だったものですから、牧場でいちばんいい牛を屠《ほふ》る時間もなくて、大騒ぎしましたと説明した。その牛は小さく切られ、たっぷり入れた水でぐつぐつ煮込んで、いかにも滋養のありそうな料理になって目の前に並んでおり、そばには果樹園からもいできた果物が盛ってあった。

　前もってなんの連絡もなく突然、屋敷のほうに食事の用意がしてありますと言われ、将軍はつむじを曲げてしまった。おかげで、ホセ・パラシオスは言葉を尽くしてご機嫌を取り結び、ようやく下船するところまでこぎつけた。しかし、パーティの気の置けない雰囲気のおかげで将軍はすぐに機嫌をなおした。屋敷の趣味のよさや、躾のよく行き届いた控え目で従順な娘たちを褒めたたえた。たしかに褒められるだけのことはあった。彼女たちは、いささか古風な感じはするものの、万事そつなく客をもてなした。カンピーリョ家では、新しい時代の波に抗し切れず没落したある名家の精巧な造りの銀細工の卓上用の鈴や手垢ひとつついていない食器類が使われていた。将軍はそうしたものを褒めそやしたが、食事には自分の食器を用いた。

　ただひとつ将軍の気に障ったのは、カンピーリョ家で世話になっているフランス人だった。この男は賓客として招かれている名士連の前で、新旧両大陸の生活の理解しがたい点について、自分の博大な知識をひけらかそうと躍起になっていた。彼は船が難破したために無一物になり、一年近く前から助手や召使の一団とともに屋敷の半分を占領して住みついていた。*ニュー・オリンズからあまりあてにできない援助が届くのを待っていたのだ。ホセ・パラシオスはその男の名前がディオクレ・アトランティクだということはつきとめたが、何を研究し、どういう使命をもってヌエバ・グラナダに滞在しているのかということまでは分からなかった。裸になって三叉槍を手に持てばそのまま*ネプチューン神といっても通りそうな容貌で、町では品がなくてだらしない男だという評判が立っていた。けれども、将軍と昼食をとるというのですっかり入れ込み、シャワーを浴びて爪をきれいに切り、むせ返るように暑い五月だというのに、冬のパリのサロンにでも出かけるように、金ボタンのついた青いカザックにフランス革命後の総裁政府時代に流行した、時代遅れのストライプの入ったズボンをはいていた。

　挨拶をそこそこに済ませると、さっそくきれいなスペイン語で*百科全書的な博識をもとに講義をはじめた。*グルノーブルの初等学校で同級だった友人が十四年間不眠不休の研究の末にエジプトの象形文字を解読したとか、トウモロコシはメキシコ原産だと言われているが、コロンブスが*アンティーリャス諸島に着くよりも古い時代のトウモロコシの化石がメソポタミアで見つかっているので、本当はあのあたりが原産地だとか、また*アッシリア人は天体が人間の病気におよぼす影響に関する実験結果をすでに得ていた、あるいは新しく刊行されたある百科事典の記述はまちがいで、ギリシア人は紀元前四百年まで猫を知らなかった、といったことをとうとうとまくし立てた。さまざまなテーマについて蘊蓄《うんちく》を傾け、息もつがずにしゃべりながら、その合間に突然話題をかえて新大陸の料理にはどうも文化的伝統が欠けているようですねと言ってこぼした。

フランス人の前に座っていた将軍は、料理皿のうえに目を落とし、さも食べているようなふりをして、ほとんど話を聞いていなかった。最初、フランス人は母国語で話しかけた。将軍は礼儀正しく同じ言葉で返事をしたあと、すぐにスペイン語にもどった。つねづね将軍が、ヨーロッパ人というのは自分を絶対視しているが、あれがどうも鼻持ちならないと言っていたことを知っているだけに、その日将軍が自分の感情を抑えているのを見て、ホセ・ラウレンシオ・シルバはびっくりした。

フランス人は、遠く離れた席に座っている人たちにまで誰彼なしに大声で話しかけていた。だが本心は、なんとかして将軍の注意を引こうとしていたのだ。彼の言葉を借りれば、雄鶏からロバに乗りかえてということになるが、ともかくまったくだしぬけに、どのような政治体制が新しい共和国にもっともふさわしいものだとお考えですかと尋ねた。将軍は皿に目を落としたまま、質問を返した。

「あなた自身はどう考えておられるのです?」

「私はボナパルトの例がわれわれにとってのみならず、全世界にとって望ましいものではないかと考えています」とフランス人は言った。

「あなたがそう考えるのは当然です」と将軍は皮肉っぽい口調を隠そうともせずに言った。「ヨーロッパが生み出したものだけが全世界にとって望ましいのであり、それ以外のものは唾棄すべきものだ、ヨーロッパ人はつねにそう考えていますからね」

「私は、閣下が君主制によって問題の解決をはかろうとしておられる、そう理解していたのですが」とフランス人は言った。

それを聞いて将軍ははじめて顔をあげた。「だったら、いますぐその考えを捨てることです」と言った。「私の額が王冠で傷つくことはないでしょう」彼は副官たちのほうを指差して、こう言った。

「あそこにいるイトゥルビデに、そのことを教えられたのです」

「話は変わりますが」とフランス人が言った。「メキシコ皇帝イトゥルビデが銃殺刑に処されたとき、あなたは声明文を出されましたね。あれでヨーロッパの君主制支持者たちは大いに力づけられました」

「あのときに言ったことを一言半句変えるつもりはありません」と将軍は言った。「イトゥルビデのような凡庸な人間にでもあれほどの偉業が成し遂げられるのかと感心しているのですが、できれば、私がこれまであの男と同じ道を歩んでこなかったように、最後も彼と同じ運命に見舞われないようにと神に祈っています。ただ人々の忘恩、これは避けがたいものとして甘受するつもりでいます」

少し言い過ぎたと考えた将軍は、急いで言葉を補い、新しい共和国に君主制を率先してもち込もうとしたのは、ホセ・アントニオ・パエス将軍なのだと説明した。興に乗ってあれこれしゃべっているうちに、その考えがどんどんふくれ上がって行き、なんとしてもアメリカ統合を達成し、それを維持するための最終的な手段として終身大統領制を考えてみてもいいのではないかという結論に達した。けれども、すぐにその考えにむりがあることに気がついた。

「逆に、連邦制ということも考えられます」と話を締めくくろうとして言った。「ただそれを実現するためには、それにふさわしい能力と手腕が必要とされます。今のわれわれには望むべくもありません。しょせん、高嶺《たかね》の花でしかないのでしょうね」

「いずれにしても」とフランス人が口をはさんだ。「歴史を非人間的なものにしているのは体制そのものではなく、その行き過ぎなのです」

「そのお題目は耳にタコができるほど聞かされてきました」と将軍は言った。「その言葉を信じれば、けっきょくヨーロッパ最大の日和見主義者バンジャマン・コンスタンの愚行をくり返すことになるのではないでしょうか。最初は革命を敵視し、そのあとナポレオンを相手に戦った革命の側につき、ついでナポレオンの廷臣になるというようにね。今日は共和制、明日は君主制としょっちゅう豹変していた人物、それがヨーロッパの強国のおかげで今ではわれわれに絶対的な真実をもたらす人間とみなされるわけです」

「独裁制を批判したコンスタンの論旨はじつに明晰です」とフランス人が言った。

「コンスタン氏は善良なフランス人として、絶対的利害を熱狂的に追い求めました」と将軍はやり返した。「それにひきかえ*プラット神父は政治というのは時と場合に応じて臨機応変に対処すべきものだと指摘しています。あの論争で明晰なのはそこだけです。私は死を賭して戦ってきましたが、あるとき、一日で八百人のスペイン人の囚人を処刑するよう命じたことがあります。その中には*ラ・グアイラの病院に入院していた患者も含まれていました。今また同じような状況に置かれたら、ためらうことなく同じ命令を下すでしょうし、声も震えたりしないでしょう。考えてみれば、ヨーロッパの歴史というのは醜行、愚行、それに不正にみちあふれた血まみれの歴史なのです。ですから、ヨーロッパ人からわれわれの行動についてとやかく言われる筋合いはないはずです」

しゃべればしゃべるほど、怒りがつのってきた。まわりのものは黙りこくっていたし、町全体が静まりかえっているのではないかと思えるほどしんとしていた。将軍の話に圧倒されたフランス人は、それでもなんとか横から口をはさもうとした。将軍は手で彼を制した。将軍はヨーロッパの歴史に見られる、身の毛のよだつような大量虐殺の例を次々に挙げていった。*聖バーソロミューの夜は、十時間で死者の数が二千人を上まわった。輝かしいルネサンス期には、帝国軍に属している一万二千人にのぼる外国人傭兵がローマに襲いかかって、略奪、破壊をほしいままにし、八千人の住民を短剣で刺し殺した。きわめつきは、いみじくも雷帝と呼ばれている全ロシアの皇帝《ツァーリ》イヴァン四世で、この皇帝《ツァーリ》はモスクワとノヴゴロドの間にある都市の全住民を虐殺し、またノヴゴロドでは、どうやら自分に対して陰謀を企てているらしいというだけの理由で、一回の攻撃で二万人の住民を虐殺している。

「そういうわけですから、なにもあなたがたから自分たちの取るべき行動についてお教えいただく必要はないのです」と結んだ。「いかに生きるべきかを教えていただかなくても結構です。それにわれわれも同じ人間だと認めていただく必要もなければ、自分たちが二千年もかかってまずいやり方でなしとげたことを、われわれがわずか二十年でやってのけたとお褒めいただく必要もありません」

将軍は料理皿の上にナイフとフォークを交差させて置くと、そのときはじめて燃えるような目でフランス人をじっと見つめた。

「われわれは今、自分たちの中世を生きています。ですからそっとしておいて下さい」

そのとき、急に咳の発作に襲われて息を詰まらせた。発作がおさまるとともに怒りもおさまっていた。将軍はエル・ネネ・カンピーリョのほうに向き直ると、なんとも言えない美しい笑みを浮かべた。

「どうかお許し下さい」と将軍は彼に言った。「記憶に値するこのような昼食会で、まことに無粋な長広舌《ちょうこうぜつ》をふるって申し訳なく思っています」

ウィルソン大佐はこのときのエピソードを新聞記者に話して聞かせた。しかし記者はすぐに忘れてしまい、「あわれにも将軍は心身ともに憔悴しきっている」と書きつけた。けっきょく、最後の旅に出た将軍を見かけた人たちは一様にそう思っていたのだ。誰一人あの頃のことを書き残していないのは、おそらくそのせいだろう。同行していた人たちの中には将軍の名は歴史に残らないだろうと考えているものもいた。

サンブラーノを過ぎると、ジャングルに密生していた木々が少しまばらになり、町々は以前よりも色鮮やかで明るくなりはじめた。中にはべつに理由もないのに、街頭で音楽を演奏している町もあった。将軍はハンモックに横になると、ゆっくり昼寝をしてあのフランス人の無礼な言動を忘れ去ろうとした。だが、うまく行かなかった。あの男のことが気になり、ホセ・パラシオスをつかまえて、彼のいないところでこうして一人ハンモックに横たわっていると、相手の肺腑をえぐるような言葉や反論を許さないような議論を展開させることができるのだが、今となってはもう手遅れだなと言ってこぼした。けれども、日が暮れると機嫌がよくなり、政府に働きかけてあの不幸なフランス人を救ってやるよう、カレーニョ将軍に指示を与えた。

まわりの自然が海の近いことを告げはじめていた。将校たちはそうと知ってすっかり勢いづき、生来の陽気な性格をとりもどして、漕ぎ手にかわって櫂をあやつったり、銃剣でワニを仕留めたりと、力があまって仕方ないものだからガレー船*を思わせる船内作業を手伝ったおかげで、よけいに面倒なことになってしまった。一方、ホセ・ラウレンシオ・シルバは、母方の一族に白内障で目が見えなくなったものが何人かいたので、それを心配して、つとめて昼は眠り、夜に仕事をするように心がけていた。目が見えなくなっても不自由しないようにと、暗くなってから起き出した。将軍は野営地で眠れぬ夜を迎えたときに、彼が大工道具を取り出し、自分の手で荒削りした板を鋸で引き、まわりのものを起こさないように気を遣いながら、かなづちの音を殺していろいろなものを作っている音をよく聞いたものだった。出来上がったものを次の日、明るい陽射しのもとで見るとじつに見事な出来映えなので、とても暗闇の中で作ったとは思えなかった。プエルト・レアルでは、ホセ・ラウレンシオ・シルバがうっかり夜の合言葉を口にしなかったために、夜陰に乗じて将軍の眠っているハンモックにこっそり近付こうとしている怪しい人間にちがいないと考えた歩哨兵にあやうく銃で撃たれそうになった。

　船足は以前よりも速くなり、快適な船旅を楽しむことができたが、一度危険な目に会った。エルベルス准将の所有する蒸汽船が騒々しい音を立てて河をさかのぼっていったときに、横波をくらって平底船が大きく揺れ、食糧を積んだ船が転覆してしまったのだ。船のへさきに近い船腹には大きな字で〈解放者号《エル・リベルタドール》〉と書いてあった。将軍は船の揺れがおさまるまでその文字をじっと見つめて、物思いにふけっていた。船はやがて見えなくなった。〈解放者〉か、とつぶやいたあと、ふとわれに返ったようにこう言った。

「なんだ、私のことじゃないか！」

　その夜、将軍はハンモックに横になったまま目を開けていた。そばでは漕ぎ手たちが、あれは

＊カツラザルだ、あれはオウムだ、アナコンダだ、とジャングルから聞こえてくる鳴き声から動物の名を当てて遊んでいた。そのとき、誰かが何気なく、カンピーリョ家では、結核がうつるといけないからと、イギリス製の食器をはじめ、ボヘミア・グラスのガラス製品、オランダ製のテーブルクロスを中庭に埋めてしまったそうだ、と言った。
　将軍の病気のことは川沿いの町々ではよく知られていたし、間もなくカリブ海沿岸でも知れ渡るようになるのだが、将軍自身が町の噂として自分の病気にまつわる話を聞かされたのは、それがはじめてだった。ホセ・パラシオスは、それまで揺れていたハンモックの動きがとまったので、将軍はきっとショックを受けたのだろうと考えた。しばらくもの思いにふけったあと、将軍がぽつりと言った。

「私は自分の食器で食事をしたんだがな」

　翌日、船が沈没したために失った食糧を補給しようと、一行はテネリーフェの町に寄港した。身分を隠したまま船に残った将軍は、ルノワ、あるいはルノワールという名のフランス人の商人と、その娘でアニータという名の、三十代の女性のことを調べてくるようウィルソンに命じた。テネリーフェでの調査の結果がはかばかしくなかったので、グアイタロ、サラミーナ、エル・ピニョンといった近くの町も調べるように命じたが、けっきょくあの噂は根も葉もないものだということが分かったにすぎなかった。

　かつて、川沿いに作戦行動を展開した将軍がテネリーフェに立ち寄ったおり、アニータ・ルノワとの間に道ならぬ激しい恋が生まれたという噂が流れ、それがカラカスからリマに移ったあとも長年ささやかれつづけたので、真相を確かめたいと思ったのだ。噂を消すことはできなかったが、気にかかって仕方なかった。父親のファン・ビセンテ・ボリーバル大佐の件があったために、将軍はそんなにも噂を気にしていたのだ。将軍の父は領主の初夜権を用いる権利があると主張して好き放題にし、成年未成年をとわず女性を手籠めにしたと疑われ、さらに大勢の女性と怪しげな関係を結んだというので告訴され、サン・マテオの町の司教の前で申し開きする羽目に陥ったことがあった。将軍は川沿いに作戦行動を展開したとき、たしかにテネリーフェの町に立ち寄ったが、わずか二日間滞在したにすぎず、とても激しい恋にうつつを抜かす余裕などなかった。けれども、噂のほうはその後も勝手に一人歩きを続けて、テネリーフェの墓地にはアニータ・ルノワ嬢の名を刻んだ墓があり、十九世紀末まで恋人たちがそこによくお参りしていたと言われている。

将軍のお付武官の一人、ホセ・マリーア・カレーニョは、右の手首から先がなかった。その失くなった手の感覚がまだ残っていて、よくこぼしたので、まわりのものはそれを冗談の種にして笑ったものだった。手の動きや指の感触が残っていたし、天気が悪いと、ありもしない手の骨が痛んだ。さいわいカレーニョは自分を笑いとばすだけのユーモア精神を持ち合わせていた。けれども、眠っているときに人からなにか尋ねられると、きちんと答え返す癖があり、それを気に病んでいた。目覚めているときの抑圧がとれるのか、眠っているときはどういう話題でもきちんと受け答えしたし、目が覚めているときならおそらく口にしないような考えや挫折感を正直に打ち明けた。そのせいでまわりの人から、君は夢の中で軍人にあるまじき裏切り行為をした、と非難されたこともあった。船旅最後の日、ホセ・パラシオスがハンモックに横になっている将軍を見守っていたとき、平底船のへさきにいるカレーニョの声が聞こえてきた。

「七千八百八十二個」

「なんのことです」とホセ・パラシオスが尋ねた。

「星の数だよ」とカレーニョが答えた。

またカレーニョが寝言を言っているなと考えて、将軍は目を開け、ハンモックのうえで起き上がって窓越しに夜空を眺めた。明るい夜空が果てしなく広がっており、空いっぱいに無数の星がきらめいていた。

「その十倍はあるだろう」と将軍が口をはさんだ。

「言った数にまちがいありません」とカレーニョが言い返した。「数をかぞえている間に流れ星が二つ落ちました」

将軍はハンモックから降りて、傷だらけの上半身を夜風にさらして仰向けに寝そべっているカレーニョのそばに近付いた。ふだんよりも意識がはっきりしているように思われた。彼は手首から先のない腕で星の数をかぞえていた。ベネズエラのセリートス・ブランコスの戦闘が終ったときも、同じ格好で横たわっているところを発見され、あのときは全身を切り刻まれて血まみれになっていた。そのせいで死体とまちがえられて泥の中に置き去りにされたのだ。サーベルによる傷が十四カ所あった。切り落とされた手首もその中に含まれていた。その後さらに戦闘で傷の数がふえたが、気力のほうは少しも衰えを見せなかった。左手でなんでもできるように練習を積んだ。彼が名をあげたのはそのすさまじい武器の使い方ではなく、字の美しさだった。

「世の中が荒廃すると、星の数も減るものなんですね」とカレーニョが言った。「十八年前よりも少なくなってます」

「ばかなことを言うものじゃない」と将軍が言った。

「ばか、なんて言わないで下さいよ」とカレーニョがやり返した。「齢《とし》はとってますが、まだばかになんかなっていませんよ」

「齢なら、私のほうが八つ上だ」と将軍が言った。

「傷の数だったら、あなたの年齢を二つ上まわっています」とカレーニョがやり返した。「つまり、私がこの中でいちばんの年寄りというわけですよ」

「いや、それならホセ・ラウレンシオのほうが上だろう」と将軍が言った。「銃弾による傷が六カ所、槍傷が七カ所、矢の傷が二カ所あるからな」

カレーニョはそれを聞いてむっとし、意地の悪い言葉を返した。

「すると、かすり傷ひとつ負っていないあなたが、いちばん若いわけですね」

非難の意味でそんなふうに言われたことが何度かあったが、カレーニョとはともに死地をくぐって友情を培《つちか》ってきた仲だったので、彼の言葉に恨みっぽい気持がこもっているようには思えなかった。将軍は彼のそばに腰をおろすと、河の上でいっしょに星空を眺めはじめた。しばらく黙りこくっていたあと、彼が急にしゃべりはじめたとき、将軍は夢を見ていた。

「今回の旅で人生が終ってしまうなんて、いやですね」とカレーニョは言った。

「私が死んだからといって、人生が終るわけじゃない」と将軍が答えた。「ほかにもいろいろな生き方があるし、今よりももっと立派な人生だってあるさ」

カレーニョは素直にうんとは言わなかった。

「われわれだけでなく、解放軍全体が濃い紫色のカリアキート風呂に入ってもいいから、とにかくなにかしなければいけません」

カリアキート風呂というのは、暗紫色のランタナ*の花を風呂に入れ、それで悪運を祓《はら》おうというもので、当時ベネズエラで流行していた。将軍は二度目にパリを訪れるまで、そのようなものがあることを知らなかった。科学者らしく聞く者を不安におとしいれるほど真剣な口調で、効験あらたかなあの花のことを話したのは、フンボルトの共同研究者エメ・ボンプラン博士だった。同じ頃、将軍はフランスの法廷で判事をつとめている立派な人物と知り合った。若い頃カラカスに住んだことがあり、パリの文学サロンによく出入りしていた判事は、心身を清める風呂に入ったせいで、その美しい前髪と使徒を思わせるあご鬚が暗紫色に染まっていた。

将軍は迷信や超自然的な匂いのするもの、あるいは師のシモン・ロドリーゲスから教え込まれた合理主義と相容れないような信仰は、どのようなものであれ、笑いとばしてまったく受けつけなかった。その頃、将軍は二十代になったところで、妻と死別し、金はうなるほどあった。ナポレオン・ボナパルトの戴冠式を見て度胆を抜かれ、フリーメーソンの会員になり、長年枕頭の書として愛読してきたルソーの『エミール』と『新エロイーズ』のお気に入りの一節はすっかり憶え込んでいて、いつでも大声で暗唱することができた。また、背中に雑嚢を背負い、師の手をとってヨーロッパのほとんど全土を隈なく徒歩で旅行した。ローマ市街を見下ろす丘の上に立ったとき、ドン・シモン・ロドリーゲスは将軍にアメリカ大陸の運命について格調高い予言を口にした。将軍は師以上に新大陸の運命を鋭く見抜いていた。

「スペインからやってきたあのいまいましい連中を蹴散らしベネズエラから追い出すこと、それがわれわれに課せられたつとめです」と将軍は言った。「私がこの手でその仕事をすることを、あなたに誓います」

成年に達して遺産を自由に使えるようになった将軍は、あの時代の風潮もあったし、自身ものごとを徹底してやらないと気の済まない気質だということもあって、好き放題の生活を送り、わずか三カ月で十五万フランを使い果たした。パリの最高級ホテルのいちばん高い部屋を借りきり、お仕着せをきた二人の召使をやとい、白馬に引かせた馬車にトルコ人の御者を乗せ、いつもちがう愛人をつれてカフェ・ド・プロコープのお気に入りの席やモンマルトルのダンスホール、あるいはオペラ座の貸し切りの桟敷席へ行き、話を聞いてくれる人をつかまえては誰彼なしに、ルーレットをやって一晩で三千ペソすってしまったなどと語って聞かせた。

カラカスに戻ると、それまでにもましてルソーの著作に親しむようになり、人に隠れて『新エロイーズ』を読み返した。あまり熱心に読み返したので、本がばらばらになってしまった。将軍がローマで立てた誓いを実行に移しただけでなく、それ以上のことを成し遂げた後、例の九月二十五日の暗殺未遂事件が起こる直前、マヌエラ・サエンスが『エミール』を読んで聞かせているときに、将軍は突然読むのをやめるように言った。十回目の読み返しの最中に、突然あの本がひどくいとわしいものに思えたのだ。「これまでは一八〇四年にパリに滞在していたときのように、どこを読んでも退屈しなかったんだがな」と漏らした。パリにいるときは、自分を仕合わせもの、それも世界一の仕合わせものだと思っていたが、だからと言って幸運をもたらす暗紫色のカリアキート水に自分の運命をとっぷりひたしたわけではなかった。

二十六年後の今、政争に破れ、死を間近にひかえた将軍は河の不思議な力に魅了されておそらくこう考えたことだろう。ここで起死回生をもくろんでオレガノやサルビアといったハーブ、それに気散じになるだろうとホセ・パラシオスがたててくれた薬湯の苦い味のするオレンジを捨て去り、カレーニョの忠言に従って、乞食部隊といってもおかしくない軍隊や役にも立たない過去の栄光、おぼろげな記憶、祖国全体、それらすべてを救済するために暗紫色のカリアキートの大海にとっぷりひたってみても面白いが、今の自分にそれだけの勇気があるだろうか、と。

　何レグアも離れたところで交わされる水いらずの親しい会話が聞きとれるほどあたりは静まり返っており、リャーノスの広大な河口で迎えた夜を思い起こさせた。*クリストバル・コロンもこのような瞬間を経験したことがあり、「一晩じゅう、鳥が通りすぎる音が聞こえた」と日記に書きつけている。彼は六十九日間の航海の末に、ようやく陸地にたどり着こうとしていたのだ。将軍もやはり鳥のはばたく音を耳にした。カレーニョは眠っていたが、八時頃に鳥が通過しはじめた。一時間後には、数え切れないほどの鳥が通り過ぎていったので、その翼のひき起こす風が、本物の風よりも強くなった。水底の星の間で道に迷った巨大な魚が平底船の下を通過しはじめ、北東の風がものの腐敗する臭いを運んできた。その臭いを嗅いだだけで、人の心に奇妙な解放感をもたらす仮借ない力がこの世に存在していることがはっきりと感じとれた。「あわれなものを護る神よ」と将軍は溜息まじりにつぶやいた。「われわれはとうとう着いたのですね」そのとおりだった。すぐそばに海があり、その海のむこうに世界が広がっていた。

けっきょく一行はもう一度トゥルバーコに引き返すことになった。三日月型の大きなアーチのある、前と同じ屋敷に泊まった。その建物には薄暗い部屋が並んでおり、人の背丈ほどもある大きな窓からは砂利を敷きつめた広場を見下ろすことができた。以前、月明かりの夜に修道院を思わせるそこの中庭で、自分の犯した数々の罪と返済できない借財の苦しみから逃れて、オレンジの木のあいだを散歩している大司教で副王だったドン・アントニオ・カバリェロ・イ・ゴンゴラの亡霊を見かけたことがあった。海岸地方の気候は、全体に湿度が高くむせ返るように暑かったが、高台にあるトゥルバーコの町は涼しくて過ごしやすかったし、小川の岸のあちこちにはタコの足のように根を張っている月桂樹の大木が茂っており、その木陰では兵士たちが昼寝を楽しんでいた。

待ち焦がれていた船旅の終着点バランカ・ヌエバには二日前の夜に着いた。だが宿泊施設を確保していなかったうえに、前もって頼んであったラバも到着していなかったので、米の入った袋やなめしていない皮を積み上げてある悪臭芬々たる土壁の倉庫で寝苦しい夜を迎える羽目になった。トゥルバーコに着いたとき、将軍は汗にまみれ、体じゅうの節々が痛んだ。そのせいで、眠りたいと思っているのに、眠気のほうはいっこうに訪れてこなかった。

船から荷物を下ろす作業が終る前に、将軍が到着したというニュースは六レグア離れたカルタヘーナ・デ・インディアスにまで届いていた。監察長官で軍司令官を兼ねているマリアーノ・モンティーリャ将軍は、次の日に町を挙げて歓迎会を開こうと準備を進めていた。将軍は歓迎会に出るような気分になれなかった。冷たい雨の降りしきる中、国道で自分が来るのを待っている人たちに向かって、旧知の友人にでも会ったように親しげに挨拶した。けれども、疲れているのでしばらく一人にしてもらえないだろうかと率直に頼んだ。

将軍はひた隠しにしていたが、じつのところ見た目よりも体の具合は悪くなっていた。将軍の健康が日に日に悪化の一途をたどっていることは、随行員たちもよく知っていた。もはや気力だけではどうにもならないところまで来ていた。くすんだ緑色だった肌の色も今では死人のように黄色くなり、熱があり、絶え間なく頭痛に襲われていた。主任司祭が医者をお呼びしましょうかと言った。将軍はそれを断り、こう言った。「医者の言うことを聞いていたら、もう何年も前に墓石の下に埋められていたはずだ」トゥルバーコに着いた時点では、次の日に早速カルタヘーナへむけて発つつもりでいた。しかし朝方耳にした情報によると、ヨーロッパに向かう船は港に一隻も入っていないとのことだったし、届いたばかりの郵便物を見ても将軍のパスポートは見当たらなかった。けっきょく、この町で三日間静養することになった。そうと知ってお付武官たちはほっと胸を撫で下ろした。将軍の体を気遣ってもいたし、届いたばかりの秘密情報によると、ベネズエラの情勢が悪化しており、将軍の気持を考えると、できればそんなことを知らせたくなかったのだ。人々は火薬がなくなるまで花火をばんばん鳴らし、その近くではバグパイプの楽隊が夜遅くまで演奏していたが、止めさせるわけにも行かなかった。また、近隣のマリアラバーハの沼沢地からは仮装行列の扮装を凝らした黒人の男女が連れてこられた。十六世紀ヨーロッパの宮廷人の衣装を身に着けた彼らは、アフリカ人らしく巧みに体を動かし、スペインの室内舞踊をふざけ散らして踊っていた。以前トゥルバーコを訪れたときは、この踊りがひどく気に入って何度も呼び寄せたので、今回も連れてこられたのだが、将軍はそちらのほうを見ようともしなかった。

「あの騒々しい連中をどこか遠くへ連れていってくれ」と言った。

夜な夜なあちこちの部屋から聞こえてくる亡霊の声は、この屋敷を建てて三年ばかりここで暮した副王カバリェロ・イ・ゴンゴラの煉獄に落ちた魂の声だと言われていた。将軍は以前に泊まった寝室にはけっして足を踏み入れようとしなかった。前にあそこで寝たときに、毎夜のようにきらめく髪の女が夢枕に立ち、息が苦しくなって目が覚めるまで、赤いリボンで将軍の首をぎりぎり締め上げ、それが明け方まで何度もくり返されたのだ。将軍にとってはまさに悪夢の部屋だった。将軍は客間の鉄製の輪に紐を掛けてハンモックを吊るすように命じ、そこでしばらくの間夢も見ずにぐっすり眠った。外では滝のように雨が降っており、子供たちのグループが眠っている将軍を一目見ようと、通りに面した窓から中をのぞきこんでいた。そのなかの一人が、小さな声で「ボリーバル、ボリーバル」と呼びかけて将軍を起こした。将軍が熱で霞んだ目を開けると、少年はこう尋ねた。

「ぼくが好き？」

将軍は弱々しげなほほえみを浮かべてうなずいた。けれどもそのあと、四六時中家の中をうろつきまわっている雌鶏《めんどり》を追い出し、子供たちを追い払って窓を閉めるように命じ、ふたたび眠り

込んだ。目が覚めたときもまだ雨が降り続いていた。ホセ・パラシオスがハンモックの上に吊る
す蚊帳の用意をしていた。

「窓の外から町の子供がおかしな質問をする夢を見たよ」と将軍は言った。

ハーブティーを飲むことにしたが、この二十四時間何も口にしていなかったというのに、それを飲みほすこともできなかった。意識がもうろうとしてふたたびハンモックに横になった。明け方、天井の梁《はり》にずらりと並んでぶら下がっているコウモリを眺めながら長い間物思いにふけった。そのあと、溜息をつきながらこう言った。

「この分では、人の袖にすがって生きて行くことになるかもしれんな」

河を下っているとき、かつて解放軍に加わって戦ったことのある将校や兵士たちが将軍をつかまえて窮状を訴えた。将軍は彼らに気前よく金を恵んだ。そのせいで、トゥルバーコに着いたときは旅費が四分の一も残っていなかった。とりあえず、財政が逼迫《ひっぱく》している地方政府に支払い命令書に記載されている金額を払うだけの資金があるかどうか、それが無理なら両替商と交渉してその金を肩代わりしてもらえるかどうか確かめる必要があった。これまでイギリスには何かと便宜をはかってきたので、ヨーロッパに着いたら真っ先にイギリスへ行こう、こちらが困っていると分かれば、見捨てたりはしないはずだと考えた。将軍はつねづね「イギリス人は私を愛してくれている」と言っていた。アロア鉱山を売れば、召使やお付武官と一緒に、以前と変わりない生活ができるだろうと甘い計算を立てていた。しかし、本当にヨーロッパへ行くつもりなら、すぐにも自分の分だけでなくお付武官の旅費と旅行に必要な費用も捻出しなければならなかった。手持ちの残高を見るかぎりではとてもそれどころの騒ぎではなかった。けれども、甘い夢を見る類

いまれな力に恵まれていた将軍は、ここぞとばかりその能力を発揮した。熱と頭痛のせいでいもしないコウモリが見えていたが、体のだるくなるような眠気に打ち勝って三通の手紙をフェルナンドに口述筆記させた。

スクレ陸軍総監から別れを告げる手紙を受け取っていたので、一通目はそれに対する心のこもった返事を口述筆記させた。あの日の午後のように、人から同情してもらいたいという気持に駆られたときは、決まって病気の話を持ち出したものだが、手紙では珍しくそのことにまったく触れていなかった。二通目は、カルタヘーナの総督ドン・フアン・デ・ディオス・アマドールに宛てたもので、将軍はその手紙で支払い命令書の八千ペソを地方の財源から支払っていただけないかと問い合わせた。「目下手元不如意であり、海外へ行くためにはその金がどうしても必要なのです」と書き添えた。嘆願は効を奏し、四日と経たないうちに色よい返事が返ってきたので、フェルナンドがその金を受け取るために早速カルタヘーナに赴いた。三通目は現在ロンドンにいるコロンビアの大臣で、詩人でもあるホセ・フェルナンデス＝マドリッドに宛てたもので、その中で将軍はロバート・ウィルソン卿とイギリス人のジョー・ランカスター教授に振り出した手形を決済するように依頼していた。以前将軍は、カラカスに新しい相互教育方式を導入しようとしたとき、ランカスターに二万ペソ借りていたのだ。「これには私の名誉がかかっております」と書き加えた。以前から係争中だった訴訟はすでに解決していて、鉱山は売却されているはずだと思い込んでいた。けれども、その手紙がロンドンに着いたとき、フェルナンデス＝マドリッド大臣はすでに亡くなっており、けっきょく無駄骨に終った。

建物の内部にある回廊では、将校たちが大声でわめきながらカードをしていた。ホセ・パラシオスはそんな彼らに静かにするように合図した。やがて近くの教会の鐘が十一時を打つまで、将校たちは声を小さくして騒いでいた。鐘が鳴るとじきに、お祭のバグパイプと太鼓の音が止んだ。遠く離れた海から吹き寄せてくる風が、夕立のあとふたたび町の上にかかっていた黒雲を吹き散らし、満月がオレンジの木の植わっている中庭を明るく照らしていた。

夕方ハンモックに寝そべってから、将軍は熱に浮かされてうわごとを言い続けていたので、ホセ・パラシオスは様子を見守っていた。将軍のためにいつもの煎じ薬を用意し、センナの浣腸をした。心の中では誰か偉い人が来て、無理にも医者をつけてくれないだろうかと考えていた。けれども、誰一人そういうことをしてくれる人はいなかった。将軍は明け方一時間ほどうとうとまどろんだ。

その日は、マリアーノ・モンティーリャ将軍がカルタヘーナに住んでいる数人の友人を連れて見舞に来ることになっていたが、その中にはボリーバル党の三フアンの名で知られている、フアン・ガルシーア゠デル゠リーオ、フアン・デ・フランシスコ・マルティン、それにフアン・デ・ディオス・アマドールが含まれていた。三フアンは、ハンモックから起き上がろうとしている将軍の病み衰えた姿を見て、思わず息をのんだ。もはや、彼らを抱擁するだけの力も残っていなかった。〈すばらしき議会〉*に出席したときに将軍を見てからわずかな日数しか経っていないというのに、すっかり憔悴しきっている姿を見て、彼らは自分の目を疑った。体じゅうの骨が浮き出し、目は焦点が定まっていなかった。熱のせいで息が臭うのを気にしていたのだろう、しゃべるときは距離を置くか、顔を背けるようにしていた。なによりも、将軍の背丈がひどく縮んでいるのを見て、ショックを受けた。モンティーリャ将軍は抱擁したとき、将軍の上背が自分の腰のあたりまでしかないように感じた。

当時体重は八十八リブラ*しかなく、死の前日はさらにそれよりも十リブラ減っていた。公式発表では、一メートル六十五センチになっていた身長は、カルテと軍の記録でつねに食い違っていた。死体解剖台に載せられたときは、身長が先の記録よりもさらに四センチ縮んでいた。体に比べて大変小さかった将軍の手足が、それがいっそう小さくなったように思われた。ホセ・パラシオスは、将軍がズボンをはくと胸まで来ることに気が付いていたし、ワイシャツも袖口を折り返さなければならなかった。見舞客がけげんそうな顔をしているのに気が付いて、将軍は、フランス式にいうと三十五号になるいつもはいているブーツが一月以来ぶかぶかになっていると説明した。どのような状況にあっても機知の閃《ひらめ》きを見せることで知られているモンティーリャ将軍が、悲しみをふっきるようにこう言った。

「何よりも大切なことは、閣下が心まで萎縮しておられないことです」

そのあと彼は、われながらいいことを言ったというようにけたたましい笑い声を上げた。将軍は古い戦友にしか見せない微笑みを浮かべると、話題を変えた。天候がすっかりよくなり、野外で話をしてもよかったのだが、将軍は自分が寝ていた部屋のハンモックに腰を下ろして見舞客を迎えた。

国家の現状が話題の中心になった。カルタヘーナに住んでいるボリーバルの支持者たちは、サンタンデール派の学生たちが議会に容認しがたい圧力をかけたというので、新憲法と新たに選出された指導者たちを認めるわけには行かないと息巻いていた。一方忠誠を誓っている軍人たちは将軍の命令に従って事態を静観していたし、将軍を支持している地方の聖職者たちは立ち上がる機会を逸してしまった。将軍の考えに共鳴しているカルタヘーナ守備隊の司令官フランシスコ・カルモーナ将軍はもう少しで反乱を起こしそうになった。彼は今も政府にとって脅威の的になっていた。将軍はモンティーリャに、カルモーナのところへ人をやって反乱を起こさないよう説得してもらいたいと頼んだ。そしてみんなのほうに向き直ったが、目を合わさないようにして、新政府に対して手厳しいことを言った。

「モスケーラはぐずで、カイセードは風見鶏だ。おまけに二人とも、サン・バルトロメー学院の小僧どもに怯えているんだから、話にならない」

要するに将軍はカリブ的な口調で、大統領はなにごとにつけても弱腰で、副大統領は風向き次第でどうにでも立場を変える日和見主義者だと言おうとしたのだ。苦しい立場に立たされるといつも毒のあることを言う癖があり、このときもあの二人の兄弟が坊主だと言っても、少しも不思議ではないと付け加えた。また、自分が選挙に敗れたことよりも、サンタンデールがパリからせっせと手紙を書いて内乱を起こすよう煽り立てている点が危険な気がして心配だが、現在のような歴史的状況下にあって今度の新憲法はこれ以上望むべくもないほどいいものだと言った。新たに選出された大統領は、ポパヤンに居座ったまましきりに秩序と統一を訴えており、いまだに大統領職を引き受けるかどうかはっきり言明していなかった。

「今にカイセードが汚いことをやるはずだと思って、待ち受けているんだ」と将軍は言った。

「モスケーラはもうサンタ・フェに着いている頃です」とモンティーリャが言った。「月曜日にポパヤンを発っていますから」

その話は初耳だった。だが将軍は驚かなかった。「まあ、見てるがいい、いざ行動を起こすようになると、今にぼろを出すさ」と言った。「あの男では、政庁の守衛も勤まらんだろう」それからしばらく考え込み、やがて情けなそうにぽつりと付け加えた。

「残念ながら、これはという人物はスクレ一人だな」

「将軍たちの中でもっともすぐれた人物というわけですね」デ・フランシスコが微笑みながら言った。

将軍は、有名になったその言葉がひろまらないように手を尽くした。けっきょく国じゅうに知れ渡ってしまったのだが。

「ウルダネータの考えだした名文句ですね」とモンティーリャがまぜっかえした。

将軍は取り合わず、冗談めいた口ぶりで、地方の政界は気が置けなくていいと言った。いまふざけたことを言ったばかりのモンティーリャが突然居ずまいをただし、きまじめな口調でこう言った。「失礼ですが、閣下、私が陸軍総監を崇拝していることはよくご存知だと思います。ですが、閣下のおっしゃっておられる人物は彼ではありません」さらに芝居がかった調子で付け加えた。

「その人物というのは、あなたです」

将軍はすかさず切り返した。

「私はもはやこの世の人間ではないんだ」

話をもとに戻し、自分がコロンビアの大統領になってもらいたいと頼んだのに対して、スクレ陸軍総監がどういう返事をしたかをみんなに語って聞かせた。「この無政府状態を救いうるのは、彼しかいない」と言った。「しかし、*セイレーンの歌声に心を奪われてしまっているのだ」将軍の話を聞いて、ガルシーア゠デル゠リーオは、それはつまり彼に権力者の座に就くための資質が欠けているということではないだろうかと考えた。将軍には、それが必ずしも決定的な障害とは思えなかった。「人類の長い歴史に目を向ければ、必要に迫られてそういう資質を持つようになった例がいくらでも見つかるはずだ」と言った。しかし、いずれにしても今となってはもはや手遅れだった。というのも、共和国でもっとも高潔なあのスクレ将軍が、将軍の同志よりも自分を信頼している家族のもとに帰ろうとしていることを将軍は知っていたからだ。

「偉大な力は愛の力のうちにある」そう言ってから、いたずらっぽくこう付け加えた。「これはスクレ自身の言葉だよ」

トゥルバーコで将軍がそういう話をしている頃、齢若く、健康に恵まれ、しかも華やかな栄光に包まれていたはずのスクレ陸軍総監は、一人悄然とサンタ・フェを発ってキトに向かおうとしていた。出発の前夜、彼はよく知っている女占い師のもとをひそかに訪れた。エジプト街に住んでおり、これまで戦場にのぞもうとする彼にいろいろ忠告を与えてきたその女占い師は、トランプを見て、今は危険な嵐の吹き荒《すさ》ぶ時期なので、陸路よりも海路をとられたほうが賢明でしょうと言った。一刻も早く愛するものたちに会いたいと願っていたアヤクーチョの陸軍総監にとって、海路はあまりにもまどろこしく思えたので、トランプの告げる正しい予言に逆らって、危険を覚悟のうえで陸路を取ろうとしていた。

「つまり、もう打つ手がないと言うことだ」と将軍は結んだ。「われわれの最高の政府というのが最低のものでしかない、これが実情なんだ」

将軍はあのあたりに住む政府の支持者たちのことも知っていた。彼らは、解放戦争で武勲を立て、数々の称号をもらって名士になっていた。ちまちました地方の政界で暮すうちにでっぷり太ったいかさま師、けちな仕事を斡旋する紹介屋になり下がっており、さらにはモンティーリャを自陣に引き込んで将軍と敵対させようと企んでいた。ああいう手合いを相手にするときはいつもそうだが、将軍は彼らにつけいる隙を与えなかった。それどころか、自分の利害を考慮せずに政府を支持するように訴えた。例によってちゃんと先を見越したうえでそう言ったのだ。自分がこの国を出て行けば、支持するように頼んでやった政府が、早速このときとばかりサンタンデールを帰国させるだろう。長年戦場を駆け巡り、自らを犠牲にして暖め続けた広大な単一国家を造りあげたいという夢は瓦礫の山と化してしまったが、サンタンデールが栄光に包まれて戻ってくればその瓦礫を一掃してしまうにちがいなかった。党派は分裂し、将軍は汚名を着せられ、その偉業は長い世紀を経るうちに歪められてしまうだろう。しかし、今の将軍にはもうどうでもよかった。それよりも、流血だけは何としても避けたいと思っていた。「反乱というのは波みたいなものので、一つ起こると次々に波及して行くものなのだ」と言った。「だから、私は反乱には賛成できないんだ」呆れたような顔をしている見舞客に向かって、将軍は最後にこう言った。「いずれにしても、われわれはスペイン人に対して反乱を起こしたわけだが、今でもあれでよかったのかどうか悩んでいる」

モンティーリャ将軍と友人たちは、これでもう将軍の話も終りだろうと考えた。別れ際に、彼らは将軍の肖像を刻んだ金のメダルを受け取った。それを見てこれが最後の賜り物になるだろうと考えた。ドアに向かって行くときに、ガルシーア＝デル＝リーオが小さな声でぽつりとこう漏らした。

「まるで死人のような顔だな」

その言葉は屋敷内に反響して何度もくり返され、一晩じゅう将軍を責め苛《さいな》んだ。けれども、次の日見舞に訪れたフランシスコ・カルモーナ将軍は、将軍が元気そうな顔をしているのを見てびっくりした。将軍は、オレンジの薫る中庭にいて、ホセ・パラシオスが二本のオレンジの木の間に張ったハンモックに横になっていた。そのハンモックは*サン・ハシントに近い町で作ったもので、絹糸で将軍の名前が刺繡してあった。風呂に入ったばかりで、髪をうしろに撫でつけ、素肌に青いウールのカザックを着ている様子はいかにも無邪気な感じがした。ゆっくりハンモックを揺すりながら、将軍はカイセード副大統領に宛てた、怒りのこもった手紙を甥のフェルナンドに口述筆記させていた。将軍はあの名高い伝説的な怒りにわれを忘れていたせいだろうが、噂とちがって意外に元気そうに見えた。


　カルモーナはどこにいても人目につく男だったが、将軍は自分を中傷する連中の背信行為を手厳しく批判する文章を口述筆記させながら、ちらっと彼のほうに目をやっただけで、顔を見ようとはしなかった。最後になってようやく、ハンモックのそばに仁王立ちになり、まばたきひとつせず自分のほうをじっと見つめている巨大な体軀の彼のほうに向き直り、挨拶の言葉もかけずにこう尋ねた。

「君もやはり、私が反乱をそそのかしていると思っているのかね」

　もろ手をあげて歓迎されることはないだろうと踏んでいたカルモーナ将軍は、いくぶん尊大な態度で質問を切り返した。

「何を根拠にそう考えられたのです？」

「根拠はこれだよ」

将軍はそう言って、サンタ・フェから届いたばかりの新聞の切抜きを渡した。そこには将軍がふたたび権力の座に就こうと考えて、議会の決定を無視してひそかに選抜兵に反乱を起こすようにそそのかしていると書いてあった。「まったく下劣きわまりない話だ」と言った。「こちらが懸命になって団結を説いているというのに、この青二才どもは私が陰謀を企てているといって非難しているんだ」新聞の切抜きを読んで、カルモーナ将軍は失望感を味わった。

「私は最初から信じていませんでした」と彼は言った。「ただ、本当なら、うれしいんですが」

「おおかたそんなことだろうと思ったよ」と将軍は言った。

将軍はべつに不機嫌そうな顔もしなかった。口述筆記が終るまで待ってくれとカルモーナに頼み、手紙の中でもう一度国外へ出る許可をいただきたいと懇願した。新聞の切抜きを手渡したときはさっと顔色が変わったが、口述筆記が終ると嘘のようにいつもの冷静さを取り戻していた。人の助けを借りずにハンモックから起き上がると、カルモーナ将軍の腕を取って貯水槽のまわりを散歩した。

三日間雨が降り続いたせいで、オレンジの木の葉群《はむら》から射し込む陽射しは金粉のようにまぶしくきらめき、小鳥たちは木立の間をうるさくさえずりながら飛びまわっていた。小鳥のほうにちらっと目をやった将軍は、自分の心の中にも小鳥が飛びまわっているように感じた。「小鳥たちがさえずっているのが、せめてもの救いだな」と溜息まじりにつぶやいたあと、カルモーナ将軍に向かって、アンティーリャス諸島ではどうして六月よりも四月のほうが小鳥がいい声でさえずるのかについて蘊蓄を傾けた。そして、何の前置きもせずにずばり本題に入った。新政府の権威を無条件で尊重するように説得するのに十分とはかからなかった。カルモーナを戸口まで送っていったあと寝室に戻り、こちらから手紙を書こうと思っているのに、政府が邪魔をすると言ってこぼしているマヌエラ・サエンスに宛てた手紙を自筆で書きはじめた。手紙を書いている最中に、フェルナンダ・バリーガが柔らかいトウモロコシで作ったスープを寝室まで運んできたので、ほんの少し手をつけて昼食を済ませた。昼寝の時間になると、昨晩読みはじめた中国の植物に関する本のつづきを読んでくれないかと頼んだ。しばらくして、オレガノを入れた熱いハーブ入りの風呂に入ってもらおうと思ってホセ・パラシオスが寝室に入って行くと、椅子に腰を下ろしたフェルナンドが開いたままの本を膝の上に載せて眠り込んでいた。将軍はハンモックに寝そべったまま目を開けていたが、彼を見て、人差し指を唇にあてて静かにするよう合図した。その日は熱が出なかった。この二週間ではじめてのことだった。

次の郵便が来るまではとぐずぐずしているうちに、結局トゥルバーコには二十九日間滞在することになった。この町にはそれまでにも二度訪れたことがあった。三年前、分離独立を考えていたサンタンデールの計画を阻止するためにカラカスに赴いたあと、サンタ・フェに取って返す帰途に立ち寄って、ここの気候が体にとてもいいことにはじめて気付いた。当初は二日間の滞在予定だったのが、町の気候が体に合ったので、けっきょく十日間も腰を据えることになった。あのときはちょうど建国記念の祝祭日に当たっていた。将軍が闘牛嫌いだということは分かっていたが、祭の終る日に仮設の闘牛場が作られた。将軍も牝の子牛を相手に闘牛の真似事をして、手に持ったカポーテ*が牛の角にひっかけられたために、群衆が恐怖の悲鳴を上げた。三度目の訪問ということになる今回、不運な運命に追い詰められていた将軍は、日ごとに苛立ちはじめるようになった。雨がいつまでも降り続き、ただでさえ冷え冷えとした気持になるのに、届いてくるのは暗いニュースばかりだった。ある夜、目が冴えて眠れなかったホセ・パラシオスの耳に、将軍のつぶやく声が聞こえてきた。

「スクレは今ごろどこにいるんだろう」

モンティーリャ将軍はそのあと二度見舞に訪れ、最初の見舞のときよりも将軍が元気そうにしていることに気が付いた。将軍は、カルタヘーナの町がいまだに新憲法も新政府も認めていないことを話題に取り上げ、先日見舞に来てくれたときに話したように、この二つを承認してやってくれないかと頼んだ。その様子を見ているとだんだん以前の気力が回復してきているように思われた。将軍に問い詰められたモンティーリャ将軍はとっさに、みんなはまずホアキン・モスケーラが大統領を引き受けるのかどうか知りたがっているのですと答えた。

「それなら早くそうだと伝えてやればいい、みんなも安心するだろう」と将軍は言った。

その次に見舞ったときは、以前にもまして強い口調でそう言った。将軍は幼いころからモンティーリャのことをよく知っていたし、ほかの連中が承認を渋っていると言っているが、本当はモンティーリャ自身が渋っているだけのことだということもちゃんと見抜いていた。階級と任務が同じだっただけでなく、長年同じ釜の飯を食べてきたこともあって、二人は深い友情の絆で結ばれていた。以前将軍はモンポックスの戦場で苦戦を強いられたことがあり、そのときモンティーリャは援軍を送らなかった。そのために二人の仲が冷え切ってしまい、一時は口もきかないほど関係が悪化した。将軍は、道徳心などみじんも持ち合わせていないあの男のせいで数々の災厄がもたらされたのだと言って非難し、それを聞いたモンティーリャは烈火のごとく怒り、将軍に決闘を申し込むところまでいった。しかし、こと独立の大義に関してはきわめて忠実で、個人的な怨恨を越えて、そのために尽くした。

彼はマドリッドの士官学校で数学と哲学を学び、ベネズエラが解放されたという最初のニュースに接するまではフェルナンド七世の近衛隊に所属していた。メキシコでは陰謀家として名を馳せ、キュラソーでは武器の密売で辣腕を発揮し、十七歳のときにはじめて負傷してからはどの戦場でも見事な戦いぶりを見せた。一八二一年には、*リオアーチャからパナマにいたるカリブ海沿岸からスペイン人を一掃し、数においても装備においても勝っている敵の軍隊を相手に戦ってカルタヘーナを奪い取った。そのとき、男らしく将軍に和解を申し出て、あの町の金の鍵を送った。将軍は鍵を返却したうえで、彼を旅団長に任命し、カリブ海沿岸地方の統治を行うように命じた。彼は笑い飛ばすことでごまかしてはいたが、何かにつけて度を過ごすきらいがあって、統治者としては愛されていなかった。彼の屋敷は町でもいちばんの豪邸だったし、アグアス・ビーバスにある農場はその地方でも一、二を争うほど立派なものだった。それだけの金をいったいどこから引き出してきたのか、という貼り紙を壁に張られたこともあった。しかし、あの町で八年間にわたって、苛酷でしかも孤独な統治者としての仕事を続けたせいで、今では敵対者を押さえ込む術に長《た》けたしたたかな政治家に変貌していた。

将軍が新憲法と新政府を容認するように迫る度に、言を左右にして言い逃れをしていた彼が、あるとき包み隠さず正直にこう打ち明けた。カルタヘーナのボリーバル支持者たちは、妥協の産物でしかない今度の憲法も、全員が合意のうえで作ったものではなく、不和反目の中から誕生した政府も、ひどく弱体で、とてもそのようなものを認めるわけにはいかない。要するに、地方政治の典型がここにも見られるが、その内部分裂がこれまで大きな歴史的悲劇を生み出してきたのだと言った。「ですから、誰よりも自由主義的な思想を抱いておられる閣下が、勝手に自由主義を標榜し、閣下のなしとげられた偉業を跡形もなく払拭しようとしている連中の手に、われわれの運命を委《ゆだ》ねられるおつもりなら、それはとりもなおさず人々の気持を踏みにじることにほかなりません」とモンティーリャが結んだ。つまり、将軍が国に残って、国家の解体を阻止するよりほかに打つ手はないということなのだ。

「なるほど、それなら、カルモーナにもう一度ここに来るように言ってくれ。彼が来たら、二人で反乱を起こすように説得してみよう」将軍一流の皮肉を込めてそう言った。「カルタヘーナの町が政府を倒すべく内乱を起こすよりも、そのほうが流血が少なくて済むだろう」

けれども、モンティーリャを送り出す前に自制心を取り戻し、一度みんなと腹を割って話し合いたいので、仲間の主立ったものたちをトゥルバーコに呼び集めてもらいたいと頼んだ。彼らが集まるのを待っている間に、カレーニョ将軍が、ホアキン・モスケーラが大統領職を引き受けたというニュースがひろまっていると将軍に告げた。それを聞いて将軍は、額をぽんと叩いた。

「これはうかつだった！」と叫んだ。「まさかあの男が引き受けるとはな」

その日の午後、激しい風雨をついてやって来たモンティーリャ将軍があのニュースは本当だと伝えた。嵐のせいで木々が根こぎにされ、町の半分が倒壊し、屋敷の囲い場が壊れて、中にいた家畜が溺れ死んだ。けれども、嵐のおかげであの悪いニュースのもたらした衝撃が和らげられたことも事実だった。何もすることがなく無聊をかこっていたお付武官たちはこれ以上被害が広がらないよう忙しく立ち働いていた。モンティーリャも野戦用の防水コートを羽織り、救助活動の指揮を取った。将軍は寝具の毛布にくるまり、窓際に置いた揺り椅子に腰をおろし、穏やかな息をしながら、泥流に押し流されて行くがらくたを眺め、物思いにふけっていた。幼い頃から、カリブ海特有のそういう嵐には慣れていたが、兵隊たちが屋敷内を片付けているのを横目で見やり、ホセ・パラシオスにこんなひどい嵐は記憶にないなと漏らした。ようやくまわりに落ち着きが戻ってきたとき、全身濡れそぼち、膝まで泥まみれになったモンティーリャが部屋に入ってきた。将軍はまだあのことを考えていた。

「モスケーラが大統領になったが、カルタヘーナはまだあの男を大統領として認めないのかね」と将軍は言った。

モンティーリャもやはり、嵐に気をとられてはいなかった。

「閣下がカルタヘーナに来られれば、一件落着なのですが」と答えた。

「そんなことをすれば、裏でおかしな工作をしていると言われかねない。私はもう自分から事を起こしたくないのだ」と将軍は言った。「今回の件が片付くまで、ここから動かないつもりだ」

その夜将軍は、モスケーラに手紙を書いて、和解を申し出た。「さきほど、あなたが国家大統領の職を引き受けられたというニュースに接し、いささか驚きました。が、いずれにしても、国家にとってはもちろん、私にとっても慶賀すべきことと喜んでおります」続けて、「ですが、今後のことを考えますと、大変なこととお察しいたします」と書き、最後に抜け目なくこう書き添えた。「パスポートが届かないので、国外へ出ることができません。私としては、それが届き次第出国するつもりでおります」

イギリス人部隊の重鎮ダニエル・フロレンシオ・オリアリー将軍が日曜日にトゥルバーコにや

って来て、随員に加わった。彼は長年英語とスペイン語の両方を使える補佐役、副官として将軍に仕えていた。モンティーリャはいつになく上機嫌でカルタヘーナからトゥルバーコまでオリアリーに同行し、オレンジの木の下で将軍と親しく語らった。オリアリーを相手に自分の取った軍事行動について長々としゃべったあと、将軍はいつもの決まり文句を口にした。

「で、向こうではどう言ってるんだ？」

「あなたが国を出て行くというのは嘘だという噂が流れています」とオリアリーは言った。

「なるほど」と将軍は言った。「しかし、今頃になってどうしてそういう噂が流れたんだろうな」

「マヌエラが町に残っているからです」

将軍は相手に反論を許さないほど真剣な口調で言った。

「しかし、彼女はこれまでずっと町に残っていたじゃないか」

マヌエラ・サエンスと親しくしていたオリアリーは、彼女がいつもあの町に残っていたことを知っていたので、確かに将軍の言うとおりだと思った。しかし、あれは彼女の意志ではなかった。そうではなく、正式に結婚して縛られるのだけは何としても避けたいと思っていた将軍がなんのかんのと口実を設けて町に残したのだ。「もう二度と恋はしないよ」将軍はあるときホセ・パラシオスにぽつりとそう漏らした。彼にしかそんなふうに自分の内心を吐露したことはなかった。「まるで心が二つあるみたいな気がするんだ」以前マヌエラは恥も外聞も捨てて、まなじりを決して将軍に迫ったことがあった。しかし、縛りつけようとすればするほど、将軍のほうはしがらみから逃れようとした。まさに、絶えまない追いかけっこのような恋だった。キトで二週間人目を忍んで密会を楽しんだあと、将軍はラ・プラタ河の解放者ホセ・デ・サン・マルティン将軍と会見するためにグアヤキルにむけて発つことになった。そのとき彼女は、夕食の最中に料理に手もつけずに旅立って行く愛人なんていているだろうかと考えた。将軍はどこへ行っても毎日手紙を書き、この世でほかの誰よりも君のことを愛していると誓うと約束した。確かに手紙を口述筆記させ、ときには自ら筆をとったりもしたが、けっきょくはそれを出さなかった。その一方で、ガライコアのいつも一緒に暮している母系家族の五人の女性たちと多彩な恋を楽しんでいた。しかし将軍自身も、五十六歳の祖母、三十八歳の娘、年ごろの三人の孫娘のうちの誰を愛したものか迷っていた。グアヤキルでの会見が終ると、あなたがたを永遠に愛し、すぐに戻ってくると約束して彼女たちのもとから逃げ出した。そして、キトに戻ると、ふたたびマヌエラ・サエンスと抜き差しならない関係に戻ってしまった。

翌年のはじめには、ペルー解放を完遂すべくふたたび単身で旅立っていった。これは言ってみれば将軍の夢の総仕上げだった。マヌエラは四カ月間ひたすら待ち続けた。いつもの書簡形式の手紙だけでなく、個人秘書のフアン・ホセ・サンターナが自分の考えたことや感じたことを適当に口頭で伝えてくるようになると、彼女はただちに船に乗り、リマにむけて旅立った。その頃、議会から独裁者としての権限を与えられた将軍はラ・マグダレーナの快楽の館にいたが、そのまわりを新しい共和国の取り巻きであるずうずうしい美女たちが取り囲んでいた。大統領官邸はひどく風紀が乱れていた。槍騎兵の大佐は、寝室から漏れてくるよがり声で寝つけなかったので、真夜中に寝場所を変えたほどだった。一方、マヌエラにとってリマは住み慣れた土地だった。新大陸生まれのスペイン人で、農場主をしていた裕福な女性と妻のいる男性との間にできた私生児の彼女は、キト生まれだった。十八歳のとき、自分が学んでいた修道院の窓から抜け出して、スペイン軍の将校と駆け落ちした。けれどもその二年後には、年齢が倍ほども違う寛大な医師ジェイムズ・ソーン博士とリマで結婚式を挙げ、そのときは純潔のシンボルであるオレンジの花を飾りに付けていた。だから、生涯をかけた恋のためにペルーに戻ったときも、誰の助けも借りずに対将軍作戦本部を構えることができたのだ。

二人が喧嘩しているとき、オリアリーは彼女のこのうえない補佐役として働いた。マヌエラはラ・マグダレーナに居座ろうとしなかった。けれども、気が向けば軍人としての肩書を活かして正面玄関から堂々と入っていった。抜け目がなく、気が強くてしかもとても魅力的な彼女は、権力がどういうものか知り尽くしていたし、何があってもくじけないだけの粘り強さを持ち合わせていた。夫がイギリス人だった関係で英語は流暢だったし、フランス語もそこそこしゃべれた。また、クラビコード*を演奏させると、見習い修道女のような気取った弾き方ではあったが、何とかこなすことができた。字はひどく読みづらく、文章を書かせると意味の通じないところがあって、彼女自身は自分のことを恐怖の悪筆女と呼んで笑い転げていた。将軍は彼女を自分の身近に置くために私文書の保管者に任命した。おかげで、マヌエラが持ち前の魅力で手なずけたアマゾンの野獣を思わせる激しい気性の女たちがうるさく騒ぎ立てる中で、所かまわずいつでも愛しあえるようになった。

ペルーの険しい山間部はまだスペイン人の支配下にあった。将軍がいよいよそこを征服することにしたと聞いて、マヌエラは自分も参謀本部の一員に加えてほしいと願い出たが、聞き入れてもらえなかった。彼女は将軍の許可も得ずに、女優がもつようなトランクに私文書の入った大きな箱、それに女奴隷たちを引き連れて後衛を固めていたコロンビア人部隊に加わってあとを追った。兵隊たちは軍隊言葉を自由に操る彼女を崇拝していた。目のくらむようなアンデス山脈の絶壁をロバの背に揺られて三百レグアもの距離を踏破した。その四カ月間で将軍と夜を過ごしたのはわずか二日だけで、しかもそのうちの一回は自殺してやると脅してようやく自分のそばに引き止めることができた。マヌエラがあとを追いかけている間に、将軍のほうは行く先々で行きずりの恋を楽しんでいた。彼女がそのことに気が付いたのはずっとあとのことだった。十八歳の野生的な混血の少女マヌエリータ・マドローニョもその一人で、将軍は彼女のおかげで眠れぬ夜を楽しく過ごすことができた。キトから戻ると、マヌエラは夫と別れる覚悟を固めた。夫というのは、彼女に言わせると、愛しあっても喜びを感じなかったし、話はおよそ退屈で、歩き方はのろくさく、ばか丁寧なお辞儀をし、立ち居振る舞いがひどく用心深く、自分で冗談を言っておきながら笑いもしなかった。けれども、将軍が何としても法律上の身分を守るようにと説得したので、彼女はその言葉に従った。

アヤクーチョの戦いで勝利を収め、新大陸の半分を手中に収めてから一カ月後に、将軍はやがてボリビア共和国として独立することになるアルト・ペルーにむけて旅立った。マヌエラを同行しなかっただけでなく、出発の前にそろそろこの辺で自分たちもきっぱり別れたほうがいいのではないかと伝えた。「おたがいの名誉に傷がつくこともなければ、非難されることもなく私たちが結ばれる可能性は、まずないだろうと思います」と手紙に書いた。「いずれ君は今のご主人のそばで暮しながら孤独を味わうことになるでしょうし、私は私で世界の只中で孤独を嚙みしめることになるでしょう。そのとき、自分たちは感情に押し流されることなく自制心を持って行動したという栄光だけが、私たちの慰めになるはずです」三カ月と経たないうちにマヌエラから返事が届き、彼女はその中で夫とともにロンドンに行くことになったと伝えていた。フランシスカ・スビアーガ・デ・ガマーラというのは、のちにボリビアの大統領になるある陸軍元帥の妻で、向こう見ずで気性の激しい女性として知られていた彼女のベッドに潜り込んでいるときに、マヌエラから手紙が届いた。将軍はもう一度彼女を愛そうともせず、大急ぎでベッドから飛び出すと、あわてて返事を書いた。返事というよりも軍隊における命令に近いものだった。「相手に真実を告げ、どこへも行くな」そのあと、「ここからあなたを愛している」という文章に自分の手で下線を引いた。マヌエラは喜んでその言葉に従った。

最高権力者の地位に就いたその日に、将軍の夢は音を立てて崩れ始めた。ボリビアを建設し、ペルーの制度を再編成し終えたとたんに、ベネズエラのパエスが初めて分離独立を目指した動きを見せ、ヌエバ・グラナダではサンタンデールが妙な政治的画策を始めたので、大急ぎでサンタ・フェに戻らなければならなくなった。今回マヌエラは、将軍からついてきてもいいという許可を得るのに以前よりも手間取った。ようやく許可が下りると、彼女はたくさんのトランクを十二頭のロバに振り分けて載せ、不死身の女奴隷たちや十一匹の猫、六頭の犬、宮廷の卑猥な芸を仕込んだ三匹の猿、針に糸を通す芸を仕込まれた一頭の熊、三カ国語でサンタンデールの悪口を言うオウムと金剛インコの入った九つの鳥籠とともにあとを追った。その様子はジプシーの集団移動を思わせた。

彼女がサンタ・フェに着いた直後の、九月二十五日の忌わしい夜に将軍暗殺計画が実行に移された。彼女は将軍の逃走を助けた。しかし将軍に残された命はあとわずかしかなかった。二人が知りあって六年しか経っていないのに、まるで五十年の歳月が流れたかと思えるほど将軍は病み衰え、疑《うたぐ》り深くなっていた。マヌエラは、将軍が孤独の霧の中で闇雲にあがいているように感じていた。将軍は、キトとグアヤキルを植民地化しようという野心を抱いているペルーを牽制すべく南へ発つことになっていたが、もはや何をしても無駄なあがきでしかなかった。将軍が彼女から逃れようとしても、どこにも行き場がないと分かっていたので、マヌエラはあとを追いかけるのは諦めて、サンタ・フェに残ることにした。

オリアリーは回想録の中で、トゥルバーコで過ごしたあの日曜日の午後、将軍は珍しく問わず語りに人目を忍ぶ恋について語ったと書きつけている。モンティーリャは、あれは紛れもなく老化のはじまりだと考え、何年かのちにある私信の中でそう書いた。将軍が上機嫌で自分の私的なことをしゃべったので、モンティーリャはつい気を許して気軽にこう尋ねた。

「町に残されたのはマヌエラだけですか？」

「みんな残してきたよ」と将軍は真顔で言った。「ただ、マヌエラは別格なんだ」

モンティーリャはオリアリーのほうを向いて片目をつむると、こう言った。

「正直なところ何名いたんです、将軍？」

将軍ははっきりしたことを言わなかった。

「君が考えているよりもずっと少ない数だ」

その夜、将軍が熱い風呂に入っているときに、ホセ・パラシオスが質問に答えて正確な数を言った。「わたしの計算では、三十五人です。むろんこれは、一夜妻を除いた数ですが」その数は将軍の計算とぴったり一致した。けれども、将軍は訪問中の彼らにそのことを教えなかった。

「オリアリーは人物としても、軍人としても第一級の人間だが、どんなことでもノートを取るという困った癖がある」と説明した。「何しろ、文章として残された回想録ほど危険な代物はないからな」

翌日、長時間にわたる私的な会見のなかで国境の情勢に関していろいろ尋ねたあと、オリアリーに、表向きはヨーロッパにむけて発つ船のことを調べるという理由でカルタヘーナへ行き、あの地方の表面に現われていない政治的な動きについて調べてきてもらいたいと正式に依頼した。しかし、カルタヘーナへ行くにも、時間がほとんどなかった。六月十二日土曜日に、カルタヘーナの議会は新憲法と新たに選出された指導者たちを承認した。モンティーリャはそのニュースを聞くとさっそく将軍に態度決定をせまるメッセージを送った。

「われわれはあなたをお待ちしております」

そう言って待ち受けているところへ、将軍が死んだという噂が飛び込んできたので、モンティーリャはベッドから飛び出し、噂の真偽を確かめるゆとりすらなく大急ぎでトゥルバーコに駆けつけた。向こうに着くと、将軍はいつになく元気で、レジュクール伯爵と昼食をとっていた。フランス人の伯爵は、来週、イギリスの定期船がカルタヘーナに入港するので、それでヨーロッパまでご一緒しませんかと誘っていた。あの日は将軍がいちばん元気な日だった。体調は必ずしもよくなかったのだが、精神力で乗り越えようとしており、たしかにその効果はあった。朝早く起きると、乳搾りの時間に囲い場を見てまわり、選抜兵たちの兵舎を訪れた。彼らからじかに毎日の生活の実情を聞き取り、早速条件を改善するよう有無を言わさぬ命令を出した。帰途、市場の中の食堂に足を止め、コーヒーを飲んだ。自分が帰ったあと割られるのがいやだったので、飲んだコーヒー茶碗をこっそり持ち帰った。街角で将軍を待ち伏せしていた学校帰りの子供たちが手拍子を取りながら、「解放者、万歳、解放者、万歳！」と囃し立てた。それを聞いて将軍はひどく戸惑い、どうしていいか分からなくなった。さいわい子供たちのほうから道を開けてくれたが。

　屋敷に戻ると、前もって通知もせずにレジュクール伯爵が訪問に来ていた。伯爵は妻を同伴していた。彼女は将軍がこれまでに会った中でもいちばん美しく、優雅でしかも高慢な女性だった。乗馬服に身を包んでいたが、じっさいはロバに引かせた幌付きの二輪馬車でやって来た。彼女は、カミーユという名前で、*マルチニック島の生まれだとしか言わなかったし、伯爵もそれ以上何も付け加えなかった。けれども時間が経つうちに伯爵が彼女に夢中になっていることがはっきりと分かった。

　カミーユがそばにいるだけで将軍は昔の元気を取り戻し、歓迎の昼食会の準備をするように命じた。伯爵は完璧なスペイン語をしゃべったが、カミーユのことを考えて、会話はフランス語で行われた。彼女が、自分はトロワ・イールに生まれたというと、将軍は急に元気づき、生気を失った目が一瞬きらっと光った。

「ジョセフィーヌが生まれたところですね」

　彼女は笑いながらこう言った。

「ほかの方よりもう少し知的なことをおっしゃるかと思っていましたわ、閣下」

　傷ついたような表情を浮かべた将軍は、すぐに気を取り直してフランスの皇后マリー・ジョセフの生家ラ・パジュリーの製糖工場の様子を思い入れたっぷりに語って聞かせた。あの製糖工場は、まわりを広大なさとうきび畑に囲まれていた。鳥の鳴き交わす声や蒸留器のむせ返るような匂いのせいで、何レグアも離れたところにいてもその場所が分かるほどだった。彼女は、将軍があまりにも詳しいのでびっくりした。「実を言うと、あそこはもちろん、マルチニック島にも行ったことがないのです」と将軍は言った。

「それで？」と彼女は言った。

「そういうことを知っていれば、いつかあの島でいちばん美しい女性を喜ばせることができるだろう、そう思って長年勉強してきたんですよ」

プリント地のコーデュロイのズボンにサテンのカザックを着、赤い部屋履きをはいた将軍はしゃがれた声ではあったものの、よどみなく雄弁にしゃべった。彼女は、食堂に香ぐわしいオーデコロンの匂いが漂っているのに気が付いた。将軍は、じつを言うと香水に目がなくて、私を敵視している人たちから、オーデコロンを買うために公金を八千ペソも無駄遣いしたと非難されているのですと説明した。昨日と同じように将軍は憔悴していた。しかし動作が鈍い点をのぞけば病気らしいところはどこにも見られなかった。

男ばかりの席にいると、ならず者も顔負けするような下品な言葉を口にした将軍が、女性が側にいると、その態度、物腰、言葉づかいまで気障《きざ》に思えるほど洗練されたものに変わった。将軍は、上等のブルゴーニュ産のブドウ酒が入った瓶の栓を抜き、試飲したあと、グラスに注いだ。伯爵はひと口飲んで、ビロードの舌触りですねと臆面もなく言った。コーヒーが給仕されているときに、イトゥルビデ大尉がそばにより、将軍の耳元に何事かささやいた。重々しい顔付きでその言葉に耳を傾けていた将軍は、やがて椅子の上でそっくりかえり、上機嫌で笑いながらこう言った。

「みなさん。私の埋葬に立ち会うために、カルタヘーナから代表団が来るそうです」

将軍が中に入るように言ったので、モンティーリャと彼に同行してきた人たちは、帰るに帰れなくなってしまった。副官たちは、昨晩から辺りをうろついていたサン・ハシントの楽士たちを呼び入れた。齢取った男女の一団が招待客のためにクンビア*を踊った。カミーユは、アフリカ起源のその民衆的な踊りが意外に優雅なのに驚き、教えてほしいと言い出した。将軍はダンスの名手として聞こえており、同席していた人たちの中には、以前この町を訪れたときに踊りの先生も顔負けするほど上手にクンビアを踊ったことを覚えているものもいた。カミーユが誘っても、将軍は笑いながら「三年も前のことで、忘れてしまいました」といって丁重に断った。彼女はほんの少し手ほどきしてもらっただけで一人で踊りはじめた。音楽が中断したときに、突然拍手と歓声が聞こえ、パンパンと何かが破裂する音や銃声が響き渡った。その音を聞いて、カミーユは真っ青になった。

伯爵が真顔でこう言った。

「ほう、また革命ですか」

「もうその心配はありません」と将軍は笑いながら言った。「残念ながら、あれは闘鶏をしているのです」

コーヒーかどうか考えもせず、コップの中のものを飲み干すと、手で輪を描くようなジェスチャーをしてみんなで闘鶏場へ行こうと誘った。

「モンティーリャ、いっしょに行こう、そうすれば私が死んだ人間かどうか分かるだろう」

午後の二時に、将軍はレジュクール伯爵を先頭に大勢の人たちをつれて闘鶏場に向かった。一行は男ばかりだったので、紅一点のカミーユが誰よりも人目を引いた。あの女性は将軍のいい女にちがいない、でなければ女人禁制の闘鶏場に入れるはずがない、と誰もが考えた。彼女は伯爵と並んで歩いていたが、将軍はよく自分の女だということを隠すために、ほかの男と歩かせることがあったので、みんなはきっとそうにちがいないと勘ぐった。二回目の闘鶏は、すさまじい戦いになった。赤い雄鶏が正確な蹴りを入れて相手の両目をえぐり取った。目が見えなくなった雄鶏のほうはそれでもひるまず、しゃにむに襲いかかって行くと、相手の首をくちばしで嚙み千切り、ついばみ始めた。

「闘鶏がこんなに血なまぐさいものだとは思ってもみませんでしたわ」とカミーユが言った。「でも、すてきですわね」

将軍は彼女に、卑猥な叫び声を上げたり、空にむけて銃を撃つと、鶏が興奮して、もっとすさまじい戦いになるんですが、今日は女性、それもとびきり美しい女性がいるものですから、闘鶏士たちは萎縮しているんですよ、と説明した。気を引くように彼女のほうを振り返ると、こう言った。「つまり、あなたのせいなんですよ」

「いいえ、あなたのせいですわ、閣下。長年この国を統治しておられたのに、女性がいようがいまいがふだんと変わりなく振る舞わなければならないという法律をお作りにならなかったんですもの」

その言葉を聞いて、将軍は自制心を失いはじめた。

「私は閣下と呼ばれるほど立派な人間ではありません」と言った。「誰に対しても、公正でありたい、そう思っているだけです」

その夜、あまり効き目のない薬湯を張った浴槽につかっているときに、ホセ・パラシオスが言った。「これまでに見かけた中でも、いちばん美しい方ですね」将軍はそう言われても目をつむったままだった。

「いやな女だ」ぽつりと言った。

将軍の病気に関してはいろいろな噂が流れており、近頃では死亡したという話を聞いても誰一人驚かなかった。だから、そうした風聞を打ち消すために計算ずくで闘鶏場に姿を現わしたというのが、もっぱらの評判だった。そして、確かにそれだけの効果はあった。将軍はすっかり元気になったというニュースが、郵便を通してカルタヘーナからあちこちの町にひろまり、将軍の支持者たちは喜んでというよりもむしろ新政府に対してこれ見よがしに全快を祝うお祭をした。

将軍はどうやら自分の体までうまく欺いたようだった。というのも、それから数日間はとても元気だったし、暇をもてあまして飽きもせずカードをしている副官たちと同じテーブルについて、ふたたびカードを手にしたほどだった。いちばん若くて、陽気なアンドレス・イバーラはいまだに戦争をロマンティックなものだと考えていた。キトに住む女友達に宛てた手紙の中で彼は、「平穏無事だが、君のいない暮しよりも、君の腕に抱かれて死ぬほうがずっといい」と書いている。副官たちは、まったく予測のつかない展開を見せる賭博の魅力に取りつかれ、大声で議論を戦わせながら、昼夜の別なくカードをしていた。当番兵が厩舎から取ってきた馬糞をくすべていたが、雨季だということもあって真っ昼間から蚊の攻撃にさらされていた。グアドゥアスに泊まった夜は、ウィルソンとの一件があって気まずい思いをした。将軍はそのことを忘れようとして、あれから一度もカードを手にしようとしなかった。ハンモックに寝そべって、副官たちが大声でわめき立てたり、ぽろりと本音を漏らしたり、うわべだけ平穏な生活の中で無聊をかこち、戦争を懐かしんでしゃべっている言葉に耳を傾けていた。ある夜、屋敷内を散歩しているときに、我慢できなくなって、廊下で足を止めた。将軍は、正面に座っている将校たちに静かにするように合図すると、背後からアンドレス・イバーラにそっと近付いた。そして、猛禽の爪のような手でその両肩をつかみ、こう尋ねた。

「従兄弟《いとこ》の君にひとつ訊きたいんだが、私は死人のような顔をしているかね」こういうことに慣れているイバーラは、後ろを振り返らずにこう言った。

「私はそうは思いません」

「ということは、おまえは目が見えないか、嘘をついているということだ」と将軍は言った。

「ひょっとすると、あなたが後ろにおられるからかもしれませんよ」とイバーラが言った。

将軍はカードに興味をしめし、椅子に座ると、ひさびさにカードを手にした。その夜だけでなく、しばらくの間は、誰もがこれでまた以前と同じになったと考えた。将軍自身は、「パスポートが届くまでのことだ」と言っていた。そんな将軍に向かってホセ・パラシオスは、今や儀式化しているカードにあなたも夢中になっておられますが、実のところお付武官たちは先行きを心配してすっかり意気消沈しているのです、とくり返し言った。

将軍は、将校たちの置かれた境遇や日常のこまごましたこと、彼らの行く末を誰よりも案じていた。ただ、いくら考えても答えが出ないと分かって以来、考えないことにしたのだ。ウィルソンとの間に気まずいことがあってから、河を下っているあいだじゅう、自分の苦しみを忘れて彼らのことを気遣っていた。ウィルソンがあのような行動に出るとは思いもしなかった。おそらく、深刻な挫折感のせいで、とげとげしい態度を取ったのだろう。フニンでの戦いぶりを見たときに将軍は「父親に勝るとも劣らない軍人だ」と褒めたたえた。その後、タルキの戦闘のあと、スクレ陸軍総監の同意を得て大佐に昇進させようとしたところ、本人が辞退した。そのとき将軍は「父親以上に謙虚な人柄だ」と言った。もっとも昇進のほうは、むりやり承諾させた。

平時戦時を問わず、将軍が全員に求めたのは、厳格一点張りの規律ではなく、互いの思い遣りが必要な忠誠心であった。野営すら満足にできないほど戦闘につぐ戦闘の毎日を送ってきた彼らは、兵舎で暮す軍人ではなく、まさに戦う男たちだった。そこにはさまざまな人間が混じっていた。将軍のすぐ身近にいて、中核となって独立を達成したのは新大陸生まれの白人の貴族階級で、彼らは学校で帝王学を学んでいた。家屋敷や妻子はもちろん、すべてを捨てて、あちこち転戦してまわった。必要に迫られて、政治家、統治者になった。イトゥルビデとヨーロッパ人の副官をのぞいて、あとは全員ベネズエラ人だった。フェルナンド、ホセ・ラウレンシオ、イバーラ兄弟、ブリセーニョ・メンデスをはじめ、ほとんどのものが将軍と血のつながりがあるか、義理の親族という関係になっていた。階級、あるいは血の絆が彼らを結び合わせ、結束を固めていたのだ。

ホセ・ラウレンシオ・シルバだけが例外で、彼はリャーノスにあるエル・ティナーコの町の助産婦と川漁師の間に生まれた子供だった。父も母も下層階級出身の混血だったし、その血を受け継いだ彼も色が黒かった。けれども、将軍は彼を自分の姪の一人フェリシアと結婚させた。十六歳のときに志願兵として解放軍に加わってから、五十八歳で最高司令官になるまでずっと戦い続けた。独立戦争では、五十二回にわたるほとんどすべての戦闘に加わり、さまざまな武器で十五カ所以上の深手と無数のかすり傷を負った。肌の色で一度だけ不快な目にあったことがある。仮装舞踏会のときに、地方の上流階級の婦人からダンスを断られたのだ。それを見て、将軍はもう一度ワルツを演奏してくれと頼むと、彼と二人でダンスをした。

シルバと対照的なのがオリアリー将軍だった。金髪で背が高く、フローレンス風の軍服を着るとまことに勇ましく見えた。十八歳のときに赤色軽騎兵の少尉としてベネズエラに来て以来、独立戦争ではほとんどの戦闘に加わって、軍人としての勤めをまっとうした。ほかのものと同様、彼にもやはり不遇の時代があった。サンタンデールがホセ・アントニオ・パエスと論争したときに、将軍から仲介の労をとるように命じられた彼は、サンタンデールの肩を持ったのだ。将軍は戻ってきた彼の挨拶を受けようとせず、怒りがおさまるまで、十四カ月間自分のそばに近付けなかった。

彼らはそれぞれに申し分のない勲功を立てていた。将軍はすでに権力の城の住人になっていたが、本人はまったくそのことを意識していなかった。自分では誰とでも気安くつき合い、優しく振る舞っているつもりでいた。将軍がそう考えれば考えるほど、将校たちにとっては遠い存在になって行った。けれども、ホセ・パラシオスから将校たちがどういう心境でいるかを教えられたあの夜、将軍は彼らに対等のカード勝負を挑み、相手が音《ね》をあげて参りましたというまで、実に機嫌よく負け続けた。

将校たちがそれまでのことを根に持っていないのは確かだった。戦いで勝利を収めたあとに敗北感に襲われることもあったが、将校たちはべつに何とも思っていなかった。将軍は依怙《えこ》贔屓《ひいき》をしているように思われてはまずいと、彼らの昇進をわざと遅らせたし、戦場を駆け巡る毎日でどこにも腰を落ち着けることができず、恋をするといっても、行きずりのつかの間のものでしかなかった。けれども、彼らは気にしていなかった。国の財政が逼迫しているという理由で、給料は三分の一に削られ、しかも三カ月遅れで、換金できるかどうかおぼつかない国債で支払われていたそれを、損を覚悟で金融業者に売り飛ばした。将軍が全世界が震撼するほど大きな音を立ててドアを閉め、彼らを敵の手に委ねて国を出て行こうとしていることも恨んではいなかった。彼らが勝ち取った勝利の栄光をほかのものがかすめとっても、怒ったりはしなかった。そんな彼らが、将軍が権力の座を捨てる決意を固めてからは、行動の方針が定まらず苛立ちはじめた。そして、とうとう旅に出たわけだが、いつまでたっても行先が決まらずぐずぐずしていたので、さすがの彼らも耐え切れなくなっていた。

すっかり上機嫌になっていた将軍は、その夜風呂に入っているときにホセ・パラシオスをつかまえて、将校たちとの間には何のわだかまりもないよ、と言った。一方将校たちのほうは、自分たちが感謝でも罪の意識でもなく、不信感を抱きはじめているような印象を与えたのではないだろうかと気に病んでいた。

ホセ・マリーア・カレーニョはとりわけ強くそう感じていた。彼は夜の平底船で将軍と話し合ったことがあり、それ以来むっつり不機嫌そうな顔をしていたので、いつの間にか、あいつはベネズエラの分離主義者と接触していると噂されるようになった。当時の言い回しを借りると、彼はコシアテーロ、すなわちコロンビアからの分離を目指している人間だと言われるようになった。四年前、将軍は彼を、オリアリー、モンティーリャ、ブリセーニョ・メンデス、サンターナをはじめ大勢の軍人たちと同様、軍隊を足がかりにして名を挙げようとしている疑いがある、という だけの理由で心の中から追い出した。四年前と同じように、今回も彼のあとをつけてその行動を探るように命じ、彼に関する噂を逐一集めて、自分の抱いた疑念が本当かどうか確かめようとした。

ある夜、自分でも寝ているのか起きているのか分からないまま、隣の部屋でカレーニョが、たとえ裏切り行為に訴えてでも祖国を守るべきだと言っているのが聞こえてきた。それを聞いて将軍は、彼の腕を取り、中庭に連れ出すと、人の心をとろかすような魅力的な態度をとり、親しげに話しかけた。こういうことは、めったにないことだった。カレーニョは自分の考えを正直に打ち明けた。部下のものが一人残らず路頭に迷うのもかまわず、将軍が志半ばですべてを投げうったことが我慢ならなかったのだ。けれども、彼の背信も、もとはと言えば将軍に対する忠誠心から生まれたものだった。盲人の旅のように先行きに希望の光が見えず、死せる人間のような暮しに我慢できなくなった彼は、ベネズエラに帰国してアメリカ統合のために武装蜂起し、先頭に立って戦おうと考えていた。「そうするのがいちばん男らしいと考えたのです」と彼は最後に言った。

「なるほど、君はベネズエラにもどったほうが大切にしてもらえる、そう考えているわけだな？」と将軍は尋ねた。

そう言われても、カレーニョには返事ができなかった。

「何と言っても、向こうはやはり祖国ですから」と彼は言った。

「ばかなことを言うもんじゃない」と将軍は言った。「われわれにとって祖国はこのアメリカしかない、誰がなんと言おうが、アメリカはひとつなのだ」

将軍は相手に何も言わせなかった。ひとつひとつの言葉に真情をこめて延々としゃべり続けた。

しかし将軍が本当に真情をこめてしゃべっていたことは、カレーニョはもちろん誰であっても分からなかっただろう。最後に将軍は彼の背中をぽんと叩くと、暗闇の中に彼を一人残して立ち去った。

「変に勘ぐられるといけないから、妙なことを口走らないようにすることだ、カレーニョ」と将軍は言った。「この話はこれで打ち切りにしよう」

六月十六日水曜日、将軍は、議会が決定した一時年金の支払いを政府が承認したという通知を受け取った。モスケーラ大統領に、形式的ではあるが、いささか皮肉っぽい内容の書簡を添えて受領書を送ることにした。口述筆記が終ると、フェルナンドに向かって、「われわれは今や金持だ」と言った。一人称複数形を用い、いかにももったいぶった重々しい口調でそう言ったところはホセ・パラシオスにそっくりだった。二十二日の火曜日に、パスポートが届き、ようやく国外へ出られることになった。将軍はそれを振り回して、「われわれは自由だ」と言った。その二日後、ハンモックの上で一時間ばかり横になったあと、目を開けると、「われわれはなんともあわれな人間だな」と言った。その日はさいわい曇天で涼しかったので、早速カルタヘーナへむけて出発することにした。特別な命令がひとつ下された。それは、お付武官は一般市民として武器を持たずに同行すること、というものだった。将軍は何も説明しなかったし、どういう理由でそういう決定を下したのかをうかがわせるような態度も見せなかった。一行は誰にも別れを告げずただちに出発することにした。将軍の警備に当たっている兵隊たちの準備が整うと、荷物は残りの随行員に任せて旅立った。

これまで旅に出ると、将軍はいつも思わぬところで足を止め、行く先々で出会った人たちにいろいろなことを尋ねた。子供はいくつだね、どんな病気にかかっているんだ、商売のほうはどうだねといったことや、彼らの考えていることをあれこれ訊いた。けれども、今回はひとことも口をきかず、歩調も変えず、咳もせず、疲れたような素振りも見せなかった。その日は一杯のポートワインを口にしただけだった。午後の四時頃、ラ・ポーパの丘に建っている古い修道院が地平線に見えた。ちょうど祈願行列の時期だったので、国道からは、切り立った崖につけられた道を働き蟻のようによじ登って行く巡礼の姿が見えた。しばらくすると、公営市場と屠り場から流れ出した水たまりの上を輪を描いて飛びまわっているいつもと変わらぬハゲワシが遠くに見えた。修道院の壁が見えると、将軍はホセ・マリーア・カレーニョに合図した。彼は将軍のそばに行くと、もたれかかれるように鷹匠を思わせるたくましい腕を差し出した。「頼みたい秘密の任務があるんだ」と将軍は小声で言った。「向こうに着いたら、スクレがいまどこにいるか調べてもらいたいのだ」別れ際に、いつものように肩をぽんと叩いてこう言った。

「これは二人だけの秘密だぞ」

国道ではモンティーリャに率いられた大勢の随行員が一行を待っていた。将軍は、かつてスペインの統治者の乗っていた大型四輪馬車にむりやり乗せられ、陽気な牝ロバの引くその馬車で残りの旅を続けることになった。陽が傾きはじめた。町を取り囲んでいる死んだような沼沢地では、切り落とされたヒルギ*の枝が熱気のせいで煮えたぎっているように思われた。そこからたちのぼる悪臭は、一世紀前から流され、湾内で腐敗していた屠り場の血と廃棄物の臭いよりもひどかった。メディア・ルーナ門から中に入ると、市場《いちば》にいたハゲワシが驚き、風を巻きあげて舞い上がった。その日の朝、狂犬病にかかった犬が、年齢もさまざまな何人かの人間に嚙みついた（その中には、近付かないほうがいい地区をうろついていたカスティーリャ*出身の白人女性も含まれていた）ために騒ぎが持ち上がった。町にはまだその余韻が残っていた。狂犬病にかかった犬は奴隷地区に住む子供たちにも嚙みつき、そのために逆に子供たちに石を投げつけられて殺された。犬の死骸は学校の門のところに植わっている木の枝に吊るされていた。モンティーリャ将軍は犬の死骸を焼却するように命じた。感染を恐れていたのではなく、町の人たちがアフリカ起源の魔法で呪いを祓ったりしないようにさせるためだった。

城壁内に住んでいる住民は、緊急の布告を見て外に飛び出してきた。六月の、夏至のはじまる頃だったので、日足は長くなり、大気は澄んでいた。バルコニーには花飾りが飾られ、マノーロ*を着た女たちが鈴なりになっていた。大聖堂の鐘の音と連隊の軍楽隊の演奏、それに砲兵隊の礼砲が海岸のあたりまで響き渡った。しかし、何をしても惨めたらしい感じは打ち消しようがなかった。がたがたの馬車の上から帽子を振って挨拶していた将軍は、一八一三年にカラカスに凱旋入城したときに比べると今回はいかにも貧乏くさい感じがして、哀れな道化役を演じているような気持に襲われた。あのときは月桂樹の冠をかぶって、町でいちばん美しい六人の乙女に引かせた馬車に乗っていたし、まわりを取り囲んでいる大勢の群衆は涙を流し、彼に〈解放者〉という栄誉ある名称を授けて、永遠にその名をたたえた。遥か遠くにあるカラカスの町はいまだに植民地的な地方都市で、町は美しいとは言えず、もの悲しく、平地にのっぺりと広がっていた。けれども、アビラ*で過ごした午後のことを思い返すと、懐かしさで胸が張りさけそうになった。

この町がかつて訪れたことのあるカルタヘーナ・デ・インディアスと同じ町だとはとても思えなかった。このうえもなく高貴で勇猛果敢な町カルタヘーナ・デ・インディアスは、かつて何度も副王領の首都になり、世界でもっとも美しい町の一つとして数々の歌にうたわれてきた。しかし、今のこの町には昔の面影がどこにも残っていなかった。九回にわたって海と陸の両方から包囲され、海賊や軍人たちの手で何度となく略奪された。しかし、町に壊滅的な打撃を与えたのは、独立戦争とそれに続く党派間の争いだった。黄金時代に栄えた裕福な家族は町を捨て、以前奴隷だった人々は、自由を手にしたもののそれをどうしていいか分からず、その日暮しの毎日を送っていた。侯爵の宮殿は貧民によって占拠され、そこから逃げ出した猫と見まちがえるほど大きなネズミが通りのごみ捨て場を走りまわっていた。かつてスペイン国王は、いかなる攻撃にも耐え抜いた町の城壁を一目見たいと思い、見晴らし台に立って望遠鏡を覗いたことがあった。その城壁もいまでは灌木に覆われて見る影もなかった。十七世紀に奴隷貿易で大いに栄えた町の商店街も、廃墟と化したような店をわずかに残すのみだった。蓋をしていない下水溝から立ち上る悪臭を嗅ぐと、とうていこの町がかつて繁栄した町だとは思えなかった。将軍はモンティーリャの耳元で溜息まじりにつぶやいた。

「これほど高い代償を払わせるとは、独立戦争も罪なことをしたものだ」

その夜、モンティーリャはラ・ファクトリーア街にある自分の邸宅に町の名士を招いた。その中の一人バルデオーヨス侯爵は現在逼塞していたが、妻の侯爵夫人のほうは小麦粉の密輸入と奴隷貿易で大金をつかんでいた。町の名家では復活祭の明かりがともされていた。しかし、カリブ海沿岸では、ささいなこと、例えば町の名士が亡くなっただけでも、人々がお祭騒ぎをしかねないということをよく知っていたので、将軍はそれを見てもべつに嬉しいとも思わなかった。事実あれは見せかけのお祭騒ぎでしかなかった。数日前から将軍を誹謗する文書が出まわり、将軍を敵視している党が党員をそそのかして、石で窓ガラスを割り、棒で襲いかかるように指示していたのがもとで、警官隊と乱闘騒ぎが持ち上がっていた。「窓ガラスを割ろうにも、もう一枚も残っておりません」いつものユーモラスな口調でそう言ったモンティーリャは、民衆の怒りが将軍にではなく、自分に向けられたものであることをよく知っていた。選抜兵に市の兵隊を加えてこの地区を固めさせ、護衛に当たらせる一方で箝口令《かんこうれい》を敷いて、街路が戦闘状態にあることを将軍たちに知らせないようにした。

その夜、レジュクール伯爵が将軍のもとにやって来て、イギリスの定期船がボカ・チーカ城のすぐそばに停泊していますが、私は行かないつもりですと言った。そして伯爵は、たったひとつしかない船室に女性客といっしょに詰めこまれて、広大な大西洋を渡るのだけは願い下げにしたいものですからと付け加えた。これはあくまでも表向きの理由だった。将軍はトゥルバーコでは社交的な昼食会を持ち、思い切って闘鶏場にも足を伸ばし、病気を克服するためにいろいろ手を尽くしていたが、伯爵の見るところでは、とても長旅に耐えられるような状態ではなかった。精神的に耐えられても、体が持たないだろう。伯爵にしたところで、将軍の死を早めるようなことをするつもりはなかった。みんなは、ヨーロッパへ行くという将軍の決意をひるがえさせようとしていろいろ理由を並べ立てた。だが、その夜の将軍は頑として聞き入れようとしなかった。

それでも、モンティーリャは諦めなかった。病気で衰弱している将軍を休ませたいと言って招待客を早々に送り出したあと、長い時間建物の内部にあるバルコニーに将軍を引き止めた。透き通った*モスリンのチュニックを着たもの憂げな若い娘が、彼らのために七曲の愛のアリアをハープで弾いていた。曲はこのうえもなく美しく、演奏も優美きわまりないものだったので、二人の軍人は、海から吹き寄せる風が最後の調べを吹き散らすまで口をきこうとしなかった。ハープから流れ出る波動に身を任せ、揺り椅子でうとうとまどろんでいた将軍は、急にぶるっと身震いすると、低いがよく通る声で、最後の歌詞を見事にうたった。それからハープ奏者のほうに向き直り、心のこもった謝意を述べたが、その場にはしおれた月桂樹の花飾りのついたハープだけがぽつんと残されていた。ふと、あることを思い出した。

「正当な理由があって人を殺し、オンダでとらえられている男がいるんだ」

モンティーリャはおよその内容を察して、笑いながらこう言った。

「寝取られ亭主というのは角が生えているそうですが、どんな色の角なんですか」

将軍はその言葉に耳を貸さず、ジャマイカでのミランダ・リンゼイとのいきさつを省いて、事件の詳細をくわしく語って聞かせた。モンティーリャはいともあっさりとこう言った。

「健康を理由にこちらに身柄を移してもらいたいと頼めばいいんです。こちらに来さえすれば、赦免の措置を取りますから」

「そんなことができるのかね」と将軍が尋ねた。

「できません」とモンティーリャが言った。「ですがやります」

突然犬が騒々しく吠え立てた。将軍はそしらぬ顔で目を閉じた。モンティーリャは、また眠り込んだのだろうと考えた。将軍はしばらく物思いにふけったあと目を開けると、最後にこう言った。

「分かった。だが、私は何も知らない、いいな」

将軍は、城壁の中から遠く離れた沼沢地まで輪を描くようにして広がって行く犬の吠え声に耳を傾けた。沼沢地では飼い主がいることを獲物に知られてはまずいからと、犬たちは鳴き声を立てないように仕込まれていた。モンティーリャ将軍は、狂犬病がひろまってはいけないので、町をうろついている野良犬を毒殺するように命じてありますと説明した。奴隷地区では、狂犬に嚙まれた子供を二人しか収容することができなかった。例によって、ほかの子供たちは、自分たちが信じる神々に見守られて死んで行けるように、親がどこかに隠してしまっていた。マリアラバーハの沼地にある柵で囲まれた土地には逃亡奴隷たちが住みついており、政府の手が及ばなかった。子供たちの中にはそこで魔法を使った治療を受けているものもいたにちがいない。

将軍はこれまで、不運を祓うためのああいう儀式を禁止したことはなかった。しかし、犬を毒殺するというのは人の道からはずれた、あまりにも残酷なことに思われた。馬や花を愛するように犬を愛していたのだ。はじめて船でヨーロッパへ旅立ったときも、ベラクルス*まで二頭の犬を連れていった。ヌエバ・グラナダを解放し、コロンビア共和国を建設するために、四百人の裸足のリャネーロを率いてベネズエラのリャーノスを発って、アンデス山脈を越えたときも十頭以上の犬を連れていた。中でももっとも名高い犬がネバードで、最初の戦闘から将軍に付き従い、スペインの軍隊が引き連れてきた二十頭以上の獰猛《どうもう》な犬たちをたった一頭で追い散らした。惜しくも、カラボーボでの最初の戦闘で、敵の槍に突かれて息絶えた。リマでは、マヌエラ・サエンスが一人では面倒を見切れないほどの犬の世話をしていたし、ラ・マグダレーナの別荘でもありとあらゆる種類の動物を飼っていた。ある人が将軍に、犬が死ねば、すぐに同じような犬を飼って、同じ名前をつけてやるんです、すると前の犬が生きているような気持になりますよ、と言った。将軍はその言葉に耳を貸そうとしなかった。一頭一頭のことを覚えていたい、その訴えかけるような目や不安そうな息遣いを通してそれぞれの犬を記憶に留め、その死を悼んでやりたいと思っていたのだ。九月二十五日のあの忌わしい夜には、暗殺を企てた連中の手にかかって首を切られた二頭のブラッドハウンド犬を、襲撃にあって殺された犠牲者たちの中に加えるように命じた。今回の最後の旅でも、残った二頭の犬のほかに河で拾ったあの老いぼれの猟犬を連れていた。モンティーリャから最初の一日で五十頭以上の野犬を毒殺したという話を聞かされて、将軍は愛のハープでせっかくいい気分になっていたのが帳消しにされたような気持になった。

モンティーリャは大変申し訳ないことをしたと言って謝り、今後は街路をうろついている野良犬を毒殺しないようにすると約束した。それを聞いて将軍はほっと胸を撫で下ろした。その言葉が実行に移されると思ったからではなく、部下の将校たちが自分のことを気遣ってくれているのが嬉しかったのだ。何も言うことがないほど素晴らしい夜だった。明るい中庭にはジャスミンの薫りが漂い、大気はダイヤモンドのように硬質的で澄みわたり、夜空では星がまばゆくきらめいていた。将軍は、コロンブスのことを思い出して「四月のアンダルシーアのようだ」と言ったことがあった。向かい風がさまざまな物音や薫りを吹き散らし、あとには城壁に打ち寄せる雷鳴のような波の音だけが響いていた。

「将軍、国を出て行かないで下さい」とモンティーリャが懇願した。

「船はもう港に入っているんだ」と将軍は言った。

「船ならいくらでも来ます」とモンティーリャが言った。

「いずれ乗るんだから、けっきょくは同じことだ」と将軍は言い返した。

将軍は彼の言葉に耳を貸そうとしなかった。いくら頼んでも聞き入れてもらえないので、モンティーリャは仕方なく、実行する前日までけっして口外しないと約束していた秘密を打ち明ける羽目になった。つまり、ラファエル・ウルダネータ将軍が、ボリーバルを支持している将校たちを集め、九月初めにサンタ・フェでクーデタを起こそうと準備を進めていたのだ。モンティーリャの予測に反して、将軍は顔色ひとつ変えなかった。

「その話は初耳だが」と言った。「およそ察しはついていたよ」

モンティーリャは、軍に忠誠を誓っている守備隊が、ベネズエラの将校たちと連携して起こそうとしている反乱について事細かに説明した。将軍はじっと考え込んだあと、こう言った。「無駄なあがきだ。もしウルダネータが本気で国を作り直すつもりなら、まずパエスと手を組んで、われわれが十五年かけてやったようにカラカスからリマまで制圧することだ。そこから先、*パタゴニアまでは武器を用いなくてもいいだろうが」そして、寝室に引き取る前にドアを半開きにして、こう尋ねた。

「スクレは知っているのか？」

「彼は反対しています」とモンティーリャが答えた。

「ウルダネータとは犬猿の仲だから、当然だろうな」と将軍は言った。

「いや、彼は」とモンティーリャが言った。「キトに帰りたい一心で、その障害になるようなことなら、どんなことにでも反対するんです」

「いずれにしても、彼と一度話し合ってみたほうがいい」と将軍は言った。「私を相手にしていたのでは、いつまでたっても埒があかんよ」

将軍としてはそれが最後の言葉のつもりだったのだろう。というのも、次の日の朝早くホセ・

パラシオスに、定期船が湾内に停泊している間に、荷物を積み込むように命じたのだ。さらに、船長のところに人をやって、屋敷のバルコニーから見えるように、午後に船をサント・ドミンゴ城砦の前に停泊させるように頼んだ。将軍は次々に指示を与えていった。しかし同行する人間を指名しなかったので、将校たちは誰も連れて行かないのだろうと考えた。一月に将軍と約束していたウィルソンだけは、相談もせずにさっさと自分の荷物を船に積み込んだ。

　荷物を積んだ六台の荷馬車が街路を通って湾内の埠頭に向かって行くのを見て、まさか将軍は国外へ出て行かないだろうと思っていた人たちも、別れの挨拶をするためにやって来た。レジュクール伯爵は、カミーユとともに賓客として昼食会に招かれた。グリーンのチュニックに同色の部屋履きをはいた彼女は以前よりも若々しく見えたし、髪を束髪にしていたおかげで残酷そうな目がいくぶん優しそうに見えた。そんな彼女を見て将軍は不快感をおぼえたが、優しい言葉でごまかした。

「グリーンがまことによくお似合いですから、今日はきっとご自分の美貌に自信を持っておられることでしょうね」

　伯爵はすぐにその言葉をフランス語に訳した。カミーユはそれを聞いて奔放な女性らしく声を立てて笑った。そのせいで、*カンゾウの薫りがする彼女の息が家中に満ちた。「もう一度一からやり直すわけには行きませんわ、ドン・シモン」と彼女は言った。二人の関係は微妙に変化していた。おたがいに相手を傷つけてはいけないというので、はじめて顔を合わせたときのように持ってまわった言葉のやり取りはしなかった。カミーユはすぐに将軍のそばを離れ、こういうこともあるだろうとフランス語を覚え込んでいた大勢の招待客の間を蝶のように楽しげに飛びまわっていた。将軍はさっさとセバスティアン・デ・シグエンサ師のもとに行って、何事か話し合っていた。信仰心の篤いこの僧侶は、一八〇〇年にフンボルトが町に立ち寄ったときに天然痘にかかり、それを治療したことで一躍有名になった。もっとも本人はそのことを何とも思っていなかった。「天然痘にかかって死ぬか、それとも運良く生き延びるかは主《しゅ》の御心《みこころ》しだいです。そして、男爵は後者だったにすぎません」と言っていた。以前この町を訪れたとき、師がアロエで三百の違った病気を治療していると知って、将軍は人を介して紹介してもらったのだ。

送別の閲兵式を行なおうと考えていたモンティーリャはその準備をするように命じた。ちょうどそこへホセ・パラシオスが、定期船は昼食後に屋敷の前に停泊する予定だという公式文書をたずさえて港から戻ってきた。六月の、真夏の強い陽射しが照りつける時間だったので、サント・ドミンゴ城砦から定期船まで将軍を運ぶことになっている小型艇にテントを張るよう彼は命じた。十一時になると、暑さにあえいでいる招待客や自発的にやってきた客で屋敷内はごった返していた。彼らのためにこの地方の珍味《ちんみ》佳肴《かこう》を並べた長いテーブルが用意された。列席者がどうしてあんなに興奮しているのかカミーユには理解できなかった。その彼女の耳元でしゃがれた声が聞こえた。「お先にどうぞ、マダム」将軍はひとつひとつの料理の名前や調理法、起源について説明しながら、それぞれを少しずつ皿に取ってやった。彼自身もいちばん品揃えの豊富な皿から少しばかり取ったのを見た料理女は、一時間前にはテーブルに並んでいる中でいちばんおいしい料理を勧めたのに要らないと言っておきながら、いったいどういうことかしらとあきれた。カミーユをつれて人込みをかき分けて座る場所を探した将軍は、ようやく建物内のバルコニーの、大きな熱帯の花が飾られているところを見つけ出した。将軍はずばり本題を切り出した。

「あなたとキングストンで会えるといいんですが」と将軍は言った。

「すてきですわね」と彼女は少しも驚かずに言った。「私はモンテス・アスーレス*が大好きなんです」

「一人で行かれるんですか？」

「誰かと一緒にいても、私はいつも一人ですの」そう言ったあと、いたずらっぽくこう付け加えた。「閣下」

　将軍はにっこり笑った。

「だったら、ヒスロップを通じてあなたを捜すことにしましょう」

　そこで話を切り上げると、彼女をつれて客間を抜け、さきほどのテーブルに戻った。男女が二列になって踊る対舞《コントラダンス》のときのようにぴょこんとお辞儀すると、手をつけていない料理の載った皿を窓の下枠に置き、もといた場所に戻った。いつ、どういう理由で将軍が町に残る決意をしたのか誰にも分からなかった。政治家たちにうるさくつきまとわれ、地方の不和対立について話し合っているときに、突然レジュクールのほうに向き直ると、そのつもりはなくてもみんなに聞こえるような声でこう言った。

「あなたのおっしゃるとおりです、伯爵。大勢の女性に囲まれて船旅をするというのは、どう考えてもあまり嬉しいものではありませんね」

「やはりそう思われますか、将軍」と、伯爵は溜息をつきながら言うと、あわてて付け加えた。

「ですが、来週来る予定のイギリスのフリゲート艦*シャノン号には、素晴らしい船室だけでなく、名医も乗り込んでおります」

「それなら百人の女性と一緒のほうがまだましですね」と将軍は言った。

将校の一人がジャマイカまで私の船室をお使い下さいといったのを断ったところを見ると、それはやはり単なる口実でしかなかったのだろう。「ご主人様の考えていることが分かるのは、ご主人様だけです」というホセ・パラシオスの言葉が、あのとき将軍がとった行動をもっとも明瞭に物語っていた。加えて、定期船が将軍を迎えようとサント・ドミンゴの前まで来たときに座礁し、大きな被害を受けたために、乗りたくても乗れなくなってしまった。

けっきょく町に残ることになった将軍は、モンティーリャの屋敷は引き払うことにした。あの屋敷が町でいちばん美しい建物だということは将軍も認めていたが、海岸が近かったせいで、とりわけ冬場に、シーツを汗で濡らして目を覚ましたときなど、湿気が骨身に応えたのだ。体のことを考えれば、城壁に囲まれた町の中よりも、外の乾燥した空気のほうがよかった。将軍が長期にわたって滞在するつもりだと考えたモンティーリャは、さっそくその希望を聞き入れることにした。

ラ・ポーパの丘の支脈に別荘地があった。一八一五年、スペイン王党派の軍隊がふたたびカルタヘーナの町を占拠しようとしたときに、町の人たちは野営地を作らせまいとしてそこに火を放った。けれども、スペイン人が百十六日間におよぶ包囲戦のすえに城壁に囲まれたあの町を占領したので、これは無駄骨に終った。そのとき、包囲された町の住民は靴の裏皮まで食べ尽くし、六千人以上の餓死者が出た。十五年後の今、その地は午後二時の酷烈な陽射しにじりじり焼かれていた。何軒か家が建っているうちの一軒は、旅行中にあのあたりを通りかかったイギリス人の商人ジュダ・キングセラーの持ち物だった。トゥルバーコからカルタヘーナ・デ・インディアスにやって来たときに将軍は、手入れの行き届いたシュロ葺きの屋根や明るい色に塗った壁の色、それに人目につかないよう果樹の陰に建てられているのが気に入って、ひそかに目をつけていた。モンティーリャは、将軍ほどの人が住むには手狭すぎると考えたが、将軍のほうは公爵夫人のベッドで寝ようが、豚小屋の床の上でマントにくるまって寝ようが同じことだと言って、彼を説き伏せた。こうしてこの家を無期限で、ベッド、洗面器、客間の皮張りの腰掛け六脚、それにキングセラー氏が自家製のアルコールを作るのに使っていた*ランビキと一緒に借り受けた。さらにモンティーリャ将軍は、政庁にあったビロード張りの安楽椅子を運び入れ、また警護にあたっている選抜兵のために土壁の掘建て小屋を作らせた。陽射しの強い時間でも、家の中にいれば涼しかったし、どんな天候でもバルデオーヨスの屋敷よりも湿気は少なかった。風通しのいい寝室が四つあり、その中をイグアナが歩きまわっていた。寝苦しい夜明けなど、熟れた*トゲバンレイシが木の枝から落ちてぱちんとはじける音を聞いていると、心が慰められた。大雨の降る雨季はとりわけ、貧しい人たちが修道院でお通夜をするために、行列を作って溺死人を運んで行く姿が見られた。

*エル・ピエ・デ・ラ・ポーパに移ってからは、城壁の中に三度しか足を踏み入れなかった。それも、たまたまカルタヘーナに立ち寄っていたイタリア人の画家、アントニオ・メウッチの前でポーズをとるためだった。体がひどく弱っていたので、侯爵邸の建物の内部に作られたバルコニーに腰を下ろしてポーズをとることにした。まわりには野生の花が咲き乱れ、小鳥がさえずっていた。しかし、ポーズをとるといっても一時間以上は耐えられなかった。あの画家があまりにも好意的に描いていることは分かっていた。それでも将軍は出来上がった肖像画が気に入った。二

年前の九月の暗殺未遂事件の直前に、グラナダ出身の画家ホセ・マリーア・エスピノーサ*がサンタ・フェにある政庁で将軍の肖像画を描いたことがある。出来上がった絵は自分自身のイメージとひどくかけ離れたものだった。将軍は我慢できなくなって当時秘書をしていたサンターナ将軍に不満をぶつけた。

「この肖像画は誰に似ていると思う?」と尋ねた。「ラ・メサに住んでいるオラーヤ老人だよ」

その話を聞いたマヌエラ・サエンスは、ラ・メサの老人のことを知っていたので、びっくりした。

「あなたは自分を実際以上に卑小な人間に見せたいようね」と彼女は言った。「オラーヤと最後にあったときは八十歳近かったし、もう歩けないほど弱っていたのよ」

十六歳のときマドリッドに滞在中、無名の画家の手で描かれたミニアチュアが最初の肖像画だった。三十二歳のときに、ハイチでもう一枚肖像画を描かせた。この二枚の肖像画はカリブ人らしい特徴を備えた当時の将軍の姿を忠実に写し取っている。父方の高祖父が奴隷女との間に子供を一人もうけ、その血を受けたせいで将軍の体にはアフリカ人の血が流れていた。リマの貴族たちは将軍のことをエル・サンボ、すなわち白人と黒人の混血と呼んでいた。たしかに特徴ある顔立ちをしていた。けれども、将軍が大きな栄光に包まれて行くにつれて、画家たちは将軍を理想化し、混血の血を洗い流し、神話化し、ついには彫像に刻まれたローマ人のような横顔が一般に定着するようになった。それに比べると、エスピノーサの描いた肖像画は四十五歳の将軍に瓜二つだった。当時彼は自分の病気をひた隠しにしていたし、死の直前まで自分自身にむかって病気ではないと言い聞かせていた。

ある雨の夜、エル・ピエ・デ・ラ・ポーパの家で不安な夢から目覚めた将軍は、寝室の片隅に少女が座っているのに気がついた。少女はプロテスタントらしく、ある平信徒団が着けるズック*の粗布のチュニックを着、きらきら光るホタルのティアラを髪に飾っていた。植民地時代、ヨーロッパからやって来た旅行者は、原住民が瓶の中にホタルを入れ、それで道を照らしているのを見てびっくりしたものだった。独立して共和国になると、ホタルを使って燃える髪飾りや光の冠、燐光を放つ胸のブローチなどをつけるのが女性の間で流行するようになった。あの夜、将軍の寝室を訪れた少女は、ホタルを糸で留めたティアラのせいで顔が亡霊のようにぼんやり光っていた。もの憂げで神秘的な雰囲気をたたえた若い娘は、二十歳だというのにすでに髪に白いものが混じっていた。それにその顔には、女性の美徳として将軍がもっとも高く買っている、生き生きとした知性のきらめきが見られた。彼女は、何でもいいからお役に立ちたいと言って、選抜兵の野営地を訪れた。当直の将校は妙に思ったが、ひょっとすると将軍が興味を抱かれるかもしれないと考えて、ホセ・パラシオスに身柄を預けた。彼女を抱き上げてハンモックまで連れて行くだけの力が残っていないように思えたので、将軍は自分のそばに横になるように言った。彼女はティアラを外し、持っていたさとうきびの軸のなかにホタルをしまい、将軍のそばに横たわった。しばらく取りとめのない話をしたあと、将軍は思い切ってカルタヘーナの町の人たちは私のことをどう言っているんだねと尋ねた。

「閣下は、本当はどこも悪くないが、同情を買おうとして病気のふりをしているんだと言っています」

将軍は寝間着を脱ぐと、ランプの光で私の体をよく調べてみてくれと少女に頼んだ。彼女は病み衰えた将軍の体をつぶさに調べた。おなかの肉は落ちてほとんどなく、肋骨が浮き出し、脚と腕は骨と皮になり、体を包んでいる皮膚には毛がなく、まるで死人のように青ざめていた。ただ、顔だけは長年野外で暮してきたせいで、真っ黒に日焼けしていた。

「あとはもう死ぬのを待つだけだよ」と将軍は言った。

少女はその言葉に耳をかそうとしなかった。

「いつだって同じことを言っているが、もうだまされない、とみんなは言っています」

そこまで言われて将軍は、自分の病気がいかに悪いかを説明し続けた。彼女はうとうとしていたが、なんとか話の筋を追いながら夢うつつで相づちを打っていた。若い娘の体のぬくもりを感じるだけで十分だったので、将軍はその夜、彼女の体には指一本触れなかった。そのとき、突然窓のそばで、イトゥルビデ大尉が歌をうたいはじめた。「嵐が続き、ハリケーンが荒れ狂えば、ぼくの首にしがみつくがいい、二人して海に呑み込まれよう」今ではよく熟れたグアヤーバの実や暗闇の中で執拗に責め立ててきた女性のことを思い出すだけで胸が悪くなるが、まだそうならなかった頃にはやった古い歌だった。将軍と少女は横になったまま、ほとんど敬虔な気持で耳を傾けていた。少女のほうは次の歌の途中で眠り込んでしまった。将軍もそのあと間もなく疲れ切って眠り込んだ。穏やかな眠りではなかった。歌が終ると、あたりが急に静かになった。そのせいで、少女が将軍を起こさないようそっと起き上がると、犬が怯えてわんわん吠え立てた。彼女が手探りでかんぬきを探している音を聞きつけて、将軍がこう言った。

「おまえは処女だよ」

彼女は明るい笑い声を上げて答えた。

「閣下と一夜を過ごせば、もう処女ではありませんわ」

ほかの女性と同じように、その少女も去っていった。大勢の女性が将軍の人生を通り過ぎていった。大半の女性はわずかな時間をともに過ごしたにすぎなかった。誰に対してもこれから一緒に暮そうなどと言ったことはなかったが、やむにやまれぬ気持に襲われると、たとえ世界を変革してでも女性に会いに行こうとするほど気性の激しいところもあった。しかし、いったん欲望が満たされると、これからは彼女たちのことをいつまでも忘れずに覚えておいてやろうと夢想し、遠く離れた土地から熱情のこもった手紙を出し、さらに相手が忘れないようにあっと驚くような贈物をした。けれども、決して自分を見失うということがなかったから、あれは愛というよりもむしろ虚栄心と言うべきだろう。

その夜、一人になると将軍は起きだし、中庭の焚き火のまわりに集まっているほかの将校たちとしゃべっているイトゥルビデのもとに行った。将軍はホセ・デ・ラ・クルス・パレーデスにギターの伴奏を頼み、明け方までイトゥルビデに歌をうたわせた。居合わせた将校たちは将軍がうたってくれと頼んでいる曲から、精神状態がかなり悪いことに気がついた。

二度目にヨーロッパ旅行をしたときは、当時流行していた歌にすっかり熱を上げ、カラカスの名家の結婚式で大声を張り上げて覚え込んだ歌をうたい、じつに見事に踊ってのけた。しかし、戦いに明け暮れる毎日を送っているうちに、趣味が変わってきた。恋をしはじめたばかりの頃は、ロマンティックな内容の民衆的な歌に心を引かれて、とらえ難い女心に頭を悩ませたものだが、その後は優雅なワルツや勇ましい行進曲を好むようになった。カルタヘーナで迎えた夜は、若い頃にはやった歌をうたってくれと頼んだ。中には齢若いイトゥルビデが知らなかったので、将軍が教えてやらなければならないものもあった。将軍が歌を通して思い出の世界に浸っているうちに、まわりにいた将校たちは一人、また一人と姿を消して行き、最後には火の消えた焚き火のそばに将軍とイトゥルビデだけが残された。

星ひとつ見えない奇妙な夜で、海から吹き寄せる風はみなしごのような泣き声とものの腐敗したような臭いを運んできた。イトゥルビデは極端に口数の少ない男だったので、ほうっておけば朝までまばたきひとつせず凍りついたように焚き火を見つめていることもできれば、一晩じゅう休みなく歌をうたい続けることもできた。将軍は木の棒で焚き火を掻き立てながら、魔法を解くように口を切った。

「メキシコではどんなことを言われているんだね？」

「私は国を追われた人間ですから」とイトゥルビデが言った。「向こうに知り合いはいないんです」

「われわれも同じことだ」と将軍は言った。「今度の戦争がはじまってから、ベネズエラではわずか七年しか暮していない。あとは、世界の半分ばかりを忙しく駆けまわっているうちにいつの間にか過ぎ去ってしまったんだ。君には想像もつかないだろうが、もしサン・マテオでこってりした肉のシチューを食べられるのなら、その代わりにどんなものでも喜んで差し出すよ」

消えかけた火を黙ってじっと見つめていたところを見ると、将軍はおそらく幼い頃に見た鉱石粉砕機のことを思い返していたのだろう。ふたたび口を開いたときには、もう現実に立ち返っていた。「われわれはスペイン人であることをやめ、その後、毎日のようにころころ名称と政府の変わる国々を渡り歩いてきた。おかげで、今現在自分がどこにいるのか分からないというのが実情なんだ」そう言うと、ふたたび長い間焚き火の灰を見つめていた。突然声の調子を変えてこう尋ねた。

「世界にはたくさん国があるのに、どうしてこの国を選んだんだ？」

イトゥルビデはひどく遠まわしな言い方で質問に答えた。「士官学校では、机上の戦争を学びました。石膏で作った地図の上で、鉛の兵隊を使って戦闘を行い、日曜日になると、牝牛やミサ帰りの女性がいる牧場に連れて行かれます。そこで大佐が、すさまじい轟音や火薬の匂いに慣れるようにと大砲を撃つんです。学校でいちばん有名な先生というのは、イギリス人の傷痍軍人で、教えることと言えば、落馬して死ぬ方法というんですから、ひどいものです」

将軍はそこで口をはさんだ。

「それで、君は本物の戦争をしたいと思ったわけだな」

「あなたとともに戦いたいと考えたのです、将軍」とイトゥルビデは言った。「こちらに来てもう二年になるんですが、いまだに白兵戦*というのがどういうものか分からないのです」

将軍はまだ彼の顔を見ようとしなかった。「君は道をまちがえたんだ」と言った。「ここでの戦いは同胞同士の戦い、つまり母親を殺そうとしているようなものなのだ」ホセ・パラシオスが物陰からもうそろそろ夜が明けますと知らせた。将軍は棒で灰を掻きまわすと、イトゥルビデの腕につかまって立ち上がりながらこう言った。

「私なら、手遅れになる前にさっさとここから逃げ出すだろうな」

ホセ・パラシオスは死ぬまで、エル・ピエ・デ・ラ・ポーパの家は忌わしい運命にとりつかれておりました、とくり返し言っていた。あの家の片付けも終らないうちに、海軍大尉のホセ・トマス・マチャードがベネズエラからやって来て、いくつかの軍の営舎は分離主義的な政府を認めておらず、将軍を支持する新しい政党が力をつけてきているというニュースを伝えた。大尉を迎えた将軍は、二人きりで話し合い、相手の言うことに耳を傾けたが、それほど心を動かされた様子はなかった。「いい知らせだが、残念ながら遅すぎたよ」と言った。「今の私は傷病兵だ、そんな私が全世界を相手に何ができると言うんだね」使者を丁重にもてなすよう指示した。けれども、はっきりした返事はしなかった。

「もう一度健康になって、祖国を救いたいとは思わないよ」

けれども、マチャード大尉を送り出すと、すぐにカレーニョのほうに向き直り、こう尋ねた。

「スクレと会ったのか?」はい、自分の守護聖人の日に妻と娘に会いたいと言うので、五月中旬に大急ぎでサンタ・フェを発ちました。

「ポパヤン街道でモスケーラ大統領と擦れ違っていますから」とカレーニョは説明した。「予定通り帰り着いていると思います」

「何だって!」と将軍はびっくりしたように言った。「陸路を取ったのか?」

「はい、そうです、将軍」

「何てことだ!」と将軍は言った。

悪い予感がした。六月四日に、スクレ陸軍総監がベルエーコスの薄暗い場所で待ち伏せにあい、後ろから銃で撃たれて殺されたというニュースが、夜になって届いた。その悲報に接したモンティーリャは取るものもとりあえず大急ぎで駆け付けた。将軍はちょうど風呂から出たところだった。話を聞いた将軍は額を叩き、抑えようのない怒りに駆られてまだ陶磁器の載っているテーブルクロスを力まかせに引っ張り、こう叫んだ。

「くそっ！」

食器の割れる音が家じゅうに響きわたった。将軍はすでに落ち着きを取り戻していた。大声で「オバンドの仕業だ」とわめきながら椅子にどすんと腰を下ろした。その後何度もこうくり返した。「オバンドがスペイン人から金をもらってやったんだ」将軍が言っていたのは、ヌエバ・グラナダ南部の国境にあるパスト地方のボス、ホセ・マリーア・オバンド将軍のことだった。オバンドは、将軍の後継者になるはずだったたった一人の人間の命を奪い取り、やがてサンタンデールの手に委ねることになる、四分五裂した共和国の支配権を確立したのだ。スクレの暗殺に加わった人物が当時を回顧して、殺害計画を立てて家を出たところ、凍てつくような霧に包まれたサンタ・フェの中央広場でスクレ陸軍総監を見かけた、陸軍総監は黒のウールの外套に見映えのしない帽子をかぶり、大寺院の柱廊玄関をポケットに両手を突っ込んで一人で散歩していた、その姿を見たときはさすがに胸が痛んだ、と語っている。

スクレの死を知らされたあの夜、将軍は喀血した。オンダに滞在しているときも、将軍がスポンジで風呂場の床を拭いているのを見かけたホセ・パラシオスは、そのことを誰にも言わなかった。ただでさえ暗いニュースが続いているのに、これ以上みんなに余計な心配をかけてはいけないと考えて、将軍から口止めされたわけではないが、二度にわたる喀血のことは隠しておいた。

以前、グアヤキルで迎えた夜も似たようなものだった。あのとき、将軍は自分が思いのほか老いこんでいることに気がついた。当時はまだ髪の毛を肩まで伸ばしており、戦場やベッドの上での戦いに邪魔になるというのでふだんは後ろで束ね、リボンでくくっていた。それがほとんど真っ白で、顔もやつれて生気がなくなっていたのだ。「道で出会っても、おそらく私だと分からないでしょう」と友人に書き送った。「現在四十一歳ですが、見かけは六十歳の老人のようです」その夜、髪をばっさり切り落とした。その後行ったポトシでは、指の間から激しい勢いで流れ出して行く若さを何とか保ちたいと考えて、口髭ともみ上げを剃り落とした。

　スクレが殺されてからは、老いを隠すために身ぎれいにする必要がなくなった。エル・ピエ・デ・ラ・ポーパの家は喪に服し、将校たちはしばらくはカードを手にしなかった。蚊を追い払うために中庭でたかれている焚き火のまわりに集まったり、共同の寝室に、高さを違えて張ったハンモックに寝転んで夜遅くまで話し合っていた。

　将軍は少しずつ悲しみを表に現わすようになった。そばにいる二、三人の将校をつかまえて、明け方まで心にたまったうっぷんを晴らした。ペルー解放を完遂するために、当時コロンビアの大統領代理をしていたサンタンデールに軍隊と金を送るように頼んだとき、悋嗇漢《りんしょくかん》の彼が出し渋ったために将軍の軍隊が危うく壊滅しそうになった話をまた持ち出した。

「要するに、あの男はけちで強欲なのだ」と言った。「加えて視野が狭くて頭が固いものだから、植民地時代の境界は動かせないと思い込んでいたのだ」

　アメリカ大陸の統一を宣言するパナマ会議*にアメリカ合衆国を招いたりすれば、大陸統合案は致命的な打撃を受けることになる。それなのに、サンタンデールはその会議に独断でアメリカ合衆国を招待した。言うも愚かしいほどの愚行だ、といういつもの話を持ち出した。

「あれではまるで、ねずみのパーティに猫を招待するようなものだ」と言った。「何しろ、アメリカ合衆国は、神聖同盟*の向こうを張ってこの大陸に民衆国家連合を作ろうとしていると言って、われわれを非難、脅迫したんだから、そんな国を招待するというのはとんでもない話だ」

そして、サンタンデールが当初のもくろみを実行に移すために行なった冷血非道な振る舞いがいかにひどいものであったかをふたたび強調した。「あいつは煮ても焼いても食えん男だ」と言った。例によってまた、サンタンデールがロンドンから融資を受け、その金で嬉々として友人たちを堕落させたという話を、痛烈な批判を込めてやってのけた。公私両面で付き合いのあったサンタンデールのことを思い出すと、話は自然と政治に関係したものになり、これ以上ないほど悪意のこもった言い方で彼を非難した。将軍としてはどうしても我慢できなかったのだろう。

「この世界がだめになりはじめたのも、もとはと言えばあの男のせいだ」

将軍は、公金に関してきわめて厳格なところがあったので、その話になるときまって自制心を失った。大統領時代には、十ペソ以上の金を横領、もしくは使い込んだものは死刑に処すという布告を出した。けれども、こと自分の金となるといたって気前がよく、独立戦争時代には、わずか数年で先祖から受け継いだ財産の大半を使い果たしてしまった。給料は戦争未亡人と傷痍軍人に与え、遺産として受け継いだ鉱石粉砕機は従兄弟たちに、カラカスの屋敷は姉たちに贈与し、土地の大半は、奴隷制が廃止される以前に解放した大勢の奴隷たちに分け与えた。解放の喜びに浸っていたリマの議会が贈呈すると申し出た百万ペソを、将軍はあっさり断った。身分にふさわしい住いをと、政府が進呈したモンセラーテの別荘は、大統領を辞める数日前に困窮している友人に与えた。アプーレでは、自分が使っていたハンモックから降りて、ここで汗をかくといいと言って案内人に譲り、自分は野戦用のマントにくるまって床の上で眠った。*クエーカー教徒の教育者ジョー・ランカスターに自分のポケットマネーから金貨で二万ペソ支払おうとした。もともとそれは将軍自身が借りたものではなく、国家が支払うべき金だった。無類の馬好きで何頭も飼っていた馬を、将軍は行く先々で友人にやってしまい、とうとう栄光に包まれたあの有名な白鳩《パローモ・ブランコ》号まで与えてしまった。この馬はボリビアで、サンタ・クルス陸軍総監の厩舎で飼われることになった。そういう気質だった将軍は、公金横領と聞いただけで許しがたい背信行為だと考えて、思わずかっとなってしまうのだ。

「カサンドロはしたたかな寝技師だから、九月二十五日のときと同様あのときも自分の手を汚さなかったんだ」と将軍は誰に言うともなく言った。「しかし、彼の友人たちは、イギリスから国民に貸し与えられた金をもう一度イギリスに持って行き、金貸し紛いのことをしてずうずうしく利子を取って、私腹を肥やしているんだ」

何日間も誰彼なしにぶつけていたその怒りが、まだおさまりそうになかった四日目の明け方、将軍は例の知らせを受け取ったときと同じ服装のまま中庭のドアから顔をのぞかせると、ブリセーニョ・メンデス将軍を呼びつけ、鶏がときの声をあげるまで二人きりで話し込んだ。将軍は蚊帳のかかったハンモックに、ブリセーニョ・メンデスはホセ・パラシオスがその横に張ってくれたハンモックに寝そべった。平穏な日々の暮しはいつ終ったのだと尋ねられても、おそらく二人は返事ができなかっただろう。わずか数日間で、野営地で迎える夜のような不安が戻ってきたのだ。トゥルバーコに滞在したとき、ホセ・マリーア・カレーニョは将軍に、不安でしかたないと打ち明け、今こそ立ち上がるべきときですと言った。ベネズエラ出身の将校たちも、ほとんどのものが同じ考えを抱いていた。将軍はブリセーニョと話をしてはじめてそのことを知った。彼らは、ヌエバ・グラナダでひどい目に遭わされ、あらためて自分たちはベネズエラ人なのだと思い知らされたが、アメリカ大陸統合のためなら喜んで死ぬ覚悟でいた。もし将軍が、ベネズエラに戻ってもう一度戦おうと言えば、彼らはもちろん、真っ先にブリセーニョ・メンデスが立ち上がるはずだった。やり切れない日々が続いた。将軍は訪問客を一人だけ迎えた。*フリートラントの戦闘の英雄で、ライプチヒの敗北の生き残りであるポーランド人の大佐ミエチェスラウ・ナピエルスキーだった。彼は、コロンビアの軍隊に入隊するために、ポニヤトフスキー将軍の推薦状を携えてやってきた。

「少し遅かったようですね」と将軍は彼に言った。「戦いはもう終りました」

スクレが死んだ今となっては、もはや手の打ちようがなかった。将軍はそれとなくナピエルスキーにそのことを伝え、彼は彼で旅行記にそう書きつけた。この旅行記は百八十年後にグラナダの偉大な詩人が歴史の中からすくい上げることになった。ナピエルスキーはシャノン号に乗って新大陸を訪れ、シャノン号の船長に付き添われて将軍が滞在している家にやって来た。船長と会った将軍は、実はヨーロッパへ行きたいと思っているのだがと持ちかけた。しかし、将軍が本気で言っているのでないことはあの二人にもよく分かっていた。フリゲート艦はいったんラ・グアイラに向かい、キングストンへ戻る前にカルタヘーナに立ち寄ることになっていたので、将軍はベネズエラにいる代理人に宛てた手紙を船長に託してあった。その手紙のなかでアロア鉱山の件に触れており、内心では船長が戻ってきたときに多少ともお金が入るかもしれないと期待していた。けれども、フリゲート艦は返事を持ち帰らなかった。そのせいで将軍がひどく気落ちしていたので、本当に船で国外へ出られるおつもりですかと訊けるような雰囲気ではなかった。

何ひとつ嬉しい知らせはなかった。知らせが届いても、将軍を悲しませないよう、ホセ・パラシオスは渡すのを出来るだけ遅らせた。将軍を苦しめてはいけないとひた隠しにしていたが、お付武官たちには頭痛の種があった。つまり、護衛に当たっている軽騎兵や選抜兵の間で、たちの悪い淋病がはやりはじめたのだ。オンダに滞在していたとき、二人の女が守備隊全体をめぐり歩いたのがそもそもの原因だった。兵隊たちは行く先々で商売女を相手に病気をまき散らしていたのだ。化学薬品や民間治療師の治療をすべて試みたにもかかわらず、兵隊たちはすでに全員病気にかかっていた。

ホセ・パラシオスがこれ以上将軍を悩ませてはと、いろいろ気を配っても、効を奏さなかった。ある夜、差出人の名前のない短い手紙が手から手へ渡されていき、どこをどう通っていったのか、ハンモックの上の将軍のもとに届いた。将軍は眼鏡をかけず、腕を一杯に伸ばしてそれを読んだあと、ロウソクの火に近付け、燃え尽きるまで手で持っていた。

ホセファ・サグラリオからの手紙だった。将軍が大統領を解任され、国外へ出ることになったという話を聞いて、モンポックスへの帰り道に、夫と子供を連れて月曜日に立ち寄ったのだ。将軍は手紙の内容を口外しなかったが、それから一晩じゅう心配そうにしていた。翌朝早く、ホセファ・サグラリオのもとに人をやって、和解したいと申し出た。けれども、彼女は毅然たる態度でその申し出を断り、そのまま予定通り旅を続けた。ホセ・パラシオスに語ったところでは、彼女は、自分はもはやあの人を死人と思っているので、そういう人と和解しても意味がないと答えたとのことだった。

その週には、サンタ・フェにいるマヌエラ・サエンスが、将軍を呼び戻すために孤軍奮闘しているという知らせが入ってきた。彼女を居辛くさせようとして、内務大臣は彼女が保管している将軍の文書を差し出すように求めた。彼女はその申し出をきっぱり断り、挑発的な活動を行なったのがもとで政府からにらまれるようになった。戦闘的な女奴隷を二人つれて、あちこちでスキャンダルを引き起こし、将軍を褒めたたえるパンフレットを配り、公共の建物の壁に炭を使って書きつけてある誹謗の言葉を消してまわった。彼女は大佐の制服を着て、堂々と兵舎に出入りし、兵隊たちのパーティや将校たちの陰謀に加わった。彼女は、将軍にもう一度絶対権を握らせるために、ウルダネータの陰に隠れて武装蜂起しようと画策している、というのがもっぱらの噂だった。

しかし、今の将軍にそれだけの力が残されているかどうかは疑問だった。午後になるときまって熱が出たし、咳がだんだんひどくなっていた。ある日の明け方、ホセ・パラシオスは「このくそばかが！」と叫ぶ将軍の声を聞きつけた。将軍が将校たちを叱りつけるときに使う罵りの言葉だったので、執事はあわてて寝室に飛び込んだ。見ると将軍の頬が血に染まっていた。髭をあたっているときに手を滑らせたのだ。自分のミスで無器用にも怪我をしたことにひどく腹を立てていた。ウィルソン大佐が急いで連れてきた薬剤師が手当をした。将軍がひどく荒れていたので、気持を静めるために*ベラドンナを数滴飲ませなければならなかった。将軍はとつぜん治療を止《や》めさせた。

「このままでいい」と言った。「敗北者には絶望が似合っている」

カラカスにいる姉のマリーア・アントニアが手紙でこう言ってきた。「あなたがこの国の混乱を静めようとしなかったので、みんなは不平をこぼしています」国じゅうの神父は将軍支持を表明し、軍隊では脱走が相次ぎ、われわれが愛しているのは将軍だけだと言って、大勢の人間が武器を持って山に立てこもった。「革命騒ぎを起こしながら、自分では何をしているのか分からない狂人の群と同じです」と姉は書いていた。将軍を求める声が高まる一方で、国じゅうの建物の壁の半分は将軍を非難する言葉で埋め尽くされた。中には、将軍の一族は五代のちまで殺害すべし、と書いた貼り紙もあった。

バレンシア*で開かれたベネズエラ議会が、将軍にとどめを刺した。すなわち、自国の決定的な分離独立を決議し、将軍がコロンビア領内にいるかぎりヌエバ・グラナダとエクアドルとは一切の話し合いに応じないと厳《おごそ》かに宣言した。このニュースで衝撃を受けた将軍は、サンタ・フェから届いた公文書に、かつて九月二十五日に自分を暗殺しようと試みた仇敵の名前があるのを見て、それ以上のショックを受けた。モスケーラ大統領があの男を亡命先から呼び戻して、内務大臣に任命したのだ。「正直言って、今回の事件がこれまででいちばん応えたよ」と言った。その夜は、たった一通の返事を書くのに何人もの書記を使い、いく通りもの返事を口述筆記させ、腹立ちのあまりくたびれて眠り込んでしまった。明け方、不安な夢から覚めた将軍はホセ・パラシオスにこう言った。

「私が死ねば、カラカスじゅうの教会の鐘がうち鳴らされるだろう」

将軍が本当に死ぬと、それ以上の騒ぎが持ち上がった。将軍の訃報に接したマラカイボ*の知事は、次のような文書をしたためた。「取り急ぎお伝えした今回の大事件は、疑いもなく国家の自由と安寧にとって限りなく良きものをもたらすはずです。悪の天才、無秩序のたいまつ、祖国の抑圧者はついに息を引き取りました」当初、カラカスの政府に宛てて出されたこの文書は、のちに国家の声明になった。

ぞっとするようなやり切れない日々が続いていたそんなある日、ホセ・パラシオスが朝の五時に、将軍に誕生日の日付を告げた。「七月二十四日、聖女にして殉教者の聖クリスティーナの日です」将軍は目を開けた。おそらく、自分が逆境に立ち向かうべく選ばれた人間であることをふたたび感じとったにちがいない。

いつもは誕生日でなく、霊名の祝日を祝うようにしていた。カトリック教の聖人祝日表には、十一人のシモンの名前が出ていた。将軍としては、できればキリストが十字架を背負うときにその手助けをしたキレネ人*のシモンの日にしたかったのだろうが、実際は別のシモン、すなわちエジプトとエチオピアの使徒にして殉教者のシモンの日、すなわち十月二十八日が彼の霊名の日になっていた。以前、サンタ・フェで誕生日のお祝をしたとき、将軍の頭に月桂樹の冠が載せられた。将軍は上機嫌で冠を脱ぐと、悪意をこめてサンタンデール将軍の頭に載せたが、サンタンデールは平然とそれを頭に載せていた。しかし年齢というのは、霊名ではなく過ぎ去った歳月で数えるものである。四十七というのは将軍にとって特別な意味を持っていた。一年前の七月二十四日、将軍はグアヤキルにいた。届いてくる知らせは悪いものばかりで、しかも悪性の熱にうなされてうわごとを口走っていたときに、全身が震えるような予感に襲われた。もともと予感など信じなかったのだが、あのときは違った。つまり、四十七歳まで生き延びることができれば、もはや死ぬことはないという予感を得たのだ。その神秘的なお告げに力を得て、いつ死んでもおかしくないほど憔悴していたのに何とかこれまでもちこたえることができたのだった。

「とうとう四十七歳になったぞ」とつぶやいた。「私はまだ生きている!」

将軍はふたたび元気を取り戻してハンモックの上で体を起こした。もうどんな不運に見舞われても恐れることはないというこのうえない確信があったので、自然と心が弾んだ。いったんベネズエラに戻り、その後コロンビア統合のために戦おうと考えている部下たちの中心人物ブリセーニョ・メンデスを呼びつけると、今日は自分の誕生日だから、今後は自分たちの思うように行動してもいいと将校たちに伝えさせた。

「中尉以上のもので」と将軍は彼に言った。「ベネズエラで戦いたいと思っているものがいれば、すぐに荷物をまとめるがいい」

ブリセーニョ・メンデス将軍がまっさきにその言葉に従った。ほかに、カルタヘーナの守備隊にいた二人の将軍と四人の大佐、それに八人の大尉が遠征隊に加わった。カレーニョが以前の約束を持ち出したが、将軍はこう言った。

「君にはもっと大切な使命がある」

ホセ・ラウレンシオ・シルバがこのままの生活を続けていれば、かえって目が悪くなるのではないかと心配した将軍は、出発の二時間前に彼をつかまえて、彼らに同行してもいいと許可を与えた。けれども、シルバは丁重に断った。

「こうして何もしないというのも戦い、それもじつに辛く厳しい戦いです」と言った。「将軍から別の命令を与えられたら、従いますが、そうでなければここに残りたいと思います」

一方、イトゥルビデ、フェルナンド、アンドレス・イバーラの三人は加えてもらえなかった。イトゥルビデには、「君を派遣するとすれば、別のところに行ってもらう」また、アンドレスには、すでにディエゴ・イバーラ将軍が戦闘に加わっており、一つの戦争に兄弟二人というのは多すぎる、というまことに奇妙な理屈を持ち出した。フェルナンドは、どうせいつものように、

「戦いにのぞむ以上は体を運ばなくてはいけない、まさか両目と右手だけを置いて行くわけにいくまい」と言われるだろうと考えて、自分からは申し出なかった。そのように言われるのは、軍人として誇らしいことだと考えて、彼は自分を慰めた。

彼らの出発が決まった夜、モンティーリャが必要な資金を持ってやってきた。将軍は彼らを一人一人抱き締め、短い言葉をかけて見送った。モンティーリャもその飾り気のない儀式に立ち会った。彼らはジャマイカ、キュラソー、グアヒーラとそれぞれに違った目的地に向かって散らばって行った。全員市民と同じ服を着、武器はもちろん、身分が分かるようなものは一切身に着けていなかった。これはスペイン人を相手に戦ったときに覚えたやり方だった。明け方、エル・ピエ・デ・ラ・ポーパの家は何とも見映えのしない司令部に変わっていた。けれども将軍は、今回の戦いでかつて頭にかぶった月桂冠がふたたび滴るような緑色になるのではないかと期待することで、自分を支えていた。

ラファエル・ウルダネータ将軍は九月五日に権力を掌握した。憲法制定議会はすでに会期を終了しており、クーデタを正当なものと認める有効な機関がなかった。反乱軍はサンタ・フェの都市参事会に訴えて、将軍が権力を引き継ぐまでの間、ウルダネータがその代行を勤めるという条項を認めさせた。こうしてヌエバ・グラナダに駐屯しているベネズエラ人の軍隊と将校たちの起こした反乱は成功した。彼らは、サバンナに住む小地主や地方の聖職者の支援を受けて、政府軍を敗走させた。これがコロンビア共和国における最初のクーデタであり、十九世紀を通じて起こる四十九回の内戦のさきがけとなるものだった。ホアキン・モスケーラ大統領とカイセード副大統領は孤立無援の状態の中で権力を投げ捨てた。ウルダネータは地面に投げ捨てられた権力を拾い上げると、早速自分の名でカルタへーナに使者を送り、将軍に共和国大統領の職を引き受けていただきたいと申し出た。

軍がクーデタを起こしたというニュースが届いたとたんに、将軍の頭痛はおさまり、午後になっても熱が出なくなった。健康状態はすっかり安定した。ホセ・パラシオスがそういう将軍を見たのはじつに久しぶりのことだった。けれども、その一方で将軍はこれまでになく不安そうにしていた。心配したモンティーリャは、それと分からないように将軍を力づけてはもらえまいか、とセバスティアン・デ・シグエンサ師に頼み込んだ。師は喜んでその申し出を聞き入れ、ウルダネータの使者が到着するまでの退屈な午後にチェスを指して、相手にわざと勝ちを譲った。

二度目にヨーロッパを訪れたときに、将軍はチェスの手ほどきを受けた。ペルーで長期にわたる作戦行動をとったとき、夜は何もすることがなかったので、オリアリー将軍を相手にチェスを指し続け、もう少しでチェス・マスターになるところまで腕を上げた。しかし将軍はそれ以上続けるつもりはなかった。「たしかに、チェスは単なるゲームではないが」と言った。「同じ情熱を注ぐのなら、人を驚かせるようなことをするほうがいい」けれども、将軍が立てた公教育のプログラムには、チェスが有益で真面目なゲームのひとつとして取り入れられている。しかし、本当のところは、あの悠長なゲームにとてもつき合っていられないと思ったので、途中で止めてしまったのだ。将軍としては、同じ精神集中をするのならもっと大切なことにエネルギーを注ぎたかったのだ。

セバスティアン師が訪れると、将軍はいつも、通りに面したドアの前にハンモックを吊るし、それを大きく揺らしていた。そこからだと、ウルダネータの使者がやって来るはずのほこりっぽくて焼けつくように熱い道路を見渡すことができた。師がやって来ると、将軍はいつも「ああ、神父さん、今日はお小言は勘弁して下さいよ」と言った。というのも、椅子に腰をおろして駒を動かすのはいいのだが、一手うって僧侶が考えている間にうろうろ歩きまわる癖があったのだ。「閣下、そんなふうに勝ち誇ったようにうろうろされますと」と神父は言った。「どうも気が散って仕方ないんですが」

その言葉を聞くと、将軍は笑いながら答え返した。

「いや、いや、驕《おご》れるもの久しからずと言うじゃありませんか」

オリアリーはテーブルのそばまで来ると、きまって足を止め、盤上を眺めて、助言を与えたが、将軍は不機嫌そうな顔をして耳を貸そうとしなかった。そのくせ、チェスに勝つと、わざわざ将校たちがカードをしている中庭に出て行き、勝った、勝った、勝ったと大騒ぎした。あるとき、勝負の最中にセバスティアン師が、回想録を書かれるつもりはないのですかと尋ねたことがあった。

「ありませんね」と将軍は答えた。「あれは死んだ人間のやる手すさびですよ」

将軍にとって郵便は一種の強迫観念だった。それが今では苦痛の種になっていた。とくに混乱の続いていたあの週はひどかった。サンタ・フェの飛脚たちは新しい情報が入るだろうと考えてぐずぐずしていたし、中継所の飛脚は彼らがいっこうに姿を見せないので苛立っていた。一方、秘密郵便も頻繁に行き交っており、こちらのほうが速かったし、数も多かった。おかげで、将軍は郵便が届く前に情報を入手し、決定を下す前にじっくり考えることができた。

九月十七日、まもなく使者が到着することになっていたので、カレーニョとオリアリーにトゥルバーコ街道まで出迎えに行くように命じた。ビセンテ・ピニェーレス大佐とフリアン・サンタ・マリーア大佐がやって来た。二人はサンタ・フェで耳にした噂と違って将軍がとても元気そうにしているのを見てびっくりした。さっそく、町の名士と軍の高官たちを呼んで厳かな儀式をとり行い、それぞれに演説をし、祖国の繁栄を祈って祝杯を上げた。将軍は使者を引き止めると、三人で腹蔵のない話をした。悲愴な中にもどこか喜ばしげな表情を浮かべたサンタ・マリーア大佐は、「将軍が指導者の地位に就かれれば、国内の混乱は終息するでしょう」と重大な発言をした。将軍はその言葉に耳を貸そうとしなかった。

「小細工をするよりも、まず生き延びることだ」と言った。「いずれ政界の展望がきくようになれば、ほんとうに祖国が存在しているかどうかははっきりするはずだ」

サンタ・マリーア大佐には将軍の言うことが理解できなかった。

「私が言いたいのは、武器によって国家を再統一することが何よりの急務だが、それを始めるのはここではなく、ベネズエラにおいてということなのだ」

以後それが将軍の固定観念になった。すなわち、敵は外部ではなく、身内の中にいる以上、もう一度一からやり直すしかないと考えたのだ。ヌエバ・グラナダのサンタンデール支持者やサンタンデール自身に代表される寡頭政治がどこの国にもはびこっていた。寡頭政治を支持する連中は、アメリカの統合が実現すれば、現在裕福な家族が所有している特権が失われる危険があるというので、何としてもその統合理念を叩きつぶそうとしていた。「今回の分離戦争の真の狙いは、アメリカ統合を阻止することにある。これがわれわれの首を絞めることになるかもしれない」と将軍は説明した。「それに、悲しいことに、自分たちが世界を変革していると思い込んでいるあの連中が、そのじつやっていることといえば、世界でいちばん遅れているスペイン思想を継承しているだけのことなのだ」

そのあと将軍は息もつがずに、「私が同じ手紙の中、あるいは一日のうちに同一の人間をつかまえて、まったく違ったことを言う、つまり、君主制を認めたり、否定したりする、かと思えば別のところでは同時にまったく相反することを平気で口にすると言ってみんながあざ笑っていることはよく分かっている」とまくし立てた。将軍は自分の気紛れで人を裁いたり、勝手に歴史を変えてしまう、かと思えばフェルナンド七世を相手に戦っていながら、その一方でモリーリョを抱擁する、スペインを相手に死闘を行いながら、スペイン精神を擁護している、戦争に勝ったためにハイチの支援を受けながら、戦いが終ると外国扱いして、パナマ会議に呼ぼうとしない、フリーメーソンの会員で、ミサのときにヴォルテール*の著書を読みながら、一方で教会を擁護している、フランスの王女と結婚しようと工作する一方で、イギリス人に媚びへつらっている、友人に対しては、目の前にいるときはしきりにご機嫌を取り結んでいるくせに、裏にまわると悪口を言うという具合で、とにかく信用ならない軽薄な偽善者だ、そう言って人々は将軍を非難していた。

「そう言われれば、確かにそのとおりだが、あれはその時々の状況に合わせて行なったことなのだ」と説明した。「ただ、私はつねにこの大陸が単一の独立国になってほしいと願って、そうしてきた。その点に関しては、これまで矛盾した言動をしたことはないし、一度として疑念を抱いたこともない」そして、いかにもカリブ人らしい口調でこう結んだ。

「ほかのことなど、くそっくらえだ！」

二日後、ブリセーニョ・メンデス将軍に宛てた手紙にこう書きつけた。「公式文書を通してウルダネータ将軍より私に指揮権を与えられましたが、それを受ければ、軍部のクーデタで勝利を収めた人間の手で任命された反徒の指導者と見なされることでしょう。私としては、そのような職務を引き受けるわけには行きません」その夜、ラファエル・ウルダネータ将軍に宛てた二通の手紙をフェルナンドに口述筆記させた中では、あまり過激にならないように気を遣った。

一通目は形式的な返事で、「閣下」という書き出しからも分かるとおり、まことに堅苦しく仰々しいものであった。その手紙で将軍は、前政府が解体したあと、共和国が無秩序な混乱状態に陥っていることを考えると、今回のクーデタは正当なものであると述べている。そして、「こういう場合、国民はけっして欺かれることはありません」と書きつけた。けれども、大統領職を引き受けるかどうかについては一切触れず、ただ、今の自分にできることはサンタ・フェに引き返し、一兵卒として新政府に奉仕することだけです、と結んだ。

もう一通は私信で、「親愛なる将軍」という一行目の書き出しからもそれは分かるはずである。こちらは長い手紙で、自分の考えをはっきり表明し、不安を抱いている理由を詳しく説明していた。つまり、ドン・ホアキン・モスケーラは大統領を辞任していないのだから、明日にも正当な大統領であると主張するかもしれず、そうなると自分は簒奪者の汚名を着せられることになると述べたあと、公式の手紙に書いたことをもう一度くり返している。すなわち、正当な形で認められた、一点の曇りもない指揮権でなければ、自分としては大統領職を引き受けるわけにはいかない、というのである。

この二通の手紙に、過去のいきさつを忘れ、新政府を支持するように求めた声明文を添えて、同じ便で郵送した。けれども、将軍は約束めいたことをただの一語も書きつけていなかった。「いろいろなことを提案しているように見えて、そのじつ何も言ってはいなかったのだ」とのちに漏らしている。また、当事者を喜ばせるために書いたところも何カ所かあると、将軍は認めている。

二通目の手紙では、すべての権力を剥奪された人とはとても思えないような命令口調が目についた。ホセ・マリーア・オバンド将軍とホセ・イラリオ・ロペス将軍（将軍はこの二人を「スクレ殺しの犯人」と呼んでいた）は中央政府を相手に無意味な戦争を仕掛けているが、まず、フロレンシオ・ヒメーネス大佐を昇進させ、彼に十分な兵と武器を持たせて戦いを終結させるように要請していた。さらに、ほかの将校たちも昇進させて、いろいろな任務に就かせるように勧めていた。「そちらはあなたにお任せすることにして」と将軍はウルダネータに書き送った。「私のほうはマグダレーナ河からボヤカーを含めてベネズエラを受け持つことにします」将軍自身は、二千人の兵を率いてサンタ・フェに行き、治安を安定させると同時に、新政府をより強固なものにするつもりでいた。

それから四十二日間は、ウルダネータから直接何の連絡もなかった。その長い一カ月以上の間に将軍は四方八方に軍事的な命令を出す一方、さまざまな形で彼に文書を送った。船が入港しては出て行ったが、政治的圧力をかけようとするとき以外は、二度とヨーロッパへ行く話は持ち出さなかった。エル・ピエ・デ・ラ・ポーパの家は今では国全体の総司令部になっていた。当時、ハンモックで寝そべっているときに閃いたり、ふと思いついて下した軍事的な決断も少なくなかった。自分ではそのつもりはなかったのだが、いつの間にか軍事的なこととまったく関わりのない事柄にまで首を突っ込む羽目になった。仲のいい友人タティス氏を郵便局に就職させたり、毎日の平穏な生活に耐え切れなくなったホセ・ウクロース将軍を軍人として復帰させるといった瑣事までやらされた。

その頃、昔よく口にした「私は薄給の身で、そのうえ疲れきり、失望し、虐げられ、中傷され、病に侵された老人なのだ」という言葉を、以前のように力んで言うようになった。けれども、将軍に会った人たちは、誰一人その言葉を信じなかった。将軍は一見、新しい政府にてこ入れするために工作しているように見えた。そのじつ最高司令官としての権限と指揮権を使って、ベネズエラを取り戻し、そこからもう一度世界でもっとも強大な連合国家を作り直そうと考えて、精密きわまりない戦闘用の組織を着々と作り上げつつあった。

それには今が絶好の機会だった。自由党が倒されたヌエバ・グラナダはウルダネータの手中にあり、しかもサンタンデールはパリで動くに動けない状態にあった。エクアドルは野心的かつ好戦的なベネズエラ人のカウディーリョ、フローレスの手に握られていた。フローレスは新たに共和国を作ろうとしてコロンビアからキトとグアヤキルを分離させた。だが将軍は、スクレを殺害した連中を服従させたあと、フローレスを味方につける自信があった。ボリビアは友人のサンタ・クルス陸軍総監が押さえていた。彼は先ごろ、自分のほうからバチカンに外交代表団を送りましょうかと申し出たばかりだった。したがって、当面の目標はパエス将軍を一気に叩きつぶし、ベネズエラの支配権を手に入れることだった。

将軍はどうやら、パエスがマラカイボの防衛に当たっている間に、ククタから大攻勢をかけようと考えていたらしい。しかし、九月一日に、リオアーチャ地方が軍司令官を解任し、さらにカルタヘーナ当局を否定して、ここはベネズエラ領であると宣言した。マラカイボはただちにリオアーチャ支援を約束し、九月二十五日の暗殺計画の首謀者で、裁判にかけられるのを恐れ、ベネズエラ政府の庇護を求めて亡命していたペドロ・カルーホ将軍を指揮官にして援軍を送った。

モンティーリャがさっそくそのニュースを伝えたとき、将軍はすでに知っており、大喜びしていた。反乱を起こしてくれたおかげで、そのリオアーチャを最前線にしてマラカイボにむけてより強力な新手の軍隊を動かすための格好の口実ができたのだ。

「それに、これでもうカルーホの首根っこを押さえたも同然だ」

その夜、将軍は将校たちとともに部屋に閉じこもると、変化にとんだ地形を頭にいれたうえで、チェスの駒を動かすように全軍を動かし、予想を越えた敵の奇襲まで計算に入れて戦術を立てた。部下の将校たちはスペインのもっとも優れた士官学校で教育を受けていた。彼らに比べると将軍のほうはまともな軍事教育を受けていなかった。ただ、将軍にはある状況を、細部を含めて完全に思い描くことのできる能力が備わっていた。将軍の視覚的な記憶力は驚くべきものがあり、何年も前に目にした障害物をありありと思い浮かべることができた。戦術を教える先生になるのは無理だとしても、インスピレーションに関しては誰にも負けないほど鋭いものを持ち合わせていた。

明け方になると、作戦計画は細部にいたるまで一分の狂いもなく組み立てられていた。じつに綿密で、しかも仮借ないものだった。将軍は先を見越して、マラカイボ攻撃を十一月末か、最悪の場合でも、十二月初めに行うつもりでいた。雨の降りしきる火曜日の午前八時に最終的な詰めを終えた。そのときモンティーリャが、今回の作戦にはヌエバ・グラナダの将軍が一人も入っておりませんね、と注意を促した。

「ヌエバ・グラナダにはまともな将軍は一人もいない、能なしか、でなければ腰抜けばかりだ」

モンティーリャはその場の雰囲気を和らげようと話を変えた。

「で、将軍はどちらに向かわれるおつもりですか」

「現時点では、ククタでもリオアーチャでも、結果的には同じだろうな」と答えた。

部屋に引きあげようとして後ろを振り向いたとき、眉をしかめて不機嫌そうな顔をしているカレーニョ将軍の顔が目に入った。とたんにこれまで何度も約束を反古《ほご》にしてきたことを思い出した。正直なところ、将軍としては彼を自分のそばに置いておきたかった。だが、今はそんなわがままを言っている場合ではなかった。いつものように、彼の肩をぽんと叩くと、こう言った。

「カレーニョ、今回は約束通り、君にも働いてもらうことにする」

二千人にのぼる遠征隊は、わざと象徴的な日を選び取ったかのように、九月二十五日にカルタヘーナを出帆した。マリアーノ・モンティーリャ、ホセ・フェリクス・ブランコ、ホセ・マリーア・カレーニョ、この三人の将軍は全軍の指揮を取る一方で、将軍が健康を回復するまでの間、戦闘を間近に見ることができるよう、サンタ・マルタで別荘を探す任務も負っていた。その頃、友人に宛てた手紙の中で、「体を動かして倦怠感を追い払い、気分転換をしようと思っており、ここ二日ばかりのうちにサンタ・マルタに発つ予定でいます」と書いている。そしてその直後の、十月一日に旅立った。同月二日、旅の途中でフスト・ブリセーニョ将軍に宛てた手紙ではもっとはっきりと自分の考えを表明している。「マラカイボ攻撃にむかった遠征隊にたとえ微力でも力添えできるだろうと思って、現在サンタ・マルタへ行くところです」同じ日にウルダネータにも手紙を書いた。「まだ一度も訪れたことのないあの土地を見てみたいのと、世論に絶大な影響力を持つ何人かの敵どもを迷妄から覚ましてやろうと思い、サンタ・マルタに向かっております」その中ではじめて、将軍は今回の旅行の目的を明らかにした。「リオアーチャ攻撃の様子をこの目で眺め、マラカイボの近くまで行って、重要な作戦に多少でも力を貸せるかどうか確かめたいと思っています」これはどう見ても、亡命地へ逃れてゆく敗軍の将の言葉ではなく、軍事行動を起こしている将軍の言葉である。

すでに戦争が始まっていたので、将軍たちは慌ただしくカルタヘーナを発った。公式の歓送会は開かれなかったし、出発の話はごくわずかな友人に伝えられただけだった。先の予測がまったく立たない戦争に、邪魔になる荷物を引きずって行くわけにもいかなかったので、フェルナンドとホセ・パラシオスは将軍に言われたとおり、荷物の半分を友人や商人の家に預けた。私文書の入ったトランク十個は、カルタヘーナの商人ファン・パヴァジョーに預け、この荷物はいずれ連絡するつもりでいるパリの住所宛てに送ってもらいたいと頼んでおいた。また、受け渡しのときに、不可抗力の理由によって所有者が預けたものを請求できなくなったときは、パヴァジョー氏がそれを焼却するという取り決めがなされた。

フェルナンドが出発直前に整理していた叔父の書き物机の中から出所不明の金《きん》が二百オンス出てきたので、ブッシュ・イ・コンパニーア銀行に預けた。また、ファン・デ・フランシスコ・マルティンには、金のメダルが三十五個入った櫃を預けた。それに、大きな銀のメダルが二百九十四個、小さいメダルが六十七個、中くらいのが九十六個入ったビロードの袋と将軍の肖像を刻んだものが混ざっている四十個の金銀製の記念メダルが入った同じような小物入れを預けた。ブドウ酒の入っていた古い櫃に詰めてモンポックスから運んできた金製のナイフ、フォーク、スプーンといった食器具や着古した寝室着、それに本を詰めたトランクが二つ、ダイヤを象眼した剣と役に立たない銃もやはり同じ人物に預けた。過去の思い出の品とも言えるいろいろな小物の中に、今ではもう使っていない眼鏡がいくつか混ざっていた。それらは三十九歳のときに老眼が始まって、髭を剃るのが不自由になって以来、腕をいっぱいに伸ばしても見えなくなるまで使っていたもので、度がだんだんと進んでいるのが分かった。ホセ・パラシオスは、何年もの間、中に何が入っているのかよく分からないままあちこち持ち歩いていた箱を、自分の責任でドン・ファン・デ・ディオス・アマドールに預けた。将軍は思いもかけないものや、どこといって取り柄のないくだらない品物を突然所有したくなるという妙な癖があった。年数が経つうちにそうして集めたがらくたがたまって行き、捨てるに捨てられなくなっていた。一八二六年、リマからサンタ・フェまで運び、二八年九月二十五日の暗殺計画のあったあと、最後の戦いをするために南部に戻ったときも持っていった箱があった。「本当に自分たちのものかどうか分かるまでは、捨てるわけには行かない」と将軍は言っていた。憲法制定議会に対して最終的な辞職願を提出すべく、最後にサンタ・フェに戻った頃には、山のようにあった荷物も残り少なくなっていた中に、その箱はまだ含まれていた。カルタヘーナで将軍の財産の総目録を作ったときに、一度開けてみようということになった。長年紛失したと思い込んでいた私物が詰まっていた。コロンビアの刻印が押してある四百十五オンスの金、前髪を垂らしているジョージ・ワシントンの肖像画、イギリス国王から送られた金製の嗅ぎタバコ入れ、ダイヤをちりばめた鍵のついている聖遺物を納めた金製のケース、ダイヤを象眼したボリビア大金星勲章などがその箱から出てきた。ホセ・パラシオスは明細とメモを付けて、それらのものをデ・フランシスコ・マルティンの家に預け、正式の受領書を受け取った。おかげで荷物はかなり減った。それでも普段着の入った四つのトランクのうちの三つとひどく使い古した綿とリンネルのテーブルクロス*が十枚入ったトランクが一つ、それに、いろいろな様式が入り交じった、金と銀の食器具を入れた箱が一つあった。食器具のほうはいずれ賓客を迎えて食事をすることもあるだろうと、人に預けるのも売るのも将軍はいやがった。財産も残り少なくなったのだから、それらの品物を処分してはどうかと何度勧められても、これは国の財産だからと、どうしても売ろうとしなかった。

将軍たちの一行はまずトゥルバーコにむかった。荷物も随行員の数もぐんと減っていた。翌日は好天に恵まれて喜んだのもつかの間、正午前に[*]カンパーノの木陰で雨宿りする羽目になり、そこでたちの悪い沼沢地の雨風にさらされて一晩過ごした。将軍が脾臓と肝臓の痛みを訴えたので、ホセ・パラシオスはフランス語で書かれた家庭医学書の処方に従って飲み薬を作った。けれども、痛みはますますひどくなり、熱も上がりだした。明け方にはすっかり衰弱して、意識がなくなった将軍を、ソレダーの町まで運んだ。その町に住んでいる古くからの友人ドン・ペドロ・ファアン・ビスバルが将軍を家に迎えてくれた。そこで、十月のうっとうしい雨に降り込められ、全身の痛みを訴えながら一カ月以上滞在した。

[*]ソレダーの町はその名のとおり、貧しい家が建ち並んでいる、焼けるように熱く、人気のない通りが四本走っているだけのもの悲しいところだった。そこから二レグアほど離れたところに、古い町バランカ・デ・サン・ニコラスがあった。この町は数年後に大変繁栄し、とても住み心地のいい町になった。しかし当時はいくら探してもあそこほど静かな土地、健康にいい家を探しだすことは出来なかっただろう。六つあるアンダルシーア風のバルコニーは陽光であふれ、カポックの古木が植わっている中庭は物思いにふけるのにもってこいだった。寝室の窓からは、崩れた教会と色とりどりのペンキを塗ったシュロ葺きの家が建ち並んでいる、人の姿とてない小さな広場を見渡すことができた。

平穏な毎日を送っていた。けれども、体のほうはいっこうに良くならなかった。最初の夜に軽いめまいを覚えた。だが体が衰弱しているせいだとはどうしても認めようとしなかった。フランス語の家庭医学書を見て、これは全身が冷え切り、黒胆汁が濃くなっているせいだ、そこに悪天候が重なって持病のリウマチが再発したのだと、自己診断でさまざまな病気を並べ立てたのはいいが、そのせいでいろいろな薬を飲まなければならなくなり、薬嫌いがいっそう高じる羽目になった。そこで、将軍は薬というのはある人には効いても、別の人にとっては毒になるのだと詭弁を弄してごまかした。薬の効く効かないは、飲んではじめて言えることで、その点は将軍もよくわきまえていた。だから、毎日のようにいい医者がいないといってこぼしていた。にもかかわらず、あちこちから派遣されてきた大勢の医者には決して診察させようとはしなかった。

この頃、ウィルソン大佐は父親に宛てた手紙の中で、将軍はいつ死んでもおかしくないほど衰弱しておられますが、医者に診せようとなさいません。これは医者を軽蔑しているからではなく、まだ頭がしっかりしておられるからなのですと述べている。ウィルソンに言わせると、将軍が恐れている唯一の敵は病気であり、それに本気で立ち向かおうとすると、生涯をかけた大事業を断念せざるを得なくなると心配していたからにほかならない。「病気をあまり気にすると、鹿を追う猟師と同じで、山が見えなくなるんだ」と将軍は彼をつかまえてよく言っていた。四年前、リマにいたときに、オリアリーが一度徹底的に治療してもらったらいかがですと言ったことがある。ちょうど、ボリビア憲法の草案を作っているときだった。将軍は言下にこう言った。「二兎を追うものは一兎をも得ず、と言うじゃないか」

将軍はどうやら、体を惜しまず、たえず動きまわることが病気を追い払う唯一の方法だと思い込んでいたらしい。フェルナンダ・バリーガは、まるで子供に食事をさせるように、よだれ掛けをかけてやり、スプーンで食事をさせた。将軍は食べ物を口に入れてもらうと、それを咀嚼し、口の中のものがなくなるとふたたび口を開けるようになった。けれども、四十七歳の誕生日を迎えてからは、誰の助けも必要としていないということを誇示するために、よだれ掛けをせず、スプーンを持って自分の手で皿から食べるようになった。これまで召使や当番兵、あるいは副官にまかせきりにしていた日常のこまごましたことを自分でしようとしている将軍の姿を見て、ホセ・パラシオスはひどく胸を痛めていた。あるときなど、容器からインク壺にインクを移し替えようとして、残らずこぼしてしまったことがあり、それを見たときも心を痛めた。これまでそういうことは滅多になかった。体の具合がどれほど悪くても、手が震えたことはなかったし、手先の器用さも変わらず、週に一度は爪を切り、髭は毎日あたっていたので、まわりのものも感心していたほどだった。

リマで楽園のような日々を送っていた頃、ベドウィン族*の女のように黒く美しい肌に、産毛《うぶげ》がびっしり生えた若い女性と幸せな一夜を過ごしたことがあった。夜が明けて、髭を剃っているときに、裸でベッドに横たわり、満たされた女特有の安らかな眠りに就いている少女の姿が目に入った。彼女を見ているうちに、聖体神秘劇を行うことで彼女を永遠に自分のものにしたいと考えた。そこで、彼女の全身に石鹸の泡を塗り、左右の手で床屋の使う剃刀を巧みに操りながら少しずつ剃って行き、全身の毛ばかりでなく、眉毛まで剃り落とした。彼女は生まれたときと同じように赤裸になった。そのことに気付いて、少女は泣きそうになりながら、私を本当に愛してくれているのですか、と尋ねた。将軍は、これまで大勢の女性に向かって何の感情もこめずに口にしてきた決まり文句を口にした。

「ほかの誰よりも愛しているよ」

ソレダーの町で髭をあたっているときも、気紛れを起こして供犠の儀式を行うことにした。最初は、たぶん子供っぽい衝動に駆られたのだろうが、わずかに残った、すでに白くなっている癖のない前髪の一部を切った。さらに、毛を剃り落とすつもりで切り始め、まるで草を刈るようにどんどん刈っていきながら、しゃがれた声で『ラ・アラウカーナ』*のお気に入りの一節を口ずさんでいた。ホセ・パラシオスが、いったい誰としゃべっているのだろうと思って寝室に入って行くと、将軍は頭を石鹼の泡だらけにして毛を剃っていて、しばらくするときれいな丸坊主になっていた。

その儀式をしても、病気を祓うことは出来なかった。昼間は絹の縁なし帽をかぶり、夜は赤いフードをかぶっていたが、失意落胆のせいか、寒気はおさまりそうになかった。暗いうちから起きだして、真っ暗な建物の中を歩きまわった。むせ返るように暑い夜だというのに、裸になるどころか、寒くて仕方なかったので毛布を体に掛けていた。昼でも、毛布だけでは寒かったので、絹の縁なし帽の上からさらに赤いフードをかぶるようになった。

軍人たちが妙な陰謀を企んだり、政治家たちが好き放題のことをしているのに耐え切れなくなって、怒りのあまり机をどんと叩き、大声でわめき立てた。「私は結核におかされている、だから二度と私のもとに帰ってこなくていいとあの連中に伝えるんだ」将軍はよほど強くそう決意したのか、建物内で軍服を着たり、軍隊式の儀式を行うことを禁止した。しかし、彼らがいなくてはどうにもならなかった。命令に逆らって、将軍の怒りを静めるための会議や意味のない密談が何度も開かれた。将軍は体の調子が思わしくなかったので、診察はもちろん、痛みについて尋ねたり、水薬を出したりしないという条件で、とうとう医者を呼ぶことにした。

「少しおしゃべりをするだけだ」と言った。

将軍にとっては願ってもない医者が選ばれた。エルクレス・ガステルボンドという名のその医者は、きれいにはげ上がった頭をてかてかに光らせた、巨大な体軀の老人で、人の心を和ませるような笑みを絶やしたことがなかった。そのうえ、まるで溺死人のように辛抱強かったので、彼に診てもらうだけで大抵の患者はよくなった。もっとも、海岸地方では、医学に不信感を抱いている、とんでもない治療をする医者として知られていた。胆汁のせいで体に障害が起こると、チョコレートの中に溶けたチーズを混ぜたクリームを飲むように勧め、長生きしたければ、食後の休憩のときに愛し合うのがいちばんだと忠告し、馬車引きの喫うタバコを粗悪な紙に巻いてすぱすぱふかし、患者にはびっくりするような処方を出していた。この医者にかかっている患者たちは、口でうまく言いくるめられているだけで、病気のほうはいっこうに完治しないとこぼしていた。彼はそれを耳にしても、下品な笑い声を上げてこう言ったものだった。

「わしにかかってもほかの医者にかかっても、死ぬものは死ぬ。ただ、同じ死ぬにしても、わしが診た患者は喜んで死んでいっておる」

医師はバルトロメー・モリナーレス氏の大型四輪馬車に乗ってやってきた。この馬車は招いてもいない客を乗せて一日に何度も往復していたので、さすがの将軍もたまりかねて招いた人だけを連れてくるように言い渡した。アイロンをかけていない白のリンネルの服を着た医師は、ポケットにお菓子をいっぱい詰めて雨の降りしきる中、将軍のもとを訪れた。傘をさしてはいるものの、ぼろぼろの傘だったので、ささないほうが濡れないのではないかと思われた。型どおりの挨拶を済ませた医師はさっそく、葉巻が喫いさしなので、少々臭いますがお許しをいただいて一服やらせていただきますと言った。将軍はもともとタバコの匂いが大嫌いだったが、前もって、タバコを好きに喫っていただいても結構ですと伝えてあった。

「タバコの匂いには慣れています」と将軍は言った。「マヌエラはそれよりもひどい匂いのするタバコを喫っていまして、ベッドの中でもかまわず喫うものですから、煙攻めにあわされるんですよ」

それを聞いてガステルボンド博士は前々から気になっていたことを尋ねた。

「なるほど。で、どうしておられるんです？」

「誰のことです？」

「ドーニャ・マヌエラです」

将軍はぶっきらぼうに答えた。

「元気にやっています」

将軍があまりにも露骨に話題を変えたので、まずいことを言ったと思い、医師は笑いでごまかした。これまで何人もの女性を相手に火遊びをしてきて、それがお付武官たちの話の種になっているのは将軍も気付いていたにちがいない。ひけらかしたことは一度もなかったとはいえ、なにしろ数が多いうえにいろいろと面倒がもち上がったので、本来みそかごとであるべきものが、世間周知の事実になってしまっていた。リマから出した通常の郵便がカラカスまで届くのに三カ月もかかるというのに、将軍が火遊びをしたという噂はあっという間に広まった。将軍にはスキャンダルが影のようにつきまとっていたし、将軍に愛された女性は灰で十字の印をつけられ、永遠に消えない烙印を押されたようなものだった。権力者として侵すことのできない特権に守られていた将軍は、けっして自分からそうした秘密を明かさなかった。しかし、それだけではとうてい隠し切れるものではなかった。将軍が自分の所有した女性に関して、余計なことを一切しゃべらないことは誰もが知っていた。ただあらゆる面で共犯者として立ち働いていたホセ・パラシオスにはいろいろと打ち明けていた。マヌエラ・サエンスとの仲は言ってみれば、公然の秘密だったので、隠し立てすることもなかったのだが、ガステルボンド博士が子供っぽい好奇心に駆られて尋ねてもけっしてうかつなことは言わなかった。

多少トラブルはあったものの、ガステルボンド博士は将軍にとって救いの神のような存在だった。いくぶん常軌を逸したところはあったが、学識の豊かさをうかがわせる話で将軍を元気づけ、ポケットに入れていつも持ち歩いている動物を象《かたど》った飴菓子やミルク入りのマカロン*、ユッカの粉で作ったお菓子をいっしょに食べた。医師に勧められると、断るわけにも行かないので、将軍は口に入れて、おいしそうに食べた。しかしそのうち、自分は太りたいと思っているのに、サロンで出されるようなこういう上品なお菓子だと虫養いにはなっても、少しも体重が増えないとこぼしはじめた。「心配はいりませんよ、閣下」と医師は答えた。「口から入るものはすべて養いとなり、出て行くものはすべて災いとなる、と言うじゃありませんか」その理屈がなんとも愉快だったので、将軍はすっかり機嫌を直し、上等のブドウ酒とサゴヤシ*のスープを医師といっしょに飲んだ。

医師はいろいろ気を配って将軍の気持を引き立てていた。だが次々に悪いニュースが入ってきて、せっかくの苦労も水の泡になった。カルタヘーナにいるとき厄介になっていた屋敷の主人が病気の感染を恐れて、将軍の使っていた簡易ベッドやマットレス、シーツ、さらには将軍が触れたものすべてを焼却したという話が伝わってきた。ドン・フアン・デ・ディオス・アマドールに預けてある金で、あの家の主人が焼却したものをすべて新たに買い揃えたうえで、滞在期間中の家賃を支払うように命じた。それでも不快感は消えなかった。
二、三日すると、さらに不愉快な事件がもち上がった。ドン・ホアキン・モスケーラがアメリカ合衆国へ行く途中近くに滞在したのに、将軍には挨拶ひとつしなかったのだ。将軍は不安を隠そうともせず、何人もの人に尋ねてまわった。そしてその結果、船が着くまでの一週間、近くの町に滞在したモスケーラは、将軍と共通の友人や何人かの敵対している人たちと会い、自分は将軍が今回とった忘恩行為を大変不愉快に思っていると言い触らしていたことが判明した。さらに、出港の時間が迫り、平底船に乗って本船にむかうときに、モスケーラは見送りに来た人たちにむかって、自分の固定観念になっている考えを口にした。
「あの男は誰も愛していない。それだけは忘れるんじゃないぞ」

将軍がこういう非難の言葉にどれほど傷つきやすいか、ホセ・パラシオスはよく知っていた。将軍は人を愛しているかどうかあやしいものだと言われると、ひどいショックを受けて動揺した。そんな言葉を耳にすると、海を裂き、山を抜くという形容が誇張でないほどの大きな力を備えた将軍は、人をひきつけずにはおかないその魅力を最大限に活かして、相手に誤りを悟らせたものだった。栄光の絶頂にあるときに、アンゴストゥーラ一の美女デルフィーナ・グアルディオーラが、将軍があまりにも移り気なのに腹を立てて、鼻先でドアをぴしゃりと閉めたことがある。「あなたはたしかにほかの誰よりもすぐれた方ですわ、閣下」と彼女は言った。「けれど、あなたの心の中には愛の入る余地などありません」将軍は台所の窓から家の中に入りこむと、デルフィーナの信頼を取りもどすまで丸三日間、彼女と家に閉じこもった。おかげで、そのときの戦争であやうく敗北を喫しそうになり、自分の命まで失いかけた。

すでに手の届かないところにいたモスケーラについて、将軍は会う人ごとに恨みや愚痴を並べ立てた。先にベネズエラが自分を見限り、国外へ追放する決定を下した、それを公文書で通知するのを平然と許したあの男に、人を愛することができないと言われる筋合いはない、とくり返し考え、それを口にした。「あのとき、その措置に対して私がなんらかの声明を出していれば、奴は歴史に汚名を残すことになったはずだ。それをこらえてやったのだから、本当なら感謝されてしかるべきなのに、この始末だ」と大声でわめいた。さらに、これまで陰から援助の手を差しのべて、現在の地位に就けようと手を尽くしてきたことや、見て見ぬふりをしていたが、あの男が田舎くさいナルシシズムにとりつかれて犯してきた数々の愚行を洗いざらいぶちまけた。なんとも言えず、情けない思いにとらえられた将軍は、いつかどこかできっとモスケーラの耳に入るだろうと、絶望的な思いをこめた長い手紙を共通の友人に宛てて書いた。

一方、将軍のところまで届かないさまざまな情報が見えない霧のようにまわりで渦巻いていた。ウルダネータはいっこうに返事を寄こさなかった。ベネズエラにいる部下のブリセーニョ・メンデスが将軍の大好きなジャマイカの果物に添えて送った一通の手紙は、それを託された伝令が途中で溺死してしまった。東部の国境にいるフスト・ブリセーニョは行動があまりにも遅いので、将軍をひどく苛立たせた。ウルダネータの沈黙は国内に暗い影を落とし、ロンドンにいる通信員フェルナンデス＝マドリッドの死は世界に暗い影を落とした。

将軍は知らなかったが、ウルダネータは返事を出さずに、陰で将校たちとたえず連絡をとり、なんとかして将軍からはっきりした返事を引き出そうと腐心していたのだ。彼はオリアリーにこう書き送った。「将軍に大統領職を引き受けるおつもりがあるのか、それともわれわれが永遠につかまえることのできない亡霊をこのまま一生追い続けることになるのか、その点をはっきりさせておく必要があります」オリアリーはもちろん、他の将校たちもさりげなく雑談の中から将軍の考えをひき出し、それをウルダネータに伝えようと努力した。しかし将軍は言を左右にして、はっきりしたことを言わなかった。

ようやくリオアーチャから確かな情報が入ってきた。事態は思ったよりも悪かった。マヌエル・バルデス将軍は予定どおり十月二十日、なんの抵抗にもあわずに町を占領した。ところが一週間後にカルーホが、バルデスに率いられた遠征部隊のうち二個中隊を壊滅させた。バルデスは自分の名誉を守るためにモンティーリャに辞表を提出したと聞いて将軍は、一軍の将にあるまじきことだと考えた。「あの臆病者は死ぬほど怯えているんだ」当初の計画だと、マラカイボ攻略まであと二週間しか残されていなかったこの時点でリオアーチャの町ひとつ占領できないというのが実情だった。

「なんてことだ！」と将軍は大声をあげた。「選りすぐりの将軍たちが、敵軍の反撃を押さえることもできないのか」

パディーリャ提督は生地リオアーチャで英雄視されていた。その提督を殺害したのは将軍だと、町の住民は思い込んでいたために、政府軍が町にやってきたとき、住民が将軍の率いる軍隊と勘ちがいして、逃げまどうという騒ぎがあった。その話を聞いたときはさすがの将軍もひどい衝撃を受けた。さらに、そのときを待っていたかのように、国内のあちこちで厄介な事件がもち上がった。すなわち、無政府状態と混乱が国全体に広がっていったのだが、ウルダネータの政府にはそれを押さえるだけの力がなかった。

サンタ・フェから最新情報をたずさえてやってきた特使にむかって、将軍はユダヤ人をなじったイエスよろしく悪態をついた。その様子を見て、ガステルボンド医師は一時的にせよ、怒りが衰弱しきった人間をここまで元気づけることができるのかと、あらためてびっくりした。「本来なら、国民や有力者に責任ある行動をとらせるべきなのに、今の政府は何を考えているのか、彼らの手足を縛って身動きできなくしている」と将軍はわめき立てた。「この分では今に政府は倒れるだろう。政府の要人はもちろん、それを支持している大衆までが一人残らず殺されて、二度と立て直すことはできないだろう」

医師がなんとかして将軍の気持をしずめようとしたが、うまく行かなかった。政府に対する悪口が終ると、次は参謀本部にいるものを次々に槍玉に挙げていった。三度の大きな戦いで英雄的な働きをしたホアキン・バリーガ大佐のことを、最低最悪、〈人殺し〉もしかねない人間だと酷評した。スクレ殺害の陰謀に加わっていたのではないかと疑われていたペドロ・マルゲイティーオ将軍は、軍の指揮官に適していないと言われた。カウカにいるもっとも忠実な部下ゴンサーレス将軍は、「人間的な弱さと仏頂面があの男の病気だ」と一刀両断に切りすてられた。将軍は、はあはあ息をあえがせて揺り椅子に腰をおろしていた。この二十年来心臓が苦しくなると、いつもそうして休むことにしていた。そのとき、戸口のところで驚きのあまり立ちすくんだようになっているガステルボンド博士の姿が目に入ったので、大声でこう話しかけた。

「ある男がサイコロばくちで家を二軒賭けたんだ。そんな男になにか期待するほうがむりなんだろうな」

ガステルボンド博士は戸惑ったように尋ねた。

「誰のことを言っておられるのです？」

「ウルダネータのことだよ」と将軍は答えた。「マラカイボで海軍司令官を相手にばくちをして、家を二軒取られてしまった。もっとも、書類上は売却したことになっているがね」

将軍は大きく息をついた。「むろんあの盗っ人猛々しいサンタンデールに比べれば、みんないい奴ばかりだ」さらにこう続けた。「あいつの友人たちはイギリスから受けた借款をしゃあしゃあと懐に入れ、その金で国債を十分の一の値で買い取り、今度はそれを国に額面どおりの値段で買い取らせたんだが、まったくひどい話だ」そして、外国から借款を受けると、必ず腐敗堕落するので、それだけはしてはならない、おびただしい血を代償にして勝ち取った独立が根底からくつがえされる恐れがあると言いつづけてきたと説明した。

「私はスペイン人以上に負債を憎んでいる。外国から金を借りれば、今後何世紀にもわたって利子を払いつづけなければならない、国民のことを考えるなら、それだけはしないようにとサンタンデールに注意した結果がこれだ。今にわれわれは負債に押し潰されてしまうだろう」

現政府の統治がはじまったばかりの頃、ウルダネータは敗者の生命を尊重するという決定を下した。将軍はその考えに同意しただけでなく、戦争の新しい倫理であると言って称賛した。「われわれがスペイン人に対してなしたこと、すなわち死を賭した戦いを敵が仕掛けてこないかぎり、それは大変立派なことです」けれども、ソレダーの町で絶望的な夜を迎えたとき、ウルダネータに、内乱で勝利をおさめてきたのはつねにこのうえもなく残忍非道な人間でした、という身の毛もよだつような手紙を書き送った。

「博士」と将軍は医師にむかって言った。「われわれの権力と生命は、敵の血を代償にしてのみ保たれうるものなのです」

　将軍の怒りははじまったときと同様、突然なんの前触れもなく嘘のように消え失せた。これまでのことをふり返りながら、いま罵言を浴びせたばかりの将校たちの名誉を回復していった。「いずれにしても、悪いのは私だ」と言った。「彼らは直ちに具体的な行動を起こそうとして独立運動を起こし、それをみごとにやってのけたのだ」将軍は骨と皮に痩せた手を差し出して医師に立ち上がらせてもらうと、溜息まじりにこう結んだ。

「それにひきかえ私は、ありもしない夢を追っているうちに自分を見失ってしまったのだ」

　この頃にイトゥルビデの処遇がきまった。十月末に、以前からジョージタウンに住んでいる母親から彼のもとに手紙が届いた。その中で母親は、メキシコの自由主義勢力が力をつけてきているので、家族が本国に帰還する望みは薄らいできていると書いていた。幼い頃から心の中に抱いていた不安な思いが、その頃になると耐えがたいほどになった。しかし、ある日の午後、将軍に腕をかして建物内の廊下を散歩しているときに、思いがけず将軍のほうからメキシコの話をもち出した。

「メキシコにはいやな思い出しかないんだ」と将軍は言った。「ベラクルスに滞在していたとき、あの港の海軍司令官が飼っている*マスティフ犬に、スペインへ連れて行こうと思っていた二頭の子犬を嚙み殺されたことがあってな」

　それが外の世界に出て体験した初めての事件だったので、一生忘れることのできない傷痕を残した。ベラクルスには、一七九九年二月、ヨーロッパにむかう旅の最初の寄港地として立ち寄った。短期滞在の予定だったが、次の寄港地のハバナがイギリスによって封鎖されたために約二カ月間足留めをくうことになった。なにもすることがなかったので、雪をいただいた火山と目くるめくような砂漠の間を抜けてメキシコ市のある標高三千メートルの高さまで馬車で登っていった。あたりの風景はそれまで見慣れていたアラグア渓谷の牧歌的な夜明けの風景とは似ても似つかないものだった。「まるで月世界にでも行ったような気分だったな」と将軍は言った。メキシコ市の澄み切った大気にびっくりし、公営市場のにぎわいや物資の豊かさ、清潔さに心を奪われた。そこでは、竜舌蘭につく赤いイモムシ、アルマジロ、川ミミズ、蚊のタマゴ、バッタ、黒アリの幼虫、山猫、蜜漬けのゲンゴロウ、トウモロコシに集まる蜂、養殖したイグアナ、ガラガラ蛇、あらゆる種類の小鳥、小型犬、生命あるもののようにたえずぴょんぴょん跳びはねているインゲン豆の一種が食糧品として売られていた。「歩くものはなんでも食べるんだよ」と将軍は言った。市内を縦横に走っている無数の運河は澄み切った水をたたえ、船には派手な色が塗ってあり、あたりには輝くばかりに美しい花が咲き乱れていた。それを見て少年時代の将軍はびっくりした。しかし、時は二月で日照時間は短く、インディオはひどく無口で、小雨が休みなく降りしきっていたために、気が滅入ってきた。そのあと、サンタ・フェ、リマ、ラ・パス、あるいはアンデス山脈の高地を転々と渡り歩いたときも、やはり同じような気持に襲われた。いずれにしてもそういう思いにとらえられたのはあのときが初めてだった。人から紹介状をもらっていたので、司教に会いに行くと、司教自ら将軍の手をとって、司教以上に司教らしい感じのする副王のもとへ謁見に連れて行った。垢抜けした服装の、色の浅黒い痩せた少年が、フランス革命をさかんにもち上げ、称賛したが、副王は少年の言うことなど聞いていなかった。「あやうく命を落とすところだったよ」と将軍は楽しそうに言った。「なにしろ十六歳の子供だったものだから、副王の前に出ると、政治の話をしなくてはいけないと思いこんでいたんだろうな」さらに旅を続ける前に、将軍は叔父のドン・ペドロ・パラシオ・イ・ソーホに手紙を書いた。それが保存されている最初の手紙である。「自分の書いたものが読めないくらい字が下手だったんだ」と笑い転げながら言った。「けれども叔父には旅の疲れがたまっているので、こんな下手な字になりましたと弁解しておいたよ」便箋一枚半の中に、四十カ所の綴りまちがいがあり、そのうちの二つは「息子」と書くべきところを「臭子」と書いてあった。

イトゥルビデはその頃のメキシコのことをなにひとつ憶えていなかったので、黙っていた。それでなくともメキシコに関してはいやな思い出しかなく、将軍の話を聞いているだけで気が滅入ってきた。将軍にはそんな彼の気持がよく分かった。

「ウルダネータのもとには行かないほうがいい。家族とアメリカへ行くのも考えものだな。あの国は絶大な力を備えている、恐ろしい国だ。自由を与えるといっておいて、けっきょくわれわれを悲惨な目に会わせるだけだ」

その言葉を聞いて、不安な思いを抱いていたイトゥルビデはたまらなくなって叫んだ。

「おどかさないで下さいよ、将軍」

「なにもびくつくことはない」と穏やかな口調で言った。「殺されるか野垂れ死にすることになるかもしれない。それでもメキシコへ帰ることだ。若いうちならいいが、ぐずぐずしていると手遅れになって帰れなくなるぞ。そうなると自分がどこの人間か分からなくなってしまう。いずれ、どこにいてもしょせん自分は他所者《よそもの》でしかないと感じるようになるだろう。それは死ぬよりも辛いことだ」将軍は彼の目を真正面からじっと見つめ、自分の胸に手を当ててこう結んだ。

「私に誓うんだ」
十二月初旬、イトゥルビデは将軍の書いた二通の手紙をもってウルダネータのもとに赴いた。そのうちの一通には、イトゥルビデ、ウィルソン、フェルナンドの三人は腹心の部下の中でももっとも信頼の置ける人物ですと書いてあった。イトゥルビデは翌年の四月、ウルダネータがサンタンデール派の陰謀によって解任されるまで、決まった役職もないままサンタ・フェに滞在した。その後、彼の母が諦めることなく何度も嘆願したおかげで、ワシントン駐在のメキシコ公使館秘書に任命された。公使館に勤めてからは、誰にも知られることなく日を送った。三十二年後にイトゥルビデ家の名が人々の耳目を集めることになった。すなわち、フランスが武力によってメキシコ皇帝に据えたハプスブルク家のマクシミリアン*が彼の孫にあたる二人の子供を養子にむかえ、水の泡のように潰え去った自分の王位の継承者に指名したのだ。

　将軍はイトゥルビデに託してウルダネータに届けさせた二通目の手紙の中で、不幸な時代の証言として後世に残るようなことになってはいけないので、これまでに出した手紙はもちろん、これから出す手紙もすべて破り捨てるようにと頼んだ。だがウルダネータは言われたとおりにしなかった。将軍は五年前にもサンタンデール将軍に対して同じようなことを言った。「思いつくままに取りとめのないことを書いたので、どんなことがあっても私の手紙を公表しないと命じて下さい」サンタンデールもやはり将軍の言葉に耳を貸さなかった。将軍の書いたものとちがって、サンタンデールの手紙は形式、内容ともに一分の隙もない完璧なものだった。彼はおそらく自分の手紙が歴史に残るはずだと考えていたのだろう。

　ベラクルスで出した最初の手紙から、死の六日前に口述筆記させた最後の手紙までを合計すると、将軍は生涯に少なくとも一万通の手紙を書いている。手書きのものもあれば、書記に口述筆記させたもの、将軍の指示に従って書き改めさせたものといろいろあった。そのうち三千通以上の手紙と将軍のサインのある八千通ほどの書類が保存されている。ときには書記がかっとなって怒り出すこともあれば、その逆のこともあった。あるとき、手紙を口述筆記したものの、どうも気に入らなかったので、書き直すかわりに書記の文章のあとにこう書き加えた。「お気付きのとおり、マルテルは今日、いつになく頭がおかしくなっています」一八一七年、アンゴストゥーラを発って、大陸解放の偉業を完遂することになる前日には、現在の政治体制が時代遅れのものにならないよう、たった一日で十四種類のちがった書類を口述筆記させた。将軍は何人もの書記を並べて、同時に何通もの手紙を口述筆記させたという伝説が生まれてきたのは、おそらくそのせいだろう。

十月は雨の音だけを聞いて過ごした。将軍はふたたび部屋に閉じこもるようになった。おかげでガステルボンド博士は、将軍を見舞ってなにか食べさせるためにあれこれ知恵を絞らなければならなくなった。将軍はハンモックに寝そべり、揺らしもせずに、人気のない広場に降りしきる雨をじっと見つめてもの思いにふけっていた。その様子を見てホセ・パラシオスは、きっとこれまでの人生のひとこま、ひとこまをふり返っておられるのだろうと考えた。

「ああ」とある日の午後、溜息まじりにつぶやいた。「マヌエラはどうしているだろう」

「知らせのないのは、よき知らせと言いますから、きっと元気にしておられますよ」とホセ・パラシオスは言った。

ウルダネータが権力を掌握して以来、彼女から連絡がとだえていた。あれ以後彼女に手紙を書かなかった将軍が、旅行の様子を伝えるようフェルナンドに言いつけた。彼女が出した最後の手紙は八月末に届いた。そこには、着々と準備が進められている軍のクーデタに関する内密の情報が書き込まれていた。けれども敵の目をくらますためにわざと難解な文章を用い、情報も読みとりにくいものにしてあったので、容易なことでは読み解けなかった。

マヌエラは将軍の言葉に従わず、あの国でもっとも尖鋭なボリーバル主義者として活躍したが、やり方が過激ではしゃぎすぎの感があった。彼女は政府に対して紙の上の戦争をしかけたのだ。モスケーラ大統領は彼女に圧力をかけなかったが、大臣たちが彼女を押さえこもうとして対抗措置をとることにべつだん反対はしなかった。御用新聞が攻撃をしかけてくると、マヌエラは痛烈な批判をこめた文書を印刷し、女奴隷を引き連れてレアル街を馬で闊歩し、道行く人に文書を配った。町はずれの石を敷いた狭い路地で将軍を誹謗するビラを配っている連中を見かけると、槍を小脇にかかえて追い散らしたし、朝になって建物の壁に将軍を誹謗する言葉が書いてあると、それに倍するひどい言葉を書きつらねた紙を上から貼りつけた。

政府側が名指しで攻撃をはじめても、彼女は少しもひるまなかった。建国記念日の祝日に、政府内にいる内通者から、今中央広場で作っている花火の城に、ふざけて国王の衣装を着せた将軍の人形を収めようとしているという通報を受けた。マヌエラと女奴隷たちは護衛兵の囲みをやぶり、騎兵隊のように攻撃をしかけて、その城をこわしてしまった。さすがにこのときは市長も腹に据えかねて、数名の兵を連れ、ベッドに入っている彼女を逮捕しようとした。彼女は撃鉄を起こした二挺の拳銃を構えて待ちうけた。さいわいなことに、双方の友人が仲介に立ったおかげで大事にはいたらなかった。

ウルダネータが権力を掌握してようやく彼女の怒りがしずまった。彼女にとってウルダネータはかけがえのない友人だったし、ウルダネータにとって彼女はこのうえもなく熱狂的な共犯者だった。南部で将軍が攻め寄せてくるペルー人を相手に戦っているとき、彼女はサンタ・フェの町に一人取り残されたが、ウルダネータが信頼できる友人として彼女の身を護り、なにくれとなく面倒をみた。将軍が〈すばらしき議会〉で不幸な宣言をしたとき、彼女はウルダネータに宛てて手紙を書くよう将軍を説得した。「旧交をあたため直し、貴君と完全な和解に達したいと心から願っています」ウルダネータは、この男らしい申し出を受け入れた。軍部のクーデタのあとマヌエラが急におとなしくなったのは、そのときの借りがあったからだった。彼女は公的な世界から姿を消した。消息を絶ってしまったので、十月の初めには、アメリカ合衆国へ行ったのだろうという噂が流れ、誰もがそう思いこんでいた。ホセ・パラシオスの言ったとおり、彼女が消息を絶ったということは、元気にしているということにほかならなかったのだ。

将軍にはすることもなければ、待つ人もおらず、これをしたいという目標もなかった。もの悲しい思いにひたって降る雨をぼんやり眺めながら、昔のことを思い返しているうち、くたびれて泣き寝入りした。かすかな泣き声を聞きつけたホセ・パラシオスは、おおかた河で拾ってきた犬が鳴いているのだろうと思っていた。よく聞くと泣いているのは主人だった。これまで長年いっしょに暮してきて、主人が涙を見せたのはたった一度しかなく、それも悲しみではなく怒りのあまり泣いただけだったので、どうしていいか分からなかった。廊下で警備にあたっていたイバーラ大尉を呼んだ。彼もやはり将軍のすすり泣く声を聞きつけていた。

「これできっと将軍も気が楽になりますよ」とイバーラは言った。

「それだと私どもも楽になるんですがね」とホセ・パラシオスが言った。

将軍はいつもより長い時間眠った。近くの果樹園でさえずる小鳥の声や教会の鐘の音が聞こえてきても目を覚まさなかった。ホセ・パラシオスは何度もハンモックの上にかがみこんで、息をしているかどうか確かめた。将軍は、八時を過ぎて、暑くなりはじめてからようやく目を覚ました。

「十月十六日、土曜日」とホセ・パラシオスが言った。「清浄の日です」

将軍はハンモックから起き上がると、ほこりっぽくて人気のない広場や壁のはげ落ちた教会、犬の死骸の腐肉を奪い合っているハゲワシを窓ごしに眺めていた。朝からぎらぎら照りつけている陽射しが暑い一日になることを告げていた。

「こんなところからさっさと出て行こう」と将軍は言った。「銃殺刑の銃声を聞きたくないんだ」

それを聞いてホセ・パラシオスは思わず体を震わせた。かつてほかの土地で起こったことがふたたび甦ってきた。将軍はあのときと同じようにむき出しのレンガの床の上に長い靴下をはいただけで立ち、つるつるに剃った頭にナイトキャップをかぶっていた。昔の夢がふたたび現実のものとなって姿を現わしたのだ。

「銃声は聞こえないはずです」そう言ったあと、ホセ・パラシオスはこう説明した。「ピアル将軍はすでにアンゴストゥーラで銃殺されました。あの事件があったのは、今日ではなく、十三年前の今日とよく似た日の午後五時のことです」

三十五歳になるマヌエル・ピアル将軍はキュラソー出身の白人と黒人の混血の男で、残虐な軍人として知られ、それまで祖国独立の戦いにおいて数々の武勲を立てていた。解放軍がモリーリョの火を吹くような攻撃に歯止めをかけるために力を結集しなければならないときに、ピアルは将軍の権威を足で踏みにじるような行動に出た。将軍に代表されるカラカス出身の白人の貴族階級に対抗して彼は、黒人、黒人と白人の混血、黒人とインディオの混血、さらに国中のよる辺《べ》ない貧しい人間を一人残らず呼び集めたのだ。ホセ・アントニオ・パエス、あるいは現実主義者のボーベスはべつにして、ピアルほど人望があり、救世主のような雰囲気を備えた人間はほかにいなかった。彼はまた解放軍の白人将校も何人か味方に引き込んでいた。将軍は言葉を尽くして説得したが、耳を貸そうとしなかったので、仕方なく逮捕するように命じた。ピアルは当時一時的に首都になっていたアンゴストゥーラに連行された。側近の将校たちが取りなしたが、将軍は頑として聞き入れなかった。そのときの将校の中にはマグダレーナ河を下る最後の旅に同行したものも何人かいた。将軍が任命した軍法会議にピアルと親しい軍人が何人か加わって略式の判決を下した。ホセ・マリーア・カレーニョもそのメンバーの一人として活躍した。官選弁護士が、ピアルは宗主国スペインとの戦闘において、目ざましい働きをしたと言って褒めたたえた。その言葉に嘘はなかった。しかし、けっきょくピアルは脱走、反逆、裏切りの罪で告発され、軍人としての位階をすべて剝奪したうえで死刑に処すという判決が下された。ピアルの功績は無視できなかったし、まして今はモリーリョがいくつかの州を奪い返し、愛国者たちの士気がひどく衰えているので、このままでは総崩れになって敗走することになるのではないかという不安があった。そのために、誰もがまさか将軍があの判決を認めるはずはないと思っていた。将軍はさまざまな圧力を受けていたし、ごく近しい友人たち、とりわけブリセーニョ・メンデスの意見にもにこやかに耳を傾けた。けれども将軍の決意はゆるがなかった。位階剝奪を取り消したうえで、銃殺刑に処す、ただしそれは公衆の面前で行なうということに厳しい決定を下した。あれはどのような不幸な事件が起こってもおかしくない、長い夜だった。十月十六日、午後五時、ピアル自身が六カ月前にスペイン人の手から奪い取ったアンゴストゥーラの町の中央広場の、忌わしい陽射しが照りつける中で死刑が執行された。銃殺隊の隊長は、ハゲワシが食らっている犬の死骸を片づけるように命じ、野良犬などがまぎれ込んできて、厳粛な処刑に混乱が生じてはいけないのでと、出入口を閉めさせた。ピアルは最後の願いとして、銃殺隊に撃ての命令を下させてほしいと申し出た。隊長は拒否し、むりやり目隠しをした。けれども、十字架に口づけし、国旗に別れの挨拶をすることまでは止められなかった。

将軍は処刑の場に立ち会うことを拒んだ。ホセ・パラシオスだけが将軍に付き添っていた。銃声が聞こえたとたんに、将軍が涙をこらえていることに気が付いた。全軍にあてた声明のなかで将軍は、「昨日は胸が張り裂けそうなほど辛い一日だった」と言った。その後も折りを見ては、あれは国家を救うためにやむをえずとった政治的措置だとくり返し言い、反乱を起こした連中を説得し、内乱をどうにか回避した。将軍が強権を発動して行なった残酷な処刑ではあったが、同時にそのことによってただちに自分の権威を確固たるものにし、指揮権を一手に掌握して、栄光の道をさえぎる邪魔物を取りのぞいたという点ではまことに時宜《じぎ》にかなったものだった。

それから十三年経ち、将軍は今ソレダーの町にいた。本人はどうやらその時間の落差に気付いていないようだった。広場をじっと見つめていると、ぼろをまとった水売りの老婆がラバの背にココヤシを積んで通りかかり、人影に怯えてハゲワシが飛び立った。それを見て、将軍はほっと溜息をついてハンモックのところにもどると、アンゴストゥーラで迎えた不幸な夜以来ホセ・パラシオスが一度尋ねてみたいと思っていたことを、なにも訊いていないのにぽつりと漏らした。

「また同じことをすることになるかもしれないな」

転倒するかもしれないという以前に、ひどく脚が弱っていたので、もはや一人では歩けなかった。屋敷内の階段はなんとか一人で登り降りできた。しかし歩くのはむりだった。そばに誰かいて手を貸してもらえれば歩けなくはなかった。だが将軍は人の手にすがって歩くのをいやがった。「いや、けっこうだ。まだ一人で歩ける」と言っていた。

ある日、それができなくなった。階段を降りようとしたときに、突然目の前から世界が消えてしまったのだ。「なにがどうなったのか分からないいんだが、半分死んだようになって足元から崩れていったんだ」とある友人に語った。いっそう悪いことに、その事故で生命を落とさなかった。階段を降りようとしたときに気を失った将軍は、体が羽のように軽くなっていたので下まで転がり落ちずに済んでしまったのだ。

ガステルボンド博士はドン・バルトロメー・モリナーレスの馬車に将軍を乗せると、旧バランカ・デ・サン・ニコラスまで大急ぎで運んだ。ドン・バルトロメー・モリナーレスは、以前将軍があのあたりを旅行したときに、自分の屋敷に泊めたことがあり、今回もあのときと同じアンチャ街に面した広くて風通しのいい寝室を用意していた。途中で将軍は左目の目頭が化膿しはじめて、気持が悪いと訴えた。まわりの様子にまったく関心を示さず、時々お祈りでもとなえるようになにかつぶやいていた。じつを言うとお気に入りの詩の一節を小さな声で暗唱していたのだ。医師がハンカチで将軍の目を拭くのを見てモリナーレスは、あの潔癖な将軍がこういうことを黙ってさせるとは、と内心驚いていた。市の入口に着いたとき、暴走した牝牛の群が馬車をひっくり返しそうになり、主任司祭らの乗った馬車が横転した。将軍はそれでも目を覚まさなかった。主任司祭は空中で一回転し、髪の毛まで砂で真っ白になってあわてて立ち上がったが、額と手から血が流れていた。主任司祭がわれに返ったときに、ようやく選抜兵はのろのろ歩いている通行人や裸の子供たちを押しのけるようにして道を開いた。彼らは事故を見ようと集まってきた野次馬連中で、薄暗い馬車の中に腰をおろしている死人のような人間が誰なのか知るはずもなかった。

医師は僧侶を紹介して、このお坊さんは、以前司教たちが説教壇の上から将軍をののしり、みだりがわしいフリーメーソンの会員だと言って破門したことがあったときも、将軍を弁護した数少ない支持者の一人ですと付け加えた。まだなにが起こったのか分かっていなかった将軍は、主任司祭の僧服についた血のしみをみてようやく事情がのみこめたようだった。僧侶は、馬車がひっきりなしに通る市内の公道に、放し飼いにした牝牛が歩きまわるというのは危険きわまりないことだから、将軍から当局に申し入れていただけないでしょうかと言った。

「国じゅうどこへ行っても事情は同じですから、そんなことをしてもむだですよ、神父様」と将軍は僧侶のほうを見ずに言った。

十一時の太陽が広々とした人通りのない砂地の街路にじりじり照りつけ、町全体が焼けつくように熱かった。体調がよくなれば、こんなところでぐずぐずしていることはない、船酔いは胆汁の状態を変え、胃をすっきりさせるので体にいい、とフランス語の家庭医学書に書いてある、近々荒海を航海することになっているので楽しみだと言って喜んでいた。階段での打ち身のほうはすぐよくなったが、天候が悪くて船の出港日がなかなか決まらなかった。

体が衰弱していた将軍は、政治活動や社会活動がまったくできず、思うように体を動かせないと言ってひどく苛立っていた。時々、古くからの友人が町に立ち寄って、将軍に別れの挨拶をしていった。広々として涼しいあの屋敷は十一月まで使うことができたし、主人夫妻はまるで病院にでもいるようになにくれとなく世話を焼いてくれた。ドン・バルトロメー・モリナーレスは今回の独立戦争ですべてを失い、現在は十年前から無給でつとめている郵便局長の仕事をしているだけだった。大変鷹揚《おうよう》な人物だったので、将軍は以前に訪れたときから彼のことをパパと呼んでいた。彼の妻は派手好きで、困った人がいると黙って見ていられない性質の女性だった。ヨーロッパ航路の船で高く売れるというので、暇を見てはレースの手編みをしていた彼女は、将軍が来てからはその世話にかかりきりになっていた。オリーヴ油は胸の病にいいと信じ切っていた彼女がレンズ豆*にそれをかけたのがもとで、フェルナンダ・バリーガと一戦交える羽目になった。将軍は夫人に悪いと思っていやがらずにそれを口にした。

化膿した目頭が不快でたまらず、気が滅入ってきた将軍は、カモミール水*で洗浄することにした。夕方になると蚊の大群が襲ってくるし、気分も沈みがちになった。そこで気晴らしにカードをしてみることにした。主人夫妻と半ば冗談、半ば本気で議論を戦わせているときに、ふと悔悟の念に駆られて、人と争って千回勝つよりも、気持よく一回和解するほうがずっといいと言って、夫妻をびっくりさせたことがあった。

「政治の世界でもそうなのですか?」とモリナーレスが尋ねた。

「政治の世界がとくにそうなのです」と将軍は相手の言葉を訂正した。「こんなことになったのも、もとはと言えばわれわれがサンタンデールと和解できなかったからなのです」

「友人がいるんですから、まだ希望はありますよ」とモリナーレスが言った。

「いや、その逆です」と将軍が言った。「敵の背信行為ではなく、友人たちの熱意が私の栄光を台なしにしてしまったのです。オカーニャ議会は無惨な結果に終りましたし、君主制をめぐる紛糾にも巻き込まれました。また、はじめは大統領選挙で再選されるよう働きかけるべきだと言っておきながら、今度は掌をかえすように、前とまったく同じ理由から辞職しろと無理じいしたのです。それもこれもみんな友人たちの仕業なのですよ。そして、今度は失うものなどなにひとつない私をこの国から出て行かせまいとしているのです」

雨が小止《おや》みなく降りしきっていた。湿気のせいで、将軍の記憶はぼやけはじめた。夜になっても厳しい暑さがつづいたので、将軍は汗まみれになったシャツを何枚もとりかえなければならなかった。「まるで鍋の中で蒸焼きにされているみたいだ」とこぼした。ある日の午後、将軍はバルコニーから三時間以上も外の様子を眺めていた。激しい雨で出水し、家を根太《ねだ》ごと押し流しそうな奔流が街路を流れていた。その水に貧民街のがらくたや家庭用品、動物の死骸などが次々に押し流されてゆくのをじっと見つめていたのだ。

市長のファン・グレン司令官が嵐をついてやってくると、ビスバル氏のところで働いている女が、将軍がソレダーの町で剃り落とした髪の毛を聖遺物として売り捌いていたので逮捕しましたと報告した。それを聞いて、持ちものはもちろん体の一部まで売買されるようになったのかと考えて、将軍はまたしても力を落とした。

「もはや死人として扱われているわけか」

　モリナーレス夫人は将軍の言葉を聞きとろうとして、揺り椅子をゲームテーブルのそばに近付けた。

「いいえ、正当な扱いですわ、聖人とみなされているんですもの」

「なるほど。そういうことなら、その罪のないあわれな女を釈放してやってくれ」

　将軍はもう本を読むことはなかった。手紙を書かなければならないときは、フェルナンドにおおまかな指示を与えるだけで、少しばかり手直しをするところがあっても、目を通そうとしなかった。午前中はバルコニーから人気のない砂地の街路をぼんやり眺めていた。そこに水を運ぶラバが通りかかったり、陽気でずうずうしい黒人女が、日に当たって色の変わった*モハーラという魚を売っていたり、十一時きっかりに子供たちが学校から飛び出してきたり、あちこちに繕いあとのあるぼろぼろの僧衣を着た主任司祭が教会の柱廊玄関から将軍に祝福を与え、燃暑の中に溶けるように姿を消して行くのが見えた。ほかの者が昼寝をしている午後一時に外出し、腐った水の流れている水路沿いに歩いて行った。市場のまわりにいたハゲワシが人影に怯えて飛び立った。平服を着ていたし、幽霊のように病み衰えていても、中には将軍と気が付くものがいた。将軍はその人たちに挨拶しながら、選抜兵のいる兵営まで足を延ばした。兵営といっても、川沿いにある港の正面に建てられた土壁の倉庫だった。なにもすることがないので、兵士たちの士気が低下しているのではないかと心配していたのだ。兵営の中は散らかり放題に散らかり、鼻をつまみたくなるような悪臭が立ちこめていたので、これは相当ひどいことになっているなと考えた。けれども、午後のいちばん暑い時間だったせいでうつけたようになっている軍曹から話を聞いて、自分の誤りに気が付いた。

「われわれの悩みは士気ではありません、閣下」と軍曹は言った。「淋病なのです」

それを聞いて、なるほどと思い当たった。あの地方の医師たちは気休めの浣腸や乳糖の緩和剤でいいかげんな治療をしていたが、とうとう万策つきて、軍の首脳部に泣きついた。しかし、首脳部のほうでもどう対処していいか分からなかった。町じゅうの人が淋病のことを知っていて、戦々恐々としていた。かつて輝かしい栄光に包まれていた共和国の軍隊も、今では厄病神のように恐れられていた。将軍はべつに驚きもせず、完全隔離するように命じて、その問題を片付けた。

情報がまったく入ってこず、絶望感に襲われはじめた頃に、サンタ・マルタから馬でやってきた伝令が、「問題の人物はこちらの手中にあり、種々の手続きもうまく行っております」というモンティーリャ将軍からの謎めいた伝言を伝えた。伝言は意味不明で、しかも伝令を飛ばすというこれまでにないやり方をしたので、将軍は、これはてっきりきわめて重要な問題が持ち上がったにちがいないと考えた。ほかのものは誰もそんなふうに考えていなかったが、将軍はリオアーチャの戦いが歴史上もっとも重要な戦いになるはずだと考えていたので、おそらくその戦闘と伝言を結びつけたのだろう。

スペインの植民地支配を脱するために陰謀を企てたばかりの頃は、通信に暗号文を用いて、それが効を奏した。けれどもその後誕生した政府が怠慢だったために、いつの間にかその方法がとられなくなった。以来、軍部の通信や報告書については機密保持のために、内容が読み取れないような入り組んだ分かりにくい文章を用いるのが普通になった。将軍は以前から軍人たちがいつ自分を欺くか分かったものではないと考えていたし、モンティーリャも同じ考えに立っていた。

そのために、あの謎めいた伝言がますます重要なものに思えはじめ、将軍は不安のあまり、いても立ってもいられなくなった。そこで、この町の市場では新鮮な果物や野菜、辛口のシェリー、ビールなどが手に入らないので、サンタ・マルタの市場へ買いに行くというもっともらしい口実をもうけて、ホセ・パラシオスを向こうに行かせた。

むろん、その真意は伝言の本当の意味を聞き出すことにあった。答えはいたって単純だった。モンティーリャは、ミランダ・リンゼイの夫の身柄がオンダの牢からカルタヘーナの牢に移され、恩赦を受けるのは時間の問題だということを伝えたかったのだ。あまりにも簡単に謎が解けたので、将軍はすっかり気落ちしてしまい、ジャマイカで自分の命を救ってくれた人に恩返しできたことを喜ぶ気持にもなれなかった。

十一月初旬にサンタ・マルタの司教が自ら筆をとって、将軍宛てに手紙を書いてきた。手紙には、先週ラ・シエナガ周辺の住民がリオアーチャを支援して反乱を起こそうとしたが、神の使徒である自分が仲介役を買って出て、いきり立っている住民をなだめたと記してあった。将軍はさっそく自筆で礼状を書き、モンティーリャにも礼状を書くように頼んだ。しかし、司教がその機をとらえて、負債を早急に清算していただきたいと言ってきたのが、将軍の癇にさわった。

これまでも将軍とエステーベス司教の仲はつねにぎくしゃくしていた。良き牧人、つまり聖職者として司教杖を手にしてはいたが、司教は根っからの政治家だった。しかし、頭が悪く、大陸統合案に反対しており、将軍の抱いている政治思想をことごとく敵視していた。〈すばらしき議会〉で副議長をつとめたときに、スクレを権力の座に近付けないことが自分に課せられた真の使命であると考えるようになった。新政府の指導者を選ぶ選挙はもちろん、ベネズエラとの紛争をおさめ、友好協定を結ぶべくスクレに同行したときも、実際的な効果を度外視し、ひたすら悪意の権化《ごんげ》と化して行動した。将軍は四時の軽食の時間に訪れてきたモリナーレス夫妻を、いかにも将軍らしい予言的な言葉で迎えたが、司教と仲の悪いことを知っている夫妻はべつに驚かなかった。

「司教の働きによって革命が収拾されるような国で子供が育てば、将来どんな人間になるか知れたものではありませんよ」

モリナーレス夫人は穏やかではあるが、きっぱりした口調で反論した。

「たとえ将軍のおっしゃることが正しいとしても、そんなふうに考えたくはありません。私どもは昔気質《かたぎ》のカトリック教徒ですから」

将軍も負けじと言い返した。

「あなたのほうが司教よりもずっと信仰心がおありです。なにしろ司教がラ・シエナガの住民をなだめたのは、神を愛しているからではなく、カルタヘーナと戦うために教区民を結束させようと考えたからなのです」

「この町の住民もカルタヘーナの暴政には憤りを感じています」とモリナーレスが言った。

「それはよく分かっています」と将軍は言った。「なにしろ、コロンビア人は一人一人が一国一城の主《あるじ》ですから」

ソレダーの町にいるとき、将軍はモンティーリャに、船酔いになって胆汁を散らしたいので、サバニーリャの近くの港に軽走船をまわしてもらいたいと頼んでおいた。エルベルス准将の共同経営者で、共和主義者のスペイン人ドン・ホアキン・デ・ミエルが、マグダレーナ河で短期の操業をしている蒸汽船があるので、それをまわしましょうと約束した。モンティーリャがその言葉を真に受けたために、いつまで待っても船に乗れなかった。船が来そうになかったので、十一月中旬にモンティーリャは前もって連絡もせずにサンタ・マルタに到着したイギリス商船をそちらにまわした。その話を聞いた将軍は、すぐにこの機会を利用して国を出て行くと言った。「ここで死にたくない。どこでもいいからほかの土地へ行こう」と言ったあと、海に面した花の咲き乱れるバルコニーから水平線をじっと見つめ、将軍が現われるのを待っているカミーユの姿が予兆のように目に浮かんだので、体をふるわせ、溜息をつきながらこうつぶやいた。

「ジャマイカの人たちは私を愛してくれている」

将軍はホセ・パラシオスに荷物をまとめるように指示し、自分は夜遅くまでかかってどうしても持って行かなければならない大切な書類をかき集めた。ひどく疲れたので、三時間ぐっすり眠った。夜が明けたときにはすでに目を覚ましていた。ホセ・パラシオスが聖人の祝日をとなえるのを聞いて、ようやく自分のいる場所がどこか分かったようだった。

「サンタ・マルタにいる夢を見ていたんだ」と将軍は言った。「とても清潔な町で、同じような白壁の家が建ち並んでいるんだ。山のせいで海は見えなかったな」

「でしたら、サンタ・マルタではなく」とホセ・パラシオスは言った。「カラカスでしょう」

将軍がそんな夢を見たということは、ジャマイカ行きが中止になったな、とホセ・パラシオスは考えた。フェルナンドが朝早くから港へ行き、旅行の細部を詰めて帰ってきたとき、叔父の将軍はウィルソンに手紙を口述筆記させているところだった。その手紙で将軍は前政府のパスポートは無効になっているので、国外へ出るために新しいパスポートを作ってもらいたいとウルダネータに依頼していた。これを見て、なるほど、旅行は中止ということか、とフェルナンドは思った。

その朝、リオアーチャ攻撃のための作戦行動が始まったというニュースが届いた。将軍が旅行を取りやめた本当の理由はそれにちがいないという点でみんなの意見は一致した。しかしその作戦行動によって、事態はさらに悪化することになった。太平洋と大西洋にはさまれた祖国はばらばらに解体し、内乱の亡霊が廃墟と化した国土の上を荒れ狂っていた。厳しい状況に追い込まれて、そこから逃げ出すのは、将軍にしてみれば死ぬよりも辛いことだった。「リオアーチャを救うためなら、どれほど大きな犠牲をはらってもいい」と言った。病気の治療をあきらめていたガステルボンド博士は、病人の心労のほうをより気遣っていた。将軍を傷つけることなく、ずばり真実をつけるのは博士しかいなかった。

「われわれの世界は崩壊の危機に瀕し、あなたはリオアーチャにひどくこだわっておられる」と博士は言った。「まさかこんなことになるとは夢にも思いませんでしたね」

将軍はすかさずこう答え返した。

「世界の命運はリオアーチャにかかっているんだ」

将軍は本当にそう信じていた。予定ではすでにマラカイボを占領しているはずなのに、じっさいには勝利がどんどん遠のいて行くという状況にあったので、将軍は焦りの色を濃くしていた。黄昏がトパーズ色に染まる十二月が近付いてくるにつれて、リオアーチャと沿岸全体が敵の手に落ち、さらにベネズエラが遠征軍を組織して将軍の夢を跡形もなく消し去ってしまうのではないかという恐れが出てきた。

先週あたりから気候が変化しはじめた。それまでうっとうしい雨が降り続いていたのに、急に空が晴れ渡り、夜になると星がきらめくようになった。将軍は驚くべき自然の変化にまったく関心を示さず、ハンモックに横になってもの思いにふけったり、自分を待ち受けている運命を忘れるために部屋でカードをしたりしていた。しばらくして、海からバラの薫りのする突風が吹き寄せ、手にもったカードを吹き散らし、窓のかんぬきをふっ飛ばした。時ならず願ってもない季節の到来を告げる風が吹いたので、ひどく興奮したモリナーレス夫人が思わず、「十二月ですわ」と叫んだ。家が風に吹き飛ばされてはいけないと、ウィルソンとホセ・ラウレンシオ・シルバがあわてて窓を閉めた。将軍だけが一人なにごとか考え込んでいた。

「もう十二月だというのに、事態は少しも変わっていない」と言った。「役に立たない将軍よりはできの悪い軍曹のほうがまだ使い道があるというが、たしかにその通りだな」

さらにカードを続けたが、勝負の途中でカードを横に置き、ホセ・ラウレンシオ・シルバに旅行の用意をするように言いつけた。それまでに二回も船から荷物を下ろしたウィルソン大佐が戸惑ったような表情を浮かべた。

「船はもう出てしまいましたが」

将軍は知っていた。「あの船はだめだ。わが軍の名だたる将軍たちが発奮して勝利をおさめるよう、リオアーチャへ行こう」テーブルから立ち上がる前に、将軍は主人夫妻に弁明しておかなければならないと考えた。

「もはや戦争をする必要はないのですが」と将軍は夫妻に言った。「これは名誉にかかわる問題なのです」

こうして将軍は十二月一日午前八時に、ホアキン・デ・ミエル氏が御自由にお使い下さいといって差しまわしてくれた二本マストの小型帆船マヌエル号に乗り込んだ。胆汁を散らすために船を走らせて、サン・ペドロ・アレハンドリーノ製糖工場で転地療養し、いろいろな病気や数知れぬ心労を取りのぞいたあと、ふたたびアメリカの解放にのり出すためにそのまま一気にリオアーチャにむかうことにした。ホセ・マリーア・カレーニョ将軍とともに小型帆船に乗り込んでやってきたマリアーノ・モンティーリャ将軍は、アメリカ合衆国の海軍快速船グランパス号に、マヌエル号を護衛させることにした。そのフリゲート艦には大砲が装備してあり、しかも腕のいい外科医ナイト博士が乗り込んでいた。けれども、将軍の憔悴しきった顔を見て、モンティーリャは不安に駆られ、ナイト博士の意見を聞くだけでなく、ガステルボンド博士にも尋ねてみた。

「今の状態ではとても大西洋横断には耐えられないでしょうね」とガステルボンド博士が言った。「ですが、ここで暮すよりは、船旅に出られるほうがいいですよ」

ラ・シエナガ・グランデの水路は流れがゆるやかで、むせ返るように暑く、息の詰まりそうな水蒸気が立ちのぼっていた。さいわいその年は例年よりも早く北の*貿易風が吹きはじめたので、それに乗って外洋に出た。四角い帆を張った二本マストの小型帆船は手入れがよく行き届き、将軍のために船室も用意してあった。中は清潔で、乗り心地がよかったし、いかにも楽しそうに水の上を走っていた。

将軍は上機嫌で船に乗り込み、広大なマグダレーナ河の河口を見ようと甲板に残った。河の泥水は何レグアも先まで海を灰色に染めていた。コーデュロイの古いズボンにアンデス地方の縁なし帽、快速船の船長から贈られた英国海軍の上着を着ていた。明るい陽射しを浴びて汐風に吹かれている様子は、とても元気そうに見えた。乗組員は、将軍の栄誉をたたえるために巨大なサメを仕留めた。その腹の中にいろいろながらくたにまじって乗馬用の拍車が見つかった。まるで観光客のようにはしゃいでいた将軍は、そのうちに疲れが出てきて、口数が少なくなった。ホセ・パラシオスを目顔で呼び寄せ、耳元でささやいた。

「今頃、パパ・モリナーレスはマットレスを焼き、スプーンを地中に埋めているだろうな」

　正午頃に、ラ・シエナガ・グランデの前を通過した。濁った水が茫漠と広がっているそのあたりには、空を埋め尽くすほどの鳥が群がり、金色のモハーラの群に襲いかかっていた。沼沢地《シエナガ》と海との間に硝石*の平原が広がっており、そのあたりは光がほかの土地よりも透明で、大気も澄み切っていた。中庭に魚を獲る道具が干してある漁村がいくつかあった。そしてそのむこうには、昼間に幽霊が出没したためにフンボルトの弟子たちが自分の学問に疑問を抱くようになったと言われる神秘的なラ・シエナガの町があり、また、ラ・シエナガ・グランデの対岸には、万年雪をいただいたネバダ山脈*の高峰がそびえていた。

　二本マストの小型帆船は帆をいっぱいに張り、水の上を静かに、いかにも楽しそうに走っていた。船足は速く、揺れもなかったので、将軍が期待していた胆汁を散らしてくれる船酔いがなかなか訪れてこなかった。けれども、前方に山の支脈が海に突き出したところがあり、そこを過ぎると、急に波が荒くなり、風も強くなった。将軍はわくわくしながらその様子を見守っていた。頭上で輪を描いている猛禽類を見ているうちに、世界がぐるぐるまわりはじめた。冷や汗でシャツがぐっしょり濡れ、目に涙が浮かんでいた。体が羽のように軽くなっていて、波がくればたちまちさらわれる危険があったので、モンティーリャとウィルソンが将軍の体を支えた。夕方になって、サンタ・マルタの波の静かな湾に入ったときは、もう胃の中がからっぽで、もどすものなどなにも残っていなかった。将軍は憔悴し切った体を船長の簡易ベッドに横たえていた。その顔にはとうとう念願を果たしたといわんばかりの晴れやかな表情が浮かんでいた。モンティーリャは、将軍があまりにも衰弱しているのに驚き、下船させる前にナイト博士を呼んで、もう一度診察してもらった。医師は、手輿にのせて下船させるほうがいいでしょうと言った。

サンタ・マルタの人間は公的な匂いのするものにはまったく関心を示さなかった。だが桟橋に出迎えの人が少なかった理由はほかにもあった。サンタ・マルタの町はいくら言っても共和制に賛同しようとしなかった。ボヤカーの戦いで独立を達成したあとも、副王サマノはこの町に逃げ込んで、スペインから援軍が来るのを待っていた。将軍自身も何度か解放しようと試み、けっきょくモンティーリャが、共和制の基礎が固まったあとでこの町を解放した。王党派の連中が恨みを抱いていただけでなく、町じゅうの人間が、中央政府に目をかけられているという理由でカルタヘーナを目の仇にしていた。将軍もやはりカルタヘーナの町を愛しており、そのために知らないうちにサンタ・マルタの住民から嫌われることになった。くわえて、ホセ・プルデンシオ・パディーリャ提督はピアル将軍と同じ白人と黒人の混血で、しかもあまりにも高い望みを抱いたために略式裁判で死刑を宣告された。それゆえ将軍はもっとも忠実な部下だけでなく、サンタ・マルタの住民からも反発を買った。さらに、パディーリャに死刑宣告を下した軍法会議で議長をつとめたウルダネータが政権を握った。これがいっそう住民の反感をあおり立てることになった。そのせいで大聖堂の鐘が鳴らされなかったが、思わぬ出来事に、町を訪れた彼らはいぶかしく思った。また、武器庫の火薬がしめっていたので、モーロ要塞での礼砲も中止された。大聖堂の側壁に炭で、「ホセ・プルデンシオ万歳！」と書いてあったのが将軍の目につかないようにと、ほんの少し前まで兵隊たちが懸命になって消していた。将軍の一行が町を訪問するという公示を見ても、港で待っていたわずかな人たちはべつに喜んだりしなかったばかりか、公示に名前の出ている名士連のなかで、もっとも著名で重要な人物だったエステーベス司教の姿が見えないことを、人々は残念に思っていた。

長寿を保ったドン・ホアキン・デ・ミエルは、日が暮れたばかりのむせ返るように暑い時刻に、輿にのって船から下ろされたあのぞっとするような生き物のことを死ぬ間際まで覚えていた。その生き物は毛布にくるまれ、ふたつ重ねてかぶった縁なし帽子を眉のところまでおろしていた。とても生きているように見えなかった。しかし、それ以上につよく印象に残ったのは、手が燃えるように熱く、息遣いが苦しそうだったにもかかわらず、信じられないほど身軽に輿から降りてみんなに挨拶したことだった。副官に支えられてどうにか立っていた将軍は、その場に居合わせた人たち一人一人の肩書と名前をちゃんと覚えていた。抱きかかえられるようにして二人乗りの四輪馬車に乗せられたあと、座席に身を投げ出すようにして座ると、背もたれに力なく頭をもたせかけた。けれども、目だけは開けていて、窓ごしにもはや二度と目にすることがないはずの人々の暮らしぶりをじっと見つめていた。

将軍が滞在することになっていた古い税関の建物は並木道をはさんだむかい側にあったので、馬車の列はそこまで走った。時刻は夜の八時前だった。水曜日だったが、十二月の到来を告げる最初の風が吹いたので、町の散歩道には土曜日のような雰囲気が漂っていた。街路は広くて汚れていた。バルコニーが切れ目なしに続いている粗石を積んだ家々は、ほかの町よりも保存がよかった。どの家も歩道にテーブルや椅子をもち出して腰をかけていた。中には道の真中で客を迎えている人もいた。木々の間を無数のホタルが飛び交っており、その燐光を思わせるきらめく光は街灯よりも明るくあたりを照らしていた。

二百九十九年前に建てられた古い税関の建物は国内でもいちばん古い建造物で、最近になってようやく修復されたばかりだった。湾内が一望のもとに見渡せる三階の寝室が将軍にあてられた。けれども将軍はハンモックを吊るす金輪のついている唯一の部屋である大広間でほとんどの時間を過ごした。その部屋には、彫刻を施した雑な造りの大きなマホガニーのテーブルが置いてあった。十六日後に将軍の遺体がその上に載せられて通夜が営まれることになる。遺体には防腐処理が施され、軍人としての階級にふさわしく青いカザックが着せられていた。だが誰かが葬儀のどさくさにまぎれてひきちぎったのか、八個の純金のボタンはついていなかった。

どうやら将軍だけが自分の死期の近いことに気付いていなかったらしい。モンティーリャ将軍が、夜の九時に大至急呼び寄せたフランス人の医師アレクサンドル・プロスペル・レヴェラン博士は、脈をとるまでもなく、死が何年も前から将軍に近付きつつあったことをひと目で見抜いた。首がだるく、胸部が収縮し、顔が黄変しているのを見て、いちばんの原因は肺を侵されているせいだと考えた。その後何日か続けて診察して、自分の見立てに確信を得た。医師はスペイン語とフランス語をまじえて二人きりで予診をしたときに、患者がおどろくほど巧妙に病気の徴候をごまかし、苦痛をまぬかれていることを見てとった。そして診察の間、残された力をふり絞って咳と痰をこらえていることに気付いた。詳しく診察して、やはり最初の診断どおりだと考えた。この夜に書いた診断書から、以後十五日間に書いた三十三通の診断書において、医師は、肉体的な衰弱と同様、精神的な苦痛もきわめて顕著であると記している。

三十四歳のレヴェラン博士は自信にあふれた教養人で、服装もなかなか凝っていた。彼は王政復古でブルボン家がフランス国王の座に就いたのに失望して、六年前に新大陸にやってきた。博士は正確で美しいスペイン語を使えたが、将軍は自分のフランス語の力をためすいい機会だと考えて、フランス語でしゃべることにした。医師は途中で口をはさんだ。

「閣下のフランス語にはパリのアクセントが感じられますね」

「ヴィヴィアンヌ街で暮していたんだが」と将軍は勢いこんで言った。「どうして分かるんだね？」

「自慢じゃありませんが、アクセントを聞いただけで、パリのどのあたりで育ったかまで言い当てられますよ」と医師が言った。「もっともわたし自身はノルマンディの片田舎で生まれ、大きくなるまでそこで育ったんですが」

「あのあたりはチーズがいいんだが、ブドウ酒がどうもな」と将軍が言った。

「わたしどもの健康の秘訣はそこにあるんです」と医師が答えた。

医師は将軍の子供っぽい心を巧みにくすぐって信頼を勝ちえた。また、新しい薬を処方するかわりに、咳をしずめるためにガステルボンド博士が作ったシロップをスプーンで手ずから飲ませ、さらに眠りたいと言ったので、鎮静剤を与えた。そのやり方が効を奏して、将軍からいっそう信頼されるようになった。睡眠薬が効きはじめるまでのあいだ、医師は将軍を相手にとりとめのない会話を交わし、頃あいを見て、そっと部屋を抜け出した。モンティーリャ将軍は、将校たちといっしょに家まで送っていったときに医師が、いつなん時容態《ようだい》が急変するか分からないので、服を着たまま寝ることにしますというのを聞いてびっくりした。

その週に何度か話し合ったレヴェランとナイトの見立ては一致しなかった。レヴェランは最初に風邪を引いたのを、じゅうぶんに手当てしなかったために、肺が侵されたのだと考えていた。一方、ナイト博士のほうは、肌の色と夕方になると発熱することから考えて、慢性のマラリアにちがいないと診断を下した。いずれにしても、将軍が重病であるという点で二人の意見は一致していた。自分たちの診断が食いちがっているので、ほかの医師たちの意見も聞こうとした。だが、サンタ・マルタの三人の医師とほかの地方医たちは呼ばれても、姿を見せなかった。レヴェラン博士とナイト博士は相談のうえ、風邪ひきのときに用いる咳止め用の*バルサム薬剤とマラリア患者用のキニーネを用いて治療を行うことにした。

将軍が医師たちに隠れてこっそりロバの乳を飲んだために、その週末には容態がさらに悪化した。母親は昔、温めたロバの乳に蜂蜜をまぜたものを飲んでいた。子供の頃咳が出ると、母親は将軍にも同じものを飲ませた。けれども、古い子供時代の思い出と分かちがたく結びついているバルサム香のするあの味のせいで、胆汁の具合がおかしくなり、体調が悪くなった。将軍の衰弱ぶりがひどかったので、ナイト博士は旅行の予定を早め、ジャマイカから専門医を一人送り込んだ。さらに、当時としては信じられないほど短時間のうちに、ありとあらゆる医療器具と薬をもたせて二人の医師を派遣した。だが、そのときはもうすでに手遅れだった。

死病に侵され、ひどく病み衰えていた将軍は、なに、少し体調を崩しているだけだと言って、気力のほうは衰えを見せなかった。夜になると、ハンモックに横たわり、モーロ要塞のくるくるまわっている灯台の明かりをじっと見つめていた。地上でいちばん美しいと信じている湾内の素晴らしい夜景にじっと目をこらし、苦痛が襲ってきても、人に気取《けど》られまいとして呻き声ひとつあげなかった。

「外を見つめすぎたせいで、目が痛くて仕方ない」とよくこぼしたものだった。

日中は忙しそうに用件を片付け、つとめて以前と変わらないように振る舞っていた。イバーラやウィルソンを呼びつけたり、もう口述筆記をするだけの忍耐力も残っていなかったので、いつもそばに付いているフェルナンドに指示を与えて手紙を書かせた。ホセ・パラシオスは醒めた目で主人の様子を見守っていたせいか、あんなに事を急いでいるのはきっと死期が近いせいにちがいないと考えていた。現在サンタ・マルタにいない人間も含めて、側近たちの行く末を考えて将軍はいろいろ手を打っていたのだ。以前秘書をしていたホセ・サンターナ将軍とは一度大喧嘩したことがあるが、それを水に流して新婚早々の彼が新しい人生の第一歩を歩み出すことができるように、海外で勤務できる仕事を見つけてやった。かねがね心根がいいと褒めていたホセ・マリーア・カレーニョ将軍は、将来性のある地位につけてもらった。のちに彼はベネズエラの大統領になる。また、アンドレス・イバーラとホセ・ラウレンシオ・シルバについては、将来定期的に俸給を受け取ることができるように、ウルダネータに頼んで長年軍務に服したという証明書を出してもらうことにした。その後シルバは、自国の最高司令官と陸海軍長官をつとめた。晩年は、やはり恐れていたとおり白内障で目が見えなくなり、八十二歳で亡くなるまで、体中についた傷跡を見せることでようやく手に入れた傷痍軍人の年金で生計を立てた。

ペドロ・ブリセーニョにもう一度ヌエバ・グラナダにもどって、陸軍大臣になるよう説得しようとした。だが、時が将軍を待ってくれなかった。甥にあたるフェルナンドは、形見分けのかわりに将来性のある行政職につけるようにはからった。ディエゴ・イバーラ将軍は将軍についた最初の副官で、私的な場ではもちろん、公的な場でも親しく口をきくことのできる数少ない人物の一人だった彼には、ベネズエラよりもどこかほかの土地へ行ったほうがかえって大切にされるだろうと忠告した。過去の経緯からフスト・ブリセーニョにはまだ腹を立てていたが、死の床にあるとき、後生だから彼にも援助の手を差しのべてやってくれと頼んでいる。

将校たちはおそらく、将軍のそうした気配りがやがて自分たちの運命をひとつに結び合わせることになるとは夢にも思わなかったにちがいない。というのも、彼らは否応なく残された人生をともに生きることになったばかりでなく、五年後にふたたびベネズエラで戦うという皮肉な運命に見舞われることになった。つまり、ボリーバルの抱いていた大陸統合の夢を実現すべく、軍隊を動かして大ばくちを打ったペドロ・カルーホ司令官とともに立ち上がったのだ。

将軍がそういうことをしたのは政治的な駆け引きではなく、自分が死んだあと、部下たちがどうなるか、その行く末を案じてのことだった。ウルダネータに宛てた手紙をウィルソンに口述筆記させたときに、「リオアーチャ攻撃は失敗です」と驚くべきことを口にした。そのひと言でウィルソンは将軍の考えを読み取った。その日の午後、なにを言い出すか分からないエステーベス司教から短い手紙を受け取った。サンタ・マルタとリオアーチャがそれぞれ州として認められるよう、将軍から中央政府に働きかけていただきたい、そうすれば長年にわたるカルタへーナとの確執がなくなるはずですと書いてあった。ホセ・ラウレンシオ・シルバがその手紙を読み終えると、将軍はいかにも落胆したような表情を浮かべた。「コロンビア人が考えることといえば、分離することだけだ」とシルバに言った。それから出すのが遅れていた返事をフェルナンドに書きとらせたときには、以前にもまして不機嫌になっていた。

「返事など出さなくていい。連中は私に重い責任をおっかぶせて、自分たちは好きなことをしようとしているんだから、ほっておけばいい」

将軍はつねづね気候のちがう土地へ行きたいと言っていた。今ではそれが気違いじみたものになっていた。むしむしするときは、もっとからりとしていればいいのにと言い、寒くなると、暖かいほうがまだましだ、とだだをこね、山岳地方にいると、海のほうがいい、とむりを言った。そのせいでいっそう落ち着きがなくなり、窓を開けて、風を入れてくれと言ったかとおもうと、もう一度閉めるように言い、光が背になるよう安楽椅子の位置を変えるように命じたあと、いや、ここじゃない、もっとむこうだと注文をつけた。どうやら、残された力をふり絞ってハンモックを揺すっているときだけ、気が休まるようだった。

サンタ・マルタでは、少し落ち着きを取り戻して、デ・ミエル氏の別荘へ行きたいと漏らした。それを聞いたレヴェラン博士は真っ先に賛成した。けれども、内心では、衰弱がはなはだしいので、おそらくこれが最後の願いになって、こちらに戻ってくることはないだろうと考えていた。出発の前夜、将軍はある友人に宛てた手紙の中でこう記した。「よくもってあとふた月、間もなく私は死ぬでしょう」ふだんから自分は死ぬかもしれないというようなことはめったに口にしなかったし、晩年はなおさら言わなかったので、この手紙のことを知った人たちは、いよいよそのときが来たかと覚悟を決めた。

サンタ・マルタから一レグアほど離れたところにある、ネバダ山脈の懐に抱かれたラ・フロリダ・デ・サン・ペドロ・アレハンドリーノというのはさとうきび農園で、黒砂糖を作る製糖工場があった。デ・ミエル氏の二人乗り馬車に乗って、将軍がほこりっぽい道を別荘にむかった十日後には、遺体となった将軍が、高地の人たちが使う毛布にくるまれ、牛の引く荷車に乗せられて同じ道を逆にたどることになった。別荘が見えるずっと手前から、風にのって熱い糖蜜の匂いが漂ってきた。その匂いを嗅いだとたんに、言いようのない孤独感がこみ上げてきた。

「サン・マテオと同じ匂いだ」と溜息まじりにつぶやいた。

カラカスから二十四レグア離れたところにあるサン・マテオ製糖所は将軍にとって悲しい思い出の土地だった。そこで三歳のときに父を亡くし、九歳のときに母を失い、二十歳のときに妻に先立たれた。スペインで結婚式を挙げたその相手は、遠縁にあたる白人の貴族階級の美しい娘だった。当時の将軍は、サン・マテオ製糖所に生きる人々の支配者、農場主として巨万の富をさらに大きくふやす一方、妻とともに幸せな人生を送ることだけを考えていた。妻は挙式から八カ月後に亡くなった。悪性の熱病によるものか、家庭内の事故によるものか確かなことはついに知られていない。妻の死を機に、将軍は新しく生まれ変わった。というのも、それまでは植民地社会の御曹司として世俗的な快楽だけに目をむけ、政治には一切関心を示さなかった将軍が、妻の死後は別人のようになり、それは終生変わらなかったからである。以後、亡くなった妻のことは一切口にせず、思い出すこともなければ、再婚も考えなかった。将軍は最後まで、毎晩のようにサン・マテオの屋敷を夢に見た。そこにはよく父親、母親、それに兄や姉が出てきた。だが妻の夢だけは一度も見なかった。将軍自身は、妻を亡くしたあとも生き続けて行かなければならず、そのために妻の思い出を心の奥底にある忘却の淵に沈めるという荒っぽい手段に訴えたのだ。サン・ペドロ・アレハンドリーノの黒砂糖の匂い、圧搾機を使って仕事をしている冷やかで無表情な奴隷たち、将軍を迎えるために白いペンキを塗ったばかりの家、過ぎ去った昔を思い出させる製糖工場、避けることのできない運命の手で間もなく死の世界に連れ去られることになっていた将軍は、そうしたものを見たとたんに、長年封印してあった記憶が甦ったのか、こうつぶやいた。

「彼女はマリーア・テレサ・ロドリーゲス・デル・トーロ・イ・アライサという名前だったんだ」とだしぬけに言った。

ちょうどそのとき、デ・ミエル氏はほかのことに気を取られていた。

「どなたのことです?」と尋ねた。

「私の妻だった女性だ」と答えた将軍は、あわててこうつけ加えた。「頼むから今の話は忘れてくれ。昔の不幸な思い出なんだ」

それ以上なにも言わなかった。

あてがわれた寝室に入ったときも、やはり昔の記憶が甦ってきた。ひとつひとつの事物から啓示を受けてでもいるように、部屋の中を舐めまわすように見まわした。部屋には、天蓋のついたベッドのほかに、マホガニーの整理ダンス、大理石の天板のついた、これもマホガニー製のナイトテーブル、赤いビロードを張った安楽椅子が置いてあった。窓ぎわの壁には、ローマ数字で時間が表示してある八角形の時計がかかっていた。針は一時七分を指したまま止っていた。

「以前にも一度来たことがあるな」と将軍はつぶやいた。

ホセ・パラシオスが時計のネジを巻いて、正確な時間に合わせた。将軍はたとえ少しでも眠っておこうと考えて、ハンモックに横になった。そのときはじめて、窓を通して青くくっきりとネバダ山脈が見えるのに気が付いた。壁にかかった絵のような感じがした。そのうち、これまで使ったことのある部屋の記憶とまじり合ってしまった。

「自分の家がこんなに身近にあるように感じたのは初めてだ」

サン・ペドロ・アレハンドリーノで迎えた最初の夜はぐっすり眠れた。おかげで、次の日は病気がすっかり良くなったような気がして、圧搾機のあたりを歩きまわったり、血統のいい牛に感嘆の声をあげたり、蜂蜜を舐めたり、製糖技術に関する該博な知識を披露して、まわりのものをびっくりさせるほどまでになった。将軍が元気になったのに驚いたモンティーリャ将軍は、レヴェラン博士に本当のことを教えてもらいたいと詰め寄った。医師は、これは死期を間近にひかえた人によくあることです、よくもってあと数日、ひょっとすると数時間かも知れません、と説明した。その話にショックを受けたモンティーリャは拳で思い切り壁をなぐりつけ、おかげで手に怪我をした。これからはもう以前と同じように生きては行けないだろう、と考えた。将軍に対してこれまで何度も嘘をついてきた。それは善意から出たものか、ちょっとした政治上の理由があったからにほかならなかった。その日から彼は、将軍に対する思い遣りから嘘をつくようになったし、将軍と会う人たちにもそうするように言ってきかせた。

政府に敵対する行動をとったという理由で、ベネズエラから追放された八人の高級将校がその週にサンタ・マルタにやってきた。その中には、ニコラス・シルバ、トリニダー・ポルトカレーロ、フリアン・インファンテといった解放戦争時代に武勲を立てた著名な将校も含まれていた。モンティーリャは彼らに、将軍の死が間近に迫っているので、悪いニュースは伝えないように、また重い病気が多少とも軽くなるかも知れないから、良いニュースはできるだけ大きくして伝えてもらいたいと頼んだ。将校たちは頼まれた以上に話をふくらませた。国内情勢が望ましい方向にむかっていると知らされて、将軍の目は昔の輝きを取りもどした。この一週間は一切話題にしなかったリオアーチャのことをふたたびもちだし、さらにベネズエラを早急に押さえれば、そこから新しい展望が開けるはずだと言った。

「もう一度一からやり直し、全体を正しく方向づけるには今をおいてほかにない」と言い、揺るぎない確信をこめてこう結んだ。「私がもう一度アラグア渓谷の土を踏めば、ベネズエラの国民はこぞって立ち上がり、味方についてくれるだろう」

ある日の午後、将軍はベネズエラからやってきた将校たちを前にして新しい戦略について説明した。彼らは内心将軍に同情しながらも、熱意をこめて、私どもも微力ながら力を尽くさせていただきますと約束した。それから彼らは、みんなで力を合わせて一からもう一度やり直し、今度こそ長年の夢である巨大な連合国家を再建するんだとぶち上げる将軍の話に一晩じゅう付き合わされた。将校たちは、まるで狂人のたわ言のように思って、驚きあきれていた。モンティーリャがそんな彼らに言って聞かせた。

「カサコイマでも同じことがあったが」と彼は将校たちに言った。「あのときのことを忘れてはいないだろう」

一八一七年七月四日のことは誰一人忘れていなかった。あの日、無防備な彼らに奇襲をかけようとしていたスペイン軍から逃れるために、将軍はブリセーニョ・メンデスを含むわずかばかりの将校たちとともにカサコイマの湖に首までつかって一夜を明かす羽目になった。半裸姿で、熱のためにがたがた震えていた。そのとき突然、これからの計画について、大声で一語一語区切るようにして説明しはじめたのだ。まずアンゴストゥーラを攻略し、アンデス山脈を越えてヌエバ・グラナダを、ついでベネズエラを解放してコロンビアを作り、最後に南部の広大な地域をペルーまで征服するというものだった。「そのときはチンボラーソ*に登り、雪をいただいた山頂に、何世紀にもわたって自由で広大かつ統一のとれたアメリカの三色旗をうち立てるのだ」と結んだ。あの日、将軍の言葉を聞いた人たちもやはり、頭がどうかしたにちがいないと考えた。ところがその予言は五年と経たないうちに次々、言葉どおりに実現されていった。

しかし、サン・ペドロ・アレハンドリーノでの予言は不幸にして、死を目前にひかえた将軍の妄想で終ってしまった。最初の週はべつになにごともなく過ぎたが、そのあと待ち受けていたように激しい苦しみが襲ってきて、将軍をなぎ倒した。それまでに体がさらに縮み、ワイシャツの袖口を折り返し、コーデュロイのズボンも一インチ*ばかり縮めなければならなかった。夜は最初の三時間ほどしか眠れず、あとは咳き込んだり、妄想に悩まされたり、サンタ・マルタで始まり、以後だんだん執拗なものになってきたしつこいしゃっくりに苦しめられるようになった。午後は、ほかのものがうとうとまどろんでいる間、雪を頂いた山頂を窓越しに眺めながら痛みをまぎらした。

将軍は大西洋を四度横断し、広大な地域を馬で駆け巡って解放した。ほかの誰も真似ることのできない偉業であった。また当時としてはきわめて珍しいことに、遺言を一度も書いていなかった。「私には人に残すようなものはなにもないんだ」とつねづね言っていた。サンタ・フェで旅行の準備をしているときに、ペドロ・アルカンタラ・エラン将軍が、遺言を書くのは、旅行者の心得ですと説得した。将軍は冗談ではなく真面目な顔をして、今のところ死ぬ予定はないと答え返した。けれどもサン・ペドロ・アレハンドリーノでは自分のほうから、遺言と最後の声明の草稿を書いておくことにしようと言いだした。正気でそう言ったのか、苦しみのあまり口走った言葉なのかはついに分からなかった。

フェルナンドが病気だったので、将軍はホセ・ラウレンシオ・シルバに一連の覚え書きを口述筆記させた。自分の希望よりも失望を並べ立てたその覚え書きはいささかまとまりのないものだった。そこには、アメリカは統治することができない、革命に身命を捧げるというのは海を耕すようなものだ、この国は必然的に節度のない大衆の手に落ち、その後肌の色、民族を異にする一見それとは分からない小暴君の手に渡るだろうといった文章や、将軍がさまざまな友人に宛てて出した手紙の中に散見できる悲観的な考えが述べられていた。

まるで明晰なトランス状態におちいったように、将軍は咳き込むときもほとんど中断することなく何時間も口述を続けた。ホセ・ラウレンシオ・シルバは途中で音《ね》をあげた。アンドレス・イバーラは左手でむりをして書いていたせいで、そう長く書き続けることができなかった。書記や副官が投げ出したあとも、騎兵隊中尉のニコラス・マリアーノ・デ・パスだけが一人頑張り続け、見事な書体で将軍の言葉を一語も漏らさずに書きとめているうちに、紙が切れてしまった。もっと持って来るように言ったがひどく手間どったので寝室の壁に書き続け、そちらもほとんど書くところがなくなってしまった。将軍はひどくよろこんで、ロレンソ・カルカモ将軍が女性問題に決着をつけるために使った二挺の拳銃を中尉に贈った。

自分の遺体はベネズエラへ運ぶこと、所有していたナポレオンの二冊の本はカラカス大学に寄贈する、終生かわることなく仕えてくれたホセ・パラシオスには感謝の意味で八千ペソを贈ることにする、カルタヘーナのパヴァジョー氏のもとにあずけてある文書は焼却すること、ボリビア議会から贈られたメダルは返すこと、スクレ陸軍総監から贈られた宝石をちりばめた金のサーベルは陸軍総監の未亡人に返却すること、アロア鉱山を含む残りの財産は二人の姉と兄の子供たちに分配すること、以上が将軍の遺言だった。そのほかにはなにも残されていなかった。というのも、手持ちの財産の中から、まだ未払いになっている大小さまざまな負債を決済しなければならなかったし、その中には悪夢のように何度も甦ってくるランカスター教授に支払うべき二万*ドゥーロも含まれていた。

型どおりの条項の中にわざわざ例外をひとつ加え、そこでロバート・ウィルソン卿に対して、ご子息のみごとな働きぶりと忠誠心に心から感謝しておりますと述べていた。それ自体はべつに奇妙なことではなかった。ただ、将軍の命令でウルダネータ大統領の補佐役をつとめ、カルタヘーナから急いで駆けつけたものの、ついに将軍の死を看取ることができなかったオリアリー将軍についてひと言も触れていないのが、奇妙に思われた。

この二人の名前は、以後つねに将軍の名前と分かちがたく結び合わされることになる。ウィルソンはのちにリマでイギリスの代理大使をつとめ、さらにカラカスに移った。その間ずっと第一線に立って両国間の政治、および軍事問題を取り扱った。オリアリーはやがてキングストンに腰を落ち着けたのちサンタ・フェに行き、長年イギリスの領事をつとめることになった。五十一歳で亡くなった彼は、アメリカ大陸を代表する将軍のそばで生涯を送った人間として、三十四巻にのぼる厖大な証言を残している。彼は平穏で実り多い晩年を送り、それを次のように要約している。「解放者が死に、その偉業が潰えたあと、私はジャマイカに引きこもり、将軍の文書を整理し、証言を書くことに専念した」

　将軍が遺言を作成した日から、医師は知るかぎりの一時的な治療法をすべて試みた。足にからし軟膏を塗り、脊椎をマッサージし、全身に鎮痛用の軟膏を貼った。生まれつき便秘症だったので、速効性はあるが副作用のつよい浣腸を用いた。脳内出血の恐れがあったので、頭部の炎症をなくすために水泡を生じさせる治療を試みた。これは*カンタリスの膏薬を貼る治療法で、ツチハンミョウという昆虫を擦りつぶして皮膚に塗布すると、その個所に水泡ができて、体内にたまった薬がそこに吸収されるというものだった。レヴェラン博士は死に瀕している将軍の首筋に五カ所、ふくらはぎに一カ所、この膏薬を貼りつけた。それから一世紀半経ったのちも、多くの医者はあの炎症を起こさせる膏薬が将軍の死の直接の引き金になったと考えている。あの膏薬をつけると、排尿作用がおかしくなり、出したいと思っていないのに排尿するようになる。ついで、痛みを伴い、最後には出血し、膀胱の水分がなくなって骨盤に癒着してしまうのだが、レヴェランが検死解剖すると、やはりそうなっていた。

　将軍は嗅覚が大変鋭くなっていたので、炎症をおさえる塗布剤の匂いがしみついた医師と薬剤師アウグスト・トマシンはそばに近寄ることができなかった。その頃になると、オーデコロンをいつもより多めに部屋に撒くよう言いつけるようになった。想像の世界で風呂に入り、両手で髭をあたり、狂ったように歯を磨きつづけた。その様子は死の汚《けが》れから身を清めようとしているように思われた。

　十二月の二週目に、齢は若いがナポレオン軍の古強者《ふるつわもの》で、少し前まで将軍の副官をつとめていたルイ・プリュ・ド・ラクロワ大佐がサンタ・マルタに立ち寄った。彼は将軍を見舞ったあと、すぐにマヌエラ・サエンスに手紙を書いて実情を伝えた。その手紙を受け取るとマヌエラはさっそくサンタ・マルタにむかって旅立ったが、グアドゥアスまで来たところで、もう手遅れですと言われた。以後、彼女は人目に立つところに姿を現わさなくなった。目立たないように姿をくらまし、サンタ・フェの安全な場所に隠しておいた将軍の文書が入ったふたつの箱を管理することにした。数年後、彼女に言われて、ダニエル・オリアリーがそれらの箱を保管することになった。サンタンデール将軍は政権を掌握すると、まっさきに彼女を国外に追放した。マヌエラは怒りをこらえ、毅然たる態度で自分の運命を受け入れた。まずジャマイカに行き、そのあと悲しみをこらえてあちこちさまよったのち、世界中の捕鯨船が集まってくる太平洋に面したうす汚い港町パイタに腰を落ち着けた。そこで、馬車引きの喫う安タバコをふかしながら編みものをしたり、手の神経痛があまり痛まないときは、動物を象《かたど》ったお菓子を作り、それを船乗りたちに売ったりして、寂しさをまぎらした。夫のソーン博士は、リマ市内の空地で、持っていたわずかばかりの金を奪われたうえ、ナイフで刺し殺された。遺書の中で、彼は結婚したときに持参金としてマヌエラがもってきたのと同額の金を残していたが、その金はついに彼女の手に渡らなかった。人から忘れられたような生活を送っていた彼女のもとを、シモン・ロドリーゲス師とイタリアの愛国者ジュゼッペ・ガリバルディ*、それに小説家のハーマン・メルヴィルが訪れ、この三人の忘れ難い訪問客は彼女にとって大きな慰めになった。シモン・ロドリーゲスとは、灰燼に帰した栄光の空しさをともに味わった。ガリバルディはアルゼンチンのローサスの独裁制を相手に戦ったあと、帰国する途中に彼女を訪れ、ハーマン・メルヴィルは『白鯨』を書くために資料を収集しようと世界の海をめぐっているときに訪れた。かなりの齢になってから、腰骨を折り、ハンモックに横になるようになった。それ以来彼女は、カードで人の運勢を占ったり、恋に悩む人たちに忠告を与えたりしていた。五十九歳のときに、ペストにかかって死亡した。彼女の住んでいた小屋は防疫警察の手で将軍の貴重な文書とともに焼き払われた。その中には彼女に宛てた個人的な書簡も含まれていた。彼女がプリュ・ド・ラクロワに語ったところでは、将軍の思い出の品として手もとに残っているのは、ひと握りの前髪と手袋の片方だけとのことだった。

ラ・フロリダ・デ・サン・ペドロ・アレハンドリーノを訪れたプリュ・ド・ラクロワは、将軍の死が近いせいか、綱紀がひどく乱れていることに気が付いた。建物全体がなげやりな気分にひたされていた。将校たちは眠くなると、てんでに好き勝手な時間に眠った。神経がぴりぴりしていたせいか、あの温厚なホセ・ラウレンシオ・シルバでさえ、レヴェラン博士が静かにするようにと言ったときに、かっとなってサーベルを抜いたほどだった。思いもよらない時間に、いろいろな人から食事を作れと言われるので、辛抱強いフェルナンダ・バリーガも気力が萎《な》えてだんだん不機嫌になっていった。すっかり意気消沈した将校たちは昼夜の別なくカードをし、隣室で瀕死の病人が聞いているのもかまわず、大声でわめき立てていた。ある日の午後、将軍が熱にうかされて横になっているとき、誰かがテラスから大声で、半ダースの板に二百二十五本の釘、六百本のありふれた平頭ピン、五十本の金色の平頭ピン、マダポラン綿布*十バーラ、マニラ綿のリボン十バーラ、黒いリボン六バーラ、それだけでしめて十二ペソ二十三センターボもふっかけるとはどういうことだと大声でわめき立てていた。

そのわめき声が他の声を圧倒し、ついには農場全体に広がった。そのとき、レヴェラン博士は寝室でモンティーリャ将軍の骨折した手の包帯をとりかえていた。二人はそのわめき声を聞いて、うとうとまどろんではいるが意識だけははっきりしている将軍も、やはりあの計算をちゃんと聞いているにちがいないと考えた。モンティーリャは窓から顔をつき出すと、精いっぱい声を張り上げて叫んだ。

「静かにしろ、ばかもの！」

将軍は目をつむったまま口をはさんだ。

「ほうっておけ。誰がどういう計算をしているか、私はちゃんとこの耳で聞いているよ」

将軍はわめき声を聞いてすぐに、あの金は市当局が自分の葬儀を行うために何人かの人たちから集めた募金と屠り場と刑務所を建設するための基金から捻出した分を足した二百五十三ペソ七*レアル三クアルティーリョのうちの一部で、読み上げていた品物は柩と墓を作るために必要な材料にちがいないと察した。将軍がそう察していることに気付いたのはホセ・パラシオスだけだった。以後、ホセ・パラシオスはモンティーリャに命じられて、相手の位階、肩書にかかわりなく、またどれほど身分の高い人であろうと、一切寝室に入れないように目を光らせることにした。病人のことを考えてきわめて厳しい監視態勢を敷き、おかげでほかのものには将軍が生きているかどうかも分からなかった。

「最初からこんなふうにさせてもらっていたら、ご主人様はきっと百歳まで生きることができたでしょう」とホセ・パラシオスは言った。

フェルナンダ・バリーガが寝室に入ろうとした。

「天涯孤独の将軍は女性がたいそうお気に入りでしたわ。ですから、私のように齢をとって醜く、なんの取り柄もない女でも、枕もとにいてさし上げないとあの世に旅立つことができないんですよ」

そこまで言っても彼女は中に入れてもらえなかった。仕方なく窓辺に腰をおろし、瀕死の病人が口にしている信仰心のかけらもないようなうわ言を清め、神聖なものにしようと死者のための祈りを唱えた。その後彼女は、公共の慈善団体の保護を受け、永遠の喪に服して百一歳で亡くなるまであの町で暮した。

水曜日、日が暮れるとすぐに隣村のマストーコの司祭が終油*の秘跡をさずけようとやってきた。フェルナンダはそのとき小道に花びらを撒き、歌を先導した。ズックのカソック*を着、頭にアストロメリアの冠をいただいた裸足のインディオたちが二列になって司祭の先に立って歩いていた。彼らは灯油ランプで司祭の足元を照らし、自分たちの言葉で葬儀の祈りを唱えていた。一行は彼女が撒き散らす花びらを踏みしめながら小道を進んできた。近寄りがたい雰囲気があって、誰も引きとめることができなかった。彼らが寝室に入ってくる足音を聞きつけて、将軍はベッドで上半身を起こした。ランプの光がまぶしくて腕で目を覆ったあと、大声で彼らを追い出した。

「まるで霊魂の行列みたいだ、その明かりをもってむこうへ行け」

家じゅうが暗い雰囲気につつまれていて、このままでは将軍の死期を早めることになりかねないと考えたフェルナンダは、マストーコから流しの音楽隊を引っ張ってきた。音楽隊は一日じゅう休みなく、中庭のタマリンド*の木の下で演奏をつづけ、音楽のおかげで将軍の苦しみがやわらいだようだった。お気に入りのコントラダンス曲『ラ・トリニタリア』*を何度もくり返し演奏させた。この曲は以前将軍が行く先々で楽譜の写しを配って歩いたおかげで、すっかり民衆的なものになっていたのだ。

奴隷たちは圧搾機を動かしていた手を休め、蔓草に覆われた窓ごしに将軍の姿をじっと眺めていた。白いシーツにくるまれた将軍は死んだとき以上にやつれ、顔色も悪かった。将軍は、毛が生えかけていてハリネズミのようになった頭を振りながらリズムを取っていたが、曲が終ると、パリでオペラを観劇したときに覚えた上品なやり方でパチパチ拍手した。

音楽のおかげで元気が出たのか、昼にはスープを一杯飲み、サゴヤシの粉で作ったパンと蒸した若鶏を食べた。手鏡をもってくるように命じ、ハンモックの上で顔を見た将軍は、こう言った。「この目を見ると、まだ死にそうもないな」みんなは諦めかけていたが、ひょっとするとレヴェラン博士の治療が奇跡的な効果をあげて助かるかもしれないという期待を抱いた。良くなったように見えていた将軍は、サルダー将軍を三十八人のスペイン人将校の一人と取りちがえた。三十八人の将校とは、サンタンデールがボヤカーの戦いのあと、裁判にもかけず、一日のうちに全員を銃殺刑に処した将校たちのことだった。このあとふたたび病状は悪化し、以後二度と回復の兆しを見せなかった。精一杯声を張り上げて、静かに死を迎えたいので、楽団員たちを遠く離れたところへ行かせるんだと叫んだ。平静さを取りもどすと、ウィルソンにフスト・ブリセーニョ将軍に宛てて書いた手紙を手直しするように命じた。その中で将軍は最後の願いとして、恐ろしい無政府状態から国を救うために、ウルダネータ将軍と和解してもらいたいと頼んでいた。しかし、将軍が口述筆記で書き加えさせたのは、「死を目前に控えてこの手紙を書いています」という出だしの一節だけだった。

その夜はおそくまでフェルナンドと話し合い、はじめて彼の将来について忠告を与えた。二人で回想録を書く計画はけっきょく実現しなかった。けれども、甥のフェルナンドは長年将軍とともに暮してきたので、息子たちに栄光と悲惨に彩られた日々がどういうものであったかを語り伝えるために、愛情をこめて回想録を書くこともできたはずだった。「途中で嫌気がささなければ、オリアリーはなにか書くだろうが」と将軍は言った。「われわれが思っているのとはちがったものになるはずだ」当時フェルナンドは二十六歳だった。彼は八十八歳まで生きたが、運命が彼の記憶を失くさせるというこのうえない幸運をもたらしたので、けっきょく取りとめのない原稿を少しばかり書き残したにすぎない。

将軍が遺言を口述している間、ホセ・パラシオスも寝室にいた。まるで秘跡でも執り行なっているように厳《おごそ》かな雰囲気につつまれており、彼はもちろん、ほかの誰も口をきかなかった。けれども、夜になって痛みをやわらげる膏薬を貼っているときに、彼は将軍に遺言の内容を変えていただきたいと申し出た。

「私どもはつねに貧しい暮らしをしてきましたが、困ったことなど一度もありませんでした」

「いや、その逆だ」と将軍が彼に言った。「いつも裕福だったが、余分なものはなにひとつなかったんだ」

二人の言っていることはともに正しかった。ホセ・パラシオスは若いときから将軍に仕えていた。これは自分の主人だった将軍の母親の考えによるもので、けっきょく彼は正式に奴隷の身分から解放されなかった。奴隷でもなければ一般市民でもない中途半端な身分のまま将軍に仕えていた。給料はもらっていなかったし、身分もはっきりしなかった。要するに、将軍と一心同体だったのだ。着るものも食べるものもすべて将軍と同じだった。より質素な点だけがちがっていた。将軍としては、軍人としての位階も与えず、傷痍軍人の証明書ももたさずに、このまま彼を世間の荒波の中に放り出す気持にはなれなかった。それに、もう一度一からやり直しのきく年齢でもなかった。だから、そうする以外にしようがなかったのだ。八千ペソを遺贈するという条項は取り消すことも取り下げることもできなかった。

「当然のことだ」と将軍は結んだ。

ホセ・パラシオスは断固たる口調で反論した。

「将軍とともに死ぬのが、私にとって当然の道なのです」

将軍と同様、彼も金の使い方を知らなかったので、その言葉どおりになった。死ぬまで、カルタヘーナ・デ・インディアスにある公共の慈善団体の世話になった。昔のことを忘れるために酒を飲むようになり、ついには酒に溺れた。アルコール中毒による振顫譫妄《しんせんせんもう》に襲われ、解放軍を除隊した乞食たちのたむろする洞窟の中で、七十六歳のときに泥にまみれて亡くなった。

十二月十日の朝、将軍の容態は急変した。告解をしたいと言い出すかもしれないというので、エステーベス司教が大至急呼ばれた。大急ぎで駆けつけてきた司教は、今回の会見が重要な意味をもつかもしれないと考えて、わざわざ司教服を着てきた。けれども、将軍の意向で、寝室のドアを閉め切り、二人きりで話し合った。十四分つづいた会見で、二人がどういう話をしたかは一切不明だった。寝室から飛び出した司教は、不機嫌な顔で誰にも別れを告げず馬車に乗り込んだ。いくら頼まれてもついに葬儀の司式を執り行おうとせず、埋葬にも立ち会わなかった。将軍はすっかり衰弱していて、一人ではハンモックから起き上がることもできなかった。そこで医師が赤子のように抱き上げて、ベッドに座らせた。咳がおさまると、医師と二人きりで話したいことがあると言って、ほかのものを引き取らせた。

「聖油を受けなければいけないほど病状が進んでいるとは思わなかった」と将軍は言った。「不幸にして、私は来世を信じていないのだ」

「いや、それはちがいます」とレヴェランが説明した。「要するに、良心の問題を片づけて、患者に心の準備をしていただければ医者として大変治療がしやすくなる、それだけのことなのです」

将軍は言葉巧みに説明する医師の話を聞いていなかった。これまで数々の不幸、災厄に見舞われながらも、夢を捨てずに狂ったように駆け続けてきた。だが、とうとう今、最終のゴールにたどりついたのだ、目のくらむようなその啓示を受けて思わず体を震わせた。あとに残されたのは闇だけだった。

「くそっ」と溜息まじりに言った。「いったいどうすればこの迷宮から抜け出せるんだ！」

死を間近に控えた人特有の洞察力で部屋の中を見回していた将軍は、はじめて真実を発見した。将軍を迎えることになるベッドは借りもので、傷だらけの化粧台につけられた鏡は曇っていて、いくら顔を近付けても映らないにちがいない、水を張った陶製の洗面器はあちこち欠けているし、タオルと石鹸はほかの人が手を洗うのに使っている、そして八角形の時計は、将軍が死を迎えることになる十二月十七日午後一時七分にむかって無情にも休みなく時を刻んでいる。胸の上で両手の指を組んだ将軍の耳に、圧搾機のところで聖母マリアをたたえる六時の祈りをとなえている奴隷たちの輝くような声が聞こえてきた。窓を通して、やがて永遠に見ることのできなくなる空にダイヤのように輝いている宵の明星が、万年雪が、新しい蔓草が見えた。次の土曜日は喪に服して家が閉め切られ、そのせいで窓の外に咲く黄色い花を見ることはできなかった。さらに、生命のきらめくような光がみられた。それは以後何世紀にもわたってふたたび現われることのない輝きだった。

著者あとがき

長年の間アルバロ・ムティスから、マグダレーナ河を下るシモン・ボリーバルの最後の旅について本を書きたいと思っているという話を聞かされてきた。その断章とも言える『最後の顔』が出版された。これは物語としてもよく出来ていたし、文体や全体のトーンにも磨きがかかっていたので、楽しみながら一気に読み上げた。作家というのは自分がいちばん大切にしている夢まで忘れてしまうものだが、それと同じで、二年もするとあの本を読んだのに、読んだことを忘れてしまったような気持になった。そこで思い切って、私にこの本を書かせてくれないかと頼んでみた。十年間その機会をうかがっていた甲斐があって、快く聞き入れてもらうことができた。だから、彼には真っ先に謝意をのべておかなければならない。

当時私は、あの人物の栄光よりもマグダレーナ河のほうに引かれていた。私は幸運なことにカリブ海沿岸で生まれ、子供の頃に河をさかのぼってボゴタの町まで旅したことがあるので、あの河のことはよく憶えていた。遠くかけ離れたところにある、雑然とした町ボゴタでは自分がよそ者だという感じがしてならなかった。そんな経験をしたのは、生まれて初めてだった。学生時代には、ミシシッピー河の造船所で作られ、いまだに故郷の地を懐かしんでいるような感じのする蒸汽船に乗って十一回マグダレーナ河をのぼり下りした。あのときは作家なら誰しも抱《いだ》くにちがいない神話的な使命感に燃えたものだった。

他方、ボリーバルの最後の旅に関しては、資料らしいものがほとんど残っていなかったので、歴史的な背景についてはあまり心配していなかった。生涯に一万通以上の手紙を口述筆記させた男が、あのときは三、四通しか書いておらず、将軍に同行した将校たちも誰一人、あの不幸な十四日間に関しては回想録を書き残していない。そうは言っても、最初の章から、将軍の生活について人に尋ねる羽目になり、その質問からつぎつぎに疑問が生まれてきて、ついにはお手上げの状態になってしまった。ダニエル・フロレンシオ・オリアリーの三十四巻本の回想録から、思いもよらないところで見つかった新聞の切抜きまで含めると、資料は厖大な量にのぼり、しかもそれらがたがいに矛盾しているうえに、たいていは当てにならなかった。おかげで、丸二年もの間、流砂のような資料の山に埋もれて暮すことになった。それまで歴史的な調査など一度もしたことがなく、その方法すら分からなかったので、まことに苦しい毎日を送った。

一世紀半も前から、あの頃のことについて徹底的に調べあげた人たちがおり、この本はそういう人たちのおかげで誕生した。小説には他人の世界に土足で踏み込んで行くようなところがあって、そうした面を残したうえで、厖大な資料を使って一人の人間の人生を語るというのは、考えてみれば無謀な話だが、それを可能にしてくれたのはその人たちである。また、古くからの友人、新しく出来た友人にもここで特に謝意を申しのべておかなければならない。というのも彼らは私のために、明らかに矛盾した言動をしているボリーバルの政治思想がどんなものだったのかといったきわめて重大な疑念から、靴の号数は何号だったのかなどの取るに足らない問題にいたるまで、私がかかえているさまざまな疑問を自分の問題としてとらえ、真剣に考えてくれたからである。けれども呪うべき忘却の罪をおかして、ここに名前を挙げて謝意を表することのできない人たちに対して格別感謝している。

コロンビアの歴史学者エウヘニオ・グティエーレス・セリスは何ページにもわたる私の質問に答えるために、わざわざ文書ファイルを作ってくれた。これは思いもかけない資料——多くは十九世紀のコロンビアの新聞の中に埋もれていた——をもたらしてくれると同時に、そこから調査のやり方と資料の整理法をはじめて学ぶことができた。また、彼がファビオ・プーヨと共著で書いた『日々のボリーバル』は私にとって海図のようなもので、おかげでこの本を書いている間、登場人物が生きていた時代を自由に泳ぎまわることができた。ファビオ・プーヨはパリから電話をかけてきて、資料を読み上げてくれたり、生死にかかわる薬でもあるかのようにテレックス、あるいはファックスで大至急送ってくれた。私の不安、焦燥がどれほど和らげられたか分からない。メキシコ国立自治大学の教授をしているコロンビア人の歴史学者グスターボ・バルガスは電話のそばにいて、私が大小さまざまな疑問、とくに当時の政治思想について疑問を抱いて電話すると、即座に答えてくれた。カラカスにいるボリビア人の歴史学者ビニシオ・ロメーロ・マルティーネスはボリーバルのあまり知られていない癖——とりわけ彼の粗野な言葉づかい——やお付武官たちの性格とその後の運命について信じられないようなことを見つけ出し、最終校では歴史上の資料を徹底的に校閲してくれた。最初私は、ボリーバルがマンゴを子供のようにおいしそうに食べたと書いていたのだが、マンゴがアメリカに持ち込まれたのはそれから数年後のことで、ボリーバルはマンゴを食べていないはずだという貴重な助言を与えてくれたのも彼である。

コロンビア駐在のパナマ大使で、のちに同国の外務大臣になったホルヘ・エドゥアルド・リッターは入手できない何冊かの本を届けるために何度も飛行機に乗ってやってきてくれた。ボゴタのドン・フランシスコ・デ・アブリスケータは厖大で錯綜したボリーバル関係の書誌を検索するうえで、倦《う》むことなく手引きしてくれた。元大統領のベリサリオ・ベタンクールには一年間にわたって電話をかけつづけ、いろいろなことを尋ねた。どんな疑問にも快く答えてくれたし、ボリーバルが暗唱していたいくつかの詩がエクアドルの詩人ホセ・ホアキン・オルメドのものであることを教えてくれた。フランシスコ・ピビダルとはハバナでのんびり会話を楽しんだ。おかげで自分が書こうとしている本がどういうものになるかはっきりした考えをもつことができた。コロンビアでもっともよく知られている、細心周到な言語学者ロベルト・カダビッド（アルゴス）はいくつかの方言の意味と使われていた時代を調べてくれた。キューバの科学アカデミー会員である地理学者のグランドストーン・オリーバと天文学者ホルへ・ペレス・ドバルは、私の要請を受けて、十九世紀初頭の三十年間における満月の夜の表を作ってくれた。

旧友のアニバル・ノゲーラ・メンドーサはポルトー・プランスにあるコロンビア大使館から自分の書いた原稿の写しを送ってくれた。それは現在彼が同じテーマで手がけている研究論文のメモと草稿で、寛大にも好きに使っていただいてかまわないと言ってくれた。さらに、初稿に目を通して、決定的な誤りと致命的な時代錯誤を六つほど見つけてくれた。もしあのままだったらこの小説は資料的な厳密さに問題があると言われていたことだろう。

最後になったが、主人公の親族の末裔にあたるアントニオ・ボリーバル・ゴヤーネス——おそらくこの人はメキシコに生き残っている最後の古風な植字工だと思うが——は、私といっしょに原稿に目を通してくれた。さらに七校が終るまで私の思い違いやくり返し、矛盾、誤り、誤植を丁寧に見つけ出し、語法や正書法にも詳細に目を通してくれた。おかげで、全体に目を通したときに、ある軍人がまだ生まれてもいないのに、戦闘で勝利を収めたり、未亡人であるはずの女性が愛する夫とヨーロッパへ旅立ったり、それぞれカラカスとキトにいるはずのボリーバルとスクレがボゴタで仲良く昼食をとっているというおかしな個所が見つかった。ただ、あとのふたつの間違いについては見つけてくれたことを感謝すべきかどうか複雑な気持でいる。というのも、あいうとんでもない間違いが、このぞっとするほど暗い内容の小説に、無作為の——そしておそらくは望ましい——ユーモアを多少ともたらしてくれたように思えるからだ。

G・G・M

メキシコ市、一九八九年一月

シモン・ボリーバルの簡潔な年表

ビニシオ・ロメーロ・マルティーネス作成
（増補・木村榮一）

一七八三（〇歳）
七月二十四日。シモン・ボリーバル、ベネズエラのカラカスに生まれる。一家は新大陸でも屈指の名家で、末っ子のシモンの上には姉が二人、兄が一人いた。
一七八六（三歳）
一月十九日。軍人だった父フアン・ビセンテ・ボリーバル・イ・ポンテ死去。
一七九二（九歳）
七月六日。夫亡きあと、子供の教育に全力を注いだ母ドーニャ・マリーア・デ・ラ・コンセプシオン・パラシオス・イ・ブランコ死去。以後、ボリーバルは叔父カルロスの手で育てられる。
また、この頃からシモン・ロドリーゲスがボリーバルの家庭教師となる。十一歳年上の「コスモポリタン的な哲学者」だったロドリーゲスの理想主義的な自由思想は、ボリーバルの精神形成に大きな影響を与えた。

一七九五（十二歳）

七月二十三日。ボリーバル、叔父の家を出る。（身分平等案に関する）長期にわたる審理がはじまる。ロドリーゲス師の家に移り住む。

十月。叔父の家にもどる。

一七九七（十四歳）

ベネズエラで、独立を目ざすマヌエル・グアル（?―一八〇一）とホセ・マリーア・エスパーニャ（一七六一―九九）が植民地政府に対して陰謀を企てるも失敗。ボリーバル、アラゴス渓谷で見習い士官として軍隊に入隊。

翌年にかけて、アンドレス・ベーリョ（ベネズエラの法律家、教育者、文法学者、詩人。一七八一―一八六五）から文法と地理学の講義を受ける。またこの時期、屋敷の中にフランシスコ・デ・アンドゥーハル神父が作った学院で物理学と数学を学ぶ。

一七九九（十六歳）

一月十九日。ボリーバル、メキシコとキューバを経由してスペインにむかう。メキシコ湾岸の港町ベラクルスで生まれてはじめて手紙を書く。

翌年にかけてマドリッドで、本当の意味でボリーバルの知的形成に寄与することになった賢者ウスターリス侯爵と親交を結ぶ。この間、好き放題に散財、のびのびと暮らす。

一八〇一（十八歳）

三月から十二月までスペイン北部の港町ビルバオでフランス語を学ぶ。

一八〇二（十九歳）

二月十二日。パリ北方のアミアンでナポレオン・ボナパルトに称賛の念をおぼえる。パリが気に入る。

五月二十六日。マドリッドで、当地で知り合ったマリーア・テレサ・ロドリーゲス・デル・トーロ・イ・アライサと結婚。

七月十二日。妻とともにベネズエラにもどる。農場の管理に専念する。

一八〇三（二十歳）

一月二十二日。妻マリーア・テレサ、カラカスで死去。

十月二十三日。ふたたびスペインに赴く。

祖国を追われていた師のシモン・ロドリーゲスと再会。数年にわたって師とともにフランス、イタリア各地を巡り歩く。

パリ滞在中だったドイツの地理学者フンボルトを何度も訪ねる。

ロドリーゲス師の勧めで、ルソー、ヴォルテールなどの著作に親しむ。

一八〇四（二十一歳）

十二月二日。パリでナポレオンの戴冠式に出席。

一八〇五（二十二歳）

八月十五日。ローマ、モンテ・サクロの丘で、新大陸の解放をロドリーゲス師に誓う。

十月二十七日。パリでスコッチ儀礼のフリーメーソンに入会。一八〇六年一月、師の位にのぼる。

一八〇七（二十四歳）
一月一日。米国大西洋岸のチャールストン港で下船。同国の都市を歴訪、六月にカラカスにもどり、遺産として受け継いだ農場の管理、経営に当る。
一八〇八（二十五歳）
ナポレオンが兄ジョセフをスペインの国王に据えたことに民衆が憤激、スペイン独立戦争が始まる。この民族解放戦争は一四年まで続き、南米新大陸の解放・独立にも大きな影響を与える。
一八一〇（二十七歳）
アラグアの農場にこもっていたため、四月十九日にカラカスで起こった革命最初の日には現場に居合わすことができなかったが、その後軍務に就く。
六月九日。ベネズエラ新政府の外交使節としてロンドンに赴く。ラテンアメリカ独立運動の先駆者の一人で、当時イギリスに亡命していたベネズエラ人フランシスコ・デ・ミランダ（一七五〇―一八一六）と知り合い、協力を要請。
七月二十日。ボゴタ、独立宣言。
十二月五日。ロンドンから帰国。五日後、ミランダもカラカスに到着し、シモン・ボリーバルの家に泊まる。
一八一一（二十八歳）
三月二日。ベネズエラの第一回議会が開催される。
七月四日。ボリーバル、愛国協会で演説。
七月五日。ベネズエラ、独立宣言（第一共和制）。

七月二十三日。カラカス西方のバレンシアにおいて、ミランダの指揮下で戦闘を行なう。ボリーバルにとって最初の戦争体験。

一八一二（二十九歳）

三月二十六日。カラカス地震。二万人が死亡したと言われるこの地震で第一共和制の解放軍は意気阻喪するが、ほとんど被害のなかった王党派スペイン軍は力を盛り返して反攻。新政府は苦肉の策としてミランダを独裁者の座に据える。

七月六日。シモン・ボリーバル大佐が軍政司令官をしていたプエルト・カベーリョ要塞が、裏切りによって王党派軍に奪われる。

七月三十日。ボリーバルをはじめとする将校たちは、降伏協定にサインしたミランダを祖国を裏切った人間として軍法会議にかけるべく捕える。マヌエル・マリーア・カサスがこの著名な囚人の身柄を彼らの手から奪いとり、スペイン人に渡す。

九月一日。ボリーバル、オランダ領キュラソー島に。最初の亡命。

十二月十五日。ヌエバ・グラナダで、カルタヘーナ宣言を発表。

十二月二十四日。テネリーフェを占領したボリーバルは、以後マグダレーナ河で軍事行動を起こし、その地方の王党派を一掃する。まずマグダレーナ河下流左岸の町モンポックスを占領。

一八一三（三十歳）

二月二十八日。ベネズエラとの境界に近い山岳地帯の町、ククタの戦い。

三月一日。サン・アントニオ・デル・タチラを占領。

三月十二日。ヌエバ・グラナダの准将になる。

五月十四日。フランシスコ・パウラ・デ・サンタンデール（一七九二―一八四〇）とともに、ククタで〈すばらしき闘争〉を開始、ベネズエラへ進撃。

五月二十三日。メリダで〈解放者〉として歓呼の声で迎えられる。

六月十五日。トゥルヒーリョでスペイン人と王党派に対して〈容赦なき戦い〉を宣言。共和派内部の結束を固める。

八月六日。カラカスに凱旋入城。〈すばらしき闘争〉終結。

ベネズエラ西部から攻め込むボリーバルに呼応するように、サンティアーゴ・マリーニョ（ベネズエラの軍人。一七八八―一八五四）率いる解放軍が東部から進攻。

十月十四日。ベネズエラを代表する機関になったカラカス市参事会、公民議会においてボリーバルを最高司令官に任命、〈解放者〉の称号を授与。

十二月五日。なおも抵抗する王党派軍と、アラウレの戦い。

一八一四（三十一歳）

一月二日。ベネズエラ、第二共和制を宣言。しかし、この年になるとボリーバルたちの解放軍は敵軍にまったく包囲され、各地で苦戦を強いられる。

二月八日。カラカス北方の海沿いの町ラ・グアイラで捕虜の処刑を命じる。

二月十二日。ラ・ビクトリアの戦い。

二月二十八日。サン・マテオの戦い。

五月二十八日。カラカス西方の州カラボーボでの最初の戦闘。

七月七日。〈解放者〉、約二千人のカラカス住民を率いて東部に逃れる。

九月四日。ボリーバルとマリーニョを追放したホセ・フェリクス・リーバス（地方の政治ボス《カウディーリョ》。一七七五―一八一五）とマヌエル・カルロス・ピアル（同じくカウディーリョ。一七八二―一八一七）は、カリブ海に臨む港湾都市カルーパノでこの二人を捕えるよう命じる。

九月七日。ボリーバル、カルーパノ宣言を発表。逮捕命令を無視して翌日、船でカルタヘーナにむかい、軍務に就く。

十一月二十七日。ヌエバ・グラナダ政府はボリーバルを最高司令官に昇進させ、クンディナマルカ州の奪還を依頼する。作戦行動を起こし、ボゴタの降伏協定を取りつける。

十二月十二日。ボゴタ政府成立。

一八一五（三十二歳）

五月十日。ベネズエラを解放するためにカルタヘーナから進攻しようとするが、同市当局の強硬な反対にあい、自らの意志で船に乗り、ジャマイカにむかう（二度目の亡命）。

九月六日。有名な『ジャマイカからの手紙』を出版、独立の大義を訴える。

十二月二十四日。ハイチ共和国のロス・カーヨスにむかう。そこで、船乗りで商人のキュラソー人ルイス・ブリオン（一七八二―一八二〇）と出会う。ハイチでは、人格者として知られる大統領ペティオン（軍人、政治家。一七七〇―一八一八）と会見、その後ペティオンは貴重な協力を申し出る。

一八一六（三十三歳）

三月三十一日。ハイチの亡命ベネズエラ人やイギリス人、フランス人を加えた、ロス・カーヨス遠征隊がベネズエラ解放に出発する。友人となったルイス・ブリオン、ボリーバルに同行。

六月二日。カルーパノで奴隷解放の布告を出す。

一八一七（三十四歳）

二月九日。ボリーバルとホセ・フランシスコ・ベルムーデス（カウディーリョの一人。一七八二―一八三一）が和解し、ベネズエラ北東部の都市バルセローナを流れるネベーリ川にかかる橋の上で抱擁しあう。この和解のお蔭で、ラファエル・ウルダネータ、アントニオ・ホセ・デ・スクレ（一七九五―一八三〇）らの優れた軍人がボリーバルの部下となる。

四月十一日。サン・フェリックスの戦闘でピアルが勝利をおさめる。ベネズエラ中西部の軍事、経済の拠点アンゴストゥーラ（現ボリーバル市）解放、オリノコ河の支配権を得る。共和国（第三共和制）成立。

五月八日。司教座聖堂《カテドラル》会員ホセ・コルテス・マダリアーノによって招集された議会がカリアーコで開催される。カリアーコ議会は失敗に終ったが、そのとき採択されたふたつの政令は今も生きている。すなわち、ベネズエラの国旗に描かれた七つの星とマルガリータ島につけられたヌエバ・エスパルタ州の名前がそれである。

五月十二日。ピアルを最高司令官に昇進させる。

六月十九日。行動が目に余るものになり始めたピアルに対して和解を申し入れる内容の書簡を送る。「将軍、私は愛国者同士の不和よりもスペイン人と戦うことを望んでいます」

七月四日。王党派の待ち伏せから逃れたボリーバル将軍は、カサコイマ湖に首までつかって身をひそめ、驚いている将校たちの前であれこれ思いを巡らし、アンゴストゥーラ征服からペルー解放にいたる今後の行動を予言した。

十月十六日。アンゴストゥーラでピアル将軍銃殺。ルイス・ブリオンが軍法会議議長をつとめた。

一八一八（三十五歳）

一月三十日。ベネズエラ中央部、アプーレ高原のカニャフィストゥーラの牧場で、リャーノス（オリノコ河流域の大平原）のカウディーリョ、パエスとはじめて会見。

二月十二日。ボリーバル、パエスの協力を得て、カラボーソでスペインの猛将パブロ・モリーリョ（一七七八―一八三七）を破るも、カラカス進攻はいったん断念。

六月二十七日。アンゴストゥーラに、新しいメッセージを記録、普及させるための機関、オリノコ通信を創設。

一八一九（三十六歳）

二月十五日。アンゴストゥーラ議会を設置、そこで名高い演説を行なう。ベネズエラ大統領と最高司令官に選ばれる。ただちに共和国の基本的制度の改革に着手。また、ヌエバ・グラナダ解放のために作戦行動を起こし、以後七カ月間に、パエスとともに各地を転戦しつつ千五百キロ以上を踏破。

五月初め。ボゴタ攻撃を決定。雨季のアンデス山脈西側を進軍。サンタンデール軍と合流し、峻険なアンデス越えを敢行。

八月七日。ボヤカーの戦い。

九月十八日。ボゴタ入城。サンタンデールを副大統領に任命。自らはアンゴストゥーラにとって返す。

十二月十七日。ボリーバル、ベネズエラ、クンディナマルカ（コロンビア）、キト（エクアドル）三行政州に分かれた大《グラン》コロンビア共和国を創設。国会によってグラン・コロンビア共和国大統領に選出される。

一八二〇（三十七歳）

一月十一日。アプーレ高原のサン・フアン・デ・パヤーラに赴き、パエスと会見。

三月五日。ボゴタ滞在。

四月十九日。ベネズエラ西端のサン・クリストバルで、革命開始十周年記念式典が行なわれる。

十一月二十七日。トゥルヒーリョのサンタ・アナでスペイン軍のモリーリョ将軍と会見。その前日に休戦協定と戦争収拾のための条約が批准された。

一八二一（三十八歳）

一月五日。ボゴタに滞在。南部進攻の作戦行動を立て、これをスクレにゆだねる。

二月十四日。ベネズエラ北西部の港湾都市マラカイボの独立を宣言したウルダネータに祝辞を述べる。しかしその一方で、スペインがこれを休戦協定を踏みにじる背信行為に出たとみなすのではないかと心配した。

四月。スクレ、エクアドルのグアヤキル港に入る。

四月二十八日。ふたたびスペイン軍との敵対関係がはじまる。

六月二十七日。ボリーバル、カラボーボでラ・トーレを打ち破る。最後の戦いではなかったが、この戦いでベネズエラの独立が決定づけられた。

八月三十日。グラン・コロンビア共和国憲法制定。

十二月。スクレ、キトを陥れ、ペルー進攻の重要な足掛かりを得る。

一八二二（三十九歳）

四月七日。王党派から寝返ったホセ・マリーア・オバンドの情報をもとに作戦を立てたボンボナーの戦い。手痛い敗北を喫す。

五月二十四日。ピチンチャの戦い。スクレ、スペイン軍を撃破し、解放軍は危機を脱す。

六月十六日。スクレと並んでキトに凱旋入城。解放を祝う舞踏会でマヌエラ・サエンスと知り合う。

七月十一日。ボリーバル、グアヤキルに到着。二日後、同市をコロンビアに併合すると宣言。

七月二十六、二十七日。グアヤキルで、アルゼンチンの将軍ホセ・デ・サン・マルティン（一七七八―一八五〇）との歴史的会見。一八一八年にチリ、二一年にはペルーを解放したサン・マルティンのペルー統治案（欧州から皇帝を迎え入れる）に真っ向から反対する（ほどなくサン・マルティンは部下の専横がきっかけでリマでの政治生命が断たれ、ボリーバルの最大の敵ともなりかねなかったこの男はチリに逃れた）。

この頃、体調を崩し、しばらく静養。

十月十三日。エクアドルのクエンカに近いローハで『チンボラーソに関する妄想』を執筆。

一八二三（四十歳）

三月一日。ペルーの大統領リーバ・アグエーロ（軍人、政治家。一七八三―一八五八）が〈解放者〉に対して、独立を達成するために四千人の兵とコロンビアの援助を要請。三月十七日、ボリーバルは三千人にのぼる第一次分遣隊を派遣、ついで四月十二日にはさらに三千人を派遣。

五月十四日。ペルー議会は、内戦を終結させるために〈解放者〉の援助を求める法令を発布。

九月一日。ボリーバル、王党派軍と戦わずしてペルーのリマに到着。スペイン人と手を組んで蜂起したリーバ・アグエーロを降伏させるために、議会はボリーバルに権限を与えた。また、リマ滞在中は激務のあいまを縫うようにして、あまた女性とのアヴァンチュールを楽しむ。

一八二四（四十一歳）

一月一日。病気になり、リマ北方のパティビルカで生死の境をさ迷う。

一月十二日。国庫から十ペソ以上盗んだ者は死罪にするという法令を出す。

一月十九日。師のシモン・ロドリーゲスに宛てて美しい内容の手紙を書く。「あなたは、自由と正義と偉大さと美しさを求めるように、私の心をお作り下さいました」

二月十日。ペルー議会、荒廃した共和国を救うために、ボリーバルを独裁者に任命。

八月六日。フニンの戦い。王党派軍のカンテラック将軍、クスコに敗走。

十二月五日。ボリーバル、リマを解放。

十二月七日。パナマ会議を招集。

十二月九日。アヤクーチョでスクレが勝利を収める。全イスパノアメリカが解放される。

一八二五（四十二歳）

イギリス、ラテンアメリカに誕生した新しい国家の独立を承認。

二月十二日。ペルー議会が感謝の意味で〈解放者〉に対してメダルを贈り、騎馬姿の彫像を作り、ボリーバルに百万ペソ、それとはべつに解放軍の兵士に対して百万ペソを与えることを決定。ボリーバルは議会が自分に与えると決定した金は受け取ることを拒んだが、兵士たちに対して与えられることになった金は受け取った。

二月十八日。無制限の権限を備えた大統領を辞職したいと申し出るも、ペルー議会は拒否。

八月六日。高地《アルト》ペルーのチュキサーカで開かれた議会で、アルト・ペルーにボリビア共和国を創設することを決定。

十月二十六日。ボリーバル、ポトシのエル・セーロに滞在。

十二月二十五日。チュキサーカで、「木々をより必要としている土地に」百万本の木を植えるように政令を発布。

一八二六（四十三歳）

五月二十五日。二月に到着していたリマから、ペルーはボリビア共和国を承認したとスクレに通知。同時に、新大陸の新しい共和国すべてに適用するための新憲法、ボリビア憲法の草案を彼に送付する。

六月二十二日。メキシコからチリまで、イスパノアメリカの各共和国の全権代表を集めてパナマ会議開催。はかばかしい成果を得られぬまま解散。

八月。全イスパノアメリカの統合を目して、ウルダネータはじめ各地で統治に当っている将軍たちに、ボリビア憲法案を新憲法として認めるよう要請する手紙を送る。ベネズエラのパエスが、憲法案中の奴隷解放条項は認められないとして反乱を起す。そのためボリーバルは十一月、ベネズエラにむかう。

十二月十六日。マラカイボに着き、そこからベネズエラ人に対して、大会議を開こうと呼びかける。

十二月三十一日。パエスと会うためにプエルト・カベーリョに行く。

一八二七（四十四歳）

一月一日。ラ・コシアータ（グラン・コロンビアからの分離）をはかった人々に対して特赦を発布。パエスをベネズエラの首長に任命。同日、プエルト・カベーリョから次のような書簡をパエスに送る。「私は共和国を分割することはできません。けれども、ベネズエラの幸福のためにそれを望んでおり、ベネズエラが望むのであれば、全体会議を開いてもよいと考えています」

一月四日。バレンシアに近い、ナグァナグァでパエスと会見し、彼に援助を申し出る。以前、ボゴタ議会に対して、「不正には正義をもって、権力の濫用には不服従をもって抵抗する権利」があると述べたことがあるが、それがもとで、かねてボリーバルの新大陸統合案に反対していたサンタンデールは〈解放者〉に対してさらに不満を抱き、グラン・コロンビアの新聞にボリーバルを誹謗する文書を載せるようになる。

一月十二日。民衆の歓呼に迎えられて、パエスとともにカラカスに到着。

二月五日。カラカスから、ボゴタ議会に対して大統領辞職願をふたたび提出。その中で、「以上のようなわけで私は一回、千回、いや百万回、共和国大統領を辞職したいと願っております……」といささか大袈裟に理由を述べている。

三月十六日。サンタンデールと決定的に決裂。「返事も書きたくないし、友人とも思っていないので、今後は手紙を書かないでいただきたい」

六月六日。ボゴタ議会はボリーバルの辞職願を拒否し、宣誓のためにボゴタへ来るように要請。ボリーバルはオカーニャ議会の開催を求める。

七月五日。カラカスを発ってボゴタにむかう。以後ふたたび、生まれ故郷の町にもどることはなかった。

九月十日。ボゴタに着き、共和国大統領の宣誓を行ない、翌年のオカーニャ議会にむけて選挙の準備を始める。しかし、コロンビアとベネズエラの分離を訴えるサンタンデールとその支持者たちも、選挙を通じて彼らを議会から排除したかったボリーバルの思惑とは裏腹に議席数をのばし、厳しい政治的対立に直面することになる。

九月十一日。ベネズエラの将軍トマス・デ・エーレス（一七九五―一八四二）に宛てた手紙の中で「昨日、首都に到着し、すでに大統領職に就いています。こうせざるを得なかったのです。数多くの困難が待ち受けていますが、その代償として多くの不幸が避けられるはずです」と書く。

一八二八（四十五歳）

四月十日。オカーニャ議会が開かれている間、ブカラマンガに滞在。この議会でボリーバル支持者とサンタンデール支持者の対立が激化。ボリーバルは議会に対して、カルタヘーナで自分を暗殺しようとしたパディーリャ将軍（ボリビアの軍人。一七七三―一八一六）になぜ感謝しなければならないのかと抗議。

六月九日。ベネズエラに行くことを考えてブカラマンガを発つ。デル・トーロ侯爵の所有するアナウコ別荘に滞在するつもりだった。

六月十一日。オカーニャ議会、対立だけを際立たせて解散。

六月二十四日。予定を変更し、ボゴタに戻るが、熱狂的な歓迎を受ける。

七月十五日。バレンシアで発表した声明の中でパエスがボリーバルを「十九世紀の傑出した天才」と呼び、さらに「……彼はこれまで十八年間、自らを犠牲にして君たちの幸福のために尽くしてきた。その間に千回も最高指揮権を辞退するというこのうえもなく気高い行動をとってきたが、今やそれを引き受けるべきときがきた」と述べる。

八月二十七日。オカーニャ議会における対立がもとで、独裁制に関する法令を整備。ボリーバルが副大統領職を廃止したために、政府部内におけるサンタンデールの地位が宙に浮く。〈解放者〉は彼にアメリカ合衆国駐在のコロンビア大使になるよう勧める。サンタンデールはその申し出を受け入れるが、出発を一時延期する。以後、ボリーバルはベネズエラ人の将軍たちとアイルランド人の大佐たちによって支持された独裁体制を敷く。

九月二十一日。パエスはボリーバルが総司令官になることを承認し、大司教ラモン・イグナシオ・メンデスとカラカスのマヨール広場に集まった群衆の前で、「……そして私は共和国の法律として発布された政令に従い、それを遵守し、遂行することをここに約束する。私はその約束を忠実に守るつもりでおり、私の宣誓の立会人である天はいずれ私に報奨を下さるであろう」と宣誓する。

九月二十五日。かつての副王をしのぐほどの権力を手中にしたボリーバルの暗殺が企てられる。ゲーラを首謀者に、フランス人ホルマンとベネズエラ人将校カルーホ率いる一隊がボゴタの大統領官邸に押し入るも、マヌエラ・サエンスが彼を救う。サンタンデールもその暗殺計画に加わっていた。その事件の裁判で判事をつとめたウルダネータがサンタンデールに死刑を宣告。ボリーバルは死刑の代わりに彼を国外（パリ）へ追放する。

一八二九（四十六歳）

一月一日。ボゴタ南西の町プリフィカシオンに滞在。軍を動かしてグアヤキルを占領していたペルーとの紛争をしずめるためにエクアドルに滞在。

七月二十一日。コロンビア、グアヤキルをようやく奪還。国民は〈解放者〉を勝利の歓呼で迎える。

九月十三日。オリアリーに宛てた手紙の中で次のように記す。「ヌエバ・グラナダとベネズエラがからくも結びついているのは私の権威によるものであり、それは周知のことです。私の権威は今、もしくはいずれ神意なり人々が望むときに、必ず必要とされるでしょう……」

同日。パエスからの書簡。「私はすべての市民と国体に対して、しかるべき手順を踏んだうえで、厳粛な気持で自分の意見を述べるようにという通達を出すように命じました。民衆が自分の思うところをはっきり述べるよう、あなたのほうから正式に要請されてもよいかと思います。ついに、ベネズエラが全体の幸福を考えて自ら発言するときが来たのです。あなたがたが本当にのぞんでおられることを口にするための抜本的な措置が取られることになれば、改革は完全なものになり、民意が実現されるでしょう……」

十月二十日。キトに戻る。

十月二十九日。ボゴタにむけて発つ。

十二月五日。ポパヤンからフアン・ホセ・フローレス（エクアドルの軍人、政治家。一八〇〇―六四）に宛てて手紙を書く。「おそらくスクレ将軍が私の後継者になるはずですが、そのときはわれわれの手で彼を支えることになるでしょう。私自身は、もちろん彼を援助するつもりでおります」

十二月十五日。パエスに対して、自分は共和国大統領の職を引き受けるつもりはないとふたたび声明、もし議会がパエスをコロンビアの大統領に選出すれば、喜んで彼の命令に従うことを自らの名誉にかけて誓う。

十二月十八日。グラン・コロンビアに君主制をもち込むつもりはないと断言する。

一八三〇（四十七歳）

一月十三日。パエス、ベネズエラのグラン・コロンビアからの分離独立を宣言。

一月十五日。ふたたびボゴタにひき返す。

一月二十日。グラン・コロンビアの議会が設置される。ボリーバルの短い訓示。スクレが議長に、サンタ・マルタのホセ・マリーア・エステーベス司教が副議長に選出される。大統領辞職願を提出するも、議会は受取りを引延ばす。

一月二十七日。パエスと会見するためベネズエラに行く許可を議会に申請。グラン・コロンビアの議会はそれを拒否。

健康悪化。自分の後継者にスクレを指名するよう申し入れるも、議会に拒否されたため、三月一日、ヌエバ・グラナダの名家出身のドミンゴ・カイセード（軍人、政治家。一七八三―一八四三）内閣官房長官に権力を委譲し、フーチャの別荘に引きこもる。

四月二十七日。〈すばらしき議会〉に宛てたメッセージで、これ以上大統領を続けて行く意志のないことをもう一度伝える。グラン・コロンビア議会はこれを承認。

五月四日。ホアキン・モスケーラ（一七八七―一八八二）がコロンビア大統領に、カイセードが副大統領に選出される。

五月八日。ボリーバル、ボゴタを発って「最後の目的地」にむかう。

六月四日。スクレがベルエーコスで暗殺される。ボリーバルは七月一日、ラ・ポーパの丘のふもとでそのことを知り、大きな衝撃を受ける。

八月十六日。ベネズエラとエクアドルがグラン・コロンビアから分離、コロンビアとパナマからなるヌエバ・グラナダ共和国が成立。

九月五日。公的機関がまったく機能していないために、ウルダネータがコロンビアの政権を掌握。ヌエバ・グラナダのボゴタ、カルタヘーナをはじめとする諸都市で〈解放者〉を支持し、ふたたび権力の座に戻るように求める声明が出たり、反乱が起こったりする。その間、ウルダネータは将軍を待ちつづけた。

九月十八日。ウルダネータが政府の首長の座に就いた経緯を知り、自分は一市民として、また共和国の独立を守る一兵卒として国家に仕えると表明。また、現政府を支持するために二千人の兵を率いてボゴタにむかうと告げる。権力の座につくようにとの要請を受けるが、このままでは簒奪者の汚名を着せられることになると言って拒む。その一方で、次の選挙では「……私が合法的に選ばれるか、あるいは新しい大統領が生まれる……」可能性があると述べる。最後に、同国人に対して、ウルダネータの政府を全員が支持するように頼む。

十月二日。トゥルバーコに滞在。

十月十五日。ソレダーに滞在。

十一月八日。バランキーリャに滞在。

十二月一日。憔悴してサンタ・マルタに到着。

十二月六日。スペイン人ドン・ホアキン・デ・ミエル所有のサン・ペドロ・アレハンドリーノの別荘にむかう。

十二月十日。遺言と最後の声明を口述筆記させる。医師が、告解をし秘跡を受けるように強く勧めると、ボリーバルは言った。「どういうことだ?……遺言や告解の話をもち出さなければいけないほど悪いのか?……いったいどうすればこの迷宮から抜け出せるんだ!」

十二月十七日。僅かばかりの友人に囲まれてサン・ペドロ・アレハンドリーノの別荘で死去。

一八三二
サンタンデール帰国、ヌエバ・グラナダ共和国大統領に就任(三七年まで)。

注　解

一四　**リマ**　スペイン統治下（副王領）以来のペルーの首都。同国中西部、太平洋岸近くに位置。一五三五年建設。Lima。

一五　**サンタ・フェ・デ・ボゴタ**　副王領以来のコロンビアの首都。同国中部、アンデス山脈の標高二六〇〇メートルに位置。一五三八年建設。通称サンタ・フェ。Santa Fe de Bogotá。

一五　**キト**　エクアドルの首都。アンデス山脈の標高二八五〇メートルに位置。南米最古の都市の一つで、古くはインカの第二首都。Quito。

一六　**バーベナ**　クマツヅラ科の多年生草本。南米原産。和名ビジョザクラ。

一七　**副王**　スペイン領アメリカにおける最高位の王室官吏。

一七　**ビクーニャ**　アンデス山脈高地に生息する野生ラマ。ラクダ科。その毛を織物に用いる。

一七　**カルタヘーナ・デ・インディアス**　コロンビアのカリブ海に面した港湾都市。地中海に臨むスペインの軍港のカルタヘーナと区別して、新大陸《インディアス》のカルタヘーナと呼ばれる。Cartagena はラテン語の、新カルタゴに由来。

一九　**甘松**　甘松香の略。オミナエシ科の多年草。ヒマラヤ地方原産。花は小形で多数頂生。

一九　**オンダ**　ボゴタの北西一〇〇キロメートル、マグダレーナ河（一〇五頁参照）左岸の河港都市。一五六〇年建設。Honda。

二一　**ムーソ**　コロンビアの地方。美しい蝶の産地として知られる。

二二　**チチャ酒**　トウモロコシ酒。

二二　**カザック**　昔の男性用ジャケット。

二七　**グアヤキル**　エクアドル南西部の港湾都市。一五三五年建設。

二七　**フニン**　リマ北東方の町。続く**アヤクーチョ**（リマ南東方の町）とともに、ラテンアメリカの独立を決定づけた、ペルーの激戦地。

二六 **ヌエバ・グラナダ副王領** スペイン統治時代の行政版図。一七一七年設置。現在のコロンビアを中心に、エクアドル、ベネズエラ、パナマ、およびペルーとブラジルの一部を含む。

二八 **カウディーリョ** 地方政治の有力なボス。

二九 **ピチンチャ** エクアドル北西部、キト北西方の火山。標高四八三九メートル。山麓は一八二二年の解放軍とスペイン軍の激戦地。**トゥムスラ**はチュキサーカ(七四頁参照)南南東一七〇キロメートルに位置する町。

三一 **アントニウス** エジプトの隠修士、畜産の守護聖人(二五一?―三五六)。スクレの霊名(洗礼名)アントニオは、アントニウスのスペイン語名。

三五 **マサパン** すりつぶしたアーモンドに砂糖、卵白などを加え、煮つめたものを練りあげた半固形状の菓子。マジパン。

三七 **ポンチョ** 方形の大きな毛布地の真ん中に頭を通す穴のある外衣。元来は南米アンデスのインディオが着用した。

三七 **ハウンド** 猟犬。

三七 **フローレンス** フィレンツェ。ルネッサンス文化の中心地となった、イタリア中部の都市。

三九 **サンタ・マルタ** コロンビア北部、カリブ海に臨む古くからの港湾都市。Santa Marta。

四〇 **ポパヤン** コロンビア南西部の歴史の古い文化都市。一五三七年建設。

四一 **ポトシ** 現在のボリビア南西部、標高四一八〇メートルに位置する都市。一五四五年に銀が発見され、町を建設。一八六四年まで年間五百万ドル相当の銀をスペイン本国に供給。

四一 **センターボ** 補助通貨単位。ペソの百分の一。

四二 **オンス** 重量の単位。金衡では十二分の一ポンド、約三一・一グラム。

四二 **アタウアルパ** インカ帝国最後の皇帝。一五三三年没。

四四 **ハイド・パーク** ロンドン中心市街にある公園。元ウェストミンスター寺院の荘園、王室の狩猟場。戸外演説場《スピーカーズ・コーナー》で名高い。

四五 **レグア** 距離の単位。一レグアは約五五七二メートル。

四七 **タマーレス・デ・オーハ** 練ったトウモロコシの粉にひき肉を混ぜ、トウガラシで味付けしたものをトウモロコシの皮に包んで蒸したメキシコ料理。モルシーリャは、豚の血にタマネギ、香辛料、さらに米、パン、松の実などを加えてつくる腸詰。

四九 **トパーズ**　黄玉《おうぎょく》。

五一 **だく足**　馬術で、やや早足にはなっているが、まだ駆け足とはならない程度の足並みのこと。

五一 **サバンナ**　熱帯の一地帯。樹木のまばらな草原。雨季と乾季があり、夏の雨季にだけ牧草などを生じる。

五三 **ファカタティバー**　ボゴタの北西方、オンダに向かう国道沿いの村。

五三 **アルト・ペルー**　ペルーとアルゼンチンに挟まれた、アンデス山脈中の高原地域の旧称。アルトは、高い、の意。現在のボリビア共和国。

五二 **カラカス**　ベネズエラの首都。同国北部、カリブ海沿岸の盆地性高原の標高九六〇メートルに位置。一五六七年建設。Caracas。

五三 **マサト酒**　ペルー産の醸造酒。トウモロコシの煮汁に砂糖を加えて醱酵させた地酒。

五四 **セイバ**　パンヤ科の落葉高木。熱帯地方に分布。高さ約三〇メートルにもなり、紡錘形の果実からカポックと呼ばれる綿毛を得る。別名カポックノキ（一〇九頁参照）。

五四 **グアドゥアス**　ボゴタから北西に七〇キロメートル、オンダの南東二〇キロメートルに位置する町。Guaduas。

五七 **センナ**　熱帯産のマメ科植物。四五〇種ほどがあるうち、コバノセンナとホソバセンナの葉を乾燥したものをセンナ葉《ば》と称し、瀉下《しゃげ》剤に用いる。

五八 **総督領**　副王領を構成する行政区の一つ。続くアウディエンシアは司法院（聴訴院）、行政機能をも兼ね、議長領を管轄した。

五八 **ホーン岬**　南アメリカ最南端の岬。チリ領フエゴ島の南端に位置。

五八 **リャーノス**　オリノコ河（次項）流域の広大な平野《リャーノ》。ベネズエラとコロンビアにまたがる草原で、疎林を有し、サバンナ気候に属する。

五九 **オリノコ河**　ベネズエラを西から東に貫流する大河。Río Orinoco。

五九 **リャネーロ**　ベネズエラのリャーノスに住むカリブ・インディオの血を引く人々。平時は牧夫だが、忍耐強く大胆な性格を持ち、独立戦争では大いに活躍した。

六二 **苦しい状況**　理想実現のために祖国ベネズエラを相手に戦わなければならないこと。

六三　**サテュロス**　ギリシャ神話で、半人半獣の森の神。酒神ディオニュソスの従者で、淫乱と大酒呑みで聞こえた。

六三　**カサンドロ**　ギリシャ神話に登場する女予言者カサンドラを男性名にしたもの。カサンドラはトロイの敗滅を予言したが誰も信じなかった。転じて、凶事の予言者、顧みられぬ英知の象徴。

六四　**オカーニャ議会**　一八二一年にククタ（コロンビア北部、ベネズエラとの境界に近い山岳地帯の都市）で開かれた議会が制定したグラン・コロンビアの憲法を改正するため、一八二八年にボリーバルが招集し、オカーニャ（ククタの西北西一〇〇キロメートルに位置する都市。一五六〇年建設。Ocaña）で開かれた議会。

七〇　**ジョージタウン**　米国南部、サウスカロライナ州南東部、大西洋岸のウィンヨー湾奥に位置する都市。**シャーロットヴィル**は同国南部、バージニア州中部、アパラチア山脈の支脈山麓の都市。

七〇　**デモステネス**　古代ギリシャの雄弁家、政治家（前三八四―前三二二）。**キケロ**は古代ローマの雄弁家、政治家（前一〇六―前四三）。

七三　**キュラソー**　カリブ海南部、ベネズエラ沖にあるオランダ領の島。Curaçao。

七四　**ウェストミンスター**　ロンドン中央部、テムズ川岸の地区。政治の中心地として発展。**サンドハースト**は英国陸軍士官学校の所在地（英国南部バークシャー州の町）。

七四　**チュキサーカ**　現在のボリビア中南部、標高二六〇〇メートルの高原に位置する都市。一五三八年建設。現スクレ（ボリビアの憲法上の首都）。**ラ・パス**はチュキサーカの北西四一三キロメートル、アンデス山脈の標高三六〇〇メートルに位置する都市。一五四八年建設（政庁、国会があり、ボリビアの実質上の首都）。

七五　**ガリシア**　スペイン北西端部、北と西は大西洋に面し、南はポルトガルに接する地方。住民はケルト系が多く、ポルトガル語に近いガリシア語を話す。

七五　**トレシーリョ**　スペイン式トランプのゲームの一つ。三人で行なう。スペイン式トランプは、金《オロ》、聖杯《コパ》、剣《エスパダ》、棍棒《バスト》の四種の絵柄ごとに十二枚ずつ、計四十八枚の札を使用する。

七五　**ファイフ**　六孔から八孔を持つ小さなフルート。鋭く甲高い音を出し、軍隊の行進演奏や、戦場で各種の合図を送るために吹かれた。

七六　**ブカラマンガ**　コロンビア中北部、ボゴタの北北東二九〇キロメートルに位置する、同国で最も美しい都市の一つ。オカーニャからは南南東に一一〇キロメートルの距離。

八三　**ポートワイン**　ポルトガル原産の甘い赤葡萄酒。

八五　**ティプレ**　高音《トレブル》ギター。

八九　**コードバン**　馬の尻、背からとった上質のなめし革。スペインのコルドバ原産。

八九　**キングストン**　ジャマイカ島南東岸の港湾都市。一六九二年建設。

九〇　**カナリア諸島**　アフリカ大陸北西方、大西洋上に位置する火山列島。一四七九年よりスペイン領。小鳥のカナリアの原産地。

九一　**ラ・プラタ河**　南米大陸南部、アルゼンチンとウルグアイの国境を形成して大西洋に注ぐ河川。

九四　**ハイチ**　アンティーリャス諸島（一三七頁参照）のほぼ中央、イスパニョーラ島の西側三分の一を占める共和国。一八〇四年、世界初の黒人共和国として成立。

九五　**スクーナー**　通例二本マストの縦帆船。**私掠船**は、国王から与えられた私掠特許状により、敵国艦船の襲撃、拿捕の権利が認められた民間船舶のこと。カリブ海には十六世紀後半より出没。

九五　**ポルトー・プランス**　ハイチの首都。イスパニョーラ島西南岸、ゴナイブ湾南東岸に位置。一七四九年建設。町の美しさは、カリブ海の真珠と称えられる。Port-au-Prince。

九八　**バランカ・ヌエバ**　マグダレーナ河（一〇五頁参照）下流右岸の町。Barranca Nueva（新しい峡谷の意）。**プエルト・レアル**はマグダレーナ河中流右岸の町。Puerto Real（王の港の意）。

九九　**ウェリントン・ブーツ**　膝まである長靴。英国の将軍ウェリントン公（一八一五年、ワーテルローでナポレオン軍を破った。一七六九―一八五二）にちなんで命名。

一〇〇　**ユソウボク**　ハマビシ科の常緑高木。中米原産。材は車輛、器具用。樹脂は癒瘡木脂と呼ばれ、リューマチ、痛風などの薬用。

一〇一　**ボカチカス**　メバル属カサゴ科の大形食用魚。大口《ボカチャ》であることからの命名。

一〇二　**フェルナンダ七世**　当時のスペイン国王フェルナンド七世（ナポレオン体制崩壊後に復位して反動政治を強行、その間に新大陸のスペイン植民地多数が独立を果した。一七八四—一八三三。一六六頁参照）に掛けた綽名。

一〇三　**アンゴストゥーラ**　ベネズエラ中東部、オリノコ河上流右岸の都市《シウダー》。一七六四年建設。独立戦争時の根拠地となった。現シウダー・ボリーバル。

一〇五　**マグダレーナ河**　アンデス山脈から北上してカリブ海に注ぐ、コロンビア第一の河川。河の名はマグダラのマリアに由来。Río Magdalena。

一一〇　**アンダルシーア**　スペイン南部の地方。八世紀から十五世紀末までイスラム教徒の支配下にあり、その影響は今なお色濃く残る。

一一〇　**フンボルト**　ドイツの博物学者、地理学者。一七九九年から五年間にわたって南米新大陸を探検した（一七六九—一八五九）。

一一一　**クスコ**　ペルー南部、標高三三六〇メートルに位置する古都。一五三三年にスペインのピサロに征服されるまで、インカ帝国の首都として栄えた。

一一三　**モンポックス**　コロンビア北部、マグダレーナ河下流左岸の町。一五三七年建設。Mompox。

一一七　**煉獄**　カトリックの教義で、罪の償いを果していない信者の霊魂が一時的にとどまり、その後天国に入るための試煉を受ける浄罪界。

一一八　**コーデュロイ**　畝《うね》織りの丈夫な厚地木綿で、ビロード状の起毛がある。コール天。

一一九　**クレープ**　布面全体に細かい縮み皺を表した織物。また、縮み皺を寄せた紙。

一二〇　**聖金曜日**　イエスの受難を記念する日。聖週間（復活祭《イースター》前の一週間）中の金曜日。

一二〇　**漿液**　体腔の内面や内臓の表面を覆う膜を浸している透明な液。

一二一　**グアヤーバ**　熱帯アメリカ原産のフトモモ科の小高木。果実は球形か西洋梨形。和名バンジロウ。

一二三　**マホガニー**　センダン科の常緑喬木。中米原産。材は紅褐色、艶のある美しい木目があり、堅く水に強いので器具、家具用として賞用。

一二九　**ボヤカー**　コロンビア中部の州。西半部はアンデスの山岳地帯、東半部はリャーノスの熱帯平原。トゥンハはボヤカーの州都。一五三九年建設。

一二九　**サテン**　縦糸だけ、または横糸だけを長く浮かせて織った布。地が厚くなめらかで、光沢がある。繻子。

一三一　**ポンド**　一ポンドは、約〇・四五四キログラム。

一三四　**トゥルバーコ**　コロンビア北部の都市。カルタヘーナの南東二〇キロメートルに位置。Turbaco。

一三五　**サンブラーノ**　カルタヘーナの南東九〇キロメートル、マグダレーナ河左岸の町。Zambrano。

一三七　**ニュー・オリンズ**　米国南部、ルイジアナ州南東部の、同州最大の都市。一七一八年建設。スペイン、フランスの統治を経て、一八〇三年、米国に割譲。

一三七　**ネプチューン**　ローマ神話で、海の神。三叉の矛を持ち、白馬の引く車に乗り、海霊を従えて海を走る。

一三七　**百科全書**　「科学・芸術・技術に関する合理的な事典《アンシクロペディ》」（全二八巻、補遺五巻、索引二巻）の通称。一七五一—八〇年刊。ディドロとダランベールが監修。執筆者はヴォルテール、モンテスキュー、ルソーなど一八四名。啓蒙思想の集大成。

一三七　**グルノーブル**　フランス南東部、イゼール県の県都。アルプス地方の文化、交通の中心地。

一三七　**アンティーリャス諸島**　西インド諸島の主島群で、ユカタン海峡からベネズエラ沖にかけ、弧を描いて大西洋とカリブ海を仕切る形で連なる島々。

一三七　**アッシリア**　アジア西南部、チグリス川・ユーフラテス川上流地域の古名。紀元前二五〇〇年頃、セム系アッシリア人が都市国家を形成。

一四〇　**プラット神父**　フランスの高位聖職者。フランス革命からナポレオンの帝政にかけ、政治面で活躍（一七五九—一八三七）。

一四〇　**ラ・グアイラ**　ベネズエラ北部、カラカス北方のカリブ海に臨む港。一五七七年建設。一八一二年の地震と独立戦争で損害を受けた。

一四一　**聖バーソロミューの夜**　サン・バルテルミの虐殺。一五七二年八月二十四日、聖バルテルミ（バルトロマイ。キリスト十二使徒の一人）の祝祭日前夜から当日にかけて、パリのカトリック教徒が約二千人のユグノー派を虐殺した事件。

一四三　**ガレー船**　十七世紀末頃まで使用された、櫓・帆兼用の大型船。軍用または貿易用で、櫓は奴隷や罪人によって漕がれた。

一四四　**カツラザル**　南米産のオマキザル。頭に僧帽状に黒い毛がはえている。**アナコンダ**は熱帯南米産の大へビ。巨大なものは九メートルに達する。

一四八　**ランタナ**　熱帯アメリカ産の常緑低木。花笠状に集まった小花を咲かせ、花色を黄色から濃赤色へと次第に変化させる。シチヘンゲ。

一四九　**オレガノ**　シソ科の多年草。地中海沿岸原産。暗緑色の葉には樟脳に似た芳香と胡椒のような辛味がある。**サルビア**もシソ科の多年草で地中海沿岸原産。乾燥した葉にはほろ苦さとヨモギに似た強い香りがあり、古来、心身の強壮剤とされた。薬用サルビア。セージ。

一五〇 **クリストバル・コロン**　コロンブス（イタリア語名はコロンボ）のスペイン語名。

一五六 **〈すばらしき議会〉**　一八三〇年一月二十日に開かれた憲法制定会議のこと。ボリーバルはこの議会に大統領辞任を表明、議会は認めなかった。

一五七 **リブラ**　古い重さの単位。国や地方により異なるが、一リブラは約五〇〇グラム。

一五九 **セイレーン**　ギリシャ・ローマ神話で、頭部は女、からだは鳥の海の精。彼女らの住む島の近くを航海する船人は、その美しい歌声に魅せられ、難破して死んだとされる。

一六三 **サン・ハシント**　コロンビア北部の町。カルタヘーナの南南東七〇キロメートルに位置。一七七七年建設。ハシントは、ローマ時代の殉教者ヒュアキントスのスペイン語名。

一六四 **カポーテ**　闘牛で、牛をけしかけて操るケープ（袖のない短いマント）の一種。片面がピンクで片面が黄色。

一六六 **リオアーチャ**　コロンビア北部、グアヒーラ半島（二一八頁参照）西部のカリブ海に臨む港湾都市。同国でも最も古い都市の一つ。

一七二 **クラビコード**　鍵《けん》を押すと金属片が弦を叩いて音を出す矩形の鍵盤楽器。音は小さく、繊細。わずかな強弱変化と、ヴィブラートの表現が可能。十五—十八世紀に広くヨーロッパで演奏された。

一七六 **マルチニック島**　フランスの海外県をなす火山島。西インド諸島東部に位置し、ナポレオン一世の皇后ジョセフィーヌの生地として知られる。

一七八 **クンビア**　コロンビア起源の黒人系ダンス音楽。

一八八 **ヒルギ**　ヒルギ科の常緑樹の総称。熱帯の遠浅海岸にはえて特殊な森林群落（マングローブ）を形成する。

一八九 **カスティーリャ**　スペインの中央部から北部にまたがる地方。イスラム勢力に対する砦《カスティーリョ》が数多く築かれ、国土回復運動《レコンキスタ》の中心地となった。

一八九 **マノーロ**　マドリッドが流行の起源の大袈裟な婦人服の一種。

一八九 **アビラ**　スペイン中央部の都市。石と聖者の町と呼ばれる。

一九二 **モスリン**　メリンスの別称。スペイン原産の羊、メリノの毛を薄くやわらかく織った布。**チュニック**は、丈が腰よりもやや長めの婦人用の上衣。

一九三 **ベラクルス**　メキシコ南東部、メキシコ湾に臨む港湾都市。一五一九年、スペイン人がメキシコに建設した最初の町。

一九五 **パタゴニア**　アルゼンチン南部、すなわち南米大陸南端の半乾燥高原台地。

一九六 **カンゾウ**　マメ科の多年草。根は黄色く甘く、薬用、食品の香りづけに用いる。甘草。

一九八 **モンテス・アスーレス**　ジャマイカ東部の山脈。ブルー・マウンテン。

一九八 **フリゲート艦**　上下の甲板に三〇―六〇門の大砲を装備した十八―十九世紀の帆走軍艦。

二〇〇 **ランビキ**　蒸留器《アランビケ》。酒類蒸留器の意の蘭引《ランビキ》は、江戸時代にポルトガル語から借用。

二〇〇 **トゲバンレイシ**　熱帯アメリカ原産の果樹、蕃《ばん》茘枝《れいし》の多数ある近縁種のうち、最も広く栽培されている種類。

二〇〇 **エル・ピエ・デ・ラ・ポーパ**　ラ・ポーパの丘のふもと。ポーパは、船尾の意。

二〇一 **グラナダ**　スペイン南部、アンダルシーア地方の古都。八世紀にイスラム教徒が建設。アルハンブラ城を擁するグラナダ王国の都として栄えた。

二〇二 **ズック**　麻、亜麻、綿などの太糸を平織りにした、地の厚い丈夫な布地。カンバス。**ティアラ**は、婦人用の冠形髪飾り。ローマ法王の三重冠《ティアラ》に由来。

二〇六 **白兵戦**　刀、槍などによる近接戦闘。白兵は、抜き身の刀の意。

二〇九 **パナマ会議**　国際機構を目指してボリーバルが提唱した、イスパノアメリカの各共和国の代表で構成される国際会議。一八二六年六月に開かれたが、その理想は、分離主義的な党派によって裏切られることになる。

二〇九 **神聖同盟**　ナポレオン戦争後の一八一五年、ロシア皇帝アレクサンドル一世の提唱で結成された、欧州の君主による国家同盟。英国国王とローマ法皇のみ不参加。

二一〇 **クエーカー教徒**　英国に起り、米国で盛んになったプロテスタントの一派。霊感に震える者、の意。信仰生活の簡素を尊び、兵役を忌避する。

二一三 **フリートラント**　ボヘミアにあった公国の一つ。一八〇七年のナポレオン軍とロシア軍の激戦地。**ライプチヒ**は、ドイツ東部、ザクセン地方の都市。一八一三年、ナポレオン軍はこの地で連合軍との戦いに敗れ、敗走した。
二二四　**ベラドンナ**　ナス科の宿根草。西アジア原産。根と葉を鎮痛・鎮痙剤に用いる。
二二五　**バレンシア**　ベネズエラ北部、バレンシア湖北岸の商業都市。一五五五年建設。
二二五　**マラカイボ**　ベネズエラ北西部、マラカイボ湖北岸、ベネズエラ湾に通ずる港湾都市。一五一七年建設。
二二六　**キレネ**　アフリカ北部（現リビア）の古代ギリシャの植民都市。前九六年、ローマが征服。
二二三　**ヴォルテール**　フランスの百科全書派を代表する啓蒙思想家、小説家（一六九四―一七七八）。カトリック聖職者を手厳しく批判した。
二三〇　**リンネル**　亜麻糸で織った、薄く光沢のある布地。リネン。
二三一　**カンパーノ**　船の用材になるマメ科の木。マホガニーの一種。アメリカ産。
二三一　**ソレダー**　孤独、寂しい場所の意。
二三三　**ベドウィン**　アラビア半島から北アフリカの砂漠地帯に暮らすアラブ系の遊牧民。
二三四　**『ラ・アラウカーナ』**　スペインの詩人エルシリヤ（一五三三―九四）の三部作の叙事詩。インカなど異民族の支配を拒んだ、チリ中南部アラウカニアの原住民アラウカノ族とスペイン人との戦いを描く。
二三七　**マカロン**　クッキーの一種。マコロン。**ユッカ**は、トウダイグサ科イモノキ属の落葉低木。サツマイモ状の塊根からタピオカデンプンを採る。
二三七　**サゴヤシ**　ヤシ科の熱帯性常緑高木。幹の髄から沙穀《サゴ》（米粒状の白いデンプン）を得る。
二四三　**マスティフ**　紀元前からチベットで飼われ、イギリスで改良された番犬、護身用の大形猛犬。短毛。
二四六　**マクシミリアン**　オーストリア皇帝フランツ・ヨーゼフの弟（一八三二―六七）。一八六四年にナポレオン三世によってメキシコ皇帝の座に据えられたが、自由主義者の手で銃殺された。
二五四　**バランカ・デ・サン・ニコラス**　マグダレーナ河の河口左岸の港湾都市。一六二九年建設。現バランキリャ。Barranca de San Nicolás。
二五六　**レンズ豆**　マメ科の一年草。南欧、地中海沿岸産。種子は凸レンズ状で扁平。
二五六　**カモミール**　キク科の一、二年草。ヨーロッパ原産。頭状花を煎じたものを強壮剤、消化剤、解熱剤などに用いる。カミツレ。

二五八　**モハーラ**　アフリカチヌ。鯛に似た黒色の海水魚。

二六五　**貿易風**　南・北回帰線付近の高圧帯から赤道付近の低圧帯に向かって、ほぼ定常的に吹く東寄りの風。貿易航海の帆船が、この風を利用した。

二六六　**硝石**　天然に産する硝酸カリウムの結晶。無色か白色、針状または糸状。黒色火薬やガラスの原料となるほか、防腐剤、肥料に用いる。

二六六　**ネバダ山脈**　ネバダは、雪に覆われた、の意。アンデス山脈のこと。

二七二　**バルサム**　種々の植物から得られる樹脂と精油の混合分泌物。芳香があり、医薬、香油に用いる。**キニーネ**は、キナの樹皮から精製した結晶性アルカロイド。解熱剤、マラリアの特効薬。

二七九　**チンボラーソ**　エクアドル中北部に位置し、古来、アンデスの王様と呼ばれる火山。標高六三一〇メートル。chimboraso。

二七九　**インチ**　一インチは一二分の一フィート、約二・五四センチメートル。

二八一　**ドゥーロ**　スペインで、五ペセタ硬貨のこと。

二八二　**カンタリス**　ツチハンミョウ科の甲虫（危険が迫ると毒液カンタリジンを出す）を乾燥して作る生薬。皮膚刺激作用がある。また、媚薬。

二八三　**ガリバルディ**　イタリア統一の英雄（一八〇七—八二）。**メルヴィル**は、米国の作家（一八一九—九一）。**ローサス**は、アルゼンチンの有名な独裁者（一七九三—一八七七）。

二八四　**マダポラン**　インド産の厚地キャラコ（目の細かな平織綿布）。**バーラ**は、くくった荷物の意で、貨物の個数、数量をあらわす。梱《こり》。

二八五　**レアル**　十一—十九世紀のスペイン、中南米で広く用いられた銀貨。**クァルティーリョ**は、レアルの四分の一に相当する貨幣単位。

二八六　**終油の秘跡**　カトリックで、臨終間際の信徒の目、鼻、口、耳、手、腰、足に香油を塗って、神の聖寵を与える儀式。

二八六　**カソック**　カトリックの聖職者が日常の外出用に着る、通例黒色の長衣。スータン。**アストロメリア**は、別名ユリズイセン。ヒガンバナ科の多年草で、ブラジル原産の球根草。

二八六　**タマリンドの木**　マメ科の常緑高木。南アジア、アフリカ原産。豆果を酢や清涼飲料の原料とする。

二八六　**トリニタリア**　三色菫《すみれ》。

付録
ガブリエル・ガルシア＝マルケス
——いいアイデアの詰まった戸棚

ラウル・クレマーデス
アンヘル・エステーバン
（木村榮一　訳）

一九五七年の春の一日、コロンビア出身の新聞記者で作家でもある若者が、雨模様のパリのサン・ミシェル大通りを歩いているときに、憧れの作家の姿を目にした。妻のメアリー・ウェルシュと散歩している本物のヘミングウェイがそこにいたのだ。「私は二つの対立する仕事の間で引き裂かれた」と彼は書いている。「新聞記者としてインタビューすべきか、それとも通りを渡って、あなたを崇拝していますと包み隠さず言うべきかで迷った。しかし、どちらを選ぶにしても問題があった。というのも、その後もずっとそうだったが、私は英語があまり得意でなかったし、加えて彼のしゃべる闘牛士の使うスペイン語が理解できるかどうか分からなかったのだ。下手をすると、千載一遇のチャンスを逃してしまうかもしれないと思い、どちらもあきらめて、ジャングルのターザンよろしく両手を口にあてがうと、こちら側の歩道から《お師匠さあああん》と呼びかけた。アーネスト・ヘミングウェイは学生が大勢いる中にお師匠さんと呼ばれるような人間はほかにいないとすぐに気づいて、手を高く上げると、子供っぽい声で《さようならあああ、友よ》とスペイン語で答えを返してきたが、それが彼に会った最後だった。」作家がほかの作家の作品を読むのは、その構造をばらばらにし、創作の過程で作者がたどった道筋を見極めようとする、つまり作品を裏返しにして、縫い目を探すためでしかないというのが一般的である。「われわれは」とガルシア＝マルケスは書いている。「作品を本質的なパーツに分解し、個人経営の時計屋の秘密が理解できた時点でもう一度組み立て直す。」フォークナーの場合は、と彼は続けて言う。「そういう試みをしても徒労に終わるだけである。なぜなら、彼は作品を書くための有機的なシステムを持っているわけではなく、解き放たれたヤギの群がガラス製品の並んでいる店の中を駆け回るように、聖書的な世界の中を盲目的に歩き回っているにすぎないからである。彼の作品のあるページを分解しても、バネとねじがあまって、二度ともとに戻せないように思われる。それにひきかえ、霊感、熱情、狂気のいずれをとっても彼より劣っているヘミングウェイは、明晰な厳格さを備えており、鉄道の車両のようにねじが外の見えるところについている。おそらくそれゆえだろうが、フォークナーは私の魂と深くかかわっていた作家であり、ヘミングウェイは私の仕事とより深くかかわっている作家なのである。」

具体的に言うと、彼はヘミングウェイから創作の仕事場でもっとも有益と考えられる教訓を学んだ。すなわち、毎日続けている仕事を途中で投げ出すか、あるいは中断するのは、翌日にやる分のめどが立ったと直感的に感じるか、これでいけると分かったときだけである。作家という闘牛士にとって、もっとも手ごわい相手は白紙という牡牛《おうし》だが、その牡牛を相手に苦しい戦いを強いられたときにとれる唯一の方策がそれなのである。

天職と時間の緑青

天職は、雪崩《なだれ》のように圧倒的な力で襲いかかってくる。したがって、そうと分かった時点で人は説明のつかない力に押し流されて、盲目的な衝動に身をまかせることになる。作家はそのとき、これでものが書けるというゆるぎない確信を得るはずである。それどころか、時に天職に目覚めることで人生に新しい一ページが開かれることがある。事実、一九九八年三月二十四日号の〈クラリン〉誌で、執筆中の『回想録』について尋ねられたガルシア＝マルケスはこう答えている。「生物学的な誕生の日から語っていく年代記的な回想録ではなく、本当に私が生まれた日、つまり作家になろうと決心した日からはじまる作品なんだ。」時がたつにつれて、激しい衝動はおさまり、深い思索、知見、学識、さらには自分が何を書き、なぜ書いているのかという自覚が生まれてくる。その時点で作品はいくぶん穏やかになるが、逆に深みと円熟味が増してくる。さらに、ヘミングウェイが言ったように、「書くという行為がもっとも重大な罪悪、もっとも大きな喜びに変わってしまうと、それを止められるのはもはや死しかない」と考えるようになる。コロンビアの作家にとって、一冊一冊の本、ひとつひとつの物語は最初の発見、ある啓示、発展させるに値するテーマが前提となって生まれてくるが、同時にそれは本人が自分の天職を確認することとも結びついている。いい物語を書く上で何よりも必要とされるのは、それにふさわしいアイデアを持つことである。アイデアが固まれば、遅かれ早かれ小説《ノベラ》、あるいは短篇《クエント》が生まれてくる。これまでもそうだったし、今もそうだが、ガルシア＝マルケスはいいアイデアを収集し、記憶の戸棚にしまいこむと、可能性を探りつつ、それらをつなぎ合わせる糸筋を少しずつ見出していくと言っていいだろう。その仕事には忍耐力が求められる。アイデアを抱いてから書き上げるまでの創作のプロセスは何年も、いや、五年、十年、時には何十年もかかることがあるからである。アイデアというのはブドウ酒のようなもので、時間がたてばたつほど熟成が進んで重みを増し、ある瞬間にどっとあふれ出す。一方、すぐに使えるある種のアイデアに関しては疑ってかからなければならない。「実を言うと」と、彼は『グアヤーバの香り』というインタビュー集の中で友人のプリニオ・アプレーヨ・メンドーサに明言している。「ぼくが興味を持っているのは、長年放置しておいても消えてしまわないようなアイデアなんだ。『百年の孤独』のアイデアは十八年、『族長の秋』のそれは十七年、『予告された殺人の記録』のそれは三十年間生きつづけたが、そうなると書かざるをえないよ。」

彼の場合、出発点になるのはつねに視覚的なイメージである。たとえば、彼が自分でもっともすぐれた短篇だと考えている『火曜日の昼寝』は、喪服を着た女性と女の子がむせ返るように暑い日に、黒い雨傘をさし、人気《ひとけ》のない村の中を歩いている情景がもとになって生まれた。最初に出版された彼の小説『落葉《おちば》』（一九五五）は、孫を連れて埋葬に行く男のイメージが出発点になっている。自分の最初の小説は母親と一緒にアラカタカ（小説の中ではマコンドになっているが）をふたたび訪れたときの旅行から生まれてきたと、彼自身は言っている（中には、寂しくて荒涼とした感じがするところから、あの土地は彼の全作品に通底するものだと考えている人もいる）。ガボ——家族のものや友人は彼のことをそう呼んでいる——が八歳のとき、母方の祖父マルケス大佐が亡くなった。それを機に、幼年時代を祖父母と過ごした町を出て行くことになった。長い年月が過ぎたあと——その頃はすでに法学の勉強を放棄していた——、まだ身分証明書ももたず、幸せな日々を送ったあの家を売却するために、母親と一緒に町に戻った。駅には沈黙とほこりがあるだけで誰もおらず、なかば崩壊したような町は、人影もなくゴースト・タウンのようになっていた。子供の頃に遊んだ通りを母親と歩いたが、すっかり様変わりしていた。家に着くと、薄暗い部屋で一人の女性が縫い物をしていた。母の女友達だった。しかし長い年月がたち、あたりがすっかり荒れ果てていたこともあって、最初はお互いに誰だか分からなかった。ようやく気がついて彼女たちは抱き合い、わっと泣き出した。「あの再会がもとになって」とガルシア＝マルケスは言っている。「私の最初の小説が生まれたんだ。」シンガー・ソングライターのホアキン・サビーナが「自分が幸せだった時代に戻ることはできないと悟ったのは、マコンドだった」と書いているのはおそらくそのせいだろう。ガルシア＝マルケスのもうひとつの小説『大佐に手紙は来ない』（一九五八）は、バランキーリャの市場でランチが到着するのを待っている男のもの悲しげな姿から生まれてきた。それは後年作者がパリで経済的に逼迫《ひっぱく》し、大佐と同じ辛い思いで自分を苦境から救ってくれる郵便為替《かわせ》が届くのを待っていたときの経験と結びついている。

『百年の孤独』の場合はもう少し事情が入り組んでいる。最初のイメージの上に、年月とともにさまざまなアイデアと直観が付け加えられていったからである。二人の女友達が荒れ果てた村で再会したというアイデアはおそらく消えずにあったのだろうが、そこに思春期以降のイメージが次々に積み重ねられていった。五〇年代に入ると、幼年時代のすべての経験をそっくりそのまま文学的な形で吐き出したいという止《や》むに止まれぬ思いが一種の強迫観念になっていた。ガルシア＝マルケスは、「土を食べる妹や未来を予見できる祖母、それに至福感と狂気をはっきり区別しない、同じ名前をもつ大勢の親戚のものたちが暮らしているだだっ広くて物悲しい家の中に」、アラカタカで過ごした頃のことを詩的な形で書き残すことができるかもしれないと感じ、大きく膨れ上がっていくその直観を心の奥に大切にしまいこんだ。当時は祖父母との関係がもっとも重要だった。というのも、彼は乳幼児の頃から八歳まで祖父母のもとで暮らしたのであり、その間に次から次へと残り十五人の兄弟と従兄弟が生まれていった両親の家は別の町にあった。マルケス大佐は自由派の人間で、町では大変尊敬されていた。以前、口論の末に銃で人を撃ち殺したことがあり、その死者がつねに心に重くのしかかっていた。時々、孫を連れて通りを散歩しながら大きなため息をついて立ち止まると、「死者の重みがどんなものかお前には分からんだろうな」と言った。祖父は十九世紀末の内戦の際に戦闘に加わった経験があり、危険に満ちたその体験をしょっちゅう孫に語って聞かせた。女性ばかりが大勢暮らしているあの家には男が二人しかいなかったせいで、祖父と孫はより強い友情の絆で結ばれることになった。祖父が語って聞かせた体験談は未来の小説家の心の中に消すことのできない痕跡を残した。誰からも尊敬されていた祖父は孫のために特別に時間を割き、子供らしい悩みに耳を傾け、やがてマコンドと名づけられることになる町の通りを散歩し、孫の質問に答えてやった。しょっちゅう辞書をひいては、それが言葉の無限の宝庫であることをガブリエルに教えた。ガブリエル少年にとってほこりまみれの古くて大きなその本は、すべての謎を解き明かす魔法のランプに変わった。この頃のある具体的なエピソードから視覚的なイメージが生まれたことが『百年の孤独』誕生のきっかけになった。一人の老人が子供をつれてサーカスへ行き、展示してある氷を見せてやるというのがそれである。やがてあの小説の冒頭に描かれることになるこのイメージは、作者自身がプリニオ・メンドーサに語った二つの出来事と結びついている。「アラカタカで暮らしていた幼い頃に、祖父が私をサーカスへ連れて行って、ヒトコブラクダを見せてくれたんだが、そのときのことは今でもはっきり覚えている。別の日に、まだ氷を見たことがないと言うと、今度はバナナ会社の野営地へ連れて行き、冷凍のタイが入っている箱を開けて、中に手を突っ込むように言ったんだ。そこからのイメージが出発点になって、『百年の孤独』が生まれてきたんだよ。」

幼い彼は祖父を通じていろいろなものを吸収し、その一方で祖母からは幻想的な世界があることを教え込まれた。それらを語ることになる作品のテーマが熟成するまでには長い年月を要した。幼年時代の世界を語りたいという思いが強迫観念のようにつきまとって離れなかった。しかし、五〇年代はジャーナリズムの仕事に忙殺されるかたわら、初期の小説と短篇を発表したに過ぎず、しかもおおかたの批評家や一般大衆から黙殺に近い扱いを受けた。当時パリで暮らしていた彼の生活は安定せず、時には公園のベンチやむせ返るように暑い地下鉄の駅で夜を明かしたり、生きていくために人に金をねだったこともあった。キューバ革命に関心を持ったのもこの頃で、一九六一年にはプリニオ・メンドーサやリカルド・マセッティとともにプレンサ・ラティーナという通信社の仕事をしており、やがて彼はそこのニューヨーク特派員になった。ＣＩＡから、キューバへ国外追放になると脅されたので、通信社を解雇されたマセッティと相談して仕事をやめ、妻子を連れてバスでメキシコへ行く決心をしたとき、ポケットにはわずか百ドルしか入ってなかった。メキシコでは一時経済的に非常に苦しい状況に追い込まれた。そんな中、この国の首都でようやく機が熟し、しまっておいたアイデアと蓄積してきた思い出とイメージをもとにして作品を書きはじめた。四年近く一行も書いていなかった彼が、一九六五年一月、メキシコ市からアカプルコへ行こうとしたときに突然車を停めて、妻のメルセデスに言った。「やっと語り口が見つかった。息子が父親に連れられて氷を見に行くあの午後からはじめて、祖母と同じように何食わぬ顔をして幻想的な話を語ろうと思うんだ！」一家は結局アカプルコへは行かなかった。車をUターンさせて家に戻ったガルシア＝マルケスは、部屋に閉じこもって執筆に取りかかった。家族の貯金、それに友人たちの援助を受けて五千ドル掻き集めると、メルセデスに、この先何ヶ月かかるか分からないが邪魔をしないでくれと言った。実際は書き上げるまでに十八ヶ月かかり、その一年半の間に家計は逼迫して、借金が一万ドルに膨れ上がった。執筆の過程で、最後の啓示が訪れた。プリニオ・メンドーサによれば、ガルシア＝マルケスは、あのテキストを書いているときに、小説が「あるボレロに似ているように思えるんだ。途方もないセンチメンタリズムにはまり込みそうになり、崇高さと嫌味なきざっぽさが限界点まできているんだよ」と語っている。さらに、「これまで本を書くときは危険をおかさないよう用心して、もっとも安全な道をとるようにしてきたんだが、今回はがけっぷちぎりぎりの所を歩かなければならないと感じているんだ」と語り、ついで予言的な言葉でこう結んだとのことである。「この本で衝撃を与えるか、自滅するかのどちらかだ。」そして、十八年間暖め続けてきた物語は成功を収め、さまざまな言語に訳されて世界的な反響を呼び、何百万部も売れた。

『族長の秋』（一九七五）は戸棚の中で十七年間生きつづけた。幼い頃、祖父の話を聞かされて育ったガブリエル少年は、暗闇——棺の闇だけでなく、独裁者自身の孤独の闇も含む——のせいで老いさらばえた族長という存在に対して興味を抱いていた。彼がそのテーマに関心を持ち、強迫観念の詰まったクローゼットにしまいこもうと考えたのは、権力の持つ魔力に魅せられたからにほかならない。彼の物語には首領、誰からも手紙の来ない軍人、迷宮の将軍などが大勢登場する。

一九五八年一月二十三日、カラカスのサン・ベルナルディーノ地区にいたガルシア＝マルケスと友人のプリニオは、ベネズエラの独裁者ペレス・ヒメーネス（一九一四―二〇〇一）が七年間にわたる汚辱に満ちた統治の後、飛行機でカリブ海の上を飛んで国外へ亡命したというニュースに接した。ガルシア＝マルケスは、当時彼がカラカスで暮らしていた家の執事から話を聞いて、独裁権力のメカニズムに関心を抱いていた。その老執事は彼に、ペレス・ヒメーネスより前に三十年間近くもこの国を自分の好きに統治していた地方出身の族長フアン・ビセンテ・ゴメス（注・支配は一九〇八年から三五年まで。一八五七―一九三五）の独裁制がどういうものだったかを詳しく語って聞かせた。ペレス・ヒメーネスが失脚した二、三日後、国家評議会が招集されたときに、直観的に小説が書けそうだと感じた。「何かが起こっているというので」と彼は語っている。「われわれ新聞記者やカメラマンは大統領官邸の控え室で待機していた。明け方の四時ごろに突然ドアが開いて、戦闘服に身を包んだ軍人が姿を現した。その軍人は泥だらけの軍靴をはき、手に機関銃を持ったまま後ずさりしていった。機関銃をこちらに向け、軍靴についた泥で絨毯を汚しながらわれわれ新聞記者の間をすり抜けると、階段を降りて車に飛び乗り、そのまま国外に逃亡したんだ。最終的に組閣をどうするかで議論を戦わせている部屋から、あの軍人が飛び出してきた瞬間に、権力、権力の神秘がどういうものか直観的に理解したんだ。」最初の直観に続いて視覚的なイメージが生まれてきた。沢山の牝牛《めうし》がひしめいている宮殿にたった一人でいるひどく年老いた独裁者のイメージで、これが最終的なテキストを書くための出発点になった。一九五九年、キューバにいるときに彼は、作品を書きはじめる上で必要不可欠な構造が見つかったと思った。死刑を宣告された老独裁者が刑を執行される前に長い独白をするという形式がそれだった。しかし、問題が二つあることに気づいた。つまり、独裁者はベッドで大往生を遂げるか、テロを通して突然暴力的な死を迎えるかであるものなのに、どちらの死に方もしない点、もうひとつは独白の形式を用いると、物語がたった一人の人物、たった一つの言語に限定される点だった。こうして、作品はいいアイデアの詰まった戸棚にしまいこまれることになった。一九六二年、メキシコで暮らしているときに三百枚書き上げたが、構造上の問題が解決できなかったので執筆をやめ、そこまで書き溜めたものを忘れてしまった。その後、『百年の孤独』を書くために部屋にこもることになったので、独裁者の作品は中断されたままになった。マコンドの世界を描いた後、一九六八年バルセローナでふたたび筆を執り、半年間執筆に没頭したものの、主人公がいくつかの倫理的な問題をどう考えているのか明確にできなかったので、ふたたび執筆をやめた。その二年後、ヘミングウェイの序文が入った象に関する本を買った。ノーベル賞作家の書いた文章にはあまり惹かれなかったが、象の生活に関する記述に興味深い箇所がいくつか見つかった。「あそこに小説を書くための答えがあった」と彼ははっきり言っている。「象の習慣を通してみると、独裁者のモラルは実にうまく説明がつくんだ。」しかし問題はもう一つあった。小説に出てくる町をむせ返るように暑い熱気で包むことができなかったのだ。カリブ海の土地を舞台にする以上、そうでなければ話にならなかった。そこで彼はバルセローナを捨てて、家族を連れてカリブ海に向かった。「当時は」と彼は言っている。「何もせずに一年近くあのあたりをさ迷い歩いたよ。バルセローナに戻ると、何種類かの植物の種をまき、熱帯の香料を置き、ようやく読者にもむせ返るように暑い町の雰囲気を感じてもらえるようになったんだ。その後はもう何の問題もなかったね。」

ところが、事はそう簡単ではなかった。この作品では散文詩のスタイルを用いたこともあって、完成までにひどく時間がかかった。一作一作には固有の言語と固有のトーンがあり、それゆえガボは『百年の孤独』で作り上げた魔術的、幻想的な雰囲気を払拭《ふっしょく》する必要に迫られていた。彼は詩を書くようにゆっくり時間をかけ、ひとつひとつの章句の音楽的構成に耳を傾けながら、一語一語刻むようにして書いた。そのために、丸一日かけても一行も書けない日が何日も続いた。物語の詩的構成に目を向けると、ルベン・ダリーオ（注：音楽的諧調と色彩を詩にもたらそうとした詩人。一八六七―一九一六）の影響がはっきり読みとれる。あのニカラグアの詩人は、小説の中に登場するだけでなく、作中に彼の詩がいくつも挿入されているが、以下のような散文詩がそれである。「お前の白いハンカチの、このイニシャル、赤で縫取りされたイニシャルが気になるな、気の毒だけど、閣下のものじゃないわ。」（鼓直訳）ガルシア＝マルケスはダリーオにならって、自分の作品の中に聴き心地のいい音楽的な諧調を取り入れた。作品のトーンが詩的で音楽的なものであるべきだと気づいた時点で、一日の大半を執筆の助けになるような音楽を聴いて過ごした。バルトーク・ベラやカリブの民衆音楽に耳を傾け、独特の旋律を自分のものにした。

また、『族長の秋』はコロンビアの作家が書いたもっとも自由な作品になっている。つねづね彼はこのような作品を書きたいと考えていた。この小説は作者自身の心のうちがもっともよく現れている、彼にとって満足のゆく作品であり、またもっとも実験的な小説でもある。この作品がもし線的な構成をとっていたら、おそらく単調なものになっていただろう。けれども、螺旋《らせん》を描いて物語が進行してゆくので、時間が圧縮され、普通よりもはるかに多くのことがまるでカプセルのようにぎっしり詰め込まれている。加えて、多様な独白を用いることで、さまざまな名もない人たちの声が織り込まれ、しかも、独裁者による権力の乱用に抵抗しようとする無名の大衆の陰謀と結びついているカリブ海特有の歴史を取り入れることに成功している。

『予告された殺人の記録』の場合は、胚胎期がさらに長かった。テーマが他の作品のそれと同じく非常に古いものだったばかりか作品が完成したのはようやく一九八一年である。この小説は一九五一年にスクレで起こった事件に基づいている。ガボは、事件の関係者の中に何人かいた友人と、当時の新聞に掲載されたわずかな資料から事件のことを知った。それはできのいいルポルタージュにはなっても、小説のテーマといえるようなものではなかったので、当初はジャーナリスティックな関心しか抱かなかった。しかし、ルポルタージュというジャンルはコロンビアではほとんど育っていなかった。自分が働いているような小さな地方紙が興味を示すことはまずないだろうと考えた彼は、事件を文学的な観点から見直すようになった。けれども事件には多くの友人、知人、親戚のものがかかわっていたせいで、息子が小説に書こうと考えていると知った母親に猛反対され、決心が鈍った。書くのなら、せめてサンティアゴ・ナサールの母親が亡くなってからにしてほしいと、ことあるごとに彼女は息子に頼んだ。その上ストーリーを別にすれば、まだ何も決まっていなかった。その後、少しずつ事情が明らかになって行き、何年もの間、ああでもない、こうでもないと考えた末に、「実は、二人の殺人犯は犯罪をおかす気はなく、誰かに止めてもらおうとしてできる限りのことをしたにもかかわらず、功を奏さなかったのだ」というもっとも基本的な事実を発見した。

次には、語り手を誰にするかが問題となり、構成上のこの問題がもとで執筆がさらに遅れた。小説を展開させる中で、すべての事件をつなぎ合わせる唯一の中軸があの殺人事件なので、作品は事件の詳細な記述で終わらなければならない、とガルシア＝マルケスは考えていた。そうなると、自分が語り手になるしかなかった。小説の中ではじめて彼は主人公になった。「主人公になれば」と彼は指摘している。「小説を構成している時間の中を右であれ左であれ、好き勝手に動き回れるはずである。つまり、三十年かかって私は小説家がしばしば忘れている大切なこと、もっともすぐれた文学形式とはつねに真実なのだということに気がついたのだ。」

それでも完成にはほど遠かった。もうひとつ欠けている大切なものがまだ見つからなかったのだ。テキストの結びの部分はすでに決めていた。それは時間軸に沿って物語る結末ではなかった。殺人事件の後、さらに町中の人間が茫然自失し、ビカリオ兄弟が裁判にかけられ、バヤルドが姿をくらまし、アンヘラが孤独にさいなまれるなど、次々にいろいろな出来事が続いていくからである。長い年月がたち調査を再開する主人公である語り手には、事件から二十五年近くたってもまだ分からないところがあった。ガボはあるとき、あの物語をどうしても語らなければならないと考えることによって、作家という天職が確固としたものになった、と述べている。「若い頃とても親しくしていた、人格的にも大変立派な友人がいた。彼はある女性と結婚し、相手の女性が結婚直後に実家に帰されるという出来事があった。彼は身に覚えもないのに、その女性を辱《はずかし》めたと言われ、町中の人が見守っている中、女性の兄弟の手でナイフで刺し殺された。明るく陽気で颯爽《さっそう》としていたその男はサンティアゴ・ナサールと言い、土地のアラブ人社会でも傑出した人物だった。私が作家になろうと決心する少し前に起こった事件で、あれだけはどうしても人に話したいという気持ちに駆られたんだ。どうやらあの事件がもとで私は作家になる決意を固めたような気がする。」やがて彼は、書き残す場合の一番いいスタイルを探し求めて親戚のものや知人を捕まえてはあの話をするようになった。友人の一人から、欠けているものを探しだす秘訣は、物語の内部に隠されているものが見つかるまで、周りにいる人間に相手かまわず話して聞かせることだと忠告されたのだ。「むろん、その忠告に従ったよ」と彼は言っている。「長い間、ひょっとして誰かが欠けているところを見つけてくれるかもしれないと思って、誰かれなしにあの話を語って聞かせた。若い頃から断片的に何度も聞かされてきたメルセデスはすっかり覚えこんでしまい、おしまいには私よりもうまく語れるようになったな。みんながまだ若かった頃、ルイス・アルコリーサがメキシコの家であの話を録音したこともある。モザンビークの辺鄙《へんぴ》な村に滞在したおり、キューバ人の友人たちにシカの肉だとだまされて、通りをうろついていた犬の肉を食べさせられたことがあって、あのときはルイ・ゲーラを捕まえて六時間ぶっ続けにあの話をした。それでもあそこに欠けているものが見つからなかったんだ。私の文学上のエージェントをしているカルメン・バルセルスにも、長年にわたって列車や飛行機の中、あるいはバルセローナはもちろん世界中の旅先で話して聞かせた。話を聞くと、いつも涙を流すんだ。感動していたのか、私がいつまでたっても小説にしないので泣いていたのかは分からなかったけどね。親しい友人のアルバロ・ムティスにだけはあの話をしなかった。実はそこには実際的な理由があったんだ。私は小説を書くと、まず彼にオリジナルの原稿を見せていた。だから、彼にはよけいな先入観を与えたくなかったんだよ。」

　長期のヨーロッパ旅行を終えて帰国した直後に、ガボはサバニーリャ海に面したアルバロ・セペーダ・サムディオの家を訪れた。そのときにアルバロが突然こう言った。「君の喜びそうな話があるんだ。実は、バヤルド・サン・ロマンがアンヘラ・ビカリオに会いに行ったんだよ。」アルバロの予想どおり、ガルシア＝マルケスは呆然となった。「二人は今マナウレで一緒に暮らしている」と彼は続けた。「すっかり年をとってしまったけど、二人とも幸せに暮らしているよ。」長い探求はそこで終わりを告げた。結婚式をすませたその日の夜に新婦を離縁した男が、二十三年後に同じ女性とふたたび一緒に暮らすことになったのだ。この啓示が「世界に秩序をもたらした。何もかもすっきりしたんだ」と彼は語っている。「殺された友人に同情していたこともあって、私はずっとあれは身の毛のよだつような犯罪だと思い込んでいた。しかし、実は恐るべき恋の、秘められた物語にすべきだったんだな。ただ、あのときはもう少しで隠された細部を知ることなくあの世へ旅立つところだったんだけどね。その二時間後にアルバロと私が乗ったカタトゥンボ・デ・アルバロ・オブレゴン社のバスが転落したんだ。あのときは奇跡的に命拾いしたよ。《何てことだ》と冷たい海の底に転落していきながら、私は考えた。《あれほど捜し求めていたものが見つかろうとしているのに、それを語ることもできずに終わるのか！》ってね。私は回復すると、とりわけ事故のショックから立ち直ると、すぐにバヤルド・サン・ロマンとアンヘラ・ビカリオが幸せに暮らしているマナウレの家へ出かけて行った。彼らが和解したことが信じられず、その理由を聞き出したかったんだ。」その旅行中にあるバーで、一人の男と知り合った。彼はガルシア＝マルケスの顔を見るなりこう尋ねた。「あんたはニコラス・マルケス大佐と縁続きの人間じゃないのかね？」彼が大佐の孫だと答えると、すぐにこう言った。「だったら……あんたの祖父におれの祖父は殺されたんだ。」亡くなった祖父たちを偲んで、彼らは熱く燗をしたブランディを飲み、ヤギの煮込み料理をつつきながら三日三晩どんちゃん騒ぎをし、内戦のときに大佐がのこした無数の子供たちのうちの十九人と会うために果てしない旅をしたあと、ようやくバヤルドとアンヘラの住んでいる家の戸口にたどり着いた。あの啓示のおかげで完結した物語を楽しく書くことができた彼は、啓示の結末を以下のように語っている。「むせ返るように暑い時間に、窓辺で一人の女性が器械を使って刺繡をしていた。半喪の服を着、ワイヤーのメガネをかけ、黄ばんだ白髪をしていた。頭の上には休みなくさえずっているカナリアの入った籠が下がっていた。牧歌的な窓枠の中に収まっている女性を見て、あれが彼女でありませんようにと祈った。だって、人生が三流の文学と変わりないというのが許せなかったんだ。しかし、やはり彼女だった。あの事件から二十三年後に再会したアンヘラ・ビカリオに間違いなかったんだよ。」

スコットの強壮剤は、戸棚の上の左隅

母親は、台所の戸棚に必ずといっていいほど小瓶をしまいこんでいる。調理用のものもあるが、中には効き目が強く、その分危険な薬もあって、そういう小瓶はふつう子供たちの手の届かない所に置いてある。ガブリエルの母親はいいアイデアを大切にしまいこむようにスコットの強壮剤を、誰にも触れさせないために戸棚の上の左隅に隠していた。そうしておけば長い間効能が落ちないし、必要なときすぐに取り出せるからだ。その戸棚と強壮剤の中に息子がすくすく成長し、立派な人間になるために必要なものが秘められていることを彼女は知っていた。一九八二年、ガルシア＝マルケスがノーベル賞を受賞したときに、コロンビアのラジオ局がドーニャ・ルイサ・サンティアーガと連絡を取り、今回受賞の栄誉に輝かれた息子さんのガビートには何か特別な教育を施されたのですかと尋ねた。彼女はひどく興奮していたが、いつもの生真面目な態度を崩さず、子供の頃に何度もスコットの強壮剤をむりやり飲ませましたから、あの子が頭のいい子に育ったのは、そのせいにちがいありませんと答え、さらに彼女はラジオ局の人間に、一年前から電話器が壊れているので、修理してもらえないだろうかと頼んだ。戸棚の薄暗がりの中でさまざまな直観とともにひっそり身を潜めていたあの強壮剤は、真実と触れ合った時にだけ効力を発揮する。それは犯罪者に自分の悪事を認めさせる自白剤のようなものではなく、むしろ日常的な現実に作用する薬なのである。すでに見てきたように、コロンビアのあの作家の書いた小説や短篇は現実の歴史に基づいている。すぐれた文学は人生に似ているのであって、その逆ではないのである。「私の小説には」と彼は過激なことを言っている。「現実に基づかない文章はただの一行もありません。」では、彼の作品からたえずにじみ出てくる詩的魔術や、彼の物語の中につねに漂っている超自然的な要素をどう説明すればいいのだろう？　彼はノーベル賞の授賞式の講演にカリブ風のグアヤベーラ（注：白い綿の薄地の上っ張り）を着、バックグラウンド・ミュージックにバルトーク・ベラの『インテルメッツォ・インテロット』（注：管弦楽のための協奏曲の第四楽章。中断された間奏曲の意）をかけてもらって登場すると、こう述べた。「あえて言わせていただけば、われわれの現実が途方もないものなのであって、今年スウェーデンの文学アカデミーから評価された文学的な表現が特別だったわけではありません。あの現実離れした世界に生きるすべての人間は、私も含めてそれほど想像力に頼る必要はありませんでした。というのも、自分たちが送っている生活をなるほどと納得のゆくように語るためには、従来の型にはまった表現だけでは十分ではなかった、われわれにとって最大の挑戦はそれだったのです。これがわれわれの社会の核心なのです。」

ラテンアメリカでものを書く場合は、現実とフィクションの境界をはっきり見定めておく必要があり、厳格な合理主義を極端に推し進めたり、純粋で混沌とした幻想に身をゆだねたりしてはならない。ガルシア゠マルケスは幼い頃に柔軟なものの見方を身につけ、思春期の読書で天性の頭のよさに磨きをかけた。芸術的な人間形成の上で、最初に影響を受けたのは祖母だった。「祖母は私に」と過去をこう振り返っている。「まるで今、目にしたばかりだという顔をして、ぞっとするような出来事を淡々と語って聞かせてくれたものだ。あんなふうに表情ひとつ変えずに、イメージ豊かに語ることによって、祖母のお話がいっそう本当らしく思えるということに気づいていたので、『百年の孤独』を書くときは、その語り口を真似たんだ。」祖父が戦争や確固とした現実世界にまつわるさまざまなお話、矜持、家の外での足が地についた生き方を象徴していたとすれば、祖母は少年時代の彼にとって超自然的なもの、あの世、空想と神秘に満ちた不確かな世界を体現していた。「私は、現実主義者で、勇気があり、自信にあふれていた祖父のような人間になりたいと思う一方で、たえず祖母の世界を垣間みたいという思いに駆られてもいた。」人生がはじまったばかりの幼い頃の体験は決定的なものだった。いや、それだけではない。あの頃は彼にとって、単に文学的な意味だけでなく個人的な面でもさまざまな強迫観念にとりつかれていた時代で、彼の創作はそうした時代への永劫回帰を意味していた。あれから長い年月がたった今でも、アラカタカの家とあの家での生活がしょっちゅう彼の夢にでてくる。あの頃は夜になると激しい不安に襲われて、いても立ってもいられなくなったものだ。そうした感情は今でもよく夢に出てくる。「あれだけはどうしようもなかったな」とプリニオ・メンドーサに語っている。「夕方になると決まって不安な気持ちになり、ドアの隙間から朝の光が射すまでは眠っている間もずっとそれが消えないんだ。うまく説明できないが、あの不安には何か具体的な原因があるような気がしてならない。また、祖母のあらゆる幻想、予見、それらに喚起されたものが夜になると具体的な形をとって姿を現しはじめるんだ。祖母とはそういう関係で結ばれていた。いわば目に見えないそのへその緒を通してわれわれは超自然的な世界と通じていたんだろうな。つまり自分の世界の魔術的な世界が魅惑的なものに思え、その中で生きていた、つまり自分の世界だったわけだよ。祖母しかし、夜になるとそれが恐怖を生み出すんだ。この年になっても世界のどこかのホテルで一人で寝ていると、自分は闇の中に一人ぼっちでいるんだと思うことが時々あって、身の毛のよだつような恐怖にとりつかれてパッと目が覚めるけど、そうなると気持ちを整理して、もう一度眠りにつくためにはしばらく時間がかかるんだ。」

恐怖はしばしば死んだ人たちの手でもたらされた。祖母は彼をつかまえて、あそこの暗いあたりに死んだ一族のものたちがひしめき合っているんだと話したものだった。「お前がここを離れたら」と祖母は言った。「自分の部屋にいるペトラおばさんかラサロおじさんがやってくるんだよ。」祖母にとっては神話や伝説、民間の信仰といったものが「ごく自然な形で日常生活の一部になっていたんだ。祖母のことを考えていてふと、作り話をしていたのではなくて、単に予兆や癒し、予感と迷信に満ちた世界を素直に受け入れていただけなのだ、そうした世界はわれわれにとってなじみぶかい、きわめてラテンアメリカ的なものなのだと思い当たったんだ。たとえば、われわれの国にはお祈りを唱えると、牝牛の耳から蛆虫《うじむし》がぞろぞろ這い出してくるという人がいるだろう、ああいう人間を思い浮かべてみればいい。ラテンアメリカの人間であるわれわれの日常生活には、そんな事例がいくらでも見つかるはずだよ」と自分の小説を話題にしたときに語っている。

こうした雰囲気の中で育った子供がやがて成長し、本を濫読するようになる。そして、十七歳のときにたまたまカフカの『変身』を手にするのだが、この作品が初期の短篇のベースになっている。ある夜、寝起きしていた学生寮で『変身』を読み、自分はいずれ作家になるにちがいないと考えた。「朝、目が覚めると巨大な毒虫に変身していたグレゴール・ザムザを見て、《こういうことが可能だとは思いもしなかった。こういうことができるのなら、ものを書くのも面白そうだ》と思ったんだ。」次の日、彼は生まれてはじめて短篇を書き、学業をなおざりにするようになる。文学には学校で学ぶ合理主義的、学問的なそれとは違う可能性が秘められていることに気づいた。「まるで貞操帯をはずしたような感じがしたな」と彼は語っている。「しかし、時間がたつにつれて、自分の好き勝手にお話をでっち上げたり、空想をたくましくすることは許されない、それを許すとすべてが嘘になってしまうが、文学における嘘は実生活のそれよりもはるかに罪が重いことに思い至ったんだ。一見好き放題にしているようでいて、実はちゃんと法則がある。人は混沌、つまり完全な非合理主義におちいらないという条件があってはじめて、合理主義のブドウの葉っぱをかなぐり捨てることができるんだよ。」だから、想像力と幻想はきちんと区別しなければならない。コロンビアの作家にとって、想像力は現実をもとにして作品を作り上げていく上で重要な道具である。あらゆる芸術的創造はつねに現実に基づいている一方で、現実は想像力によって説明づけられ、対比させられ、整理され、豊かなものにされているからである。現実が芸術作品に変容するのは想像力によるのであり、それは現実を単に映し出すだけの鏡とは本質的に異なっている。しかし、純粋な幻想、完全な作り話は意思疎通の世界にあっては何よりも忌避すべきものである。想像力と幻想との相違点は、とガボは言っている。「人間と腹話術師のつかう人形との違いのようなものだ。」想像力は現実的なものを変容させるが、カリブにおいては現実そのものが途方もないので、あの地方の人間にとってもっとも忠実に現実を描写するには想像力に訴えるのが一番いいのだ。小説にでてくる魔術的な出来事は、彼の幼い頃、現実にあったエピソードの引き写しにほかならない。ラテンアメリカ人の生活にあっては、とこのコロンビアの作家は語っている。「シュルレアリスムは路上を駆けまわり、日常的な現実から湧き出してくる。」たとえば、ある日彼はバルセローナで妻と一緒に寝ていた。そこに一人の男がやってきて、こう言った。「アイロンのコードの修理にきたんですが。」メルセデスはベッドの中から大声で、「うちのアイロンは故障してませんよ」と答えた。男はこう尋ねた。「ここは二号室じゃないんですか？」男は上の部屋と間違えたのだ。その後メルセデスがアイロンをかけようとしてコンセントを差し込むと、アイロンが火をふいた。

こういった類《たぐい》の話がガルシア＝マルケスの小説のベースになっている。『百年の孤独』に登場するマウリシオ・バビロニアにはなぜか蛾がまとわりついて離れようとしない。こうしたエピソードはすべて遠い昔の出来事と結びついている。蛾の話は彼が五歳くらいのときにアラカタカの家にやってきた電気屋のそれを彷彿させる。電気屋が修理にやってくると、祖母はいつも家の中に入ってきた蛾を雑巾で追い払いながら、「あの男が来ると、いつだって黄色い蛾が家の中に舞い込んでくるんだよ」とこぼしたものだった。同じ小説の中で、美少女レメディオスが昇天するエピソードについて、作者は次のように語っている。「最初は家の廊下で刺繡をしているときに、突然姿が見えなくなったと書くつもりだったんだ。しかし、この手法は映画的な感じがして、気に入らなかった。いずれにしても、レメディオスは天上に昇らせるつもりだったし、生身のままで昇天させたかったんだ。現実にあったことか、って？　ある女性の孫娘が明け方に家出をしたことがある。その婦人は家出したというわさを立てられたくなかったので、あの子は天に昇ったんだというわさを流そうとしたんだ。」もちろん、どうやって彼女を昇天させるかは難問だった。「ある日」と彼は語っている。「どう解決したものだろうと思い悩んで家の中庭に出たんだ。あの日は風が強くてね。うちに洗濯に来ていた大柄ですばらしい美人の黒人女性がロープにシーツを干そうと格闘していた。しかし、風が強くてうまく行かなかったんだ。それを見たとたんに、《よし、これで行こう》とひらめいた。美少女レメディオスが昇天するためにはシーツが必要だったんだ。この場合、現実がもたらしてくれた要素がシーツだったわけだ。その後タイプライターに向かうと、美少女レメディオスはすいすい天上に昇っていったよ。」

ガルシア＝マルケスの作品では、きわめて多様な文化的要素が密接に結びついて物語世界を作り上げている。ひとつはコロンブス発見前の文化で、アメリカ大陸のあちこちに点在するそれらの文化は互いに異なってはいるが、魔術と自然現象の超自然的な説明に対して開かれているという点で一致している。もうひとつは彼が八歳まで一緒に暮らした母方の祖父母を通して受け継がれたガリシア人の血である。彼が幼い頃に聞かされた超自然的なエピソードの多くはガリシア起源である。アフリカの影響もまた見落とすことができない。コロンビアのカリブ海沿岸は、ブラジル、アンティール諸島と並んで特異な土地として知られ、たとえばアンデスの高地の文化とはまったく異質なアフリカ文化の影響が非常に強く感じ取れる。そこでは、コロンブス発見前の世界、ガリシアの魔術、アンダルシアのジプシーの迷信と魅惑、それにアフリカの黒人奴隷の想像力と底なしの陽気さが、スペイン的なものと混ざり合っている。一九七八年、ガルシア＝マルケスはアンゴラを訪れた。彼自身もっとも魅惑的な体験のひとつだったと語っているその旅行で、人生が一変するような経験をした。見知らぬ世界に触れることができるだろうと期待していた彼が、あの国に一歩足を踏み入れ、空気の匂いをかいだとたんに、幼児期の世界、忘れていた習慣、さらに夜毎《よごと》彼を悩ませていた悪夢がよみがえってきたのだ。自分の根はこの土地にもあったのだと感じた。

ガルシア＝マルケスは自分だけの独自の迷信をもっている。つまり、彼は魔術的な世界の中に生きている。メルセデスは《幸運をもたらす》という理由で、仕事場に毎日黄色い花を活ける。とくに黄色いバラが好きで、そばにあると悪いことが起こらないような気がして、気持ちが安らぐとのことである。花がないときは、女性に囲まれていると気持ちが落ち着く。仕事が思うようにはかどらないと、時々花瓶のほうを振り返り、花が活けてなければ、それが原因だと考える。「そういうときは大声を上げる」と彼は告白している。「すると花が活けられて、仕事がはかどるようになるんだ。」いろいろな事物、状況、人間を通して悪い予兆、あるいはいい予兆を直観的に感じ取ることもできると彼は信じている。そして、ブエンディア大佐がそうであったように、実際に予感したとおりになるのだ。たとえば、ベネズエラでペレス・ヒメーネスに対するクーデタが起こる前日の午後、もうすぐ思ってもみないことが起きると予感した。その場に居合わせたプリニオ・メンドーサは、彼が「間もなく何かが起こるぞ」と言ったと証言している。二人はタオルを持ち水着を肩にかけて浜へ行くところだった。予感の三分後に爆撃がはじまった。同じようによく知られていることだが、彼はしばしば何かものが落ちて、粉々に砕けると予言することがある。予言どおりになると、彼は青ざめ、困惑したような表情を浮かべて壊れたものをじっと見詰めるのだ。ベネズエラ人は、**きざ**で悪趣味な事物、態度、人間は不吉な結果をもたらす可能性があると考えていて、そういうものから生じる結果をパバと呼んでいる。ガルシア＝マルケスも同じように悪趣味と悪い運勢には密接な関係があると信じている。パバをもたらすもののリストは延々と続く。ドアの向こうのカタツムリ、家の中に置いた水槽、プラスティック製の造花、孔雀、マニラで作られたショール、フロックコート（ノーベル賞の授賞式のときも、着ようとしなかった）、全裸で靴を履いて歩くこと……。さまざまな状況に関しても同じことが言える。以前カダケスに滞在していたときに、トラモンターナと呼ばれる強風が吹きはじめ、このままだと死の危険に見舞われると感じた。もし無事に逃げ出せたら、二度とここには戻らないと心に誓い、風がおさまるやいなや大急ぎで逃げ出した。ヘローナに着くと、ほっとため息をもらし、もう一度あそこを訪れたら、今度は間違いなく死ぬだろうと確信した。このエピソードは一九九二年に出版された『十二の遍歴の物語』に収められた「トラモンターナ」という短篇に描かれている。この短篇集では、ヨーロッパに住んでいるラテンアメリカ出身の人間にまつわる十二の物語が語られており、どの短篇も予兆と予感がその特徴になっている。たとえば、コロンビア人の新婦がマドリッドを発つ前にバラのとげで指に怪我して、パリに着いたところで出血多量で死ぬ話や、バルセローナに住んでいるブラジル人の売春婦が自分の死を予感するが、実はその予感が自分の客を救済することなのだと思い当たる話、《光が水のようなので》子供たちが光の中で溺れ死ぬ、などといった話が語られている。魔術的リアリズムは登場人物に影響を及ぼしているだけでなく、ラテンアメリカの人間がヨーロッパに移り住むと、そのリアリズムもまた植民地から大都会へ移動するのである。

正字法を撤廃する？

すぐれた作家は例外なく、言葉の持つ力がどういうものか知っている。初めに言葉があり、そして最後の言葉は決して口にされないだろう。創世記から黙示録、初代ホセ・アルカディオから豚の尻尾のある子供に至るプロセスがそれなのだ。十二歳のとき、彼は危うく自転車に轢かれそうになった。たまたま通りかかった司祭が「危ない！」と叫んでくれたので、自転車に乗った人が地面に倒れた。司祭は彼に、「これで言葉の持つ力がどういうものか分かっただろう」と言った。その日からガボは言葉の力を信じるようになり、時がたつにつれて確信は強くなって行った。「人類は間もなく」と、一九九七年四月八日付の〈ラ・ホルナーダ〉紙に寄せた一文で述べている。「言葉の帝国下で、西暦二千年代を迎えようとしている。かつて世界にこれほど多くの権威と気まぐれに満ちた言葉が広まったことはなく、その意味で現代の生活は巨大なバベルだといえるだろう。」同じところで彼は高名なアカデミー会員たちに対して、文法を単純化し、文法規則を人間的なものにし、専門的な新語は早急になじみのある語に変更し、前置詞のdeと接続詞のque（注：英語のofとthatにあたる語）の多用と現在分詞の乱用を制限し、飾りでしかないh（注：スペイン語では発音しない）は地中に埋め、gとj（注：母音e、iと結びつくと同じ発音になるが、単語によって使い分けられていて、時に混乱を招くことがある）の境界を定める協定を結び、表記上のアクセント符号については柔軟な考え方をとり、bとvのどちらかをなくす（注：ともに英語のbの発音）ことによって正字法を撤廃するように進言している。ノーベル賞受賞講演中のこの一節で、居並ぶ著名な列席者たちは冷水を浴びせられたようになったが、ガルシア＝マルケスが四〇年代から一貫して先頭に立ち言語と戦い続けてきたことを考えると、そんな彼をとがめるわけにはいかないだろう。彼にとって一作一作の作品は文字通り身体を張った戦いであり、しかも武器といっては筆記用具、それに黄色いバラしかないのだ。一語一語をおろそかにせず、厳しい姿勢で執筆し続けているコロンビアの作家は真の意味でのプロフェッショナルである。「祝電や弔辞でも、頼まれると丸一週間は内臓のよじれるような思いをしないと書けないんだ」と彼は語っている。作品の中には完成するまでに九回、十回、十一回と読み返したものもあり、そうした作品は書き上げると、二度と読み返すことはない。

仕事のやり方は年齢とともに大きく変わっていった。昼間、ニュース記事の記者として仕事をしていた駆け出しの頃は、夜を執筆にあてていた。仕事から解放される明け方、つまり二時か三時までは何もできなかった。ものを書くのが楽しくて、その分無責任なところもあった。作家としての仕事が身についてくるにつれて、経験不足ではあったが若さにまかせて書き進んで行った。時には一冊の本の十ページ分ほど書き進んだり、一気に短篇をひとつ書き上げたこともあった。時がたつとともに責任感が生まれ、自分の書くひとつひとつの言葉が以前よりも大きな反響をもたらし、これまでとは比較にならないほど大勢の人の心に深く影響を与えると感じるようになった。おかげで焦りが消えた。ただ、創作により多くの時間が割けるようになっても、一日にパラグラフひとつかほんの数行しか書けない日もあった。駆け出しの頃は、新聞社の編集室で短篇や小説を書いたこともあった。場所を選ばず、人が大勢いる騒々しい中でものを書く習慣が身についてしまい、同僚が姿を消し、ライノタイプ印刷機の音がしなくなると、何も書けなくなった。静かな所ではかえって集中できず、静寂がすさまじい轟音のように耳を打った。逆に音楽は静けさに秩序をもたらした。作家として歩みだしたばかりの頃は、何かに挑みかかるようにして執筆していた。彼がものを書きはじめたのはひょんなことがきっかけだった。当時誕生したばかりの世代からもすぐれた作家が生まれてくる可能性があるということを証明しようとしたのだ。その後、ものを書く喜びにひたるようになり、やがてこの世でものを書くほど楽しいものはないという深みにはまり込んでしまった。ヘビー・スモーカーで、タバコを日に四十本ほど吸っていた彼は、苦労してニコチン中毒から抜け出し、今では完全にタバコをやめている。『百年の孤独』を出版してからは、小説だけで生計が立てられるようになったので、長年続けてきた消耗の激しいジャーナリズムの仕事をほぼやめた。以後もジャーナリズム関係の仕事と関わりをもち続けたものの、何日も手を取られる新聞や雑誌の編集からは身を引き、より気持ちを集中させて記事を書くようになった。以後、基本的な仕事は家でするようになり、それとともに、執筆時間が変化し、静かで暖房のきいた部屋で判で押したように(このあたりにもガルシア゠マルケスのこだわりがうかがえるが)午前九時から午後三時までものを書き続けている。

執筆するのに理想的な場所は、朝なら無人島、夜なら大都会といった具合に時間帯で大きく変わると彼は考えている。午前中は創作意欲を掻きたてる静けさが必要であり、夜はアルコールが少し入って、好きなことが言える気のおけない友人たちに囲まれていないといけない。つまり、一般の人たちと接して、世の中の動きを知っておきたいと思っているのだ。しかも、自分が今書いている物語をつねに誰かに話して聞かせて、テキストの構成に問題があれば、それを見つけ出して修正したいと考えている。おかげで友人たちは気骨《きぼね》の折れる、細かな仕事に巻き込まれるのだが、オリジナルの原稿は決して見せてもらえなかった。物書きの仕事はつねに原稿用紙、それにタイプライターあるいはパソコンを前におき、(大洋の真ん中で遭難した人のように)完全な孤独の中で行なうべきものだという信念を抱いているのだ。

ジャーナリストとして激務をこなしている頃からタイプライターを使う習慣が身につき、いつの間にか手で書くことはなくなった。十年以上前からもっとも先進的な技術、すなわち情報科学関係の機器を使いこなすようになった。それまでは朝起きると、まず前日に書いたテキストに手を入れるのが日課だった。午前の時間がすぎ、書き上げたテキストの分量が増えていくにつれて仕事に熱が入り、書くスピードが上がり、感謝の気持ちが生まれてくる。そう感じるのは短篇よりも、書き出しさえ決まればどんどん書き進んでいける小説のときのほうが強かった。作家にとって最大の難関は最初の一行であり、そこを乗り越えさえすれば小説のほうが心地よく書き進めていくことができる。小説という名の実験室では文体や作品の構成、長さといったさまざまな要素が決定される。『百年の孤独』を書きはじめたときは、たっぷり時間をかけて書き出しの文章を考えた。苦心してようやく書き出したが、後をどう続ければいいか分からなくなって、不安のあまり身体が硬直したように動かなくなった。「ジャングルの中で」と彼は満足気に語っている。「ガレオン船が見つかるまでは、果たして結末までたどり着けるかどうかまったく自信がもてなかったんだ。しかし、そこを抜け出したとたんに、熱に浮かされたように一気に、しかも楽しく書き上げることができたんだ。」

手直しはきわめて重要な作業である。パソコンを使う前は、前日にタイプライターで打ち込んだテキストに黒インクを使って手書きで直しを入れるのが日課になっていて、その後コピーをとるようにしていた。直しを入れた原稿ができあがると、それをタイピストに渡して完成稿にしてもらっていた。執筆をはじめたばかりのころは、作品を一気に書き上げてから手直しをしていた。

落ち着いて仕事ができるようになると、一行一行手直しするようになった。メモを取ると、そちらに気をとられて肝心の作品を書くほうがおろそかになるので、これまでメモは一切取らずにきた。パソコンから出力印刷したものに間違えがあったり、書いた単語が気に入らなかったり、単純なタイプミスがあったりした場合は、細かなことが気になるためかマニアックな性格のせいかは分からないが、その紙を捨てて新しい紙を使うようにしている。原稿用紙十二枚ばかりの短篇を書く場合でも、時には紙を五百枚ほど使うことがある。

作品を書いているときは、夜も昼も作品のことしか考えていない。これは彼独自の解釈によるインスピレーションと深くかかわっている。インスピレーションという言葉はロマン主義者たちによって権威をすっかり失墜させられたが、コロンビアの作家はそれを恩寵、あるいは神聖な息吹のようにとらえてはいない。つまり「それについて辛抱強く精通してゆくことによってテーマと和解することである。なにか書きたいと思ったら、書き手とテーマとの間に相互の緊張関係が生まれる。だからこそ、書き手がテーマをかきたて、テーマが書き手に刺激を与える。ところが、ある一瞬にすべての障害が消え去り、すべてのトラブルが解消する。その瞬間、夢にも思わなかったことが書き手に起こり、書くことが人生においてこの上もなく楽しい行為になる。私がインスピレーションと呼んでいるものがそれなんだ。」時に恩寵の状態が消滅することがある。そうなると作者はまた一からやり直さなければならない。「そういうときは」と彼は言っている。「ドライバーを持って家の錠前やコンセントを修理したり、ドアに緑色のペンキを塗るんだ。こうした手仕事をすると、時に現実に対する不安を克服できることがある。」いったん仕事に熱が入ると、語り手は登場人物の人生を生き、作中の現実の中にひたってしまう。ブエンディア大佐を死なせたときの様子を語った一節は非常に印象的である。「いずれ彼を殺さなければならないことは分かっていたが、どうしてもできなかった。大佐は金細工の魚を作りながら年老いていった。ある午後に《もういいだろう！》と考えた。彼を殺さざるをえなかったんだ。その章を書き終えた私は、震えながらメルセデスのいる家の二階に上がっていった。彼女は私の顔を見て、何があったか気がついたんだ。《大佐が死んだのね》と言った。私はベッドに横になると、二時間泣き続けた。」

しょっちゅう出かける旅の空でも、身体の調子が良くて時間が取れさえすれば、毎日執筆をつづけている。七〇年代の半ばから、メキシコ、カルタヘーナ・デ・インディアス（注：コロンビアのカリブ海に面した町で、ガルシア＝マルケスのいくつかの作品の舞台になっている）、ハバナ、パリと転々と住まいを変えていた。そして一九八一年、『予告された殺人の記録』を発表した年に、保守的なコロンビア政府から、ゲリラ・グループのM‐19に資金援助していると非難されたために、メキシコ大使館に政治亡命を依頼せざるを得なくなり、国外に出た。以後、祖国には一時帰国の形で戻るようになった。しばらくしてノーベル賞を受賞するまでの間メキシコに拠点を置き、時々ハバナを訪れるうち、徐々にカストロ首相と親交を深めはじめた。ジャーナリストとしての仕事は減るどころか、逆に増えて行った。ノーベル賞の賞金で新聞発行を計画し、友人たちに声をかけて新聞社を軌道に乗せるように頼んだ彼自身は、彼らにこう言った。「君たちはボゴタに腰を据えて、仕事をはじめてくれ。私は老人に関する小説を書くので、部屋にこもらなければならないんだ。」その小説が『コレラの時代の愛』（一九八五）で、いろいろ苦労のあった両親の婚約時代を再現している。彼の言葉を借りると、「申し分のないほど幸せな時期に」あの作品を書いたとのことである。政治的な問題が解決すると、この小説を書くためにすぐにカルタヘーナ・デ・インディアスに戻っている。一九八六年、キューバにサン・アントニオ・デ・ロス・バーニョス映画学校を創設し、毎年そこの脚本教室で脚本の指導に当たっている。一九八九年、シモン・ボリーバルの最晩年を描いた小説『迷宮の将軍』を発表するが、小説を書くかたわら毎週新聞に記事を書いていた。彼は小説を書いているうちに「腕がなまってしまわないように」と記事を書く仕事を自分に課していた。九〇年代には短篇集が一冊、小説が一冊、それに『誘拐』（一九九六）を出版している。この作品のせいで彼はまたしても脅迫される。今回はそのぞっとするようなテキストの中で実像が明らかにされたテロリストたちからの脅迫だった。そして、「私はこの世でもっともすぐれた仕事であるジャーナリストの仕事をやめようと考えたことはこれまでも一度もなかった」と言う彼は、《新しいジャーナリズムのための基金》を創設した。彼はよく旅行するが、いつも必要に迫られてのことではない。時々、友人に会うというそれだけの理由で大西洋を横断する彼にとって、唯一大切なのは友人なのだ。以前、彼は文学的な動機、あるいは個人的な欲求に動かされて執筆していた。それが現在は、友人たちに喜んでもらいたいから書いているのだということを自覚している。

一九九九年の夏、彼はリンパ癌の診断を下された。サンタ・フェ・デ・ボゴタ記念病院で何回か検査を受けたあと、ロス・アンゼルスの病院に入院した。危機的な状態にあるように思えたが、エリセオ・アルベルトのような親しい友人たち——彼らはわれわれの友人でもある——を通して、われわれはその後の経過を多少知ることができた。インターネット上におそらく彼が書いたと思われる一通の手紙が掲載され、彼はこの世に別れを告げていた。一年後、彼は世界中のテレビにふたたび姿を現し、あの手紙を書いたのは私ではないと言い、自分は非常に重い病気にかかっていたが、現在は完全に健康を取り戻していると言明した。彼はその間も執筆をつづけていた。身体に自信がもてなかったので、『回想録』を発表し――これは一巻が四百ページ近い分量で、六巻本になる予定である――、さらに短篇や小説も書いている。小説のひとつは、書きつつある作品の最後の一文を書き終えたところで死ぬ男の物語である。クーデタが起こるとか、家にある小さなものが落ちて壊れると予言し、不幸をもたらすかもしれないパパをはらんだ状況や人物を見抜くことのできるアラカタカの**魔法使い**は、かつてなかったことだが、自分の小説が現実に似ているという奇妙な感覚を抱いている。だからこそ彼は小説を書き続けようとしているのだろう……。

（『ミューズが訪れてくる時。文学の大家はどのようにして創作を行なうか』より）

書誌

コリャソス、オスカル『ガルシア＝マルケス。孤独と栄光』プラサ・イ・ハネス社、バルセローナ、一九八三。

アール、ピーター『ガルシア＝マルケス』タウルス社、マドリッド、一九八一。

フェルナンデス・ブラソ、ミゲル『ガブリエル・ガルシア＝マルケスの孤独。果てしない会話』プラネータ社、バルセローナ、一九七二。

ガルシア＝マルケス、ガブリエル『新聞記事集成一九八〇―一九八四』、モンダドーリ、マドリッド、一九九一。

同『話をどう語るか』オリェロ・イ・ラモス社、マドリッド、一九九六。

同『語るという幸せなマニア』オリェロ・イ・ラモス社、マドリッド、一九九八。

メンドーサ、プリニオ・アプレーヨ『グアヤーバの香り』オベーハ・ネグラ社、ボゴタ、一九八二。

サルディバル、ダッソ『ガルシア＝マルケス。種への旅。伝記』アルファグアラ社、マドリッド、一九九七。

付記

本書に収録した作品は、左の既刊本を底本とした。

『迷宮の将軍』（新潮社、一九九一年八月刊、一九九二年五月第四刷）

（編集部）

Obra de García Márquez | 1989

迷宮《めいきゅう》の将軍《しょうぐん》

著　者　ガブリエル・ガルシア=マルケス

訳　者　木村榮一《きむらえいいち》

発　行　2007年10月30日

2　刷　2025年2月25日

発行者　佐藤隆信

発行所　株式会社新潮社

郵便番号 162-8711　東京都新宿区矢来町71

電話　編集部　03-3266-5411

読者係　03-3266-5111

http://www.shinchosha.co.jp

印刷所　錦明印刷株式会社

製本所　大口製本印刷株式会社

乱丁・落丁本は、ご面倒ですが小社読者係宛お送り下さい。

送料小社負担にてお取替えいたします。

価格はカバーに表示してあります。

ISBN 978-4-10-509015-9 C0097

Obras de García Márquez

ガルシア＝マルケス全小説

1947-1955 La hojarasca y otros 12 cuentos
落葉 他12篇 高見英一 桑名一博 井上義一 訳
三度目の諦め／エバは猫の中に／死の向こう側／三人の夢遊病者の苦しみ／鏡の対話／青い犬の目／六時に来た女／天使を待たせた黒人、ナボ／誰かが薔薇を荒らす／イシチドリの夜／土曜日の次の日／落葉／マコンドに降る雨を見たイサベルの独白

1958-1962 La mala hora y otros 9 cuentos
悪い時 他9篇 高見英一 内田吉彦 安藤哲行 他 訳
大佐に手紙は来ない／火曜日の昼寝／最近のある日／この村に泥棒はいない／バルタサルの素敵な午後／失われた時の海／モンティエルの未亡人／造花のバラ／ママ・グランデの葬儀／悪い時

1967 Cien años de soledad
百年の孤独 鼓 直 訳

1968-1975 El otoño del patriarca y otros 6 cuentos
族長の秋 他6篇 鼓 直 木村榮一 訳
大きな翼のある、ひどく年取った男／奇跡の行商人、善人のブラカマン／幽霊船の最後の航海／無垢なエレンディラと無情な祖母の信じがたい悲惨の物語／この世でいちばん美しい水死人／愛の彼方の変わることなき死／族長の秋

1976-1992 Crónica de una muerte anunciada / Doce cuentos peregrinos
予告された殺人の記録 野谷文昭 訳
十二の遍歴の物語 旦 敬介 訳

1985 El amor en los tiempos del cólera
コレラの時代の愛 木村榮一 訳

1989 El general en su laberinto
迷宮の将軍 木村榮一 訳

1994 Del amor y otros demonios
愛その他の悪霊について 旦 敬介 訳

2004 Memoria de mis putas tristes
わが悲しき娼婦たちの思い出 木村榮一 訳

En agosto nos vemos
出会いはいつも八月 旦 敬介 訳

ガルシア＝マルケス全講演
1944-2007 Yo no vengo a decir un discurso
ぼくはスピーチをするために来たのではありません 木村榮一 訳

ガルシア＝マルケス自伝
2002 Vivir para contarla
生きて、語り伝える 旦 敬介 訳

ガルシア＝マルケス東欧紀行
1957 De viaje por Europa del Este
ガルシア＝マルケス「東欧」を行く 木村榮一 訳